JOHANN PETER HEBEL: BRIEFE

Johann Peter Hebel: Briefe

AUSGEWÄHLT UND EINGELEITET VON WILHELM ZENTNER

MIT ANMERKUNGEN UND ABBILDUNGEN

VERLEGT VON C. F. MÜLLER, KARLSRUHE

UND LANGEWIESCHE-BRANDT, EBENHAUSEN BEI MÜNCHEN

CIP-Kurztitelaufnahme der Deutschen Bibliothek
Hebel, Johann Peter
[Sammlung]
Briefe / ausgew. u. eingel. von Wilhelm Zentner.
– 1. Aufl. – Karlsruhe: Müller; Ebenhausen bei München : Langewiesche-Brandt, 1976.
ISBN 3-7880-9571-7 (Müller)
ISBN 3-7846-0091-3 (Langewiesche-Brandt)

Printed in Germany.

Seit seinem Tode sind 150 Jahre verstrichen. Aber er ist unverloren, unverlierbar gegenwärtig: Johann Peter Hebel, der Schöpfer der Alemannischen Gedichte, in denen er die Mundart seiner Heimat in den Adelsstand großer Dichtung erhoben hat, und der Erzähler des Rheinländischen Hausfreundes mit seinen Kernstücken deutscher Prosa: ein lebendiger Klassiker.

Anders verhält es sich mit dem Briefschreiber Hebel. Daß die Briefe dieses Mannes ein gleich bedeutendes Vermächtnis sind, das ist zunächst nur wenigen, die tiefer schürften, und auch ihnen erst allmählich bewußt geworden. Deutlich ausgesprochen hat es der Basler Hebelforscher Wilhelm Altwegg: „Wie Alemannische Gedichte und Hausfreundgeschichten zum Krongut deutscher Dichtung und Erzählungskunst gehören, so steht mit seinen Briefen Hebel, ob auch keine der Geschichten des deutschen Briefes ihn nennt, als ein Ebenbürtiger in der stolzen Reihe der großen und echten Briefschreiber." Altwegg nennt Lessing, Goethe, Mörike, Keller, Burckhardt, Rilke – man möchte hinzufügen: Liselotte von der Pfalz, Schiller, Jean Paul, Bettina von Arnim, die Droste, Hofmannsthal, Karl Kraus ...

Lange vor den Alemannischen Gedichten und den Kalendererzählungen tut sich Hebels Genie der Sprache und des Mitteilens in seinen Briefen kund. Schon früh entdecken wir Passagen von wahrhaft poetischem Schmelz und herzgewinnendem Humor, auch kleine Meisterschöpfungen der Erzählkunst. Dabei fehlt jede literarische Absichtlichkeit: Hebel, der nur an sich und den Empfänger dachte, hat geschrieben, wie ihm der Schnabel gewachsen war. Stets ist der Gedanke so ausgesprochen, wie er im Gehirn entstanden, immer ist einer Empfindung der Laut gegeben, den die Wallung des Herzens verlangt. Ein offenbarer Reiz ist Hebels Fähigkeit, sich beim Schreiben die Person des Adressaten geradezu körperlich, auf Hör- und Sehweite nahe zu denken. Eine lebhafte, wenn auch in gedämpften Ton geführte Zwiesprache hebt an, der Geist des Gesprächs wird zum Lebensatem des Briefes. Nur zu den Briefen, denen er eine gewisse offizielle Bedeutung beimaß, hat Hebel ein Konzept gefertigt. Für die eigentlichen Freundesbriefe war dies nicht der Fall.

So warmherzig indessen der Schreiber den Empfänger anzusprechen, die persönliche Beziehung zu ihm herzustellen vermag, nie kommt es, selbst im Überschwang der Frohlaune, zu einer plumpen Vertraulichkeit. In jeder Zeile, in jedem Worte sind Takt und Höflichkeit des Herzens spürbar. Doch es mag bei dieser Andeutung bleiben. Dem Leser soll nichts von seiner persönlichen Entdeckerfreude geraubt werden.

Die Briefe erscheinen in der ursprünglichen Textgestalt. Damit ist Hebels eigenwillige, nicht durchweg folgerichtige Rechtschreibung erhalten geblieben. Besonders unbekümmert verfährt der Schreiber, hierin einer Gewohnheit seiner Zeit folgend, mit Personen- und Ortsnamen. So kann man innerhalb eines Briefes zwei, zuweilen drei verschiedene Schreibungen des gleichen Namens antreffen. Ähnliche Widersprüche und Inkonsequenzen gibt es auch sonst. Bei einem Schulmann wie Hebel mag das zunächst befremden. Gerade durch diese Freiheit jedoch erhält Hebels Briefwerk seine erquickend unpedantische, von Lebensnähe durchfrischte Eigenart. Auch in der Rechtschreibung scheint Hebel, vorab in jüngeren Jahren, vom spontanen Einfall geleitet. Gleich dem Gedanken und der Empfindung mag auch die Schreibung eines Wortes nicht selten aus der schöpferischen Stimmung des Augenblicks geboren sein. Aber oft läßt ein bewußtes Hinlauschen auf Wortmelodie und Wortseele, vielleicht auch nur auf den mundartlich phonetischen Sachverhalt erkennen, daß der Dichter vom gesprochenen Worte ausgeht.

Der eigenwilligen Rechtschreibung Hebels entspricht seine Interpunktation. Auch sie wird weniger von der syntaktischen Schulregel als vielmehr vom Gefühl diktiert. Wie die Orthographie, so verlockt auch die Zeichensetzung dazu, subtilen Schwingungen und Differenzierungen nachzuspüren, und auch hier wird man die Beobachtung machen, daß der Dichter von der gesprochenen Rede ausging. Es ist deswegen von besonderem Reiz, Hebels Briefe, insbesondere die an Gustave Fecht, Hitzig und die Sraßburger Freunde, laut zu lesen.

Es sollen nun die hauptsächlichen Briefempfänger vorgestellt werden. Sie, die immer wieder Angesprochenen und vielfach in anderen Briefen Erwähnten, sollten dem Leser von Anfang an ein Begriff sein.

Nach der Zahl der Briefe und nach der Spannweite der behandelten Gegenstände und Themen nimmt *Friedrich Wilhelm Hitzig* die erste Stelle ein. Hier spricht Hebel zum vertrautesten seiner Freunde. Rückhaltlos gewährt er ihm Einblick in sein Sinnen und Trachten, in seine Neigungen und Abneigungen. Wenn er sich an Hitzig wendet, hält er zugleich Zwiesprache mit seiner Oberländer Heimat, sonnt er sich in der Behaglichkeit oberländisch-pfarrhäuslichen Daseins, dessen Genuß ihm selbst zeitlebens versagt geblieben ist.

Hitzig entstammt einer alten oberbadischen Pfarrerdynastie. Er wurde 1767 zu Bischoffingen am Kaiserstuhl geboren. 1771 erhielt sein Vater die Pfarrei Rötteln im Wiesental. Ab 1774 besuchte der junge Hitzig das Pädagogium im nahen Lörrach, 1782 wurde er Schüler am Karlsruher Gymnasium, 1785 bezog er die Universität Jena. 1787 bestand er, ein Zwanzigjähriger, das theologische Staatsexamen mit Auszeichnung. Die Freundschaft mit Hebel datiert aus den Lörracher Präzeptoratsjahren des Dichters, in denen Hitzig als Pfarrvikar seinem Vater in Rötteln zur Seite stand. Als Hebel 1791 nach Karlsruhe ging, wurde Hitzig sein Amtsnachfolger am Pädagogium in Lörrach.

1796 vermählte sich Hitzig mit seiner Base Sophie Wilhelmine Hitzig, der Tochter des Eimeldinger Pfarrers Georg Wilhelm Hitzig. Sie ist die „Daube“ der Hebelbriefe. 1800 zog das Ehepaar in das Pfarrhaus von Rötteln ein. Zwölf Jahre wirkte Hitzig dort; sie waren die eigentliche Blütezeit des Briefwechsels mit dem Karlsruher Freunde. Danach wurde er Pfarrer und Dekan in Schopfheim, sodann in Auggen, zuletzt in Lörrach, wo er 1849 gestorben ist. Daß in Hebels letztem Lebensjahrzehnt der Briefwechsel sichtlich nachläßt, kommt daher, daß Hitzig von 1820 an einen Sitz als Abgeordneter des Kreises Schopfheim-Kandern im badischen Landtag innehatte und dadurch ein unmittelbarer persönlicher Gedankenaustausch möglich wurde.

Neben dem Pfarrhaus in Rötteln ist das in Weil bevorzugtes Ziel der Briefgedanken Hebels gewesen. *Tobias Günttert*, 1751 als

Sohn eines Chirurgus in Laufen geboren, hatte seine theologischen Studien an Waisenhaus und Universität Halle vollendet. 1779 fiel ihm die Leitung des Pädagogiums in Lörrach zu. In seiner Eigenschaft als Prorektor wurde er Vorgesetzter des Präzeptoratsvikars Hebel. Die dienstlichen Beziehungen verwandelten sich bald, zumal Hebel am Mittagstische des Schulleiters teilnahm, in lebenslängliche herzliche Freundschaft. Seit 1782 war Günttert mit Karoline Auguste Fecht, einer Tochter des Pfarrers Martin Fecht, verheiratet. Karoline, muß eine mit hausfraulichen Tugenden begabte, frohgemute und energische Natur gewesen sein. 1790 übernahm Günttert die Pfarrei im nahen Weil, der er bis zu seinem Tode im Jahre 1821 treugeblieben ist. Das geräumige Weiler Pfarrhaus mit Garten und Rebgelände wurde für den Lörracher Präzeptoratsvikar das Ziel seiner fast täglich unternommenen Wanderungen und sein Wochenendparadies.

In Lörrach wurde zwischen Hebel, Hitzig und Günttert einer der zu jener Zeit beliebten Geheimbünde, der *Bund der Proteuser*, gegründet. Sitz des Bundes war der Belchen, der damals noch wenig erstiegene höchste Berg des südlichen Schwarzwaldes. Es gab eine Art Statuten und einen eigenen Kalender. Personen, Orte und Gegenstände erhielten proteische Namen. Hebel hieß Parmenides, Hitzig hieß Zenoides, Günttert war „der Vogt". Eine große – bis in die Briefe fortwirkende – Rolle spielen launige Buchstaben- und Silbenverdrehungen. Mag auch ein geselliges Bedürfnis zur Stiftung dieses Freundesbundes beigetragen haben, sein Herzpunkt war der gemeinsame Naturgenuß auf zahlreichen Gebirgswanderungen, und sein Salz war ein fröhliches Ausbrechen aus Spießertum, Engstirnigkeit, Orthodoxie.

Ende der achtziger Jahre siedelte Güntterts Schwiegermutter, Karoline Magdalene Fecht, mit ihrer 1768 geborenen Tochter *Gustave Fecht* zunächst ins Lörracher Kapitelhaus über. Nach Güntterts Versetzung folgten ihm Schwiegermutter und Schwägerin ins Weiler Pfarrhaus.

Vor allen anderen ist es Gustave Fecht gewesen, die Hebel angezogen hat. Das Leben hat dieser Liebe zwar keine Erfüllung gewährt, wohl aber danken wir ihr – und der durch Hebels Berufung nach Karlsruhe erfolgten Trennung – die lautersten, innigsten und ergreifendsten Töne aus Hebels Briefkonzert, weil hier, nach

Wilhelm Altweggs Worten, „die Schöpferkraft des Eros füllespendend mit am Werke war und weil das Gefühl, mit jedem Worte an ein nicht zu Berührendes rühren zu können, so vieles in der Verhüllung des Bildes aussprechen ließ". Vom respektvollen „Sie" zum vertraulichen „Du" sind diese Briefe niemals vorgedrungen – eine seltsam reizvolle Mischung von Nähe und Distanz. Übrigens ist der letzte Brief, den wir von Hebels Hand besitzen, an Gustave Fecht gerichtet. Waren die bisherigen Briefe mit mannigfachen Versicherungen der Liebe, Treue und Ergebenheit unterzeichnet, dieser endet mit den Worten „Ewig – Ihr Hebel". War dieses „Ewig" dem, der es niederschrieb, von einer Ahnung eingeflüstert worden?

Zum näheren Oberländer Freundeskreis zählt noch *Sebastian Engler,* der „Angelo, Angeliko, Erzengel". 1761 geboren, also ein Jahr jünger als Hebel, ist er wohl schon auf dem Karlsruher Gymnasium in dessen Gesichtskreis getreten. 1792 übernahm er die unweit Karlsruhe gelegene Pfarrei in Knielingen, ein beliebtes Wanderziel Hebels, der mit dem Freunde gern im „Adler" zusammentraf. 1800 übernahm Engler das Diakonat in Schopfheim; mit diesem Amt war die Pfarrei Hausen in Personalunion verbunden. An der Entstehung der Alemannischen Gedichte hat Engler, selbst ein federgewandter Mann, lebhaften Anteil genommen, und vor wie nach ihrem Erscheinen hat er eine rege Werbetätigkeit entfaltet. 1806 wurde Engler Pfarrer in Kippenheim, wo er, Hebel lange überlebend, bis ins hohe Greisenalter tätig war. 1850 starb er in Durlach.

„Oh, was hab ich in *Straßburg* für gute Menschen gefunden!", rief im Mai 1805 der fünfundvierzigjährige Hebel aus, nachdem er von einem sechstägigen Aufenthalt an der Ill nach Karlsruhe und in die Schulstube zurückgekehrt war. Mit Genugtuung stellte er fest, daß er in Straßburgs Gassen und Straßen den „Geruch" seiner Geburtsstadt Basel wiedergefunden habe, und der Münsterturm, dessen Besteigung er sich nicht hatte entgehen lassen, wurde von ihm zum „Belchen aller Kirchtürme" erhoben. Im Kreise der Familie Haufe fühlte sich der Gast in die glücklichsten Zeiten seines Lörracher Präzeptorats zurückversetzt.

Christof Gottfried Haufe, 1775–1840, Hebels ehemaliger Lörracher Schüler, übte zunächst das Handwerk eines Goldschmiedes aus, übernahm später eine Baumwollspinnerei und schließlich eine Papierfabrik in Seelbach bei Lahr. Hebel verfolgte die wechselvollen Schicksale der Familie mit reger Anteilnahme. Er, der Junggeselle, wurde zum väterlichen Berater, zum guten Geist des Hauses.

Die Briefe an *Sophie Haufe* (1786–1864) zählen gleich denen an Gustave Fecht zum Köstlichsten, was der Briefschreiber Hebel zu spenden hat. Beide Frauen sind einzig, unvergleichbar in ihrer Art. Mit Recht sagt Altwegg: „Wie anders sind die Briefe an Sophie Haufe! Hier waltet stärker die sinnliche Freude des reifen Mannes am jugendlichen Frauenwesen und die Künstlerlust und der Künstlerübermut des nun mit bewußter Hand formenden Meisters." Um neben dem Gatten sich an die anmutige Frau wenden zu können, ernennt er ihn zu seinem „Thurn", das heißt Postmeister, und sie zu seinem „lieben geheimen Staatsminister und Intendanten der Künste und Wissenschaften" – während er als „Peter I., Graf" unterzeichnet, nach Annahme des Königstitels durch den württembergischen Souverän gar als „von Gottes Gnaden Wild- und Rheinkönig zu Assmannshausen und Caub". (Bei der Wahl der letztgenannten Orte spielen Erinnerungen an Hebels Rheinreise vom Herbst 1794 mit.) Das so gern gepflegte „Jeanpaulisieren", Zeugnis der Sympathie und des Gefühls innerer Artverwandtschaft, die Hebel für den Bayreuther Meister hegte, treibt in den Briefen an die Straßburger Freunde, an sein „Kleinstraßburg", ihre üppigsten, sinnigsten Blüten. Zeitweise trug man sich in diesem Kreise sogar mit dem Gedanken, gemeinsam einen Roman in Jean Paul'scher Manier zu verfassen.

Keineswegs erschöpfte sich der Straßburger Freundeskreis mit dem Haus Haufe. Enge und dauernde Freundschaft verband Hebel ebenso mit Haufes Freund und zeitweiligem Geschäftspartner *Daniel Schneegans* (1778–1842) und dessen aus Frankfurt am Main stammender Frau Marie Karoline Schwarz, einer Verwandten von Goethes Lili. „Friede, Freundlichkeit und Güte waren hier zuhause", lautete das Urteil Sophie Haufes, die als junges Mädchen, verwaist, im Haushalt der jungen Eheleute Schneegans gewohnt hatte. Nicht unberührt von den religiösen Anschauungen und den karitativen Bestrebungen des Pfarrers Johann Friedrich Oberlin, fand Daniel Schneegans hohe Befriedigung in der Stellung eines

Waisenhausdirektors, was ihn freilich nicht hinderte, sich zugleich als praktischer Geschäftsmann zu betätigen. Wie bei Haufes erfreute sich bei der Familie Schneegans ein Kind der Patenschaft Hebels.

Die Schwester von Daniel Schneegans war mit dem Straßburger Kaufmann Weiler verheiratet. Diese *Frau Weiler* zählt gleichfalls zu den Empfängerinnen der „Liebfrauenbriefe", welche der Dichter nach Straßburg, der zunächst Basel und Freiburg besonders geliebten Stadt, sandte.

Die dritte Frau, die außer Gustave Fecht und Sophie Haufe in Hebels Leben eine bedeutsame Rolle spielte, entstammt einem ganz anderen Milieu. Es war die Schauspielerin *Henriette Hendel-Schütz*. Als die Sechsunddreißigjährige im Spätherbst 1808 zu einem Gastspiel in der badischen Residenz eintraf und als Künstlerin und Mensch des Dichters Herz eroberte, konnte sie bereits auf eine beruflich wie persönlich bewegte Lebensbahn zurückblicken. 1772 als Kind eines Schauspielerehepaares geboren, hatte sie von klein an Bühnenluft geatmet. Mit sechzehn Jahren wurde sie die Frau des Tenoristen Friedrich Eunicke. 1796 trat sie in den Verband des von Iffland geleiteten Berliner Schauspielhauses ein, wo sie in der Berliner Erstaufführung von Schillers „Jungfrau von Orleans" die Titelrolle verkörperte. Nach der Trennung von Eunicke reichte sie dem Berliner Arzte Dr. Mayer die Hand; diese Ehe war nur von kurzer Dauer. Ihren dritten Mann, den Militärarzt Hendel, entriß ihr der Tod.

Schon als junge Schauspielerin war sie auf die plastischen „Attitüden" der Lady Hamilton, die Darstellung monodramatischer Szenen aus antiker Sage in Form lebender Bilder, aufmerksam geworden. Durch ihren späteren Gatten Friedrich Karl Schütz ermuntert, widmete sie sich in Dresden dem Studium der antiken Plastik und der italienischen religiösen Malerei.

Auf ihren Gastspielreisen ist die Hendel-Schütz mit zahlreichen bedeutenden Persönlichkeiten ihrer Zeit bekannt geworden; es scheint geradezu zu ihren Geschäftspraktiken gehört zu haben, den Ruf ihrer Darbietungen durch prominente Urteile zu mehren. Johann Peter Hebel befindet sich als ihr Verehrer in durchaus glanzvoller Gesellschaft; freilich mag der kindliche, lautere, ihr in reiner Begeisterung anhangende Mann sich darin ein wenig untypisch ausgenommen haben. Wie der alemannische Dichter in der Schauspielerin ein konträres Element, etwas verlockend Vagabundisches, zu finden meinte, so suchte vielleicht sie in ihm ihr Gegenteil, jene bürgerliche, bodenständige Festigkeit, nach der die weltfahrenden Leute des Theaters sich zuweilen heimlich sehnen. Beide blieben sich dabei bewußt, daß es sich nur um flüchtige Wunschbilder handelte, nach denen man nicht greifen durfte, denen nachzuträumen aber wohl dann und wann eine müßige Stunde wert war.

Die verehrte Künstlerin wurde in Hebels „Rheinländischem Hausfreund“ zu einer stehenden Figur, der „Schwiegermutter des Adjunkten“, und zur Widmungsträgerin des „Schatzkästleins“. Ihr Gatte Friedrich Karl Schütz revanchierte sich durch anerkennende Besprechungen der Hebelschen Werke. 1817 kam es bei einem Gastspiel in Karlsruhe zu einem Wiedersehen. Das Ehepaar Schütz hätte gern in der badischen oder auch in der württembergischen Residenz Wurzel geschlagen. Da dies jedoch nicht gelang, zogen sich die beiden resigniert nach Halle zurück. Nach der Zerrüttung der vierten Ehe Henriettes riß ihr Briefwechsel mit Hebel ab. Dieser soll aber oft nachdenklich zu dem Bildnis der „Zauberin Medea“ aufgesehen haben, das bis zur Neige seiner Tage sein Wohnzimmer schmückte. Und Henriette Hendel soll bis an ihr Lebensende 1848 mit Vorliebe Hebels Gedichte vorgetragen haben.

Von weiteren Briefempfängern ist vor allem noch auf *Friedrich August Nüßlin* hinzuweisen. Der ehemalige Schüler Hebels (1780 als Sohn eines Pfarrers in Weisweil geboren) ist im Laufe der Zeiten zu einem seiner vertrautesten Freunde geworden. Nach kurzer Lehrertätigkeit in der Schweiz und am Pädagogium in Lörrach wurde Nüßlin 1807 an das Lyzeum in Mannheim berufen, wo er, ein hochangesehener Schulmann, zum Leiter der Anstalt emporstieg, die unter ihm zu hoher Blüte gelangte. Dieser erst 1864 gestorbene Freund, in dessen Hause der Dichter mehrfach zu Gaste war, hat die mündliche Überlieferung von Hebels Wirken, Leben und Wesen der Nachwelt emsig weitergereicht.

Endlich bleibt noch ein Wort über *Karl Christian Gmelin*, zu sagen. Die Briefe, welche der Dichter an ihn gerichtet hat, fallen zwar in den kurzen Zeitraum von 1796 bis 1797, zählen jedoch inhaltlich und formal zum wertvollsten Hebelschen Briefgut.

Gmelin, 1762 als Pfarrersohn in Badenweiler geboren, studierte Medizin und Naturwissenschaften auf den Universitäten Straßburg und Erlangen. 1784 ließ er sich in Karlsruhe als Arzt nieder, versah indessen gleichzeitig den Unterricht der Naturgeschichte am Gymnasium. 1794 fand er seine Frau in Christine Herbst, der „kreuzbraven Frau Doktorin“ der Hebelbriefe. In seinem Hochzeitsjahre wurde Gmelin der Auftrag zuteil, die markgräflichen Sammlungen, darunter das von ihm eingerichtete Naturalienkabinett, vor den Kriegsunruhen in das kurz nachher neutralisierte preußische Gebiet Ansbach zu verlagern. Den Naturgeschichtsunterricht am Karlsruher Gymnasium übernahm vertretungsweise Hebel, der daraus viel Anregung und bedeutenden Nutzen zog. Gmelins Hauptwerk ist die 1805–08 in mehreren Bänden erschienene „Flora Badensis“, in der er auch den Namen seines Freundes, Exkursionsbegleiters und Beiträgers Hebel verewigt hat. Der Dichter nennt Gmelin, dessen phantastischen Stammtischerzählungen er gern lauschte, um darin willkommenen Stoff für die Kalendergeschichten zu finden, in den Alemannischen Gedichten den „Chrüterma von Badenweiler“; im Schatzkästlein tritt Gmelin bald als „Schlangenfänger“, bald als „Steindoktor“ auf, denn neben den botanischen hegte er auch zoologische und mineralogische Interessen.

Die in diesem Buch mitgeteilten Briefe sind der Gesamtausgabe der Briefe Johann Peter Hebels entnommen, welche ich 1957 in zwei Bänden im Verlag C. F. Müller herausgegeben habe. Bei der Auswahl habe ich versucht, nicht nur Hebels liebenswerte menschliche und dichterische Persönlichkeit deutlich werden, sondern auch den Zeithintergrund seiner politisch und kriegerisch so bewegten Tage bisweilen durchschimmern zu lassen. Der Dichter war keineswegs, wie seine ersten Biographen meinten, eine am Zeitgeschehen unbeteiligte Natur; allein schon als Kalendermann mußte er sich ernstlich damit auseinandersetzen.

Die Briefe erscheinen meist ungekürzt; lediglich Absätze, die rein Geschäftliches und Amtliches behandeln, und solche, die langer Erklärungen bedurft hätten, derartigen Aufwand aber nicht zu lohnen schienen, habe ich gestrichen. An diesen Stellen steht das Zeichen (. . .).

Die Empfänger einzelner Briefe sind ebenso wie die meisten in den Briefen genannten Personen in einem alphabetischen Personenverzeichnis hinten im Buch aufs kürzeste erklärt. Dort befindet sich auch eine auf Hebel bezogene biographische Zeittafel sowie das Verzeichnis der Abbildungen. Dagegen werden die Sacherklärungen nach jedem einzelnen Brief gegeben. Denn einerseits sollte es auch der nur sporadisch Lesende nicht allzu schwer haben, andererseits sollten die Informationen nicht ständig wiederholt werden. Diese Aufbereitung zielte nicht auf Perfektion, sondern auf eine relative Bequemlichkeit für den Leser.

Mag man dieses Buch im Zusammenhang als ein Stück Hebelscher Lebens- und oberrheinischer Kulturgeschichte durchlesen – immer wieder wird man zu besonders köstlichen Einzelstücken zurückkehren, um sie zu dauerndem innerem Besitz zu gewinnen wie bestimmte Gedichte der alemannischen Muse oder Kalendergeschichten des Rheinländischen Hausfreundes.

Wilhelm Zentner

JOHANN PETER HEBEL

AN GUSTAVE FECHT

Karlsruhe, den 14. Dec. [1791]

Allerwertheste Jungfer Gustave,

So nenn ich Sie denn iezt, — soviel ich mich erinnern kan ists das erstemal wieder, seit ich einst an einem Sontag Nachts in H. Pror[ektors] Haus beim Blindmausspiel war, und mit Schneeballen gerieben wurde, und den andern Tag etwas hörte, was ich niemand sage. Ists nicht recht daß ich Sie so nenne, so ist weit weg, gut für den Schuß. Die schlimmste Rache, die Sie dafür nehmen könten, ist die daß Sie mich dafür H.[err] Hans Peter, oder wenn Sie recht bös sind, Hans Peter schlechtweg nennen. Nennen Sie mich droben so — mir ohne Verdruß, ich hör's ia nicht. Schreiben Sie mir aber so, ey nun, so müssen Sie mir denn doch wenigstens ein Briefchen schreiben, oder zu dem Brief Ihrer Frau Mama einen Anhang machen und diese Straffe soll mich verdriessen gerade so wie den Krebs, den der Schneidermeister zu Hirschbruck vor Zorn in das Wasser warf — doch nichts für Ungut, daß ich [Sie] iezt gewissermasen noch gar mit einem Schneidermeister in Vergleichung setze, mach ich mirs doch selber nicht besser, da ich mich sogar mit einem unvernünftigen Thiere vergleiche, und bin doch wahrlich auch kein Krebs, so bin ich, wie wohl meine rothen Scheeren den ganzen Winter hindurch und der fatale Umstand, daß es mit mir leider immer rückwärts geht, mich zu einem ziemlich Krebsartigen Wesen machen.

Was ich aber eigentlich sagen wollte. Am Sontag hab ich meine erste Predigt gehalten. Hören und Sehen vergieng mir, als ich mich so von einem Meere von Hauben und Frisuren umfluthet sah. Die Leute sehn alle so kennerisch aus, unter den Hauben und Frisuren; Uebrigens war es keine Antrittspredigt. Mauritii sagte, da ich keine Seelsorge bekomme, so werd ich nicht presentirt, und da ich nicht presentirt werde, so sei keine Antrittspredigt nöthig — das halten Sie für eine Ausflucht. Aber sehen Sie iezt einmal wie Unrecht Sie mir thun. Ich werde die Predigt doch schiken in den Ferien, wenn ich Zeit habe sie abzuschreiben. O ich hab mich in dem Stück ganz geändert. Ich bin so stolz, daß die Karlsruher Kenner so zimlich zufriden waren, und kaum die Hälfte Zuhörer, höchstens 2 oder 3 mehr, einschlieffen, so stolz, daß ich die Predigt in die ganze Welt schiken möchte, und Sie mir keinen größern Verdruß anthun könnten, als wenn Sie mich wissen ließen, daß Sie dieselbe nur aus Spaß verlangt hätten. Aber ein Karlsruher Diakonus lasst nicht mit sich spaßen. Sie müssen sie iezt haben, und sollten Sie nur Baumwollen drauf spinnen, oder ihre blonden Haare damit aufwikeln; Bis dorthin ists ohnehin eine alte Predigt und was kann eine alte, und noch dazu eine schlechte Predigt für einen schönern Tod pretendiren, als einen solchen.

Und das wollt ich auch noch sagen, daß der Zucker gar süß war in der neuen Zuckerbüchse, und daß ich mich recht schön dafür bedanke, vermutlich war er ia von Ihnen. Wenn er doch gar vom Hans Jerg gewesen wäre und ich hätte mir ihn so süß vorkommen lassen, das wäre eine rechte Narrheit von mir gewesen. Und noch für eins mus ich Ihnen danken vermöge eines unwiderstehlichen Dranges meines Herzens, so ungern ich es um Ihretwillen thue, für alles Gute und Angenehme, für alle Freude die ich in Ihrer Nähe empfand, wenn ich auch nur still in einer Ecke saß und Ihre guten frommen Gesinnungen bewunderte, und mich an Ihren sanften Tugenden ergözte. Doch ich erinnere mich, daß ich auch eine edle Bescheidenheit an Ihnen entdekte, also kein Wort weiter. Seyen Sie meines Danks und meiner Hochachtung versichert.

Möge der Himmel alle guten Wünsche wahr machen, die mein Herz für Sie hat, so oft ich Ihrer gedenke. Leben Sie wohl und gönnen Sie bisweilen einen müssigen Augenblik dem Andenken

Ihres gehorsamsten D[iene]rs Hebel

Prorectors Haus: *das noch heute vorhandene „Kapitelhaus", wo sowohl die Schulräume des Pädagogiums Lörrach als auch die Wohnung des Prorektors Günttert untergebracht waren.*

Wertheste Jungfer Gustave, Carlsruhe, den 26. Dec. 1791

Gesagt, gethan! Gestern giengen die Weihnachtsferien an. Heut ist die Predigt abgeschrieben und mit der nämlichen Dinte, die ich zur lezten Zeile der Predigt in die Feder nahm, fang ich auch den Brief an. Aber nur ein wenig Geduld! Predigt und Brief soll ruhig ligen, bis ich eine Antwort von Ihnen sehe. Einsweilen hab ich Zeit, eine kleine Vorrede dazu zu schreiben. Fürs erste werden Sie bemerken daß ich vom Anfang bis ans Ende darauf ausgieng, dem alten Mauritii eine Nase zu drehen. Es mußte eine Antrittspredigt werden und doch keine — keine und doch eine, und so ists auch worden. Für's andere: wenn Sie am 22sten Sonntag nach Trinitatis 1789 Nachmittags in Lörrach in der Kirche waren und das Wort, wie sich's gebühret in einem feinen guten Herzen bewahret haben, so werden Sie bemerken, daß es gar nur eine alte, wiewohl ziemlich umgearbeitete Predigt ist. Aber was ich für ein Thor bin, daß ich mich selbst verrathe; wer wird sich von so langer Zeit her mehr an eine Predigt erinnern — Glauben Sie nicht, was ich da gesagt habe, es ist alles nicht wahr. Eine schändliche Verleumdung ists, die ich mir aus eitel Bosheit selber andichtete. Mein Lebtag würde ich das nicht thun, eine alte Predigt zum zweiten mal und noch gar in K.Ruhe wieder aufzutischen.

Den 31sten, 3 Stunden vor dem neuen Jahr —

Vielen Dank für Ihren lieben, lustigen, freundlichen Brief und Ihrer Frau Schwester ebensoviel. Auf und nieder ist sie's gewesen, von Anfang bis zu Ende. Sie soll zu seiner Zeit auch eine recht hübsche Antwort haben. Sie aber lassen sichs nicht reuen, mir so bald und schön geantwortet zu haben, wenn Sie sehen, daß ich schon wieder angestochen komme. Die Charten müssen eben auf's neue Jahr fort und mit den Charten läßt sich die Predigt am bequemsten in einem Paket transportiren, und der Predigt als meinem lieben Herzenskind, mus ich doch auch ein Empfehlungsschreiben mitgeben. In Zukunft will ich auch schon bescheidener seyn.

Daß Sie nicht wissen, was Tags nach dem Schneegestöber gesagt worden, wundert mich nicht. Denn Sie haben's nicht gesagt. Aber eben deswegen geht es auch nicht wohl an, daß ich verrathe, was ich von einer dritten Person gehört habe. Hat Ihre Frau Schwester ein so gutes Gedächtnis als ich — denn sie war dabey — und will sie es sagen, so hab' ich nichts dagegen einzuwenden. Vielleicht fallt es ihr eher ein, wenn ich ein wenig darauf helfe; es war von den Eimeldingern die Rede, wie sie sagten, wenn sie nach Eimeldingen kam, es hat sich lang nicht schiken wollen, endlich kam's doch recht heraus. Am Mittagessen wars. Sie schnitzig zu machen, war meine Absicht nicht.

Heute war Meister Theninger bey mir. Wenn ich nicht gerade einen guten Freund bey mir gehabt hätte, so hätt er mir eins singen müsen. „Süßer Christ" u. s. w. oder so etwas.

Viel Glück zum neuen Jahr! Ich bin mit der vollkommensten Hochachtung Ihr gehorsamster D[iene]r Hebel

Eimeldingen: *In dem unfern von Weil gelegenen Dorfe war Martin Fecht, der Vater Gustave Fechts und Karoline Güntterts, Pfarrer gewesen.* schnitzig: *neugierig.* Meister Theninger: *wohl ein Übername für Georg Friedrich Bronner.*

AN GUSTAVE FECHT

Wertheste Jungfer Gustave, Karlsruhe, den 19. Febr. 1792

Wenn ich mir auch den Himmel, oder was mir für iezt noch eben so lieb wäre, einen stillen traulichen Ruhesitz im Oberlande verdienen könnte, so wüsste ich Ihnen doch von Pf. Bodmer nichts andres, weder gutes noch böses zu sagen, als daß ich ihn nun zum drittenmal hier gesehen und gesprochen habe. Von seinen häuslichen Verhältnissen u. s. w. weiß ich keine Sylbe; ich werde aber nächstens ihn besuchen, und dann als Augenzeuge treulich melden, was ich selber weiß, nur nehmen Sie mir nicht übel, daß es mir für iezt noch mehr angelegen ist, Ihnen zu schreiben als den Pf. B. zu besuchen. Ich werde sehen, wie ich den Brief mit andern Sachen ausfülle.

Am Sontag Septuagesimä, zum Exempel sollte ich zum erstenmal

Vormittags bei Hof predigen. Ich sah schon im Geist voraus, wie sich alles in Thränen badete, wie der Sigrist mit einem Regenschirm in der Hand, den Klingelbeutel einziehen muste, wie der Marggrav mir ein Patent als Hofdiakonus mit einer Zulage von 200 fl. ins Haus schikte. Und siehe in der Nacht vom Samstag auf den Sontag bekam ich einen Anfall von Colik, woran ein Mittagschmaus vom Samstag die meiste Schuld haben mochte, so daß ich noch am Sontag früh um 7 Uhr muste aufkünden lassen. Pf. Preuschen erbarmte sich vätterlich. Da mich die Vormittagschristen noch nie gehört hatten, so darf ichs dismal ohne Verdacht von Eitelkeit sagen, daß die Kirche ziemlich angefüllt war. Und siehe, da trat vor der neugierigen Versammlung mit einer unstudirten Predigt der Pfarrer Pr. auf, den man schon so oft, und so genug gehört hatte. Am Sontag drauf wollt ich den Fehler gut machen, und führte die Leute zum zweitenmal und noch ärger an. Das erstemal ärgerten sie sich, daß ich nicht kam. Das zweytemal kam ich, und nun bereuten sie es, daß sie nicht zu Haus geblieben waren. Man konnte so trocknes Fußes durch die Kirche wie durch einen geheizten Bakofen gehen, auch ist der Lauffer von Hof noch nicht gekommen.

Sie sind gar zu gut, daß Sie mir durch Ihren Antheil meine Arbeitslast erleichtern, und meine Ruhe nach vollbrachtem Werk versüßen wollen. Meine eigentl. Stunden in prima und secunda sind

Montag	Vormitt. v.	8—11	Nachm.	2—3
Dienstag	Vor.	9—11	Nach.	2—4
Mittw.	V. —	8—11	o	o
Donnerst.	V. —	8—11	Nach.	2—3
Freitag	V. —	8—10	Nach.	2—3
Samstag	V. —	8—10	o	o

Die 3 übrigen Stunden, die ich bei den Schulseminaristen, Realschülern und Juden habe, sind meiner Willkür überlassen; ich habe sie also für den Winter Mont. Dienst. u. Donnerst. von 1—2 genommen, und seit d. 1. Jenner in allem 10 Stunden gehalten.

Die ganze Last ist also ziemlich leicht, und was das Predigen betrift so freue ich mich von einer auf die andre. Ueberhaupt, da mirs mein Schicksal nicht gönnte in Lörrach bleiben zu können, oder in Tüllingen, oder sonst wo in der Nähe des Lebens froh zu seyn, so wünschte ich auch sonst an keinem andern Ort zu seyn, als wo ich bin. Aber freilich auf dem Tüllingerberg, wär es noch gar viel feiner und lieblicher, wo man doch auch Schnee sieht im Winter, und Blüthen im Frühling und wo es im Sommer donnert und blitzt, als wenn der liebe iüngste Tag im Anzug wäre. Ich glaube daß am iüngsten Tag die Morgenröthe lauter Blitz seyn, und der Donner Schlag auf Schlag die Morgenwache antrommeln werde. Wie es dann an ein Bettglockläuten gehen wird, von Hauingen an um den Berg herum bis nach Efringen hinab, wie die Leute sich die Augen reiben werden, daß es schon tagt! wie es an ein Schneiden und Garbenbinden gehn wird, denn man will behaupten, daß der iüngste Tag in die Erndte Zeit fallen werde! Und wie sich die Leute wundern werden, daß es nimmer nacht werden will! Das alles könnte ich dort oben herab ansehen, und nach Weil hinunter schauen, und denken: nun werden sie da unten doch auch aus den Federn seyn und in ihrem Stark oder Schmolk den Morgensegen am iüngsten Tag, aufsuchen. — Und wer weiß, was ich thäte, ob [ich] nicht in der blitzigen Morgendämmerung geschwind durch die Reben hinabstolperte, und Ihnen zusammen Ihre schweren goldenen Garben binden hülfe. Denn mein eigenes bischen Halmen, Gott erbarms, würde in alle Wege bald unter Dach seyn. Doch seys nun wie's ist. Bis dorthin werden wohl alle Thäler ohnehin ausgefüllt und alle Berge eben seyn, und ich werde Sie zusammen aufsuchen, und finden wenn ich auch 100 Meilen von Weil entfernt wäre. Unterdessen durchleben Sie noch viele heitere frohe Tage, und säen Sie fleißig aus in Glauben, Liebe und Gedult, und geniessen Sie die Freude zu bemerken, wie die Saat dem lieben Erndtetag entgegen keimt.

Ich bin mit der völligsten Hochachtung Ihr gehorsamster Dr. Hebel

Grüßen Sie den Karl Wilhelm.

Stark und Schmolk: *Joh. Friedrich Stark (1680–1756), Benjamin Schmolk (1672–1737), Dichter von Kirchenliedern.*

Liebste Jgfr. Gustave! [Mitte—Ende August 1792]

Ists Ihnen doch auch wider einmal in die Feder geiukt? Es hat hart gehalten dismal. Doch ich darf mich nicht sehr mausig machen. Denn Sie haben zum rechten Mittel gegriffen, mit dem man sich aus der Sache helfen kan, nämlich noch andern Leuten Vorwürfe zu machen, daß man gern zufriden ist und schweigt, wenn nur Sie zufriden sind. Ihnen gelingt so eine List schon, denn Sie wissen wohl, daß man sich gern einen kleinen Muthwillen gefallen lasst, wenn Sie nur hübsch zufriden und freundlich sind. Sonst hätten Sie sich ia auch mit Ihrem Aemtlein entschuldigen können. Aber freilich wenn man an einen schreibt, der das Aemtlein selber im grossen treibt, und wohl weiß, was sich noch neben her prästiren lasst, so ists doch rathsamer, sich durch ein ander Mittel aus dem Spiel zu ziehen.

Ich nehme Antheil an dem Vergnügen, das Ihnen die Blumenzucht zu verschaffen scheint. Wenn ich schon keinen frischen Straus bei Ihnen holen kann, so hab ich doch noch einen alten auf einem Buche stecken, und dort soll er nun auch mit Ehren stecken bleiben, bis ich mir über kurz oder lang mit Gefahr einer rothen Nase einen andern holen kann.

Sie thun sehr wohl, daß Sie sich weder vor den Franzosen noch vor Dieben fürchten. Für die Diebe kann ich Ihnen zwar nicht gut stehen, es ist auch nicht nöthig, da Sie Courage haben. Was aber die Franzosen betrift, so glaube ich keineswegs, daß sie kommen werden. Sollte es dennoch geschehen, so haben wir allen die sich fürchten, bei dem gemeinschaftlichen Unglück, immer das zum Voraus, daß es uns nicht lange Angst darauf war. Wir sind hier in größerer Gefahr, als Sie droben. Satt am Rhein steht ienseits ein Lager von 12,000 Mann, und auf dieser Seite nur ein zügelloser Hauffen von Mirabeau und Condischen Emigranten, die durch ihre Neckereien den Feind eher herüberziehen als abhalten könnten. Es sind wirklich schon Feindseligkeiten vorgefallen, die diesseitigen schossen mit gezogenen Gewehren hinüber, und erlegten einige, und der Commandant von Fort Louis antwortete mit ein paar Duzend Kanonenkugeln, die einem Buben das Leben kosteten.

Schreiben Sie mir doch, aber eh Sie die Winterschule anfangen, denn sonst wird nichts daraus, was die Franzosen mit der Insel der Fr. Pf. Frommelin angefangen haben. Dafür erzähl ich Ihnen zum Voraus etwas artiges, das ich im Lager zu Philippsburg gesehen habe. Das Lager wurde nicht eher bezogen, als bis die Erndte aus dem Feld war. Ein einziger Acker stund noch da, der nicht konnte geleert werden, weil er mit Grundbirn besezt war. Um ihn zu schonen, wurde bei der Errichtung der Zelten Bedacht darauf genommen, daß er zwischen zwey Reihen kam. Alles lief zwar hinüber und herüber, aber keine Staude war ausgerissen, keine zertreten.

Ist es nicht ein artiger Anblick, mitten in einem Lager einen angebauten, geschonten und gleichsam in militärischen Schutz genommenen Acker anzutreffen und die Sicherheit des Friedens und die Anstalten des Kriegs so nahe bei einander zu finden. Ich mache mirs zur Pflicht, zur Ehre der Kayserlichen diesen schönen Beweis ihrer Menschlichkeit wo ich kann bekannt zu machen, und ich bin überzeugt, daß wenigstens Sie mich nicht wegen meiner Einfalt auslachen werden. Es soll mich freuen, wenn Sie mir von den Franzosen auf der Rheininsel ein gleiches rühmen können.

Hr. v. Röder spreche ich bisweilen, nicht so oft als Sie vielleicht glauben. Aber die Schuld ligt nicht an ihm. Er ist so freundschaftlich hier wie droben, aber wenn er nicht zu mir kommt, so sehn wir uns nicht. Ich bin die ganze Woche entweder im Gymnasium, wo er nicht hinkommt oder im Lesezimmer, wo man nicht sprechen kann, oder daheim. — Es ist ein sehr angenehmes verlassenes Gärtchen im Hartwald, ¼ Stund von hier, mein ehemaliger Lieblingsort, wo ich die letzten Träume meiner Kindheit verträumt, so manches Vogelnest gewusst, so manche Erdbeer gepflückt, und später so manches Buch gelesen, und noch 1780 als ich von Erlang zurückkam, mich gröstentheils aufs Examen vorbereitet habe, wo mich jedes Plätzchen beinahe wider an etwas erinnern würde, — und wollen Sie es glauben, daß ich seit meines iezigen Hierseyns noch nie dort, und noch nie auf dem Weg dahin war?

Auch den Grosvatter habe ich noch nie besucht. Einmal sah ich ihn hier um Weihnacht. Die Grosmutter aber hat eine herzliche Freude an Ihrem Gruß gehabt, und mir ein langes und breites erzählt, was sie für eine wohlgezogene Grostochter habe. Wie's die Grosmüttern machen!

Das Papir geht zu Ende. Halten Sie fein gute Zucht in Ihrer Schule, und wenn ich Ihnen mit meinen längern Erfahrungen an die Hand gehen kann, so zweifeln Sie nicht an der Bereitwilligkeit

Ihres gehorsamsten Drs Hebel

Aemtlein: *Gustave Fecht hatte für die jungen Mädchen in Weil eine Handarbeitsschule eingerichtet.* Condische Emigranten: *die im Oberamt Oberkirch stationierten, dem Prinzen Condé unterstehenden französischen Emigranten in Stärke von 20 Kompanien.* Insel der Frau Pfarrer Frommelin: *die heute nicht mehr vorhandene „Schusterinsel" im Rhein, im Besitz der Weiler Pfarrerswitwe Frommel.* Lager zu Philippsburg: *Dort hatten österreichische Truppen ein Feldlager für 10 000 Mann aufgeschlagen. Am 4. August wurde das Lager geräumt.* Grundbirn: *Kartoffeln.* Grosvatter, Grosmutter: *Die Bezeichnung gibt Rätsel auf, denn Gustaves wirkliche Großeltern, Fecht wie Kißling, lebten damals nicht mehr. Möglicherweise handelt es sich um einen Großonkel und eine Großtante, die Großelternstelle bei Gustave vertraten.*

AN GUSTAVE FECHT

Liebste Jungfer Gustave, [1. Dez. 1792]

Ich weiß nicht, was ich machen soll, ob ich Ihnen auch ein Brieflein beylegen will, oder nicht. Ich möchte gar zu gern noch 4 Wochen warten, wenn's nicht so lang dauerte, daß ich Ihnen auch zugleich zum neuen Jahr gratuliren könte. Am besten könten Sie mich zwar aus der Verlegenheit selber reissen, wenn Sie mir diesen Monat noch antworteten, damit ich Ihnen bis dorthin wieder schreiben könnte. Indessen seh ich doch auch nicht ein, warum man den ersten Jenner absolut abwarten soll, um das N. Jahr zu wünschen. Wenn es einmal selber da ist, so ist es ohnehin nicht mehr nöthig, daß mans einem wünscht. Ich wünsche Ihnen also lieber sogleich, und zwar heute den 1sten Dezember, daß Sie den 31sten dieses Monats Nachts gesund und leicht und sanft sich aus dem alten Jahr ins neue hinüberschlafen, und am 1sten Jenner 1793 heiter und froh erwachen mögen. Die Morgensonne soll Ihnen so bescheiden, wie sie um diese Jahreszeit zu seyn pflegt entgegenblicken, wenn Sie die Augen eröffnen und ia keine Wolke den Spaß verderben, und es soll ganz stille und heiter in der Luft seyn. Wenn's gewindet und geschneyt sein muß, so kanns ein Par Tage vorher geschehen, denn die Reben werden doch bis dorthin gedeckt, und der Köhl an der Gartenmauer eingeschlagen seyn, und der schöne heitere Neu Jahrsmorgen soll Ihnen und allen braven Leuten nah' und fern eine gute Vorbedeutung seyn fürs ganze Jahr, daß Sie nicht mehr nöthig haben, das Maul zu hängen.

Ihre Frau Schwester ist zwar auch mit eingeschlossen, wie sich von selbst versteht, wenn sie mir aber auf meine Gratulation vom 1sten August geantwortet hätte, so hätt' ichs ihr auch apparti gewünscht, wie Ihnen, und vielleicht noch etwas oben drein, ich weiß schon was? Indessen hat sie noch Zeit, wenn sie will.

Herr Pfarrer wird Ihnen sagen daß ich nun auch bald wieder ins Oberland komme. Freilich erschien ich alsdann in einem braunen halbleinenen Kamisol mit Ermeln, grauen zökenen Beinkleidern, und Holzschuhen. Am Sonntag aber, wenn ich der Frau Pfarrerinn Prisen bringe, komme ich in weißen baumwollenen Strümpfen, schwarzledernen Beinkleidern, einem rothen Kamisol mit runden Knöpfen, und einem Rübelisrock. Um den Hals trag ich ein Stücklein Flor mit herabhängenden und in den Busen gesteckten Enden, ein Rosmarinschoß im Mund und eine Gerte in der Hand, aber die Gerte leg ich iedesmal im Hausgang ab. Das gekräuselte Haar behalt ich, wie iezt, nur ohne Puder, und alle Jahre 2mal wenn ich dem Herrn Pfarrer den Lucerner Blappert bringe, zieh ich auch zum Andenken ein Ueberschläglein an, aber unter dem Hemde, daß es niemand sieht, wie der Herr Marggrav das Ordensband trägt. Und wenn Sie sich alsdann noch erinnern werden, daß Sie mich sonst auch schon gesehen haben, so geh ich zum Dank daß Sie sich meiner ehmaligen Bekantschaft nicht schämen, allemal mit Ihnen, nota bene, Sie voraus und ich hinten nach in der Stadt herum, wenn Sie nach Basel kommen, und zeige Ihnen die Häuser, und trage Ihnen, was Sie einkauffen, zur Jungfer Dienastin, oder bis nach Weil, wenn Sie wollen, oder bis nach Konstantinopel, wenn Sie wollen. Doch nein, um Vergebung — nach Konstantinopel nicht. Denn ich könnte sterben unterwegs, zumal wenn ich viel zu tragen hätte, und möchte doch gern in Weil begraben seyn, neben des Morlaki's Mutter, oder neben der Frau, die nimmer um den Altar gehen kann, oder auf dem

Belchen. Wer weiß, was die Türken mit mir machten, ob sie mich nicht in einen Sack einnäheten und ins Meer würfen. Es könnte mir ohnehin leicht gerathen, daß ich noch von den Fischen verzehrt würde, denn ich hoffe doch nicht für die Vögel geschaffen zu seyn. Was denken Sie? Ich sey ein alberner Mensch, daß ich Ihnen nichts vernünftigeres, als solche Alfanzereyen zu schreiben weiß. Nur Gedult, ich will mich bessern. Nehmen Sie dies als die erste Probe davon an, daß ich hier schließe. Ich bin wie oben bemerkt

Ihr gehorsamster Dr. Hebel

Noch eins: Wem hab' ich denn in L[örrach] die Antwort gegeben, daß ich ein süsser Herr sey? Aber ich bin wohl nicht klug, daß ich noch frage. Sie sagen mirs doch nicht, und freut Sie noch, wenn's mich recht wundert. H.

Noch etwas. Wenn ich nicht emigriren darf, so will ich mir bis Frühiahr meine Komode einlegen lassen, wenn Sie mir ein Paar Scheiter von dem kostbaren Holz verschaffen könten, das in L[örrach] feil ist. Der Pforzheimer Botte wird schon so gut seyn, und es mitnehmen. Wenn Sie mir keines verschaffen können, so schreib ich an den Hrn. Vogel. Wenn ich so gewiß ins Oberland gekommen wäre, als ich gern droben gewesen wäre, und so lange droben hätte bleiben können, als ich droben sein möchte, so stünde Professor Wolfs Logis (das alte nemlich, nicht sein ietziges) schon lange wieder im Wochenblatt. Aber wars nicht klüger daß ich hier blieb? Den Lampertenstock werden die Kayserlichen schon gefunden haben, wie des Kuh-Plagers Schwein in Tüllingen. Er hats an den Kühen verdient, daß ihm die S[oldaten] das Schwein geholt haben. —

N. S. Ich brauche keinen rothen Faden. Ich hab noch genug, halbe Stränglein und ganze, und Knäulein, die ich Ihrer Frau Mama, und Ihnen und der Frau Prorektor Zandtin weggepuzt habe zum Flikken. Sehn Sie iezt schließe ich ia. H.

Kamisol: *Unterjacke.* zöken: *aus grobem Halbleinen.* Rübelisrock: *Rock aus geripptem Baumwollsamt.* Lucerner Blappert: *alte Luzerner Scheidemünze. Vermutlich handelt es sich um ein kleines Gefäll, das dem Pfarrer von Weil halbjährlich von seinen Gemeindemitgliedern übergeben wurde.* Morlaki's Mutter: *Morlacken nannte man nach einem ihrer Stämme Dalmatiner, die sich bei den österreichischen Truppen am Oberrhein befanden. Wahrscheinlich ist ein exotisch aussehender Weiler Bürgerssohn gemeint.* Pforzheimer Botte: *Pforzheim stand in regelmäßigem Handelsverkehr mit Straßburg und Basel.* Professor Wolfs Logis: *Hebel bezog die Wohnung des 1791 gestorbenen Gymnasiallehrers Ernst Ludwig Wolf.* Lampertenstock: *Eine damals hauptsächlich in Weil angebaute Rebsorte.* die Kayserlichen: *Vom 1. April 1792 bis 1. Februar 1793 lagen 250 Mann österreichischer Trupppen in Weil.*

AN GUSTAVE FECHT

Liebste Jungfer Gustave, KRuhe, d. 22. [17.] Febr. [17]93

und überhaupt vom Oberlande erzählt, und tröste sie wenn sie mich in der Nacht mit ihrem Schuhu aus dem Schlafe erweckt, und so kläglich ihre Freiheit beseufzt mit der Versprechung, daß wir, wenn sie noch ein par Jahre Gedult hat, mit einander ins Oberland wandern werden, wo es ihr gar viel besser gefallen soll, und wo ich ihr vielleicht auch die Freiheit schenken werde, und ihr gar heimliche und schauerlich schöne Felsenklüfte, alte Gemäure und hohle Eichen vielleicht gar in den Waldungen meiner eigenen Pfarrey zeigen kann, in denen sie alsdann ihre Oekonomie nach eigenem Gefallen selber einrichten kann.

Sie werden nicht wissen liebste Jungfer Großtochter, was das für ein Geschwätze ist, und werden vermutlich auf die besorglichen Gedanken gerathen, daß ich meinen Namenstag ein wenig zu stark celebrirt habe. Um mich nun gegen den Argwohn zu verwahren muß ich Ihnen vor allen Dingen sagen, was aber Ihre Frau Schwester nicht erfahren darf, daß heut gar nicht mein Namenstag ist, daß wir heute erst den 17ten haben, obgleich meine Briefe vom 22ten datirt sind, denn theils mus ich darauf sehen, daß die Depeschen auf den 22ten oder doch nicht lange hernach ankommen, und fürs andre würde ich bis Freytag wegen einer Predigt, auf die ich zu Ende der Woche studiren muß, nicht viele Zeit zum Schreiben haben. Was aber den unverständlichen Anfang des Briefes betrift, so werden Sie aus dem an Ihre Frau Schwester, von welchem der Ihrige die Fortsezung ist, ersehen, daß von meiner lieben Nachteule die Rede ist, die wirklich aus dem Winkel hervorkriecht, als wenn sie merkte, daß ich von ihr schreibe. Sie sollten das artige Thierlein nur sehen; sie ist von der kleinsten Art, gesprenkelt dunkelgrau und hellgrau, mit einer sehr nachdenklichen, fast melancholischen Mine, und einem Schnabel wie gedrechselt. Sie hat nur zwey Fehler, den ersten, daß sie mir alles herunterwirft, wo sie hinflieget, und den zweyten, daß sie gewöhnlich etwas anders dafür hinlegt. —

Ich hatte auch einen Laubfrosch seit dem August. Aber wie einem immer das Alte verleidet, wenn man etwas neues hat, so giengs auch hier. Am 28sten Jenner als dem Namensfest des Herrn Marggraven, gab ich ihn der Eule zu fressen.

Am Karlstag war ich bey einem großen Schmaus und an des H. Erbprinzen Geburtstag wieder, und habe helfen die schönen Lieder singen, von welchen Herr Maklott in der Zeitung sagt. Alle haben gesagt, ich singe am schönsten in der ganzen Kompagnie. Ich aber habe gedacht, wenn ihr erst die Jungfer Gustave im Oberland hörtet, und die Frau Karoline, von der ichs gelernt habe. Wenn Sie Freude dran haben oder der Herr Pfarrer, so will ich Ihnen die Lieder schicken.

Herr v. Röder läßt Ihnen insgesamt ein Kompliment melden, dem ich das meinige ebenfalls insgesamt beylege. Er wartet auf einen Brief von Herrn Pfarrer, und ich ebenfalls. Seine Frau lag lange krank an bösen Brüsten, geht aber iezt wieder aus.

Ich muß eine halbe Seite Platz lassen zur Adresse, sonst liest die Frau Pfarrerinn Ihren Brief auch. Leben Sie wohl beste Jungfer Gustave. Ich empfehl's der Sonne alle Morgen, daß sie Ihnen recht freundlich scheinen soll, und bin Ihr und der Frau Karoline ergebenster Diener Hebel

Namenstag: *Hebel feierte also seinen Namenstag an Petri Stuhlfest, 22. Februar.* Karlstag: *28. Februar, Todestag Karls des Großen.*
die schönen Lieder: *In der Carlsruher Zeitung zeigt der Verleger Macklott zwei Gedichte an: „Auf das Geburtstagsfest unseres Durchlauchtigsten Herren Erbprinzen, wovon das eine auf Höchstdessen Genesung Bezug hat." Verfasser war vermutlich Macklott selbst.*

Liebste Jungfer Gustave! [Oktober 1793]

Rathen Sie, was ich thue. Bier trinken? Nein. Taback rauchen? Nein — Hanf reitteln? Oho! in der Residenzstadt und noch dazu am Sonntag, unser Lebtag nicht. Oberländer Wein trinken auf Ihre Gesundheit: Ja! Das thu' ich. Wenns an einem Sonntag schön Wetter ist, und ich nur halbwegs glaube, daß iemand von Lörrach nach Weil komme, so laß ich mirs nicht abkauffen, daß ich nicht in den Keller gehe, und auch mein Gläslein mittrinke, und mein unmasgebliches Ja oder Nein zu dem gebe, was ich denke, daß diesen Nachmittag droben abgehandelt wird. Zum Exempel heute ist meiner Vorstellung nach die Rede davon, ob sich die Jungfer Gustave auf die Basler Messe auch so einen schönen Hut kaufen soll, wie die Frau Speciälin einen von Karlsruhe mitgebracht hat. Der Herr Bergmann meint: Ja, ich auch, der Hr. Prorektor auch. Ferner ob sie die Haare vornen an der Stirne, und an den Seiten sollen abstutzen lassen? Wiederum Ja. Aber die Frau Mama will nicht. Also unterbleibts für dismal. Sonst wird auch noch vom Mostsieden, Hecheln, Krautschneiden, Erbsensetzen geredet, aber das sind Haushaltungssachen, die ich nicht verstehe. Ich kann nichts als Schwarzwurzeln säen, und das schlecht genug.

Die vorige Woche war ich in Rastadt, in Gagenau auf der Glashütte, in Gernsbach, in Baden bei der Grosmutter blieb ich 1 ½ Tag. Ferner war ich in einer Erzgrube und weiter oben bei Bühl in einem tiefen, tiefen Steinkohlenbergwerk, wo ich einmal wegen den dicken Schwefeldünsten und Mangel an Luft wider zurückmuste, um nicht zu ersticken, bin aber doch wieder hinein und bis ans Ende. Frölich der mich begleitete hielts besser aus. Unterhalb Bühl kam ich an der Oberländer Landstrasse hinaus. Ach wie es mir da zu Muth war? Wie alle Freuden des Oberlands in meiner Seele aufwachten! Aber was half mirs auf der Strasse zu sein, mein Weg ging wieder hinabwärts. Schwer beladen mit 4 Säcken voll Erz und Steinkohlen und Kieseln kam ich wieder heim, und fühlte iezt von neuem und erst recht, was für einen Fluch mir der Himmel auflegte, daß er mich nach Karlsruh sendete. Ach es war so lieblich und so heimlich und so ruhig in den verborgenen Thälern und so frey und hehr auf den Anhöhen, wo ich herum kletterte, und alles dem Oberland so ähnlich. Jezt lauf ich wieder in dem Geräusch der Stadt umher allenthalben umgeben von Häusern und Mauern, die doch noch den Vortheil haben, daß sie meinem Auge, die unfreundliche langweilige Sandfläche, das leere todte Wesen der ganzen Gegend verbergen.

Also wieder einmal geklagt, wieder die alte Leyer! werden Sie denken, und den Brief überdrüssig wegwerfen. Lassen Sie ihn immerhin liegen, wo Sie Ihn hingeworfen haben, es kommt nichts Wichtiges mehr nach. Sollten Sie ihn aber doch wieder aufheben, (denn ich weiß, daß der Zorn gewöhnlich bald bei Ihnen vorüber geht) so nehmen Sie noch die Versicherung an, daß ich mit den hochachtungsvollsten Gesinnungen ohne Unterlaß verharre

Ihr gehorsamster Dr Hebel

AN GUSTAVE FECHT

Beste Jungfer Gustave, [Dezember 1793]

Da bin ich auch wieder — durch die Stettemer Matten herab, am Batzenhäuslein rechts um, husch über den Wiesensteg, Rebberg auf, Rebberg ab — da bin ich! Ich sey schon lange nicht mehr da gewesen, meinen Sie? Recht oft komme ich, fast alle Tage, aber Sie könnens nicht sehen. Am Tage hab' ich wenig Zeit mehr. Gemeiniglich komm ich alsdann Abends und schaue zwischen den Fensterläden hinein, und wenn ich Sie alsdann alle wieder gesehen habe, wie sie zusammen spinnen oder stricken, oder wie sie Tafel halten oder was sie thun, so bin ich zufrieden, spiele noch ein wenig mit dem Bummer oder mit dem Kappi, wenn er da ist, und gehe alsdann wieder heim. Daß ich seit dem Spätiahr nichts mehr von mir merken lies, hat noch eine besondere Ursache. Ich glaubte, Sie seyen alle bös über mich, oder wollen mich nach und nach vergessen. Wenn Sie mich vergessen wollen, dacht ich, so kann ichs nicht wehren, aber von den Fensterläden sollen Sie mich nicht vertreiben, oder es gibt Händel. Unter freyem Himmel laß ich mir nichts befehlen, und wenn mich der Herr Pfarrer da nicht leiden will, so mag er die Fenster an eine andere Seite bauen. Hat ia in Basel auch einer müsen in eine andere Gaße reiten, um so einem Maulaffen aus dem Weg zu kommen. Jezt erlauben Sie, daß ich ein wenig im Haus herumspatzire, und alles besehe, wie es ist. Stränglein seh' ich noch nicht viele; Sie hoffen vermuthlich auf einen langen Winter. Auf der Bibel dort ligt ziemlich Staub, das ist nicht gut liebe Jungfer, zumahl wenn man so oft zu Gevatter gebeten wird, da muß man recht fromm seyn. Einen neuen Schurz sehe ich dort, und ein neues Halstuch, und einen neuen Hut. Potz tausend was schöne Siebensachen. Auch ein Roman auf dem Kommode, woran ich keinen Staub erblicke. Das andre wird schon in der Ordnung seyn. Jezt gehn wir wieder hinunter und sezen uns zur Frau Mamma und zur Frau Günttertin an den Ofen. Der Herr Pastor hat nicht der Zeit, sonst käm er auch.

Sind Sie denn iezt wieder aus aller Furcht und Sorge? Die Franzosen könnens nimmer abbüssen, daß sie soviel Spektakel gemacht haben. Mit Hüningen wills nicht voran gehen. Ich glaube Sie haben mit den Herren Officiers geredet und hintertreibens, damit Sie mir keine Beschreibung machen dürfen. Unser Herr Maklott ist viel patriotischer, der erobert drauf und dran, mit Sturm und Accord, und macht Beschreibungen von Sachen, die kein Mensch gesehen hat. Heute kam Feuer aus, das aber bald und ohne Schaden wieder gelöscht wurde. Ich war gerade auf dem Kaffezimmer. Es lief alles über den Schloßplatz hinaus, die Trommel wurde gerührt, die Wache trat unter Gewehr, eh' man wußte, was es bedeute. Verschiedene Emigrirte die Billiard spielten, liefen in großen Aengsten im Zimmer herum. Einer fragte ganz ängstlich: Les Patriots? Ich hab mir die Bosheit fast nicht versagen können, zu antworten oui, oui!

(. . .)

Jezt kommt der Herr Ungerer mit seiner Frau, iezt ein Basler Weinhändler am heiligen Adventssonntag, iezt ein ungrischer Herr Hauptmann. Sie wissen was in solchen Fällen meine Regel ist. Man nimmt Hut und Stock und marsch zu Thür hinaus. Im Vorbeygehn noch ein Nicken mit dem Kopf und ein Wink, das heißt, Sie sollen wohl schlaffen und gesund bleiben, bis ich wieder komme, und nun vorwärts über Stock und Stein heimzu.

Batzenhäuslein: *Haus des Grenzwächters, wo der Batzen erhoben wird.* Bummer und Kappi: *Hundenamen.* Spektakel: *der gescheiterte Versuch der Franzosen, am 17. September den Rhein bei Hüningen zu überschreiten.*

Beste Freundinn! C. R. den 8. [9.] Mai [1794]

Da sinn ich hin und her, ob ich denn nicht auch einmal während eines recht kraftvollen Donnerwetters in Ihrer lieben Gesellschaft gewesen bin oder ob uns nicht gar irgendwo so ein blitziger Himmelsgruß auf einem Spazirgang überrascht und nach Hause geschickt hat. Wohl erinnere ich mich des frohen Abends, wo uns im Jagdwagen der Blitz von St. Blasien heimgeleuchtet und der Donner den schlaftrunkenen Günttert eingewiegt hat. Aber das war Kleinigkeit, den Mäusen gepfiffen war es gegen dem, wie es jetzt wettert und über die Dächer herabhagelt. Sie sollten's nur sehen, wie es an dem schwarzen Himmel herumzuckt und wie mir der Glast über das Papir herfahrt und wie es tobt und rasselt oben im Himmel und unten auf Erden und wie die Hagelsteine auf den Dächern in die Höhe fahren. Es konnte mir fast angst werden, wenn ich nicht zu gutem Glück an Sie schriebe. Aber während ich mich mit einer so lieben, frommen Seele beschäftige, wird doch der Himmel hoffentlich keinen Unwillen an mir ausüben. Wie wohl ich doch nicht weiß, ob's so ganz richtig ist. Denn ich erinnere mich eben, daß die gute, fromme Seele selber nichts gutes träumt, wenn sich der Himmel in so finstere Falten zieht und uns arme Erdenkinder so mächtig anschnaubt. Helf uns Gott. Wir sind eben arme Sünder und unsre Mütter haben uns in Sünden empfangen. Lieb Mama werden's nicht übel nehmen; die meinige hat mir's mehr als einmal gestanden und mir oft vorausgesagt, es werde mir mein Lebtag nachgehn. Aber sie sagt' es auch nur dem König David nach, der bekanntlich bisweilen durch's trübe Glas guckte, wenn ihn die königlichen Grillen plagten.

Was ich Ihnen wieder unnützes Zeugs schreibe. Aber kann ich etwas dafür, daß es hier so alltagsmäsig zugeht, daß ich Ihnen nichts neues schreiben kann, oder daß sie wenigstens nichts was in C.-Ruhe neues geschieht, besonders interessirt? Ein neues Sp[iel] hab ich gelernt. Sie können iezt auch am räthselhaften Sp. raten. Halb Zwölf heißts. Ihr Herr Stabsoffizier wird's Ihnen schon erklären können, wenn er noch bey Ihnen ist. Vielleicht ists gar das nemliche, was Sie Abends anstatt des anderen Sp. zu Ihrer Beschäftigung machen. Wenn Sie mit dem einen Sp. soviel profitiren, daß Sie das andre in Verding geben können, so sparen Sie wenigstens das H. dabey. Iezt rathen Sie auch am H. und dürfen nur mit den Händen sp[ielen]. Da sonst beym Sp. am meisten die Füße beschäftigt sind, wie wohl man Beyspiele haben will, daß manchmal auch beym Sp. die Füße der Sache den Druk geben. Ich hatte in ¾ Stunden 13 fl. gewonnen und sieben davon glücklich heimgebracht. Dismal hätten Sies mit mir halten sollen. Aber was wärs? Wenn Sie mitgehalten hätten, so hätt' ich nichts gewonnen. Sie haben mir immer Unglück gebracht. — Die Preußen fangen auch an, die Charten zu mischen. Belieben Sie Ihrer l. Frau Mama es als Neuigkeit mitzutheilen. Möllendorf recognoscirte iüngst bis Frankenthal hinauf, und that die unwillige Frage: ob und wann dann die Kayserlichen über den Rhein gehen werden. Am 10ten sagt man nun. Es scheint den Preußen außerordentlich wohl zu thun, daß sie auch einmal zuerst parat sind. — Daß der Todt mit dem Kirchenrath Gerwig einen Solo gespielt und alle Stiche gemacht hat, wird Ihnen bekannt seyn. Der ehrliche, wakere Mann ist desto mehr zu bedauern, da er ein Opfer seiner gewissenhaften Amtstreue geworden ist und das Gift des Todes an dem Krankenbette seiner Beichtkinder geholt hat. Es ist möglich, daß Welper seinen Platz bekommt.

Sie meinen, ich lasse mir K.-Ruhe nicht mehr abkauffen. Was kann ich dafür, daß mir niemand etwas besseres drum bietet. Umsonst gibt man doch auch nicht wieder her, was man einmal hat. 's lieb Liesel hat mich ia auch nicht umsonst aus der Hand gelassen, bis es etwas bessres hatte. Daß es mir in K.-Ruhe iezt besser behagt, als anfänglich, ist wohl wahr und sehr natürlich. Aber ob es mir ie so lieb werden kann, als das Oberland noch ist, obgleich ein andrer: So herzig wie mein Liesel etc. singt, das ist eine andre Frage. Denn wo mans in seinem Leben am besten hatte, da sehnt man sich wieder hin. Ich warte iezt auf Krenzach. Freilich wird alsdann der Frieden mit dem H. Pf. von Weil ein Ende haben, denn Beichtkinder werd ich ihm wenig zuschicken. Doch es ist Zeit, dem Geschwätze ein Ende zu machen, eh' das Sauerampfergesicht kommt. Leben Sie wohl, süße Jungfer Sauerampfer. Ich bin Ihr ergebenster

Dr. und Freund Hebel

Stabsoffizier: *österreichischer Offizier, der im Pfarrhaus von Weil einquartiert war.* Möllendorf: *Unterstützt von österreichischen Kontingenten begannen die Preußen unter Möllendorf am 22. Mai 1794 ihre*

Operationen. Welper: *Christof Wilhelm Welper erhielt die Stelle des am 8. Mai gestorbenen Gerwig nicht und trat in württembergische Pfarrdienste über.* s' lieb Liesel: *Anspielung auf Chr. Fr. Daniel Schubarts „Schwäbisches Bauernlied", das mit den Versen beginnt: „So herzig wie mein Liesel ist halt nichts auf der Welt". Es war das Lieblingslied Hebels und wurde auch von Gustave Fecht und ihrer Schwester gern gesungen.*

AN GUSTAVE FECHT

Theuerste Freundinn! [26. Oktober 1794]

Den Augenblick will mir die Frage einfallen, ob es auch recht sey, am Dankfest frühe vor der Kirche schon Briefe zu schreiben. Ich glaube wohl! Die Frage hat mir gar nicht ein sollen fallen. Man redet ia auch mit den Leuten vor der Kirche und ich habe wohl an sehr hohen Festtagen die Ehre gehabt, mit Ihnen in dem Fall zu seyn. Was ist denn Schreiben mehr als Reden? Es ist nicht einmal so viel. Also lieber Gott, während daß viele tausende aus allen Tönen und nach allen Weisen Dich loben, schleiche ich piano beiseits und gehe nach Weil, wo Du auch daheim bist, so gut wie in Carlsruhe; ehe denn Carlsruh war, ist Weil; und zu Leuten, die Du auch kennst, und Du darfst alles hören, was ich sage.

Aber sonderbar, liebste Jungfer Gustave, ich will an Sie schreiben und schreib an den lieben Herr Gott, der doch meinen Brief schon auswendig kann, eh ich ihn schreibe, und dem ich nicht zu sagen brauche, wo Rheinfels liegt.

Haben Sie tausend schönen Dank für Ihren Brief. Sie verstehn die Kunst einem das angenehmste noch angenehmer zu machen. Lang warten lassen, macht guten Appetit. Wenn Sie mich nur in Ihrer Parenthesis — Herr Pfarrer, was heißt das? — nicht so räthselhaft gelobt hätten! Gut und nachsichtig, dafür laß ich mich gerne halten. Aber die fatalen Streiche drunter und die fatale Connexion. Ists Zucker oder Salz? Ihr Zucker ist süß, das weiß ich noch von den Papirtäfelein her auf des Schlosser Sehls Bänklein. Aber wer süßen Zucker hat, hat auch scharfes Salz. Scharfe Sachen lieb ich nicht, und womit hab ich eine Beitze verdient.

Aber wie Sie so unvorsichtig haben hineintappen können! Erinnern Sie sich denn nicht, daß ich mit einer Reisebeschreibung gedroht habe, wer mir zuerst schreibe? Weil Sies sind, so will ichs gnädig machen, der Herr Günttert hätte iedes Dorf hören müsen, wo wir durchgekommen sind. Wir, denn der Prof. Sander, seine Köchin und ein Sohn des Amtmann Sanders und ein Student waren bis nach Sprendlingen beysammen. Sprendlingen ligt zwischen inne zwischen Creuznach, Bingen und Mainz. Von da geschah der erste Ausflug nach Bingen, Bacharach, Oberwesel aber notabene auf dem Rhein, nach St. Goar und Rheinfels. St. Goar, eine hübsche hessische Stadt, ligt zwischen dem Rhein und einem Berg. Denn Berge lauffen hier zu beiden Seiten am Rhein herab, der deswegen auch sehr schmal ist. Auf einer respektablen Höhe gerade unterhalb Goar ligt das Schloß Rheinfels und hinten dran, landeinwärts die Vestung. Alles hängt zusammen, Vestung, Schloß und Stadt. Gegenüber, das heißt auf unserer Rheinseite sind noch 2 Schlösser, die Katze und die Maus, und zwischen beiden auf der obersten Höhe der disseitigen Berge waren damals 3 Batterien 24 ℔er, aus welchen man allen die Vestung sekundiren konnte. Man sagt der Commandant habe sie auf die Aussage eines einzigen Deserteurs hin verlassen, welcher meldete, daß 30 000 Franzosen im Anmarsch seyen zu stürmen. Die Vestung soll einen ganzen Tag leer gestanden seyn, eh die Franzosen wusten, daß sie verlassen sey. Hier war ich 4 Stunden von Simmern, aber ich gieng nicht hin. Auf dem Rückweg, den wir zu Fuß neben den Weinbergen machten, wurden wir zweymal vom Bammert gepfändet. Das gehört auch zu den Merkwürdigkeiten. Gegen Bingen über gieng's einen hohen hohen Berg hinauf nach einem englischen Garten, der nicht so interessant ist, wie der Arlesheimer, aber eine vortrefliche Aussicht über das Rheingau hatte. Hätte die Gegend mehr Abwechslung, so könnte die Aussicht so schön als die Tüllinger seyn. Segne Gott mein Tüllingen — und Weil unten dran zwiefach und zehnfach.

Bingen ligt wie Basel nur näher und kleiner, die Nahe ist die Wiese, der Rhein ist der Rhein, da und dort unten am Berg ligt Rüdesheim wie Weil und Tüllingen. Heysa hop die Reben hinab, wo wir uns noch einmal ungepfändet für den doppelten Einig des vorigen Tags schadlos hielten. Die zweyte Nebenreise macht ich allein über den Hundsrük. In Obermoschel kroch ich in die Quecksilberbergwerke. Die sind sehr interessant. Aber es geht tief tief hin-

BASEL

ein, man sieht in ¾ Stunden den Tag nimmer, wenn man nur hinein, und wieder hinaus geht, und nirgends stehn bleibt. Aber im Städtchen selbst begegnete mir etwas artiges, wo ich ein Glas Bier trank. Es war mir, als ob ich in des Ginzen Heimath sein müßte, fragte also die Wirthin, ob wohl nicht ein Casimir Ginz hier zu Hause sey. J, sagte die Wirthin, das ist seine Mutter, dort am Ofen, un eich seyn des Casimirs Gschwey. Nun wurde der Philipp Ginz vom Brennkessel geholt, den kannte ich, sobald ich ihn sah, denn er war einmal in Lörrach. Das gab ein Verwunderns und ein Fragens. Ich sagte natürlich den guten Leuten nicht, daß ich schon drei Jahre von Lörrach weg sey, versicherte die alte Mutter, daß sich ihr Sohn wohl befinde, empfieng viele Grüße, die auch schon ausgerichtet sind, freie Zeche und ein Glas frisches Brombeerwasser vom Kessel weg, glaub ich, auf den Weg. Herrstein gieng ich nicht vorbey. Der Amtmann hatte das Haus voll Preußen, doch war ich 2 Tage bey ihm. Da ward eins geplaudert von den alten Zeiten, vom Krenzlin, von der Fabrike, vom alten Hartmann, vom dicken Peterson, von der blinden Kuh, vom Michel mit einem Strich, vom 74ger, vom 80ger, vom 82ger, vom 84ger, vom 88ger, vom hundertsten ins tausendste. Am Montag verließ ich ihn, am Donnerstag waren mit Sack und Pack die Franzosen da. Sicher gemacht durch die Preußen bis auf den letzten Augenblick, brachte er nichts als seine Person in Sicherheit. Seine Frau und Kind, die nach Meisenheim zu ihrem Vater wollte, weil sie aus Mangel an Fuhrwerk ihn nicht begleiten konnte, ward in Fischbach, eine Stunde von Herrstein, von den Franzosen erreicht und seitdem weiß er keine Sylbe von ihr, ob und wo und wie sie lebt. Am Donnerstag als die Franzosen auf den Hundsrük einbrachen, brachen wir auch von Sprendlingen auf, erst nach Mainz, wo wir die Ruinen der ersten, und die Anstalten zur zweyten Belagerung sahen.

Merken Sie bald, daß lang geborgt, nicht geschenkt ist? Wenn dies Blatt aus ist, kommt noch eins. Ich hätte schon lang aufhören können; die Geschichte vom Ginz hätten Sie nicht zu wissen verlangt. Also wo sind wir? In Mainz. Von Mainz nach Worms, 4 Stund von Mannheim. Da waren wir durch die Franzosen abgeschnitten, die den Tag zuvor Frankenthal wider besezt hatten; wir musten also etwas zurück, um über den Rhein und auf sicherm, aber bodenlosem Wege mit 5 Stunden Zubuße nach Mannheim zu kommen. In Mannheim war Comödie. Was kann man bessers thun, wenn der Feind vor den Thoren kanonirt, als Singen und Musizieren und der Zukunft Bitterkeit vertreiben? In der Comödie hab ich Gott zum erstenmal für meine 35 Jahre gedankt. Fünfzehn weniger, so hätte ich mich in ein schmuckes Demoisellchen verliebt und vielleicht — erschossen. Von Mannheim sind's 13 Stund nach Carlsruhe.

Gottlob, werden Sie denken, daß er einmal daheim ist. Versichre Sie, ich habs noch gnädig gemacht, viel ausgelassen und keine Sylbe gelogen.

(. . .)

Daß unser Marggraf und Landgraf von Hessen noch eine Lanze besonders mit den Franzosen brechen will, werden sie wissen. Was der gute alte Papa noch für Sachen hinter den Ohren hat. Ich freue mich herzlich seines bidern teutschen Muthes. Wenns nur gut geht und die eingeladenen Gevatterleute alle kommen. Das Kindlein ist noch schwach, zu frühe ists nicht worden. Frieden wär besser als die blutige Taufe. Aber es wird nicht Friden, glaub ich, wenigstens nicht Ruhe, sag ich gewiß.

Nur noch einen Augenblick Gedult!

Ihre Krankheit hat mir herzlich leid getan. Sehen Sie, auch das darf der liebe Herr Gott hören. Am heiligen Sonntag sag ichs, denn es ist wahr. Hüten Sie sich vor nassen Füßen, und trinken Sie nicht auf das Obst Wasser oder Wein, Äpfel oder Birnen ist einerley. Empfehlen Sie mich Ihrer lieben Frau Mama, ich wünsche sehr, daß auch sie von ihren bösen Augen wieder befreyt seyn und einen gesunden heitern Winter dafür zu genießen haben möge. Einen freundlichen Gruß aus der innersten Herzensbüchse an die gute Frau Günttertin. Gestern hätt sie sollen bey mir seyn, auf neuen Wein und Kastanien, Malaga und Biskuit. Es brütet auch wieder ein Brieflein für sie. Endlich auch einen Gruß und sonst ein freundlich Wörtchen neben drein an meinen lieben Tobeis. Das Consistorium wird ihm nächstens eine schöne Passionshistorie und allerlei hübsche Texte drucken lassen. Haltet sich der Wilhelm gut? Ietzt betten Sie ordentlich ein Vatterunser! es läutet — — — und machen Sie nicht, daß Sie neben den Neuiahrswunsch kommen.

Ich will doch Einsehn haben und schließen. Sehn Sie! Das haben Sie mit dem Vatterunser erbettet: „Erlöse uns von dem Übel".

Sagen Sie auch gleich nach dem Übel Amen? wie der Herr Obr. Lieutenant? Commoder ist's — besonders wenns kurz läutet — und das Kraut anbrennen will. Punktum. Leben Sie wohl, theuerste Freundinn, ich bin ohne Aufhören

Ihr aufrichtigster Fr. und gehors. Dr. Peter H.

Schlosser Sehls Bänklein: *Dieses Bänklein stand unweit des Kapitelhauses.* Simmern: *Geburtsort von Hebels Vater.* Bammert: *Feldhüter, Flurschütz.* Arlesheimer (Garten): *Um das Schloß Birseck bei Basel, von Hebel während seiner Lörracher Zeit mehrfach besucht.* Einig: *Strafgeld.* Ginz: *Casimir war als Küfergeselle nach Lörrach gekommen und hatte dort die Witwe des „Wilden-Mann"-Wirtes geheiratet.* Gschwey: *Schwägerin.* Amtmann: *Wilhelm Kühlental, der in früheren Jahren beim Oberamt Rötteln tätig gewesen und daher mit Hebel bekannt war.* von der Fabrike: *die Indiennefabrik in Lörrach.* Tobeis: *Pfarrer Tobias Günttert in Weil.* das Kindlein ist noch schwach: *Im September 1794 hatte eine Zusammenkunft des Landgrafen von Hessen-Kassel mit dem Markgrafen von Baden stattgefunden, wobei die Gründung eines Fürstenbundes in Aussicht genommen wurde.*

AN GUSTAVE FECHT

Theuerste Jungfer Gustave! [25. Dezember 1795]

Glück zum neuen Jahr! Abermal abgewonnen! Sie können sich, wenn Sie wollen, aus dem Brief den ich an Ihre Frau Mama geschrieben habe, überzeugen, daß ich auf einem Stuhl in der oberen Stube sitze neben dem Fenster das gegen den Blasier MeiereiHof schaut. O ich sehe Sie leibhaftig; Sie stehn an der Commode vor der Uhr und knistern etwas in einer pappendeckelnen Schachtel herum; suchen Sie ein Band auf morgen? Oder legen Sie den heutigen Weihnachtsstaat wieder in Ordnung? Nicht wahr, Sie haben heute communicirt? Sie sehen so feierlich und so heilig aus, als wenn Sie einen Engel gesehen und mit ihm von der Auferstehung der Toten, vom iüngsten Gericht und vom ewigen Leben geredet hätten. Was hat er Ihnen denn schönes erzählt und entdeckt, was wir andern nicht wissen. Ist es wahr, daß die erste Station von der Erde zum Himmel auf dem Belchen ist und die zweite im Mond und die dritte auf dem Morgenstern und daß dort alle 8 Tage ein Komet als Postwagen ankommt und die angelangten Fremdlinge von aller Welt Ende ins himmlische Jerusalem zur ewigen Heimath fährt? Dort soll gar kein Wölklein mehr am lasurenen Himmel bestehen können und soll keine Nacht da sein und keine Leuchte und doch auch kein Licht der Sonne, denn Gott der Herr soll sie erleuchten und regiren von Ewigkeit zu Ewigkeit. Hats Ihnen der Engel auch so gesagt? oder wie? Und hat er Ihnen nichts vom D. Brodhag erzählt?

☆ ☾ ☉ Abra ☆ cad ☆ Abra ☉ ☽ ☆ ***Jn***

Husch bin ich über den Birnbaum weg auf der flinksten Drude Ofengabel über Sumpf und Moor, über Querfeld und Kreuzweg und sitze wieder an meinem einsamen Schreibpult. Doch ist mirs heimlich und so wohl, als ob ich auch dabei gewesen wäre, wie Sie mit dem Engel geredet haben. Morgen gehts zu einem andern Flug und dies Brieflein muß mit — aber nicht auf der Ofengabel, sondern in der Chaise des Hrn. G. R. Brauers nach Baden zu einer Schulcommission. Doch hab ich lediglich nichts bei der Commission zu thun, sondern ich benuze nur die gütige Einladung des Hrn. Geh. Raths, Gesellschaft zu leisten und eine Veränderung zu machen und freue mich, daß ich dem Oberlande und der ersten Station zum Himmel wieder 8 Stunden näher sein werde.

Sie haben mir noch nicht geschrieben, resp. gemeldet, ob Sie auch einmal in Neuenbürg gewesen sind oder ob mich meine Ahndung betrogen hat. Vergessen Sies doch nicht gelegentlich und spinnen Sie fleißig! Es gibt frühe Ostern.

Die schönsten duftigsten Veilchen sollen Sie ausgehends Merzen für Ihren stillen häuslichen Fleiß belohnen. Tausend Glück und Segen. Ich bin Ihr gehorsamster Dr. Hebel

Blasier Meierei Hof: *der in unmittelbarer Nähe des Weiler Pfarrhauses gelegene Bläserhof, Sitz des St. Blasier Stiftsmeiers.* Brodhag: *In Hebels Frage liegt etwas Ironie, da der am 24. April gestorbene Amtsphysikus Carl Friedrich Brodhag nicht gerade als frommer Christ galt.*

d. 23sten Febr 1796

Sind Sie wirklich böse? Oder ist Ihr Brief etwa irgendwo zur Contrebande gemacht worden. Hofentlich nicht! Oder kommen Sie unverhoft etwa selber. Ich hätte Sie dabei haben mögen, wie wir heute ins Kabinett kamen, und einen Glaskasten mit inländischen Nachtschmetterlingen, den mittleren linker Hand, zerschmettert in 1000 Stücke auf dem Boden fanden, und wie mir Heiter 7/4 Stunden lang demonstrirte 1. wie es nicht könne zugegangen seyn, 2. wie es könne zugegangen seyn, 3. wie es denn doch wieder nicht könne zugegangen sein. Eigentlich aber hat er den Erbprinzen im Verdacht.

Ob Sie wirklich böse seyen, hab' ich Sie gefragt. Denn es könnte noch geholfen werden. Ich hab einen Tröster aufgegabelt, der in der badischen Topographie ein wenig vorgearbeitet, und die verwachsensten Wege ausgehauen hat. Kommts Ihnen noch recht und dienlich, so kann ich Ihnen eine kleine Skizze daraus zusamen setzen.

Aber lieber Schatz, nicht vor dem Examen. Wir schaffen über Hals und Kopf. Es muß bis dorthin noch ausgezogen werden in die neue Kronengaße, es muß noch geprediget, muß zum Examen vorbereitet, muß die ganze Zoologie die ich heute mit dem Chaos glüklich, Gott sey Dank geendiget habe, repetirt werden.

Ihnen mag ich wohl gestehen, daß bisweilen unter den Mammalien und Vögeln, und besonders unter den Fischen schon Chaos vorkam, aber den Zuhörern habs ich verborgen, so gut ich konnte. —

Hat die theure Frau Doktorinn denn noch immer das Heimweh nicht? Kein Fünkchen Sehnsucht nach Rheinluft? Ich muß gestehn, daß ich um mich mit dem angenehmen Gedanken Ihrer Heimkehr zu laben, immer mehr auf dieses als auf den Frieden gerechnet habe. Aber diesen Sommer kommen Sie doch? Es haben sich alle Anemonen und Veroniken und Draben etc. verschworen keine Knospe auf zu thun, biß Sie wieder selber da seyen. Aber ich hab sie getröstet, daß Sie gewiß kommen würden, selbst, wenns nicht Fride würde. Denn entweder wirds Friede sagt ich ihnen, oder nicht. Wirds, so kommt er gewiß, wirds nicht, so ist die Hofnung wieder so sehr ins weite und ungewisse hinausgeschoben, daß ers nicht auswarten kann. Hierauf haben sich die weißen Anemonen auf dem Thurnberg und die epheublättrigen Veroniken am Bächlein wo sich Pfalz und Baden scheidet, einmüthig entschlossen auf ihre gerechte Zeit, ihre iugendlichen Busen zu entfalten, um Sie in festlicher Frühlings Pracht zu bewillkommen, wenn Sie vorbei fahren. Tausend Complimente! Ihr Hebel

Ob ich auch einen Gruß an Sie „nei g'schrieba" hebb, fragt mich Heiter.

Draben: *Hungerblümchen.* Bächlein: *die Pfinz oder einer ihrer Nebenflüsse.*

AN GUSTAVE FECHT

Theuerste Jungfer Gustave! [27. März 1796]

Ihre Frau Schwester wird wohl nicht wissen, obs Ernst ist oder Spaß — mit der Verpfändung? Nein — damit ist's Ernst. Aber mit dem Bären mein ich. Wenn ich metzgen könnt, so wär auch das kein Spaß, aber ohne Metzg' kommt bey der Wirthschaft nichts heraus. Man sollt' in seiner Jugend keine Gelegenheit versäumen zu lernen, was man kann. Ich hätt' dem alten Senn, dem Bluthund, in den 80iger Jahren manches absehen können, vis à vis vom Grether hab ich nichts gelernt, als wie man breit und auf die rechte Seite hängend mitten auf die Straß stehn, und in die Ferne hinausschauen muß, wenn man ein Kälblein erwartet, und wie man kein Stücklein Veech vorbeylassen darf, wenn man ein rechter Metzger sein will, ohne ihm an den H . . . zu greifen. Aber das reicht nicht zu! Also nehm den Bären in Bestand, wer will! Um niemand ein böses Spiel zu machen, zieh ich übermorgen sogar aus dem Hause. Wohin meinen Sie? Zu Hofrat Posselt, wo Ihr Herr Bruder war, der iezt so brav ist. Es zieht mich immer ein wenig an, wenn ich nur halbwegs eine Spur habe, daß Sie oder iemand aus Ihrem Hause auch schon einmal an einem Orte gewesen sind. — So schreiben Sie mir denn doch einmal, ob Sie nicht in Neuenbürg waren. Es ist bald ¾ tel Jahr schon, daß ich Sie frage. — Aber gelt' Sie haben mich auch manches schon lange gefragt?

Was den Lapsus anbelangt, den Sie meinem Gedächtnis Schuld geben wegen dem rothen Faden, so thun Sie mir Unrecht. Zwar will ich mein Gedächtnis nicht so weit in Schutz nehmen, daß ich nicht manche Kleinigkeit schon vergessen hätte; aber nicht alles ist eine Kleinigkeit, was so scheint, und ein rother Faden ist ein rother Faden. An einem Samstag Nachmittag hab' ich ihn Ihnen gegeben, oben, am Fenster gegen die Gasse. Sie standen mit dem Rücken gegen dem Fenster und ich mit dem Gesicht. Ists nicht so? Also sehen Sie, daß ich nichts vergessen habe. Aber ich hätte den einen nicht so gutwillig hergegeben, wenn ich nicht noch einen gehabt hätte!!! Jezt hab ich weder Faden noch Nadel mehr, und dis allein wäre schon Ursache genug gewesen, von der Schneiderzunft wegzuziehen.

Daß Sie so spät angefangen haben zu spinnen, glaub' ich gerne. Jede fleißige Spinnerinn fangt spät an, damit sie sich nachher recht schicken kann. Daß Sie bis Weihnachten schon so viel Stränglein hatten, glaub ich widerum. Sie werden klein genug seyn. Oder hat Ihnen der Engel geholfen? Es gibt ein Stück, wenn ein Engel spinnt. Nicht wahr Nachts steckten Sie eine leere Spuhle an und am Morgen war sie voll? Da haben wirs!

Schneit's denn auch hübsch ordentlich bei Ihnen? — Ich habs sonst lieber wenn am Ostermorgen die Luft recht still und heiter ist, und die Sonne geräuschlos und freundlich aufgeht, und die ganze Natur mit den lieblichsten Reitzen, die die Jahreszeit verstattet, den lieben Morgen feiert. Ich kann mir dann so lebhaft vorstellen, und's so innig fühlen, wies dem edlen Sohn Mariä so wohl ward, als er aus dem Grabe kam, und im neuen frohen Leben, die Schönheit der Natur um sich her wider erblickte, den schönen blauen Himmel über sich, den ersten Strahl der Morgensonne, den sie ihm zum Gruß schickte, und als er den balsamischen Morgenduft wieder hauchte. Am selbigen Sonntag früh hats gewiß nicht geschneit. Auch mein' ich, ich fühls schon, wenn ich aus der finstern Kammer in die Stube trette, und die Sonne schon so lieblich hereinscheint, wie's unser einem seyn wird, wenn wir auch einmal aus dem langen Schlaf aufwachen, und aus der finstern Kammer hervor gehen. Es soll alsdann gar eine milde liebliche Luft, und ein milder blaulicher Schimmer uns umgeben in der Urstend, wie Dr. Luther vermuthet. Doch das wird Ihnen der Engel alles besser gesagt haben. Ists etwa gar der gewesen, der dabey war selbigen Morgen?

Es ist eine Untugend an mir, daß ich immer tiefer hinein fahre, mit den Zeilen. Ich könnt immer ein paar Duzend Worte mehr schreiben, wenn ich auch gleichlings anfienge. Damit wäre Ihnen vielleicht nicht gedient, aber mir! Es geht mir beym Schreiben mit den Zeilen, wie beim Hanfreiteln mit den Enden, denn — wie nennt man sie denn die Dinger, die man von den zerknikten Stengeln losscheelt? Sie haben glaub ich, gar keinen Namen. Hämpfeli Werch nennt man sie wenn ein Finger voll beysammen ist — nicht wahr? Es geht mir bald wie ienem Lafflör, der eine Zeitlang in Frankreich war, und dann seine Mutter fragte, wie man im Deutschen einen Karst nennt.

Adieu theuerste Jungfer Gustave! Geben Sie wohl acht, daß Sie sich nicht verkälten an den Füßen bey dem garstigen Schnee, sonst müsen die Zähne dafür büßen.

Ihr aufrichtiger Freund und gehorsamster Dr. Hebel

nehm den Bären in Bestand, wer will: *Bei der Verpfändung handelt es sich nicht um das Lörracher, sondern um das Karlsruher Gasthaus „Zum Bären".* Lafflör: *der junge Deutsche, der kurze Zeit in Paris war und mit französischen Kenntnissen prahlt, beliebte Lustspielfigur.* Karst: *Hacke.*

AN GMELIN

Bravo, bravo lieber Doktor! Sie greifens am rechten Ort an, nur ein wenig zu spät. Indem Sie mir Vorwürfe machen, hoffen Sie doch, vor den meinigen gedeckt zu seyn; nicht wahr, so hab ichs zu verstehn? Es ist mir nur herzlich leid, daß ich Ihnen um ein Par Tage zuvorgekommen bin. Laßen wirs ietzt aufgehoben seyn gegen einander. Die Folge wird zeigen wer von uns beiden der gerechte Theil war.

Vorgestern kam ich aus dem Oberlande zurück, und Sie sind nun wohl auf viele Nachrichten aus ienen Gegenden begierig. Wärs Wunder, wenn ich Ihnen nur wenige geben könnte, da ich fast die ganze Zeit in Lörrach blockirt war, und nur den einzigen Paß in den Schweitzer Boden frey hatte? Den Gang der Hauptbegebenheiten wißen Sie. Partikularitäten verlieren sich im Großen und werden unwichtig. Also vom Zustande unsers lieben Oberlandes. Bey den unzähligen Einquartirungen und Durchzügen der französischen Truppen, die den Unterländer arm und muthlos gemacht hätten, blieben unsere Landsleute immer getrost; artig und schonlich betrugen sich auch im ganzen die Franzosen. General des Enfans der in Lörrach komandirte that dem Lande die wichtigsten Dienste. Als der Rückzug der Franzosen aus Schwaben anfing, und ein großer Theil der Armee im scheußlichsten Zustande nebst der ganzen unschäzbaren Menge der Beute und des Raubs aller Art eine Woche lang von Rheinfelden herab durch Lörrach und über den Tüllinger Berg nach Hüningen zog, fieng uns doch insgesamt zu grauen an, zumal da wir auf fleißige Erkundigungen immer hören mußten, daß der schlimmste Theil der Armee, die Arrieregarde unter General Tarreau noch zurück sey, die wie ein Kehrbesen hinter der Armee her alles rein mache. Lange harrten wir auf diese Ungeheuer, und trösteten uns mit des Enfans guten Versicherungen, daß er die Stadt gewiß bewahren, und für die Dorfschaften thun wolle was möglich sey. Indeßen hatte sich die fr. Hauptarmee durch die Hölle ins Breisgau geworfen, und so lange diese nicht über den Rhein zurück war, muste Tarreau nicht nur bei den Waldstätten und über das Gebirg bis ins Wiesenthal stehen bleiben, sondern es kam auch noch eine Colonne von 10,000 Mann die bereits nach Hüningen marschirt war, von denen wir glaubten befreyt zu seyn, wider zurück, um ienen zu verstärken, und die Passage nach Hüningen gegen die von den Waldstätten her nachdrückenden Kayserlichen für die Hauptarmee offen zu erhalten. Zum Glück war Moreaus Bleiben im Breisgau von keiner langen Dauer, aber auch zur Besorgniß für Lörrach und das Wiesenthal waren auch die Kayserlichen schon disseits Rheinfelden eine starke Stunde von Lörrach als Morr. noch einen vollen Tag zum Rückzug über die Hüninger Brücke brauchte. Dis brachte den General Tarreau zu dem Entschluß Lörr. zu besetzen und den Tüllinger Berg, das Käferholz und die Straße, welche aus dem Wiesenthal über die Thumringer Anhöhe gegen den Rhein führt, mit Kanonen zu besetzen, um die von Rheinfelden her an der entgegengesezten Anhöhe herabkommenden Kayserlichen zu empfangen, und wärs dazu gekommen, so wäre Lörrach ohne Zweifel ein beklagenswürdiges Opfer des Krieges geworden. Alles fieng an zu flüchten und davon zu laufen. Des Enfans selber rieth nun dazu. Zum Glück hatten wir den Schweitzerboden nahe genug. Special Wagner, bei dem ich logirte, blieb, weil er den Tarreau im Quartier hatte. Ich wollte bei ihm bleiben, aber er trieb mich mit Gewalt fort. Zwei mal war ich schon mitten durch die wilden wüthenden Horden nach Riehen gewandert und zurückgekehrt. Das 3te mal blieb ich. Der Tag an dem man den Angriff erwartet hatte, war vergangen. Nun stand noch eine bange Nacht bevor. Der nächtliche Blick von Riehen ins Wiesenthal war fürchterlich, zu beiden Seiten waren die Anhöhen mit mehr den 200 Wachfeuern besezt. Das ganze Gebirg schien zu brennen, und das ganze Thal war in Rauch verhüllt, frey und groß und wachsam standen die Schweitzerischen Kontingente von Basel und Solothurn und Bern am Ausgang des Thals auf ihren Gränzen um ihr Vatterland, und was zu ihnen geflüchtet war gegen alle Anfechtungen von beiden Seiten im Fall der Noth zu schützen. Können Sie sichs vorstellen, wie uns zu Muthe war als wir am frühen Morgen die Nachricht bekamen, daß in der Nacht die Franzosen in aller Stille abzogen, und frühe um 5. Uhr die ersten Kayserlichen ohne Schuß und Schwertstreich in L. eingerückt seyen. Aber Geduld die Nachwehen kommen. Fürs erste liefen, als die Kommunicationen im Land herum wieder geöfnet waren, die traurigsten Nachrichten von allen Orten her ein. Die Rheinstraße herauf hatte die Moreauische Armee Hertingen, Tannenkirch, Mappach, Eimeldingen, Kirchen ausgeplündert. Auggen und Müllheim hatten von der Straße herauf bis in die Mitte beider Dörfer beträchtlich gelitten. Von Badenweiler weiß ich nichts. Im Wiesenthal wurde Schopfheim, Steinen, Brombach hart mitgenommen. Doch blieb Ihr Herr Schwieger Vatter verschont. Der Stadt Lörrach hat des Enfans Wort gehalten. Nur ein Haus ward geplündert, und ein leeres Gebäude, das bisher zur Caserne gedient hatte angezündet, aber bald und ohne Schaden wieder gelöscht. Noch nicht das Schlimmste! Denn die Kayserlichen, die wir als Freunde erwarteten, kamen nun als Feinde, und scheinen nur auf eine andre Art, als die Franzosen das Land vollends ruiniren zu wollen. Anfänglich verübten die Gemeinen die nemlichen Gewaltthätigkeiten wie die Franzosen bald wurde zwar die Ordnung und Mannszucht wider hergestellt. Aber nun fangen die unerschwinglichsten Requisitionen aller Art an, die fast noch härter sind als die französischen und schwerer drüken, da das Land durch diese schon fast erschöpft ist. Die Dörfer Weil und Haltingen (im letztern ist das Hauptquartier des Fürsten von Fürstenberg) sind eine Kaserne; und der Weg zwischen beiden ein Lager. Das ganze Korps von 15—20,000 Mann das zur Blokade und Berennung der fr. Brückenschanze bestimmt ist ligt dort beisamen. Ueber diese Positionen noch ein Wort. Ich war von Weil aus noch wenige Tage vor dem Rückzug über Hüningen nach Basel gegangen und besah iene Anstalten. Eine Viertelstunde außer Weil liegt der Fridlinger Rein, der ganz Hüningen dominirt. Hier hatten die Franzosen ungeheure Verschanzungen angelegt, die sie aber zum Glück bei weitem nicht fertig brachten. Wider eine Viertelstunde vom Rein abwärts liegt die Brückenschanze von dieser führet eine Brücke auf die Schusterinsel; wollen Sie eine Idee von den Anlagen auf dieser Insel haben, so dürfen Sie nur einen Plan von Hüningen vor sich nehmen, wo die ehmaligen Werker auf dieser Insel hergestellt sind, indem sie wider ganz auf die alten Fundamente bauten. Von der Insel führt eine Schifbrücke über den Rhein nach der Festung die bekanntlich hart an dem Fluß ligt. Hätten sich die Fr. nun in der Fridlinger Schanze behaupten können, so hätten iene Gegenden noch ein Schauplatz der blutigsten und zerstörendsten Aktionen werden können. Aber ohne sich einen Augenblick aufzuhalten zogen sie durch, warfen sich in die Festung, und überließen den Fridlinger Posten ihren Feinden. Jezt werden die Anlagen dort mit der größten Thätigkeit so verändert, daß sie den K.[ayserlichen] zur Beschießung von Hüningen dienen können, und so bald sie vollendet sind wird dieses Schauspiel angehen. Früher werden auch die Franzosen das disseitige Ufer in der Brückenschanze und die Insel wohl nicht verlassen. Es gieng schon in einer kleinen Entfernung von Hüningen auf meiner Reise hinab die Versicherung, daß die Franz. sich ganz über den Rhein zurückgezogen hätten; aber das ist noch nicht wahr, den 29sten war ich noch im Hauptquartier zu Haltingen, sah und hörte die Schuße [so!] die sie von der Insel aus auf die Arbeiten am Fridl. Rein thaten, reiste am

Sonntag d. 30sten ab, und hörte die nemliche Canonade noch bis nach Schliengen hinab. Jede Nachricht also die sich von dem gänzlichen Rückzug früher datirt ist absolut falsch. Aber gewiß muß er bald folgen, da die Fr. bei Hüningen zu schwach sind um wider herüber zu brechen, und die Insel und Schanze und Brücke gegen das Feuer der Kayserlichen, so bald es angeht keinen Schutz haben. Auf der ganzen Reise hinab fuhr ich über die Kampfplätze bei Schliengen, Crotzingen, Emendingen, sah überall Greuel der Verwüstung, hörte überall Klagen und Jammer der Ausgeplünderten und Mishandelten, im ganzen Breisgau. Die Ortenau blieb von Gefechten und Franzosen verschont, hat iezt aber die ganze Kays. Hauptarmee, der Erzherzog macht die fürchterlichsten Anstalten zur Eroberung von Kehl. Die Franz. inkommodiren ihn nicht. Doch haben sie eben in der Nacht als wir durch die Gegend fuhren das Dorf Kehl in Brand gesteckt, um die Gegend freier zu machen. Bald werden wir von beiden Punkten, bei Hüningen und Kehl wichtige Nachrichten haben.

Ihr H. Schwager hat die Reise mitgemacht, ist gesund und hat seine Eltern gesund verlassen. Nach Steinen zu kommen war mir unmöglich. Nachdem ich die ersten Paar Tage meines Aufenthalts in Lörrach versäumt hatte kamen bald die Franzosen unter Tarreau ins Thal kein Mensch, wagte es mit einem guten Rock, Hut oder Paar Schuhe dahin zu gehen, und sobald die Gegend wieder frei und sicher ward, hatte ich alle Eile, heim zu reisen, da ich bereits 14 Tage über meinen Termin weggewesen war.

(...)

Noch manches was ich Ihnen gerne schreiben möchte, sey auf das nächste Mal verspart. Seyen Sie mit Ihrer lieben theuren Gattinn tausendmal herzlich gegrüßt von Ihrem Freund Hebel

CR. d. 6ten Nov. 1796.

die Hölle: *das Höllental.* von den Waldstätten her: *die vorderösterreichischen Waldstädte Waldshut, Laufenburg, Säckingen, Rheinfelden.* Herr Schwieger Vater: *Pfarrer Philipp Jakob Herbst in Steinen.* Requisitionen: *Der Gesamtschaden, den das Oberamt Rötteln erlitt, belief sich auf 700 000 Gulden.* Schusterinsel: *s. Anm. S. 25*

Verehrteste Freundinn! [Ende Juni—Anfang Juli 1797]

Wo soll ichs anfangen und wie soll ichs enden? Es ist mir bange, wenn Sie wegen der langen Schuld, die ich auf mir habe, Entschuldigung erwarten, und noch viel schlimmer wärs, wenn meine Bangheit unnöthig wäre, wenn's gar keiner Entschuldigung bedürfte. Könnt ichs nur übers Herze bringen, gegen besser Gewissen zu lügen, aber ich kann nicht, und die Warheit, so treu ich ihr bin, und so treu sie seyn soll, wie man sagt, die Warheit läßt mich dismal offenbar im Stich. Von Geschäften könnt ich wohl etwas vorbringen, aber es ist schon eine gar alte Leyer. Krank bin ich weiter auch nicht gewesen, Gott sey Lob und Dank. Heiterkeit und froher Sinn, der fehlt freilich, den drükt das Joch das auf mir ligt gewaltig nieder, den äzt mir mancher stille Verdruß allmählig aus der Seele; aber wer ist schuld daran, wenn ich ihn nicht in der Unterhaltung mit guten, freundschaftlichen Menschen wieder zu wecken und anzufachen suche? Weiter könnt ich noch — aber ich bitte Sie, absolviren Sie mich, sonst muß ich doch noch lügen; sagen Sie mir, Sie merken wohl, daß ich wenig stichhaltiges vorbringen könne, und dismal wollen Sie mirs verzeihen. — So was laß ich mir nicht zweymal sagen und wenn Sies auch nicht einmal gesagt haben, so bild' ich mir doch ein, Sie habens gesagt, und ich kann Sie versichern, daß es mir iezt wieder recht wohl ist. Unser meistes Wohl beruht auf der Einbildung, und unser meistes Übel auch — aber doch ist die Einbildung immer viel werth und mehr, als das Besserwissen. Iezt hätt ichs auf dem rechten Trumm, eins zu moralisiren. Aber darauf wars nicht angelegt; und ich muß mir Platz behalten, um Ihnen noch eins über das Wetter vorzuzanken. Ist das nicht ein heiloses Wetter? Sollen wir das für einen Sommer gelten lassen? Ach, ich sehe im Geist, wie Ihre schönen Pflanzungen im Garten verkümmern, und wie die Nägelein bis an den Hals im Wasser stehn, und wie die Immlein darben, und wie der Herr Pfarrer unter der weißen gesteppten Kappe krazt, wenn er an die Reben denkt. Auch seh' ich Sie, wie Sie mausnaß von dem Ball heimkommen und mit einem Stiel — mit einem Stiel — ach, du Herr wie so lange! Sie sind zwar heimgefahren, das weiß ich wohl. Aber man wird doch naß, wenns so entsetzlich patscht, und den Stiel bekommt man vom Aus- und Einsteigen. Sehen Sie, das alles kommt von dem abscheulichen Sommer her, und wenn er Ihnen auch noch vollends das Zahnwehe wieder gebracht hätte, das wolle Gott verhüten! Gelten Sie, er hats Ihnen nicht gebracht, und wenn's das ist, so soll er noch Gnade haben, und die Erlaubniß, noch 4 Wochen fortzuregnen. Wir wollen sehen, wo wir wieder auf ein Jahr Brot und Wein finden. Helf Gott den armen Leuten!

Ich möchte Sie gerne gesehen haben, wie Sie als flinke, freundliche Wirthin den lieben Vertheidigern des Vaterlandes den Wein heraufgetragen haben. Daß aber die geistlichen Herrn, welche Wirthschaft trieben, beim Consistorium in Untersuchung sind, und daß Sie, weil Sie als eine geistliche Tochter behülflich waren, auch ins Spiel kommen, werden Sie wissen. Der Sekretarius Wilhelm hat mirs gesagt.

Nächstens soll der Frieden publicirt werden. 's wird ein sauberes Früchtlein seyn, aber was bekümmerts uns gemeine Leut'? Um unsern Kopf gehts nicht. — Wenn nur das Papir länger wäre, oder wars Ihnen schon zu lang? Kaum reicht es noch, um Sie meiner steten Hochachtung zu versichern und Ihnen zu sagen, daß ich sey

Ihr aufr. Fr. u. geh. Dr. Hebel

Trumm: *Stück, Endstück.* Stiel: *der durch den Regen naßgewordene untere Saum des Rockes.* Wilhelm: *Die „Untersuchung" ist ein Scherz Hebels.* Friede: *Friede von Campo Formio vom 17. Oktober 1797.*

AN GUSTAVE FECHT

[Ende August 1799]

Wie sind Sie so gut, theuerste Freundinn, daß Sie an meinem Wohlseyn so viel Antheil nehmen. Es ist mir leid wenn ich Sie durch den Ausdruck „wenns etwas nuzt" zu Besorgnissen veranlaßt habe. Rechnen Sie etwas auf die Mißlaune, die einen Schulmeister und Eremiten wohl bisweilen befallen kann, und überzeugen Sie sich, daß es nicht so schlimm war, wenn ich Ihnen sage, daß ich in keinem Bade gewesen sey. Man darf sich nur etwas recht fest vornehmen, wenns nicht geschehen soll. Den Tag eh' ich fortwollte fiel mir ein, ein hoher Berg sei lieblicher als ein feuchter Badkasten, und reine frische Luft gedeihlicher als warmes Wasser, und stille Beobachtung der ländlichen Menschheit interessanter als ein Gewühl von 400 Badgästen und 20 fl. weniger, als 60 oder 80. Ich schnallte also den andern Morgen kurz und gut den Mantelsack auf mein Rennthier, das sich von den andern Rennthieren darinn unterscheidet, daß wir auf unsern Reisen neben einander gehen, daß es statt Moos Weißbrod frißt, und statt Schneewasser Wein sauft, und catholischer Religion ist. Mittags 12 Uhr waren wir auf dem Tobel. Sehn Sie daß es nicht so arg ist? 6 Stunden in einem Vormittag, bergauf, will etwas sagen.

Tobel ist ein hoher Berg hinter Frauenalb, mit einem Wirtenbergischen Pfarrdorf, das ein sehr wohl eingerichtetes Wirthshaus hat; auf 3 Seiten dunkler Tannenwald umher, auf der 4ten eine freie heitere Aussicht über den Rhein. Hier wollte ich alle Morgen v. 6—8 Uhr spatziren gehn, dann heim den Caffe trinken, und bis 12 Uhr behaglich an den Kirchengebeten arbeiten, lesen, Briefe schreiben, Nachmittags mich dem Zufall und mir selber überlassen. Mit der Gesellschaft des Pfarrers und der gebildeten Wirthsleute, und der ungebildeten Wirthsgäste hofte ich auszureichen. Aber wie gesagt, man nehme sich nur etwas vor! — Den ersten Morgen als ich aufstand, sah ich den Caffe schon auf dem Tisch stehen, und dis behagte mir sowohl, daß ich an solcher Hausordnung in Zukunft nichts störte. Ans Arbeiten kam ich selten mit Noth und Mühe. Wenn Sie einmal die neuen Agenden sehn, die 2 Vespergebete, und Wochenkinderlehrgebete, hab ich auf dem Tobel gemacht, sonst nichts, gieng spatziren, wies mir einfiel, geistete im Haus herum, schaute zum Fenster hinaus, lag aufs Bett, akkurat wie Special Wagner, an den ich hundertmal dachte, spielte Charten bald mit dem alten Wirth, bald mit dem Schulz, bald mit einer fremden Herrschaft. Als ich kaum eine Stunde auf dem T. war, und wie gesagt, unter dem Fenster lag, erblickte ich einen feinen Herrn mit einem Glas am Auge im Hof, und hinter ihm eine feine Dame. „Franz, was hesch güggelet" fragte sie. „Numme do no der Amsle hani glueget" antwortete er. Sie glauben nicht, wie lieblich mir diese bekannten Töne so unerwartet ins Ohr fielen, obgleich der Vogel eine Wachtel war. Ich dachte Landsleute seid ihr nicht, aber Schweitzer gewiß, und nahezu Berner. So wars auch. Er ein Herr von Steiger, Neffe des Schultheiß von Bern, der die emigrirten Schweitzer unter die Fahnen des Erzherzogs sammelte, und sie seine Frau. Beyde waren so klug wie ich auch, den Aufenthalt auf dem T. angenehm und gedeihlich zu finden, und wählten ihn zur Nachkur, nach dem Deinacher Bad. Mit diesem Mann, der einen Theil des Kriegs mitgemacht hat, bey der Hüninger Belagerung in der Nähe war, die Schweitzer Revolution in Arau und Lucern beobachtet, und mit dem Pfarrer, den ich schon als einen guten Prediger kannte, und als einen sehr freundschaftlichen Mann iezt näher kennen lernte, brachte ich manche Stunde sehr angenehm zu. Endlich kam das Rennthier wieder, mit dem ich heiter und gesund wie ichs sonst immer war, zurückkehrte, wieder in einem halben Tag auf einmal. Den andern Tag war der Brand in Durlach. Aber wie werd ich Ihnen so langweilig?

Ich glaube gerne, daß die gute Gegend in der Sie leben unter den gegenwärtigen Zeitumständen hart leidet und daß Sie viele Unruhen haben. Ich dachte oft an Sie und die Ihrigen auf dem Tobel und hier, und wünsche herzlich, daß die Ruhe und ungestörte Freude bald zu ihnen zurückkehren möge. — Wenn wieder einmal eine meiner Predigten sollte gedruckt werden, so sey hiemit der Erlös zum Voraus Ihrer wohlthätigen Hand zur Verwendung an Ihre Armen zugesagt. Hr. Pfarrer Schmidt war einige Tage hier, aber ich konnte sein wenig genießen. Wohl sehne ich mich schon lange, und immer, und oft sehr lebhaft nach einer Landpfarrey, und nach dem stillen Wohlseyn, das ich dort träume. Aber es gehört auch zu dem, was man sich vornimmt, und die Schwierigkeiten mehren sich, statt sich zu mindern. Daß mir das Schicksal während des Krieges das bisher so sichere Carlsr. zum Aufenthalt angewiesen hat, erkenne ich als einen großen Vortheil, und ich könnte hier ruhig und zufrieden seyn, wenn nicht die Noth so vieler Tausende rings umher, und unter ihnen so vieler guten Menschen und Bekannten und Freunde, schmerzhafte Theilnehmung forderte.

Leben Sie wohl! Ich bin mit der aufrichtigsten Hochachtung Ihr

ergebenster u. gehorsamster Dr. H.

mit der Gesellschaft des Pfarrers: *Pfarrer in Dobel war Johann Ludwig Vogel. Das Wirtshaus war die „Sonne", die Wirtsleute waren Georg Fried-*

rich Zeltmann und seine Frau Anna Rosina. Schultheiß Steiger: *Nikolaus Friedrich Steiger (1729–1799), eidgenössischer Politiker und Gegner Napoleons.* viele Unruhen: *Seit Frühjahr 1799 lagen im Markgräflerland Truppenverbände der französischen Rheinarmee Jourdain.*

AN HITZIG

Ich bedaure dich lieber herziger Zenoides, daß du so bald erfahren und drückend fühlen must, was ich, wenn mich als blosen Zuschauer der Teufel manchmal auch vor Aerger hätte holen mögen, für möglich gehalten, aber nie erwartet hätte. Denn oft mußt ich mich wundern und ärgern, wenn ich dachte, was er mir einst und oft von eigener Delikatesse, feinem Gefühl und Ringen nach idealischer Vollkommenheit sagte, und es mit dem verglich, was meine Augen sahen. Ich schriebs einer Vergessenheit seiner selbst im magischen Strom der Liebe zu. Denn obgleich die Liebe, glaub ich, die Delikatesse der Gefühle eigentlich noch mehr schärfen, und die Humanität noch süßer und höher läutern sollte, so dachte ich doch, wie man mancherley Räusche trinke, der eine einen guten, der andere einen schlimmen, so trinke man vielleicht auch mancherley Liebe. Aber daß das, was daheim im väterlichen Hause schon am unrechten Orte seyn muste, auch in des Freundes Hause so würde fortgesezt werden, das wars, was ich nicht erwartete. Meine Meinung von dem einen ist auch gesunken, und die von der andern stand eigentlich nicht hoch, und ist nicht gestiegen. Was mir für die guten Leute das Schlimmste bey vielem Schlimmen zu seyn scheint, ist, daß sie nach meinem Bedünken einander nicht einmal lieben, sondern nur ineinander verliebt sind.

Nun wünschest du aus dem Weg zu gehn. Wie gerne möcht ich dir Haltingen gönnen, wenn es dich tröstete? Wie gerne möcht ich dich den Hausenern gönnen, denen ich das Beste gönne. Aber beide sind, wie du bemerkest durch Stahl und Engl[er] auf die eine oder die andere Art besezt, und ich halte es für gut, daß es so ist. Entschließungen im übernehmenden Unmuth gefaßt, sind selten etwas nutz, und hüte du dich davor, und vergiß im Unmuth nicht, daß du dir und den Deinigen andere Pflichten hast. — „Ich habe gut sagen“? Gewiß! und iust der, der gut sagen hat, soll glaub ich, und muß dem sagen, der nicht gut sagen hat. Etwa wirds besser, und wenn nicht, so hast du desto mehr Fug mit Glimpf von den zwei möglichen Auswegen, die du selber angibst, den andern zu wählen, oder irgend auf einen dritten zu denken, der das Beysammenbleiben möglich macht. — Doch so oft mich das Gefühl und die Gesinnung der redlichen Freundschaft in Versuchung führt dir rathen zu wollen, fühle ich allemal, wie wenig du eigentlich meines Rathes bedarfst, und wie nah und sicher du, wenn du Rath bedarfst, ihn bey der Weisheit, Ueberlegung und Erfahrung deines Hr. Vaters findest. Ich grüße und küsse dich, und dein sanftes Weiblein, und die kleine Maus, und das noch kleinere Mäuslein. Huschet recht zusammen und gebt einander warm, und der Himmel gönn' euch einen frohen heiligen Christ, und eine schöne Morgenröthe am Neu Iahrstag.

Den 20sten Dec. [17]99. Dein redlr. H.

Der erste Absatz des Briefes bezieht sich auf Hitzigs Schwester Sophie und deren geschiedenen Gatten Dr. med. Th. Singeisen-Bürgelin in Riehen. Sophie lebte damals bei ihrem Bruder im Lörracher Kapitelhause und nahm dort die Beziehungen zu ihrem früheren Mann wieder auf.
deines Hr. Vaters: *Ernst Fr. Ferdinand Hitzig, Pfarrer in Rötteln.*

AN ENGLER

Mein lieber theuerster Angeliko! [Mai 1800]

Also sind Sie wirklich in Ihrem Eldorado angekommen? und über die Sirnitz? Es ist mir für Sie und Ihre Gemeinde ein werther Gedanke, daß Sie Ihren Weg über die Sirnitz genommen haben. Denn Sie sind, so viel ich weiß, der erste und einzige Pfarrer von Hausen, und Helfer von Schopfen, der über diesen Granitbuckel hinüber seine Schäflein suchte und die Gemeinde in Hausen, so viel ich vermuthen kann, die einzige im ganzen Lande, die sich rühmen kann, von ihrem Hirten, und die Schopfemer von ihrem Zubothen (nichts für ungut) über diese rauen Pfade hinüber gesucht worden zu seyn. — Sonst sagt man: per ardua ad astra! und ich hoffe, daß dieses Sprichwort bei Ihrem abentheuerlichen Zuge über die Sirnitz in mehr als einem Sinne wahr werden möge. Exempli gratia, weil wir doch in einem lateinischen Adagio versiren, wenn ein Wirthshaus zum Sternen in Schopfen etablirt sein sollte, was ich iedoch nicht weiß, so werden Sie Ihre Legitimation, daselbst Ihr Wesen zu treiben, nun nicht verkennen. In Ermanglung eines Sternes haben wir iedoch die Sonne, die die Königin unter den Gestirnen ist, und ich hoffe ... Sie, wenn ich komme, über kurz oder lang daselbst sicher anzutreffen. Ja lieber Angeliko! ich habe oft, wenn ich Sie zu Knielingen im Adler antraf — oder Sie mich — in der Stille meines profetischen Geistes an den Adler gedacht, der auf der Vignette der hallischen Grammatik so kühn und strebend der Sonne entgegenfleugt, und mich der seligen Ahndung preisgegeben, daß wir uns in Schopfheim in der Sonne auch wieder einmal finden werden. — Indessen theile ich den Ruhm der Profetenweihe, ehrlich und anmaßungslos mit dem unsterblichen Virgil, der Sie schon vor 1800 in der Sonne sah, wie Sie einmal auf Gang und Stege sich verirren und durchs Tagloch von der Bühne herabschauen werden, und deßhalben in der 5. Ecloge singt:

Candidus insuetum miratur limen olympi
Sub pedibusque videt nubes et sidera Daphnis.

In einem zweiten Sinn deute ich das Sprichwort und bitte Sie zu bemerken, daß ich hier auf einmal aus dem Spaß in den Ernst übergehe, indem ich denke, daß Sie über die ardua der Sirnitz Ihrem Glücksstern entgegen gewandelt seyen. So wünscht Ihnen mein Herz! Möge Gesundheit, und ein froher heiterer Muth und der Segen Gottes Ihnen und Ihren Lieben Ihren neuen Aufenthaltsort werth und angenehm machen.

(...)

Ich bin so frey, Ihnen mit diesem Briefe zugleich ein Donnerwetter ins Haus zu schicken, und da seine morschen Balken und hangenden Wände und Abtritte dasselbe nicht lang ohne Gefahr werden beherbergen können, so bitte ich Sie es mit dem nächsten Nordwestwind in die solidere Stadtpfarrwohnung ziehen und daselbst ausbrechen zu lassen. Mögen Sie gerne als leitender Cherub selber mitgehen, so geben Sie zuerst dem Hrn. Stadtpfarrer das bewußte Capitel 25, Buch I. Samuelis zu lesen auf, weil eigentlich die Sache erst dadurch einiges Interesse bekommt. Sollte er Spaß daran finden, so wirds mich freuen. Leiden mag ichs wohl, wenn ers interessant genug finden sollte, unter besonnenen Leuten, da oder dort eine Stelle daraus zum Besten zu geben. Nur bitte ich niemand darauf aufmerksam zu machen, daß der Stoff dazu aus einer heiligen Geschichte genommen ist, und meinen Namen zu schonen. Doch möcht ich, daß ers gelegentlich dem Pf. Güntert communicirte.

Mit der Citation vor das Censurgericht hats guten Weg. Wir können zwey Geschäfte auf einmal abthun, da ich von dem Generalcommando dahier Ordre und Vollmacht erhalten habe, sobald mein hiesiger Garnisonsdienst es erlaubt, die Militärposten zu Schopfen und Hausen zu visitiren, und da man zum Voraus vieler antreffenden Unordnungen versichert seyn kann, mich bey dem Unterlieutenant und Feldwaibel sogleich auf 4 Wochen executionsweise einzulegen. Mein munteres Füchslein freut sich schon lange darauf und scheint mich, so oft wir uns begegnen, mit einem sehnenden Blick zu fragen: Gehn wir bald? Obs indessen auf den nächsten Oktober geschehen werde, kann ich nicht sagen, da ich kraft meiner Sendung kommen muß, wie des Herren Tag, und wie der Feldwaibel ohne Noth gekommen ist, als ein Dieb in der Nacht.

Empfehlen Sie mich Ihrer lieben freundlichen Gattinn und dem Hrn. Berginspektor, dem ich auf sein freundschaftliches Schreiben nächstens antworten werde. Ich sehe mit Vergnügen Ihrem Versprechen, mich bald ein mehreres von Ihrem Wohlseyn und Wohlbehagen erfahren zu lassen, entgegen. Leben Sie wohl, lieber Freund! Ich bin mit den aufrichtigsten Gesinnungen der Ihrige J. P. H.

Sirnitz: *In der Regel reiste man nach dem Wiesental über die Poststation Kaltenherberg und von da auf der alten Poststraße über den Bergsattel der Lucke nach Rötteln.* Zubothen: *Der Pfarrer in Hausen war zugleich Diakonus an der Lateinschule in Schopfheim und wohnte dort.* per ardua ...: *durch Engpässe zu den Sternen!* Sonne: *Gasthaus in Schopfheim.* hallische Grammatik: *bekannte griechische Schulgrammatik.* Candidus insuetum ...: *Helleuchtend staunt Daphnis an dem noch ungewohnten Himmelstor und sieht unter seinen Füßen Wolken und Sterne.* Donnerwetter: *das Manuskript des „Statthalters von Schopfheim", einer mundartlich-poetischen Umformung der Geschichte von Abigail, Nabal und David. „Ein Donnerwetter" nennt Hebel das Gedicht, weil es in einer Rahmenhandlung die Familie während eines Gewitters in der Stube versammelt.* Stadtpfarrer: *Georg Friedrich Dreuttel.* Berginspektor: *Joh. Jeremias Herbster.*

Dich grüße Gott ins neue Leben, du lieber Auferstandener. Wir sind im Grunde doch wunderliche Leute, daß wir glauben man müsse zuvor gestorben seyn, um aufzuerstehen, da man eigentlich nur zu liegen braucht vorher, und daß wir meinen, das neue Leben sei nur im unbekannten Jenseits, da doch ieder gegenwärtige Augenblick das alte Leben von dem neuen abschneidet, und besonders solche Augenblicke, wie sie dirs abgeschnitten haben. Du Guter! — fast durch und durch. Freilich ists das wahre neue Leben nicht, sondern nur ein Müsterlein davon und ein starkes Stücklein Selbend dran, und wir halten eigentlich bei solchen Gelegenheiten nur die Probe im Alltagsrock, damit wirs recht können, wenn die große herrliche Oper angeht, und wenn wirs recht einstudirt haben, so gehn wir ins Ankleidzimmer, und warten und lauschen bis das Orchester von Seraphim laut wird hinter dem großen blauen Vorhang und bis er aufgezogen, und seine Wolken- und Sternengemählde eingerollt werden und dann gilts Ernst, frölichen Ernst.

Soll ich dir sagen, wie bange mir um dich war, und wie ich lauschte nach iedem leisen kundebringenden Wörtlein an iedem Posttage, und wie ich den Diakonus hätte umarmen mögen für die eilende Nachricht daß du gerettet seyst, und wie ich doch erst erschrack als ich von ihm hörte, wie nahe am äußersten Rande dich die Rettung erreichte, — ich sage dir nichts, du kennst und verstehst mich unbeschaut und unverhört, und nimm diese Krankheit am Scheideweg von der Schule zur Pfarrey für deinen Durchgang durchs rothe Meer und der liebe Gott beschleunige deine völlige Wiederherstellung, wenn noch etwas daran fehlt, und befestige deine Gesundheit und gebe dir viel Freuden.

H. Geh. R. Brauer sagte mir, daß du ihm wieder geschrieben habest, und nahm und nimmt sehr vielen Antheil. Der gute Mann ist unterdessen auch unter den Gewitterwolken gestanden, und säet nun Blumen an in seinem zerstörten Paradies. Es war viel werth, von ihrem stillen Harren auf das Ende, und von seinem stillen Schmerz, von ihrer leisen Auflösung und von seiner Ermannung als es vorüber war, und von seiner wahrhaften seltenen Größe durch Religion und Charakter ein Zeuge zu seyn. Du kennst und hast ohne Zweifel das Gedicht, das H. KR. Walz zu erst für sich gemacht und übergeben, und Sander und ich nachher drucken ließen, doch lege ich dir ein Exemplar an.

(. . .)

Ich würde wegen der Landcharten, die du freundschaftl. für mich besorgtest, ganz ruhig seyn, wenn du mir nicht vor geraumer Zeit geschrieben hättest, daß du sie auf die Post gegeben habest. Noch heute habe ich sie nicht erhalten. Freilich geht auch der Postwagen wie ich höre noch nicht weit genug hinauf. Vielleicht liegen sie also noch auf der K[alten] Herberg, oder bereits wieder bei dir, und liegen überall gut, bis sie flott werden können, wenn man nur weiß, wo sie sind.

Schreibe mir nicht, mein Bester! Wenn dich das Sitzen und Schreiben noch irgend incommodirt, und bringe mirs etwa in der Folge ein. Grüße dein liebes Hauswesen. Ich schaue deiner guten Gattinn ins getröstete Antlitz und freue mich seines Trostes. Seid glücklich!

Den 2ten August [18]00. Euer redl. Freund Hebel

Diakonus: *jüngerer Bruder des Adressaten, damals Präzeptor am Pädagogium in Lörrach.* Brauer: *Brauers Gattin war am 15. Juni nach 22jähriger Ehe verschieden.*

AN HERBSTER

Theuerster Freund!

Was mögen Sie denken von einem Freund, der einen lieben Brief von Ihnen schon mehrere Monden lang unbeantwortet im Pulte ligen hat? Denken Sie ich sey saumselig, fahrläßig, ich nehme mir alle Abende das Gute vor, und laße es alle Morgen unerfüllt, kurz denken Sie, was Sie wollen und was ich verdient habe, nur zweifeln Sie nicht an meiner unveränderlichen Hochachtung und Freundschaft gegen Sie und an meiner Gesinnung, mit welcher ich Ihre Freundschaft gegen mich würdig zu schätzen weiß.

Ja, theuerster Freund, nach einer langen Trennung von 9 Jahren, in welchen sich vieles verändert und leider wenig verbeßert hat, ist mir die Erinnerung an iede frohe selige Stunde, die ich einst in Ihrem freundschaftlichen Umgang zugebracht habe, auch neunfach werther geworden, und ich sehne mich, eine solche gute Stunde nicht nur im Geist, sondern auch in der Wahrheit wieder einmal zu genießen. Es ist für mich wahr und bleibt für mich wahr, der Himmel ist nirgends so blau, und die Luft nirgends so rein, und alles so lieblich und so heimlich als zwischen den Bergen von Hausen und die Biederkeit der Freundschaft ist auch wohl in keinem Herzen beßer daheim, als in dem teutschen Herzen des Herrn Berginspektors von Hausen.

Ich denke, Sie werden einen sehr guten Freund an dem iezigen Herrn Pfarrer haben, und dismal beßer mit dem Consistorium zufrieden seyn, als damals, als es Sie mit dem Hofmann, so tröst' ihn Gott! angeführt hat, und wenn ich einmal ungewarnt und unversehens über den Maiberg herüber oder über's Sätteli herab komme, so wird mich Engler lieber einmal auf seiner Kanzel predigen laßen, woran ich doch auch noch ein halbes Recht habe, als iener lange Bohnenstecken und Blitzableiter. — Wenn ich wieder einmal ins Oberland komme, so komme ich gewiß von Müllheim oder Candern her recta über die Berge, denn das hab ich nun schon gemerkt, daß ich den Weg über Lörrach nach Hausen nimmer gewinne.

Darf ich Sie noch mit einer Bitte beschweren mein Freund! Es sind mir bey B. mit letztem Martini wieder zwey Jahreszinse verfallen, und es scheint, er sey schon gewohnt, auf Ihre Erinnerung zu warten. Wenn es Ihnen nicht unangenehm ist, so haben Sie die abermalige Güte für mich, diese zu machen, und wenn sie etwas fruchtet, das Geld für mich in Empfang zu nehmen, und auf dieienige Weise, welche Ihnen selbst die bequemste seyn wird, mir dasselbe zu seiner Zeit zu übermachen. Ich fühle, daß ich mit diesem Geschäft Ihnen viele Mühe mache, aber desto gewißer seyen Sie meines Dankes und meines Wunsches, daß ich auf irgend eine Art im Stande seyn möge, Ihnen angenehme Gegendienste zu erweißen.

Ich bitte Sie, Ihrem verehrtesten Herrn Sohn und Ihrer übrigen theuersten Familie mich bestens zu empfehlen, und weil wir nun bald einem neuen Jahrhundert ins Antlitz schauen, so solls viel Freude und Trost und langes Leben mit bringen, und „Unsere Freundschaft soll bestehen"! — Das ist der Wunsch

Ihres redlichen Freundes J. P. Hebel

C. R. d. 14. Dec. 1800.

AN HITZIG

Meine Liebhaberey in den Nebenstunden, zur Schadloshaltung für den Ungenuß mancher Geschäftsstunde hat sich in ein eigenes Fach geworfen. Ich studire unsere oberländische Sprache grammatikalisch, ich versificire sie herculeum opus! in allen Arten von metris, ich suche in dieser zerfallenden Ruine der altdeutschen Ursprache noch die Spuren ihres Umrisses und Gefüges auf, und gedenke bald eine kleine Sammlung solcher Gedichte mit einer kleinen Grammatik und einem auf die Derivation weisenden Register der Idiotismen in die Welt fliegen zu lassen. Wenn du die Idee im Allgemeinen billigest, und es leiden magst, so werde ich dir mehreres darüber schreiben, und dann über eins und das andere noch deine Gedanken mir ausbitten. Zur Beurtheilung schicke ich dir einsweilen anligende Jamben, die hiemit dir geeignet seyn sollen, und die einschlagenden Artikel aus dem Idiotikon oder Register als ein Müsterlein von dem leztern. Dermalen arbeite ich am Dengelngeist in Hexametern. Soll ich ihn dem Blaurock dediciren? Es ist nicht mehr als billig. Vor der Hand bitte ich indessen darüber stille zu seyn. Ich weiß nicht, ob ich meinen Namen dazu hergeben werde. Schreibe mir bald wenn du Lust und Muße hast. Deiner lieben Gattinn meinen herzlichen Gruß.

Ewig dein redl. Fr. Hbl.

D. 6ten Febr. [1801].

Derivation: *Ableitung.* Dengelngeist: *Gespenst im südlichen Schwarzwald. Wenn man nachts ein regelmäßiges Klopfen vernahm, glaubte man, der Geist dengle seine Sense.* Blaurock: *Bezeichnung für einen vornehmen Herrn. Möglicherweise hat Hebel an den Markgrafen gedacht.* meinen Namen dazu hergeben: *die 1. Auflage der Alemannischen Gedichte (1803) erschien ohne Verfassernamen.*

AN HITZIG

Ich stelle mir den Glas bezogenen Spiegel der Einnerung vor die Augen, und bin bey Euch Ihr lieben Theuren, und wo geschwind?

Zwar überall gerne und wunderfroh, doch weil mir soeben die Morgensonne über den Spiegel streift, am liebsten im grünen weichen Lehnsessel am Ofen, während Sir Hauspatron von seinem Ruhesitz delogirt, seitwärts am wirthlichen Tisch vor seiner Folioausgabe von Caffetassen sitzt und den Text mit Brodbröklein durchschießt, und weiterhin das fromme Weiblein sanft und still aus seinem Oktavtäßlein eine Musca domestica Lin. mit dem silbernen Löffelein herausfischt, oder vielmehr herausmuckt, und die Morgensonne, die vom Hünerberg ebenfalls zuschaut, die leichten Knasterwölklein illuminirt, und die Wiese rauscht, und auf dem Boden lang gestrekt der Hylax knurrt. — Selige Minuten für mich, und nun auch verweht, schöne heraus gefallene Helglein zwischen den konceptpapirenen Blättern im Buch des Lebens. — Dank für Euere Freundschaft Ihr Lieben, und alles Blaue und Liebe was den Augen und Herzen wohlthut.

Unterdessen habe ich in Hertingen den gesegneten Kramer gemessen, und in Hügelh[eim] den Nachsommer meiner Oberländer Freuden genossen, und von Spec. Wagner äußerst freundschaftlich behandelt, und bis nach Emmendingen begleitet ein Loch in den Kopf bekommen, aber nur in den meerschaumenen, und bin in Ottoschwanden mit dem meinigen in den Wolken gesteckt, und habe die Tabackspfeife an dem Sirius angezündet, dann im Namen des Marggrav von der Herrschaft Lahr, durch ein Nachtlager in Dinglingen, und Tags darauf, was das gescheidteste war, von einer Retourschaise die nach KRuhe fuhr, Besitz genommen, bin Sonntags am 20sten post 3nitatem in CR. angekommen, habe von Sandern, der gestern nachkam, das infame Schlauchthier wieder in meine Gewalt bekommen, und rauche iezt die erste Pfeife aus dem fruchtgewachsenen, moosbekleideten, heißgebohrten Tabacksrohr und dem Kerngedrehten, Rißverwahrten, Ringumwundenen Mundstück.

Wichtige Vaterländische Entdeckungen unterdessen. Gmelin kommt von einer Untersuchungsreise zurück und bringt die Beobachtung mit, daß in der Stadt und Gegend v. Baden der Magnet stark inklinirt, deklinirt, vibrirt, also Eisen, geschmolzenes, vulkanisches, rare rare Oechslein besonders von herrlichem Feldspat, Adularia, ungeheuren Granit, wenn er diesen Namen noch verdient, mit zollstarker Cristallisation von Quarz, Feldsp[at] und Gl[immer] und 3 neue Min[eralien] die ich aber noch nicht gesehen habe. Ich werde an seiner Freundschaft melken, auch für dich.

Gott befohlen lieber Zenoides! Ich grüße und küsse Euch, und bin mit dem Sinn der Freundschaft und Liebe Euer redl. H.

Den 24sten Okt. [1801]

musca domestica Lin.: *Stubenfliege.* Helglein: *kleine Heiligenbilder.* Hügelheim: *Dort war Hebels Freund Johann Wilhelm Schmidt Pfarrer.* Oechslein: *Funde, vgl. Anm. S. 75* Schlauchtier: *Reisegepäck.*

AN ENGLER

Hier sitze ich wieder, mein lieber Angeliko, die Abseite des Gymnasii und die Dolder seiner Gartenbäume im Auge, lieblich umduftet vom Athem der Welschkornstöcke im Garten, zwischen mir und ihm, und trinke Wasser.

Nicht weil ich bey Ihnen und Consorten meine Zunge für den Unterländer, für den Bacchus des Thurnbergs und der Grötzinger Steinbruchhalden verwöhnt worden ist, was sie übrigens wirklich geworden ist, auch nicht aus diätetischer Absicht, um durch Vermehrung des Wasserstoffs und Verminderung des Weinstoffs das lange gefährdete Gleichgewicht an der Linie zwischen Wirbel und Ferse, woran mir so viel, als an dem Gleichgewichte von ganz Europa gelegen ist, wieder herzustellen, ob wir gleich beide, das heißt nicht Sie und ich, sondern Europa und ich, hohe Zeit hatten, aus unsern Schwingungen und Schwankungen in den Zustand der Ruhe zurückzukehren, und nun, so Gott will, zurückgekehrt sind, ich durch meine Ankunft in Carlsruhe am 18. Oktober Nachmittags um 1 Uhr, und Europa durch den englischen Frieden, in welchem der Erbfeind von Modena, oder eigentlich der Erzherz[og] Ferdinand die Niederlande, das Breisgau aber der Marggr[af] von Baden mit der Bedingung erhält, daß die Oberbadische Regierung nach Neuburg verlegt, der Schopfheimer Hurlibaus aber zur Vermeidung aller künftigen Kriege vernagelt und in den Ruhestand versezt werde — also, wie gesagt, weder aus Verwöhnung noch aus diätetischen Absichten schwebt meine Lippe, die kürzlich noch von Nektar triefte, nun an der Urne der Najade, sondern rein aus Bußandacht, denn als ich von der Höhe des Schliengener Berges herab aus der dichten Wolke, die auf ihm lag, und leider abermals an Auggen vorbey, dem Unterland entgegen wallte, fiel es mir schwer auf's Herz, daß troz der Tendenz unseres Geistes nach Oben hinauf unser aller irdischer Gang und Wandel ein Gang in's Unterland ist, und daß wir alle nur dort enden und zusammen kommen. Da fielen mir alle meine Sünden, es fiel mir das Blutgeld ein, das ich in Weil wenige Tage vorher erzwickt hatte und noch im Sacke trug. Da brachte ich's dem Fideli in Schliengen, oder vielmehr seiner Wittwe, denn wie ich hörte, ist er auch schon im Unterland, weihete mich zur Läuterung den Flammen eines halben Schoppens Kirschenwasser und war eben im Begrif, mir von dem Hausknecht die Stiefel ausziehen zu lassen und für den letzten Zwickgroschen, den ich noch hatte, ein Paternoster zu kaufen, um als ein Büßender barfuß und betend nach Carlsruhe zu gehen und in meiner Reise mir den letzten Gang ins Unterland zu symbolisiren, als K[irchen]R[ath] Sander um den Berg herum mit einer Chaise von Rheinweiler kam und mich einpackte. Indessen habe ich mein Memento mori, zu deutsch: Gedenke des Maulbeerbaumes, item: Gedenke des Morus, über den du nun bald wieder Dogmatik lesen sollst, nicht aufgegeben, sondern bin, wie weiter hinab die Freunde seltener und der Wein schlechter wurde, den Freuden dieser Welt immer mehr abgestorben und bin iezt, ganz rein und geläutert von allen Zwickgroschen, von allen Weinhefen, von allem Oberirdischen, im Unterland, von wo ich, wie aus dem Grab, Ihnen für alle dem selig Verschiedenen erwiesene Liebe und Freundschaft danke, anhoffend eine baldige fröliche Auferstehung.

Ich bitte Sie recht schön, mich gelegenheitl[ich] in Auggen zu entschuldigen. Es war so sehr und lange mein Wunsch und Vorsatz, dem Herrn Spezial meinen Besuch zu machen. Aber Hügelheim war für den Mittag bestimmt. Sander eilte, und wollte noch in Thiengen übernachten, und als wir an Auggen vorbei fuhren, war man in d[er] Kirche, oder im Begrif darein zu gehen.

Ich empfehle mich Ihrer lieben Gattinn und danke nochmals für die gute süße Traubentorte. Gern möchte ich noch ein Langes und ein Breites mit Ihnen fabeln, aber: Memento mori! Ich bin mit gutem deutschen Sinn

Ihr redlicher Freund Hebel

Carlsruhe, d. 24. Okt. 1801

Dolder: *Baumwipfel.* Bacchus des Thurnbergs und der Grötzinger Steinbruchhalden: *Weinbaugebiete, von denen Hebel einen großen Teil seines „Kompetenzweines" bezog, den er nicht sonderlich schätzte. Heute gedeiht dort eine vorzügliche Kelter.* englischer Friede: *die Angaben über einen englisch-französischen Frieden, der erst am 27. März 1802 zustandekam, beziehen sich scherzhaft auf Gerüchte, die damals umliefen.* Schopfheimer Hurlibaus: *eine alte Kanone, die im Schopfheimer Rathaus verwahrt wurde.* Fidelis in Schliengen: *nicht zu ermitteln, wahrscheinlich ein Wirt.* der Herr Spezial: *August Wilhelm Sievert.*

AN GUSTAVE FECHT

[25. Oktober 1801]

Ich habe, meine theuerste Freundinn, das Oberland und Weil dismal wie allemal gar wehmüthig verlassen, und die Sonne hätte gar nicht nöthig gehabt, als ich durch die Oetlinger Reben gieng so schön zu scheinen, und die liebe Gegend, aus der ich weggieng, mir noch einmal zu bemahlen, doch nahm ich den guten Willen an, und dachte sie werde wohl zeitlich genug sich wieder hinter den Regenwolken verbergen. Ich nahm den nächsten Weg über Oetlingen, Rötteln, Egringen und Hertingen, wo ich viele, die mir einst werth waren, nimmer fand, wenige mehr kannte, was 20 Jahr und darunter war, wußte nichts mehr von mir; ich hatte etwas von der Empfindung, wie wenn ein Verstorbener nach 100 Jahren wieder käme, und den Schauplatz seines verwehten Lebens wieder besuchte. Den ersten Halt machte ich dann am Sont. Mittags wieder in Hügelheim, gieng am Mont. mit Schmid nach Laufen und blieb dort übernacht. Viel ward von Weil und Lörrach gesprochen, und denken Sie sich nur den freundschaftlichen Special. Zu großem Staunen aller die sein eigenes Thun und Wesen kennen, verließ er die Trauben im Weinberg und den Most auf der Kelter, und das Kühlein, und das Hättelein, und das Käzlein und führte mich mit seinem eigenen Rößlein nach Badenweiler und Hüg. zurück und blieb bei uns über Mittag, ob er gleich bisher mit Schmid in Spannung lebte. Aber das Fuhrwerk hätten Sie sehen sollen, Hr. Spec. kutschirte selbst, wenn wir nicht beide mit dem Roß selbdrit zu Fuß giengen, Rebberg auf und ab, durch dick und dünn, durch Löcher und über Höcker, Hohlgaß ein und aus. Meine arme Seele hatt' ich Gott befolen. Aber zur Steuer der Wahrheit, ich war sichern Händen anvertraut, denn über die Brücken, und wo es gefährlich schien, giengen wir zu Fuß! Den folgenden Morgen wartete Hr. Spec. schon wieder in Seefelden an der Straße auf mich um mich nach Emmendingen zu führen. Wir fuhren durch die March und aßen in Thiengen, wo wir Amtmann Mejer, seine Frau, mehrere Müllheimer und Karlsruher von Malberg her antrafen, und Hofrath Roths leere Schaise. Ich fuhr nun in dieser allein nach Obernimburg, wo ich Sander und Haupt krank antraf, und Hr. Spec. nach Ihringen. Am Donnerstag trafen wir uns wieder in E. im Amtshaus beim Mittagessen. Die Reise geht etwas langsam, wie Sie sehen, ohne Zweifel zu Ihrem großen Verdruß, aber Sie müssen nun schon bey mir aushalten bis nach Ettenheim, dort sitzt Ihre Frau Schwester gütigst ein.

In E. beschloß ich nun auch einmal einen Besuch anderer Art zu machen, und einem Karlsruher Freund und Schulkameraden, der seit dem Sommer als Pfarrer in den Bergen von Ottoschwanden steckt, zu erscheinen. Ich wünschte daß Sie diese Gegend selber sähen, die ich nicht beschreiben kann. Anderthalb Stunden von Emmendingen, bergein und auf verbreitet sich nah am Himmel über unzählige Hügel und Thälchen hin, drei Stunden weit im Durchschnitt eine Pfarrey von 2000 Seelen in lauter vereinzelten Höfen. Man muß zu dem was man sieht, zu dem romantischen Anblick der Höfe, zu den niedlichen Parthieen von Obst- und Tannenbäumen neben und untereinander, zu den grün bewachsenen Hügeln, und unbewachten Heerden darauf, zu den fernen und nahen Begränzungen von Wald und noch höhern Bergen auch noch die Phantasie und gute Meinung ein wenig zu Hülfe nehmen um die Gegend recht interessant zu finden; nemlich man muß sich das Innere der Wohnungen, was man nicht sieht, als den Sitz des stillen Friedens, einer unverdorbenen brüderlichen Menschenklasse des ländlichen Wohlstandes und einfacher patriarchalischer Sitten denken. So erschien mir die Gegend, und ich wünschte mir die feste Gesundheit des Pfarrers daselbst, um mich einst, wenn mein Maß in CRuhe gar voll ist, um Ottoschwanden zu melden, und dort, geschieden von der Welt und bis auf wenige sie vergessend zu leben zu wirken und zu sterben. Aber denken Sie sich einen gebohrenen Carlsruher dahin mit seiner Frau, die beyde bisher eine Stunde von Karlsruhe lebten,

GUSTAVE FECHT

und bey ihrem Aufzug zum erstenmal über Rastadt hinaus kamen. Sie wurden fast närrisch bey meinem Anblick, und ich glaube ihnen durch meinen Besuch soviel Freude gegeben zu haben, als ich auf meiner ganzen Reise selber genossen hatte, was doch viel gesagt ist. Am Freytag gieng ich endlich nach Broggingen, für meine Ansicht ein trauriges Dorf in der elendesten Lage des Landes die ich kenne, und von da nach Ettenheim, der ietzigen Residenz des Bischofs von Strasburg, wo ich ihm den Schoppen Wein verumgeldete, von dem ich der Frau Pfarrerinn geschrieben habe.

Ich habe etwas ungleich unter die zwey guten Schwestern getheilt, und Sie dauern mich, daß Sie so viel haben lesen müßen, ob ich gleich der Frau Pfarrerinn auch nichts schlimmes wünsche, und doch bin ich zu geitzig um Ihnen so viel schönes unbeschriebenes Papir schicken sollte, als noch übrig ist.

Ich habe ein Buch das mir Hr. Pf. Hitzig schenkte, in Weil liegen laßen. Ich bitte Sie doch schön, es in Verwarung zu nehmen, bis sich eine Gelegenheit findet, und zu verhüten, daß es H. nicht erfahrt. Ich weiß nicht, was es ist, aber wenn Sies unterdessen lesen wollen, und es schön finden, so solls mich nicht reuen es vergessen zu haben. Ich weiß nicht ob Sie noch gerne lesen, sonst wollt ich Ihnen Jean Pauls verschiedene Schriften (nur die Palingenesien ausgenommen) empfehlen, wenn Sie sie noch nicht kennen. Man hat zwar anfänglich Mühe sich in die eigenthümliche Manier dieses Originals zu finden, und Manches mag für Nichtstudirte Personen schwer und unverständlich seyn, aber man kann auch unbeschadet, obs gleich Romane sind, eine und zwei Seiten überschlagen und die dritte mit innigem Entzücken lesen; seine Schilderungen der Natur, des menschlichen Herzens, der menschlichen Freuden und Leiden übertreffen alles ähnliche, nur die Natur selber nicht.

Seyen Sie nicht gleichgültig wegen Ihren Fingern, der Winter ist lang, und es gibt viel zu spinnen und zu nähen, und im Frühling zu säen, wenn ich die schönen Blumensamen schicke. Fragen Sie bald einen geschickten Arzt um Rath, der Ihnen vielleicht mit einem leichten Mittel von dieser Inkommodität hilft. Und Sie sind so brav und so gut, und verdienen von allen Inkommoditäten befreit zu seyn.

Iezt will ich Sie doch nicht länger ermüden, denn Briefe lesen zu müssen, die kein Ende nehmen wollen, ist auch nicht kommod. Doch

Sie müßen ia nicht; und wer weiß wie weit vorne Sie schon aufhören werden, während ich dahinten immer noch fortschreibe.

Die lezten Zeilen lesen Sie doch: Ich wünsche Ihnen gute Gesundheit und einen freundlichen Winter, und bin ohne Aufhören

Ihr ergebenster Fr. H.

der freundschaftliche Special: *Christof Adam Wagner.* Hättelein: *Ziege (Kindersprache)* Pfarrer in Ottoschwanden: *Johann Christian Crecelius.* Broggingen: *Pfarrer war dort der Hebel wohlbekannte Wilhelm Jakob Albrecht.* verumgeldet: eine Getränkesteuer erlegt.

AN GRÄTER

Wohlgebohrener und Hochgelehrter, Hochzuverehrender Herr.

Euer Wohlgebohren erlauben mir die Freyheit Denselben die Probe einer vaterländischen Dichtungsart, die in einem nicht ganz werthlosen Dialekt unserer Sprache und vielleicht in einer nicht ganz unwichtigen Absicht von mir versucht worden, als ein Zeichen meiner unbegränzten Hochachtung vorzulegen.

Der Dialekt ist der aus der badischen Landgrafschaft Sausenberg zwischen der Schweitz und dem Breisgau und mit dem Schweitzerischen Breisgauischen und Oberelsaßischen bis auf unwesentliche Variationen der nemliche, und ich darf Denselben nicht erst sagen, wie nahe dieser an das Alterthum unserer dunklern Jahrhunderte gränze, und wie kennbar sich in ihm die alte alemannische Volkssprache erhalten haben möge.

Ein Bändchen solcher Gedichte von mancherley Metrum, Innhalt und Ton gedenke ich bald, vielleicht unter dem Titel eines Alemannischen Musenalmanachs herauszugeben. Ich habe in denselben mit den Schwierigkeiten gekämpft, in dieser rohen und scheinbar regellosen Mundart, wenn die Ausdrücke erlaubt sind, rein und klassisch und doch nicht gemein zu seyn, genau im Charakter und Gesichtskreis des Völkleins zu bleiben, aber eine edle Dichtung, so weit sie sonst in meiner Gewalt ist, in denselben hinüberzuziehen und mit ihm zu befreunden. Meine erste Absicht ist die, auf meine Landsleute zu wirken, ihre moralischen Gefühle anzuregen, und ihren

Sinn für die schöne Natur um sie her theils zu nähren und zu veredele, theils auch zu wecken. Sollte die alte und bekannte Frage der glücklichen Ueberraschung: „wie hören wir ein ieglicher die Sprache, in der wir gebohren sind" nicht noch einmal ein kleines Wunder thun können? Und wie, wenn irgend wo am Schwarzwalde oder an den Alpen, im dunklen Tannenhain oder auf der lachenden Trift der schlummernde Dichtergeist eines reingestimmten Natursohnes geweckt würde durch diese heimischen Töne, er nähme mir die Harfe ab und zauberte uns durch reiner geschöpfte Naturgesänge in die verwehten Tage der Vorzeit zurück und tröstete uns durch sie für die, die uns der Sturm der Zeiten weggeführt hat? Sie lächeln und ich besorge, nicht mit Unrecht. Mögen Sie bey folgender Ansicht keine Ursache dazu finden.

Ich wünsche auch allgemeiner zu interessiren und dem Studium der deutschen Sprache, wenn auch nur etwas weniges und mittelbar zu nützen. Die Bekanntschaft mit den Dialekten unserer Sprache müßte in mancher Hinsicht wichtig seyn. Wenn man schon trockene Idiotismen-Sammlungen für belehrend und wichtig hielt, wie viel mehr die lebendige Darstellung des ganzen gramatikalischen Baus und Gewebes der Dialekte in zusammenhängenden Texten. Selbst die Idiotika, die durch die Nachläsigkeit, womit einige zusammengeraft sind, alle zu leiden scheinen, würden vielleicht wieder ein neues, allgemeines und einflußreicheres Interesse gewinnen, wenn ihnen ein gefälliger Text unterlegt würde.

Ich habe nur aus der kleinen Anzahl meiner Gedichte, die gedruckt 10 Bogen füllen können, gegen 300 Idiotismen herausgezogen, die, mit Scherz. Gloss., Schmidts Idiotik. und Adelung verglichen, nebst mancherley Erläuterungen und Winken mit gedruckt werden sollen. Oft fand ich zwar Ursache meine Unbekanntschaft mit dem Alterthum unserer Stammessprache durch ihre verschiedenen Perioden und Zweige zu bedauern. Indessen lifere ich doch einige Nachlese zu Schmidt. Eine förmliche Grammatik, in die ich sogar diesen Dialekt zu bändigen suchte, lasse ich weg, weil sie zu groß oder zu unvollständig ausfallen würde. Aber selbst der Versuch dazu hat mich auf einige, wenigstens mir frappante und für allgemeine Sprachkunde nicht unwichtige Entdeckungen geführt, für deren Mittheilung ich vielleicht eine andere Gelegenheit suchen werde.

Verzeihen Sie mir, verehrungswürdiger Mann, die Freyheit, in der ich mich mit meinen kleinen Angelegenheiten zu Ihnen gedrängt habe, und das Uebermas, womit ich mich derselben bediente, und nehmen Sie die Versöhnung dafür gerne in meiner aufrichtigen Erklärung an: ob ich gleich die Ehre nicht genieße mit Denselben in näherer Bekanntschaft zu stehen, so glaubte ich doch bey dem Gefühle, womit ich Ihre Bemühungen und Verdienste um das Alterthum unserer Sprache ehre, und bey dem Bewußtseyn, wie viel Belehrung und Vergnügen ich denselben verdanke, etwas versehen zu haben, wenn ich mein Vorhaben ausführte, ohne Ihnen davon Rechenschaft gegeben zu haben, und Ihr Beyfall dazu würde mir das günstigste und untrüglichste Omen seyn.

Sollte ein neuer Band von Braga und Hermode früher als diese Gedichte herauskommen (denn hoffentlich werden diese lieblichen Gottheiten, die uns besucht haben, noch nicht in Wallhalla zurückgekehrt seyn) und sollten Sie anliegendes Gedicht, oder etwas daraus nicht unwürdig der Aufnahme, oder ganz außer dem Kreis dieser Sammlung finden, so würde ich dasselbe durch ein Plätzchen darin vorzüglich geehrt glauben.

Und wenn dieses nicht seyn kann, so erlauben Sie mir vielleicht dieses Gedicht oder ein anderes, welches mir gelungener scheinen wird, Ihrem Namen zu weihen, und damit meine unbegränzte Hochachtung gegen Sie öffentlich zu bekennen, mit der ich die Ehre habe zu verharren Euer Wohlgebohren gehorsamster Diener

J. P. Hebel, Profess. u. Hofdiakonus

Carlsruhe, d. 8ten Febr. 1802.

Hebels alemannisches Gedicht „Der Wächter in der Mitternacht", das diesem Brief beilag, fand keine Aufnahme in Gräters Sammlung.

AN HITZIG

Mein lieber Zenoides! 11. Febr[uar 1802]

Ich habe den gestrigen Postwagen, mit einem Blumengarten wiewohl in nuce et grano zwar unter deiner Addresse, aber nicht so fast für dich als für dein liebes Weiblein befrachtet. Ich bitte dich daher wenn er komt, denselben ungevährlich und unbezehndet an Behörde abzugeben, nebst meinem schönen freundlichen Gruß und guten Wunsch, daß ein milder schöner Frühling den sorglichen Fleiß der lieben Blumengärtnerinn begünstigen und belohnen möge, und daß der schöne Blumengarten draußen vor dem Fenster immer der Abschein von dem drinnen sey. Aber ich will mich mit meinem Contingent und Zuzug zu dem ersten nicht groß machen. Ich pflege, wenn mir eine Wahl weh thut oder wenn ich sie nicht verstehe, oder wenn ich gern etwas besseres hätte, als ich zu fordern wage, nichts zu bestimmen, sondern die Auswahl dem Gebenden zu überlassen und so machte ichs dismal, hauptsächlich aus dem letzten Grunde mit dem Garten Inspektor, aber es scheint mir, er habe mich nicht recht verstanden. Manches wo nicht das meiste werdet Ihr vielleicht schon haben, manches nicht haben, weil Ihrs nie verlangtet, indessen hoff ich, daß der Fischzug doch nicht ganz leer seyn werde.

Du könntest mir, wenn du's gut und schön mit mir meinst, deine Trauerpredigt auf den Erbpr[inzen] zum Lesen, und wenn du's gern leiden magst zum Abschreiben lassen schiken, damit ich sie zu den andern kann binden lassen.

Der allemannische Pegasus will nimmer fliegen, er prätendirt, er sey nicht schuldig so etwas zu thun, bey der unterländer Stallfütterung wenn er nicht droben an den sonnigen Hügeln weiden dürfe. Aber es ist Ausrede, das Vieh ist unzufriedener mit Tränke als mit dem Futter. Indessen hats doch noch einen kleinen Zuwachs gegeben — Freude mit gutem Gewissen — das Habermuß — der Storch — Sonntagsfrühe. Das Idiotikon 300 Artikel stark ist fertig, das ganze kann 14—16 Bogen werden. Hast du dem Flick den Angel noch nicht vorgeworfen? Günttert meint ich solls dem Haas geben und will mit ihm reden. Indessen wäre mirs doch lieber zu hören, was zwey dazu sagen, als einer.

Vom Unfug der Dotnauerinn habe ich freilich gehört, aber ist ihr der Zorn und der Unmuth übelzunehmen, da ihr Mann so auf die Seite ging und ausschweifte und den Töchtern des Elsasses und der Hardt in den Schlafkammern Besuche machte? Es mag von Rötteln herab ein schauerlich schöner Anblick gewesen sein. Was sagst du zum Prenidesat von Cisalpisias? Ich gratulire dir zu diesem Collegen. Werden ihn die Schweitzer auch bald erkiesen? Dumme Frage und der Rand ist schon so schmal! Kaum noch Platz zum herzlichen Bhütigott!

JTL JTL JTL JTL JTL JTL Parm.

Trauerpredigt: *Erbprinz Karl Ludwig war während eines Besuches bei seiner Tochter, Friederike von Schweden, verunglückt.* Dotnauerin: *Damit ist die bei Todtnau entspringende Wiese, mit „ihrem Mann“ der Rhein gemeint. Es handelt sich um ein Hochwasser beider Flüsse, das bedeutende Verheerungen anrichtete.* Prenidesat von Cisalpisias: *Im Januar 1802 war Napoleon die Würde eines Präsidenten der italienischen, bisher cisalpinischen Republik verliehen wurden.*

AN HITZIG

Bester Zenoides! [Anfang September 1802]

Ich verlasse Karlsr. am Sonntag vor Micheli mit Sander, Welper und Fröhlich und gehe nach Hügelheim zu Schmidt an die Stuffen des großen, Niebewegten, Wolkenspendenden. Von dort aus soll es mir gar nicht ab der Hand und außer dem Sinne liegen, wenn der Genius mich anweht ihn gerade zu erklimmen den Großen, Nimmerbewegten, Oechsleinseligen, und wenn ich den Drekchdu und die Steissibruserie begrüßt, und Carolisens verwehte Spuren gesegnet, und vom Rekapitulationsblütschi aus den Großen, Weitgesehenen, Aethervertrauten noch einmal angebetet habe, eines Gangs das Thal hervor zu metzgen und wie Odysseus den besoffenen Polyphem, so ich den Kaps zu prügeln, und dann in Steinen den Dicken zu fragen, ob der Steg über die Wiese stehe. Sollte mir aber der Deus in nobis als einem durch 10iährige Verschwabenhamlung unrein gewordenen das herumtalpen auf heiligem Boden vor der Reinigung im Tempel verbieten, so werde ich auf der Straße der Schwabenhämmel nach Hertingen aber metzgen, bey dem Chatz mich noch einmal ganz erschröcklich verschwabenhammeln, über Candern nach Wisleth gehn und den Kaps doch prügeln, dann die heilige Bahn durchschneiden und in Hausen bey den Flußspatöchslein Quarantäne halten, dann in Schopfen sie einige Tage fortsetzen, das Haupt in der Wiese waschen und endlich mich dem Priester zeigen. Selige Stunde der neuen Belebung und des Eintauchens in die heiligsten Gefühle in der Umarmung des Lieben und Theuren, das heißt, Deiner! Von da gedenke ich, wenn in einer guten Stunde der Ostwind nicht weht, das heißt wenn nicht die Luft vom Grabe des Pfeddelbacher Oberhammels neuerdings profanirend über die Thumringer Straße wandelt, nach Proteopolis um den Gräuel der Verwüstung an heiliger Stätte zu sehen, dann nach Basel zu wallen, um mir als Reliquie einen Span von der äußersten Hülle des Cynikulus herabzuschneiden, in Weil das Diarium meiner Wallfahrt nach dem Rekapitulationsgesez niederzuschreiben, und dann endlich selbst rekapitulirt das h. entsündigt, geheiligt, veräthert, für nimmer lange, nur um mich in die Glorie meiner Proteusischen Widergeburt noch eine Zeit lang sichtbar zu zeigen, in die Welschkorndichten, von keinem Oechslein besuchten Sandfelder zurückkehren — nicht mehr ein langsam weidender Schwabenhammel, sondern ein Metzger von kurzer Erscheinung.

Mein Jutzler auf dieser Reise wird ein leichter Mastelnack seyn. Welch ein Fluch dieses klotzigen Herumtreibens immer mit Materie bepackt und von ihr verfolgt zu seyn! Ich gedenke daher von Hügelh. aus den Mastelnack seine eigenen Wege gehen zu lassen und den KR. Sander zu bitten daß er ihn in K[alten] Herberg im Vorbeyfahren in den Postchaisenkorb werfen solle, und wenn alsdann das Vieh, nemlich der Mastelnack ein halbes Quintlein Vernunft hat, so wird er in Thumringen selbst an Land steigen und nach Rötteln hinaufgehn um mir, wenn ich nachkomme die allemanischen Lieder herauszugeben, die ich gern scharf recensirt von dir haben möchte, damit du sie in der Folge wenn sie mit dem Preßbengel am Hals in der Welt herumlaufen, desto glimpflicher recensiren könntest. Ich bitte dich also dieses Schlauchthier mit seinen Sieben Siegeln an der Stirne und mit seiner eisernen Kette im Maul und mit seinen hirnwüthigen Embryonen im Bauch, gern aufzunehmen und zu beherbergen, biß ich wie eine Rakete aus dem Hasenloch aufsteigend, oder wie eine Sternschnuppe vom Wintersbugg herüberschießend, oder wie eine Lawine von der Lukke herabrollend nachkomme, und zwischen den nemlichen vier Wänden mit dir die Wonne verwehter Tage widertrinke und alles andere vergesse. Deiner lieben sanften Daube meinen herzlichen Freundschaftsgruß, und euch beiden Lieben viel schöne Sterne an den Himmel! Ewig Dein H.

Pfarrer in Hertingen: *Karl Friedrich Kramer.* Pfeddelbacher Oberhammel: *J. Chr. Riedel.* Cynikulus: *Scholer.* der Dicke: *wahrscheinlich der Wuhrmeister in Steinen.* *(Zumeist proteische Wörter und Begriffe:)* der Wolkenspendende: *der Belchen.* Öchslein: *der Gegenstand eines Wunsches, auch: ein angenehmer Fund, insbesondere von Mineralien.* – Feldöchslein: *Feldspat.* Seeöchslein: *Quarz.* – Dotnauer Öchslein: *Flußspat.* Drekchdu: *einfältiger Mensch.* Steissibruserie: *Verdrehung aus Steinbrunner, dem Namen des Neuenweger Bauern, der die Freunde Hebel und Hitzig bei der Besteigung des Belchen begleitet hatte.* Carolise: *etwas Rätselhaftes, Geheimnisvolles.*

Rekapitulationsblütschi: *Blütschi ist eine alte Bezeichnung für Blöcke oder Klötze. Vermutlich also eine Anhöhe, die einen „rekapitulierenden" Blick auf den Belchen erlaubte.* metzgen: *inkognito reisen.* Metzger: *inkognito Reisender.* Schwabenhammel: *Spießer.* Chatz: *proteische Bezeichnung für einen Geistlichen, möglicherweise nach dem jüdischen „Katz", der Abkürzung von Cohen Zedek (= würdiger Priester).* Proteopolis: *Lörrach (Stadt des Proteus).* Jutzler: *proteisch für Begleiter.* Mastelnack: *Verdrehung aus Mantelsack.*

AN HITZIG

[Ende September—Anfang Oktober 1802]

Hier sitze ich lieber Zenoides, so zu sagen wie ein Pfund Schnitz, oder noch einfältiger, während Hr. K. R. Walz, Sander und Gesellschaft ins liebe schöne Oberland eilen. Ich habs lang zu weg gelegt, und gemeint, ich müß auch die Fittige ausspannen. Aber mancherley Gründe, contra denen nichts anders als ein „doch möcht ich gern!" entgegenzusetzen war, waren gar zu sprechend.

Nichts weniger herzlich dank ich dir gleichwohl für die freundschaftliche Einladung und behalte sie in guter Erinnerung.

Unterdessen pützele und mützele ich am Wälderbüblein, das dich grüßt, und dir für deinen wohlwollenden und kräftigen Vorschub das Händlein ummestreckt.

Hier wirds von seinen Landsleuten wenig geachtet, aber die Unterländer und Fremde haben zum Theil große Freude an ihm und seinen Sprünglein.

Rath Schnetzler in Freyburg posaunt frisch im Breisgauer Wochenblatt und wird nächstens wieder einen Stoß thun. Ein Profess. Felner daselbst hat den Sommerabend schon übersetzt, und mir zugeschickt. Hier eine Stelle zur Probe, die mir die gelungenste scheint.

Drum ist sie auch so matt und müd,
und braucht zur Ruh kein Abendlied
kein Wunder wenn sie schnauft und schwizt
Sieh wie sie auf das Berglein sizt
Jezt lächelt sie uns sinkend zu,
und wünscht uns allen guten Ruh!
Nun ist sie fort, Gott segne dich!
Noch drehet auf dem Thurme sich
Der Hahn nach ihr. Verfolge nur
Der lieben Sonne letzte Spur etc. etc.

Was sprechen Euer Ehrwürden zur Erweiterung unserer Gränzen? Saperment nun werden wir Leute! und sogar eine Seehandelnde Nation nemlich mit Weißkraut und Grumbirnen auf dem Bodensee. Hier unten thun die Bruchsaler gar zahm und zutäppisch! Die Pfälzer zwingen sich auch dazu, während der Churfürst noch so arg wie die ehemaligen Evakuationscommission der franz. Armee wegschleppt. Was nicht zu nehmen ist, wird noch versezt und Schulden darauf gemacht, und sind schon genug alte da.

Die gute Churfürstinn soll tödlich krank seyn. Heut ist ihre Mutter nach München abgereist. Man hat sogar schlimmen Argwohn wie gewöhnlich und immer, wenn vornehme Personen schnell krank werden, und die Verhältnisse in Bayern geben ihm einigen Schein.

Zwischen Wollfarthsweier und Etlingen sind römische Ruinen entdeckt worden, die einen großen Umfang verrathen. Man grabt seit einigen Tagen. Gestern war ich zum zweitenmal da. Schon sind mehrere Fundamentmauern aufgedeckt und werden noch weiter verfolgt. Ein Zimmer ist ebenfalls am Tage, gestern entdeckte man das zweite. Auch verfolgt man eine Keller Treppe von der 3 Stuffen schon sichtbar sind. Indessen erwarte ich nicht viel interessantes von dem Fund, weil man überall auf den Fundamenten ist. Doch hat man schon eine artige Lampe von Bronze, einen Schlüssel, viele Nägel, Scherben von gemeinem Geschirr und edlern Gefäsen, eine mit der Aufschrift Erial (is) gefunden. Einige vermutheten ein Bad, andere und ich eine Villa oder irgend etwas anders als ein Bad. Doch sind Quellen da, und Wollfarthsweyer ist schon zum Lacus salutifer gemacht. Gott schenke Euch liebe Theure einen reichen, und gönne Euch einen vergnügten Herbenet. Dem Netoreck meinen freundlichen Gruß und verbindlichen Dank für die brave Zeichnung. Mit herzlicher Freundesliebe Dein H.

Wälderbüblein: *die Alemannischen Gedichte.* Breisgauer Wochenblatt: *Voranzeige der Alemannischen Gedichte am 6. September 1802.* die Bruchsaler: *Bruchsal, bisherige Sommerresidenz der Fürstbischöfe von Speyer, war in jenen Tagen an Baden gefallen.* Churfürst: *Maximilian Joseph von Pfalz-Zweibrücken, seit 1799 Kurfürst von Pfalz-Bayern.* Churfürstinn: *die badische Prinzessin Karoline, Tochter des 1801 verstorbenen Erbprinzen Karl Ludwig und seiner Gattin Amalie, seit 1797 vermählt mit dem Kurfürsten Maximilian I. Joseph von Bayern in dessen zweiter Ehe.* Herbenet: *Verdrehung aus Herbst.* Natoreck *oder* Netoreck: *proteische Verdrehung aus Storck (Storch). Hebel versteht darunter jeden dem Oberland entstammenden Menschen jüngeren Alters. Deswegen wird die Bezeichnung den verschiedensten Personen beigelegt. Hier könnten Jakob Friedrich Eisenlohr oder Eberhard Frick gemeint sein.*

AN HITZIG

Theuerster Freund, [5. Dezember 1802]

Das reichliche Verzeichniß deiner Angeworbenen freut mich, so oft ich's ansehe. Nicht nur, weils so reichlich eintragt, und iedes Fischlein, das du mir in's Netz bringest, seinen Stater im Mund hat, sondern noch mehr, weil mir dieses Verzeichniß ein schönes Dokument deiner thätigen Freundschaft und Theilnehmung ist. Empfange dafür meinen aufrichtigsten Dank, und was du schon lange hast, meine Bereitwilligkeit zu jedem Gefallen und Dienst, den ich dir erweisen kann.

Ueber ein Kleines, sagt das Wälderbüeblein, so werdet ihr mich sehen! Aber der Kupferstecher, das Faulthier sagt: Meine Zeit ist noch nicht da! Der lezte Bogen wird diese Woche gesezt, die Notentafeln sind fertig, aber dem Kupferstecher gefällt seine hellpolirte Platte so wohl, daß ihm jeder Stich wehe thut, den er hineingraviren soll. Auf alle Fälle möchte es aber gut sein, wenn du mein lieber Zenoides nun, eh die Feiertäge wie ein gewappneter Mann über dich herfallen, an die Recension dächtest und giengest. Du kennst der Stücke genug, um ihnen vorläufig den Geist der durch alle weht, abzulauschen und zu würdigen und den allgemeinen Theil der R. zu entwerfen, und kannst alsdann, wenn ich dir das ganze schicke, das Spezielle über einzelne Lieder die du noch nicht kennst, und über das Idiotikönlein leicht hinzusetzen. Denn es ist mir darum zu thun, daß das Bürschlein der Welt bekannt werde, und Zutritt finde, eh' es ein Nachdrucker in seine Lumpen kleidet. Es wird, sorge ich, doch immer noch frühe genug wahr werden, was es selber sagt:

„und 's Chäferli het hinteno
doch au si Tröpfli übercho."

Ich habe 500 Ex. über die Bestellung drucken lassen und wenn sie mir ligen bleiben, habe ich vom eigenen Verlag Schaden. Aber machs gnädig, und rechne dem armen Narren die Laubflecken, die er ia charakteristisch haben muß, und die Rufen, die wohl weg sein könnten, nicht zu hoch an, und deine Freundschaft verweile keinen Augenblick bei der Person des Vaters. Laß sie wenn sie mit der Warheit, und mit der Gewissenhaftigkeit des Rec. vereinbarlich ist einzig dem kleinen Hans Närlein zu gut kommen.

Ich habe viel zu schreiben, und rothe Augen vom Corrigiren, Revidiren und neuen Wein, und darum Assa! lieber Zenoides! deiner lieben Gattinn meinen freundlichen Gruß.

D. 2ten Advent. (Dittenberger verwechselt heute den Belchen mit der Hofkanzel.) J. P. Hebel

Verzeichnis der Angeworbenen: *Subskribenten der Alemannischen Gedichte.* Stater: *Münzbezeichnung für Silber- und Goldstücke. Hebel spielt auf Matthäus 17, 27 an.* und's Chäferli: *aus dem Gedicht „Der Sommerabend".* Laubflecken: *Sommersprossen.* Rufe: *Schorf, Grind.* Assa: *Genug (von französisch assez), Abschiedswort.*

Verehrtester Herr Rath! Karlsruhe, den 27. Febr. 1803

Ich bin beschämt, den ersten Brief von Ihnen zu erhalten, den ich Ihnen schuldig war. Ihre Güte hat die allemannischen Lieder mit einer Auszeichnung geziert, und es freute mich besonders, daß iene liebliche und mit so vielem Beyfall aufgenommene Melodie einem Gedicht zutheil wurde, für welches ich selber eine eigene Vorliebe habe. Empfangen Sie dafür meinen verbindlichsten Dank.

Die gütige Aufnahme, welche die Gedichte selbst bey Ihnen gefunden haben, ist mir ausnehmend schätzbar. Wie sehr bin ich durch diese Aufmerksamkeit verehrungswerther Personen, durch ihre Zufridenheit und durch die Versicherung, daß meine Versuche auch bey dem Volke Sinn finden und etwas Gutes bewirken werden, geehrt und belohnt. Indessen erkenne ich, nicht alles, was mir das Wohlwollen zu einigem Verdienste anrechnet, unbedingt dafür nehmen zu dürfen. Der glückliche Einfall, eine edlere Dichtung in dieser ungewöhnlichen Manier zu versuchen, war wohl das meiste. Aber nach meinem Gefühl hat die einfache, zwar arme und verwahrloste, aber an sich nicht undichterische und dem Freund des Oberlandes liebliche Sprachweise, die mir durch Erziehung, Umgang und freiwillige Uebung fast mehr als die hochdeutsche zur natürlichen wurde, meistens das Gefällige und angenehm Überraschende auf ihrer Rechnung, was auf die meinige zu kommen scheint. Sehr Vieles durfte in der etwas gesichteten und geschmeidigten Sprache des Oberländers fast nur so hingestellt werden, wie er es mit seinen Organen ansieht und auffaßt, um naiv und originell gesagt zu scheinen. Sehr richtig finde ich Ihren Tadel wegen des Fluches. Der geflügelte daktylische Hexameter, in den er sich selber so ungezwungen formirte, war meine Versuchung. Ich glaubte, den rohen, empörten Menschen schon so etwas mit Entschuldigung dürfen sagen zu lassen. Aber freilich hätte, was er sagen durfte, wenigstens der Vater in der Nacherzehlung unterdrücken sollen, und ich fühlte die Warheit Ihrer Bemerkung ganz in einer Verlegenheit, in die ich über diesen Vers bey dem Vorlesen in einem Cirkel gebildeter Menschen kam.

Ich freue mich der angenehmen Hofnung, die Sie mir machen,

vielleicht auch noch „Marktweiber“ durch eine Melodie verschönt zu sehen. Aber für schwer halte ich es allerdings auch, durch die Musik den Wechsel der Rede auszudrücken. Denn es ist schon ein Fehler des Liedes selber, daß die Personen des Dialogs durch den Marktruf nicht sicher genug bezeichnet sind, und keine Eigenheit des Charakters haben oder bewahren. Ich hatte wohl die Idee dazu, finde aber ihre Ausführung wegen dem Zwange des iedesmal bindenden Reims zu schwer. Aber, wie ermüde ich Sie?

Gönnen Sie mir, verehrtester Herr Rath, Ihre fernere Gewogenheit, deren Besitz ich mir zu großem Gewinn rechne, und empfangen Sie die Versicherung meiner reinen Hochachtung, mit der ich die Ehre habe zu seyn Ihr gehorsamster und ergebenster Diener

J. P. Hebel

iene liebliche ... Melodie: *die zunächst anonyme Vertonung des Hebelschen „Morgensterns“, zu der sich Wild erst nach dem Erscheinen der Alemannischen Gedichte bekannte.* Tadel wegen des Fluches: *Hier handelt es sich um zwei Stellen in dem Gedicht „Der Karfunkel“: „Soll mi der Teufel hole, sobald i eine me a'rühr!“ und „Di soll der Dunder und 's Wetter in Erdboden abe verschlage!“.*

AN ENGLER

O lieber Erzengel, wie thut einem die Frühlingsluft bey offenem Fenster und einem Tabacks Stänglein zwischen den Zähnen so wohl, und wenn ich schon zu dem meinigen hinaus das Röttler Schloß nicht sehen kann, so seh ich doch, seitdem das Beuerther Wäldlein ausgehauen ist, das Ebersteinburger, und eben sezt sich ein liederlicher Spatz auf dem Thurm linker Hand neben der schwankenden Haselstaude nieder, wo ich auch schon gesessen bin, und in der reinen Bergluft gebadet und ins Elsaß geschaut habe, und läge nicht ein Flor von Morgenduft oder von gestrigem — Nachtnebel vor meinen Augen, so wollt ich Ihnen auch wohl sagen, obs ein Spatz oder eine Spätzin ist. — Aber lieber möcht ich iezt mit Ihnen nach Hausen gehen und Ihnen ob Farnau auf ein Har das

Plätzlein zeigen, wo der Statthalter stand und dann Ihre Fastenpredigt in Hausen mit anhören, 's wird by Gott suferi Aerbet sy!

Und weil ich das doch nicht kann, so schreib ich wenigstens an Sie, und bitte Sie, dem Jacob Oertlin anliegenden Brief mitzunehmen, wenns auch nicht grad heute ist, und danke Ihnen für den Ihrigen, den ich von Ihnen bekommen.

Kaps hat die trockene Zunge eine halbe Elle weit herausgestreckt, als ich ihm sagte, daß er 54 fl. bei Ihnen zu erheben habe, und wird sie auf dem Heimwege im Vorbeygehen im Bären wohl in ein Halbschoppenglas gehengt haben. Vermuthlich schreibt er Ihnen selbst, mir hat er keine Comission gegeben.

Ich erwarte Ihre versprochenen weitläufigen Bemerkungen zu den allemannischen Liedern. Sie werden wohl noch nachkommen.

Es ist mir leid, daß einige Expl. schadhaft geworden sind. Ich biete mich an sie wieder einzutauschen. Noch schlimmer — nein besser! ist es, daß H. Kolb die beyden postpapierenen behalten hat, denn ich werde, wenn ich ins Oberland komme, meiner lieben freundlichen Frau Helferinn eins mitbringen und selber einzuhändigen, das Vergnügen haben. Es ist auch sicherer, denn wer weiß, ob nicht die Helferinn schon das erste Exempl. von Kolb erhalten, und unterschlagen hat, und obs mit dem zweiten wieder besser geht.

Schicken Sie mir doch noch bey guter Zeit ein fruchtbares Thema für die Gründonnerstag-Nachmittags-Predigt, oder lieber Ihre ferndige Predigt ganz. Ich habe seit 11 Jahren den armen Pilatus schon so scalpirt und geschunden, daß kein Schakal aus der Wüste mehr eine genießbare Faser an ihm herunter nagen könnte, und die par Schulterbeine und Hüftknochen, die ich noch von ihm übrig habe, kann ich in Gottes Namen nicht weich kochen. Ich muß sie nun den Zuhörern, so hart sie sind, an den Kopf werfen und sagen: Da! Das ist das lezte, und übers Jahr kommt mir nimmer!

Gott befohlen o Angeliko! Ihnen verleihe der Himmel gute Gesundheit auf die Passionszeit. An guten Predigten wirds dann Ihren Beicht und Pfarrkindern nicht fehlen.

d. 21. Martii [März 1803]. J. P. Hebel

Beuerther Wäldlein: *Waldstück zwischen Karlsruhe und dem südlich gelegenen Beiertheim, von dem heute nur noch ein bescheidener Rest vor-*

handen ist. Ebersteinburg: *Dorf und Schloß nordöstlich von Baden-Baden.* Statthalter: *Titelfigur in Hebels Gedicht „Der Statthalter von Schopfheim".* Kaps: *Um den Pfarrer Kaps in Wieslet kann es sich hier nicht handeln, weil dieser bereits 1802 gestorben war. Vermutlich ein Spediteur oder Fuhrmann, der mit dem Transport der Alemannischen Gedichte zu tun gehabt hatte.* Frau Helferinn: *die Gattin Englers, die sich um den Vertrieb der Alemannischen Gedichte sehr bemüht hatte.*

AN GUSTAVE FECHT

[Anfang August 1803]

Sie haben mir meine theuerste Freundinn keine so genaue Rechnung über die Anwendung der kleinen und bescheidenen Summe schicken sollen, die Sie für eine arme und ehrliche Familie benuzt haben. Es war alles Ihrer völligen Disposition überlassen. Aber darin haben Sie meinen Sinn und Wunsch vollkommen getrofen, daß Sie das Geld nicht an viele zersplittert haben, und Sie haben weise und edel gehandelt, daß Sie lieber der gegenwärtigen Noth iener Leute mit einer erfreuenden Gabe entgegenkommen, als für die Zukunft sorgen wollten, für die Gott auch sorgen wird. — Sehn Sie wie mir die kleine Abgabe so schnell vergolten wird. Die Allemannischen Gedichte tragen mir noch 150 gefundene Gulden ein, die mir Maklott anbietet für die Erlaubniß, eine zweite Auflage von 750 Stück auf seine Kosten zu veranstalten. Ich lege etwas davon als Beytrag zu dem Lehrgeld für den Knaben zurück, woran ich Sie Ihre Ansprüche zu seiner Zeit bitte geltend zu machen.

Die allem. Gedichte haben mir über 600 Gulden eingetragen. Aber einen Theil davon bedurfte ich, Schulden zu bezahlen, und etwas zerrann im frölichen Leichtsinn. Ich werde so arm bleiben und sterben, als ich mein Lebenlang war. Ich brauche immer ungefähr so viel als ich habe. Noch größer ist die Ehre die ich von diesen Liedern habe. Es waren berühmte sächsische Gelehrte in Heidelberg, die ihnen, ob sie's gleich nur halb verstehen können, großes Lob beylegen, und große Stellen auswendig deklamirten. Einer davon Namens Tieck, der dermalen in der gelehrten Welt großes Aufsehen macht, will sie sogar übersetzen. Ein neues Stück habe ich Hn. Prof. Jakobi in Freyburg für die Iris zugesendet. Unter denen, die Ihnen wie Sie mir schreiben, besonders gefallen haben, hätten Sie mir auch das Spinnlein loben sollen, welches mein Lieblingsstücklein ist.

Sie fragen mich, ob H. Snell wegen E[berhard] selber an mich geschrieben habe. Das hat er nicht, sondern ein ehemaliger Schüler von mir Namens Peterson, der dort als Lehrer steht, erkundigte sich bey mir. Ich schrieb ihm, daß H. Snell die früheren Verirrungen des Jünglings nicht werde von mir zu wissen verlangen, und meldete ihm besonders von dem Aufenthalt des E. in Obersteinach was ich mit Freundschaft und Gewissen gutes melden konnte. Daß er noch in Nion ist, werden Sie wissen. Selber hat er nicht an mich geschrieben. Aber Nüßlin schrieb mir diese Woche von Genf aus, daß er bisweilen mit ihm und Peterson zusammenkomme. Sehn Sie, wie mich der Zufall in der Bekanntschaft mit seinem Schicksal erhält, auch wenn ichs nicht suche. Ich hoffe, daß der Umgang mit diesen 2 wackern Jünglingen einen guten Einfluß auf ihn haben werde, und sehe es schon als ein gutes Zeichen an, daß er noch in Nion ist. Aber was sie mir von Wilhelm schreiben, hat mich um Ihrer aller, besonders um Ihrer guten Mutter willen sehr angegriffen. Möge der Himmel ihn bald zur Einsicht bringen, und ihm dann einen Weg zu einem bessern Schicksal zeigen.

Ich habe vor 14 Tagen eine fröliche und, mit Erlaubnis eine liederliche, und vielleicht eine wichtige Woche durchlebt. Ich habe vor 3 Jahren meinen zuverlässigsten Freund durch den Tod verlohren, aber ich habe einen andern von ihm geerbt, mit dem ich schon lange correspondire und den ich iezt auf einer kleinen Reise, die er nach Astrakan macht zum erstenmal sah. Werden Sies von Ihrem solid gewordenen Freunde glauben, daß wir beym Abschied in Bruchsal, nicht in unserm Gasthof, sondern in einer armen Weinkneipe, wo wir abends um 5½ Uhr einkehrten, bis 2 Uhr sitzen blieben. Aber früh um 8 Uhr war ich wieder auf meinem Platz. Und als Bruchsal illuminirt wurde, fuhr ich um 8 Uhr Abends hier weg in der Hofnung ihn noch anzutrefen, war von 11—2 in Bruchsal und las um 7 Uhr hier wieder ein Collegium. Und werden Sie mir glauben, daß ich außer seinem Namen nicht eigentlich weiß, wer noch was er ist, noch weniger was er in Asien, am Caspischen Meer zu thun hat, ob ich gleich zur Fortsetzung unserer Correspondenz die Adresse von ihm nach Leipzig, Berlin, Königsberg bis Petersburg habe. Es gibt wunderliche Verbindungen unter den Menschen in der Welt.

Sagen Sie doch dem H. Pfarrer, wenn ers noch nicht weiß, daß er im Consistorium gegen die Cammer, die ihn um einige Besoldungsartikel anfechten wollte, gesiegt habe, und zwar durch den G. R. Brauer.

O wie ists so heiß, und ist weit und breit keine Wiese da, kein Teich, und kein Capitelgarten, in dem man zur Abkühlung von Mittag 1 Uhr bis Nachts in der Sonnenhitze kegeln könnte. Ich gehe iezt zu Drechsler setze mich mit einem Krug Bier in einen Winkel, rede mit keinem Menschen ein Wort, und denke an Weil. Bleiben Sie gesund und gut Ihrem redl. Fr. H.

An die Frau Caroline und an den H. Tobeis meinen herzl. Gruß.

ein neues Stück: *das Gedicht „Der Abendstern"*. meinen zuverlässigsten Freund: *Wilhelm Engelhard Sonntag.* einen anderen von ihm geerbt: *Hubertus von Harrer.* Capitelgarten: *Garten des Kapitelhauses (Pädagogiums) in Lörrach, Güntterts ehemaliger Dienstwohnung.*

AN NÜSSLIN

Es ist Ihr Spaß, mein lieber Nüßlin, daß Sie mich fragen, ob ich mich noch an Sie erinnere. Mein Geist muß Ihnen schon oft erschienen sein, wenn Sie halbwegs ein Sonntagskind sind. Sie sind mir während unserer kurzen näheren Bekanntschaft sehr lieb geworden, und haben meine ganze Werthschätzung mit sich genommen. Ich sage so etwas gern natürlich und kurz — ich könnte es Ihnen mit vielen Worten nicht besser und nicht wahrer sagen. Und demnach muß mein Geist oft bey Ihnen sein, aber das heißt freilich nichts anderes, als mein Geist hat Sie oft bey sich.

Daß Sie angefangen haben, in Genf froh zu sein, und für alle schönen Reize des Paradieses, das Sie umgiebt, sich zu öffnen, habe ich gerne vernommen, und von wem lieber als von Ihnen selbst. Sie haben wohlgethan, nicht daß Sie uns, aber daß Sie Karlsruhe verlassen haben. Alle heiligen Götter wären von uns gewichen, wenn nicht die Doxa noch den Apollo gebannt hätte. Zwar der göttliche Bromios ist nicht uns, sondern wir ihm untreu worden. Es ist eine

Kleinigkeit, daß ietzt Castraten und Pfaffen in Italien, und Barbaren in Griechenland auf klassischem Boden hausen, oder wie Heinrich Stilling im „Heimweh“ sagt, daß die Türken in Constantinopel und Jerusalem wie Würmer in einem Leichnam wühlen, — die Philister und Gnoten, die Friseurs und Stallknechte, die Glasträger und Scheurenkrämer sollten Sie ietzt im Bären auf den Stühlen sitzen sehen, wo einst wir Heroen saßen. Dafür nimmt die züchtige Thalia Rache. Schon den ganzen Sommer sitzt sie und giebt sich Preis in Bruchsal. Das verschmerze ich nicht; ich suche bey meinen Schülern allen Sinn für's Schöne zu unterdrücken, und es ist meine Schuld nicht, wenn in zwanzig Jahren nicht alle Schauspielhäuser in Europa geschlossen, alle Theaterkassen gesprengt, alle Directoren am Bettelstab sind. Höchstens sollen noch gereimte Stücke aus der Bibel in Scheuren gegeben werden. Demoiselle Leonhard soll die Susanna im Bade machen. Hermannstein soll den Zuccarini im „Tod Abels“ mit einem Dreschflegel erschlagen. Gutmann soll den Vogel in „Esther“ an die First henken, und das letzte Stück von allen soll das deutsche Gierusalemme liberata sein. Die Hussiten vor Naumburg verwandeln sich in Assyrer, Naumburg in Jerusalem, Prokopius in Sanherib. Die Zuschauer schlafen vier Akte hindurch. Im fünften schlafen aus Erkenntlichkeit die Schauspieler selber ein. Dies ist der wichtigste Moment im Stücke. Der Engel des Herrn tritt in der Person des Soufleurs mit einer Heugabel hinter einer Wanne hervor, sticht die schlafenden Assyrer alle todt. Jerusalem, das heißt die Scheuer ist gerettet; der Unfug hat ein Ende; die arme theaterdurstige Seele hat Ruhe, und die Schildwache am Linkenheimerthor auch. Das soll meine Rache sein, und wenn Sie mir aus dem Ländlein Gex nur 200 Subscribenten verschaffen, so componire ich Tags darauf das Stück und dedicir's dem Vogel mit der Versicherung und dem Trost, daß er in diesem Stück nicht mehr als Acteur incommodirt seyn, sondern von der Prüge herab aus der ersten Loge zuschauen soll.

Hat Ladomus noch nicht von Burgdorf aus einen Abstecher zu Ihnen gemacht? Sie wissen doch, daß er dort ist. Er könnte, da Pädagogik sein Fach nicht ist, und nach seinem eigenen Plane nicht werden soll, etwas Klügeres thun. Aber der gute Jüngling mit seiner schnellen, lebhaften Erfassung für alles, was ihm neu ist, und interessant scheint, läßt sich für Pestalozzi nicht nur todtschlagen, sondern, wenn's sein muß, lebendig schinden. Grüßen Sie mir Peterson und Fecht, und wenn ich wieder ein Schreiben von Ihnen zu erwarten habe, so melden Sie mir, wie es lezterem geht. Ich habe mich um sein selbst und seiner Familie willen immer für ihn interessiert. Wie weit sind Sie von ihm?

Führen Sie ia Ihren Vorsatz aus, wenn Sie können, von Genf aus das innere Savoyen und Italien zu besuchen, aber warten Sie nicht auf mich. Wie gerne möchte ich Ihnen sagen, Sie sollten auf mich warten! Denken Sie dafür an Ihren Freund oben auf dem kalten Montblanc! und glauben Sie mir, daß ich das immer seyn, und mich immer freuen werde, wenn ich etwas angenehmes von Ihnen höre. Also über den Rhein und die Aar und über den kalchigen Jura hinüber die freundliche Hand. Leben Sie wohl! Liebliche Horen mögen Sie umschweben!

Den 27. August 1803 J. P. Hebel

die Doxa: *Amalie Leonhard.* Gnoten: *Handwerksburschen.* im Bären: *Karlsruher Gasthaus an der Ecke des Marktplatzes und der heutigen Karl-Friedrich-Straße, wo Hebel einen Stammtisch hatte.* gibt sich Preis in Bruchsal: *Die erste Karlsruher Spielzeit der Direktion Wilhelm Vogel hatte am 11. Mai 1803 geendet. Die Truppe gastierte mit kurfürstlicher Einwilligung im Sommer in Baden-Baden, Heidelberg und Bruchsal.* Die Hussiten von Naumburg: *Kotzebues Schauspiel war am 2. April 1803 „nach dem Manuskript" zum ersten Mal in Karlsruhe aufgeführt worden.* Ländlein Gex: *die Schweiz.* Prüge: *Heuboden.*

AN DÜMGE

Ich bleibe Ihnen die Antwort auf Ihr werthes und interessantes Schreiben lange schuldig, mein Bester! Soll ich Sie mit einer Seite voll nichtiger Entschuldigungen dafür schadlos halten? Dazu sind Sie mir zu lieb, und ich mir selber. Sie haben eine Unart an mir kennen gelernt, nach der ich das, was nicht sogleich geschieht, wenn es soll, leicht auf die lange Bank verschiebe, die leider immer voll ligt, und ich bin es wohl zufrieden, daß Sie mich nicht für musterhafter als ich bin [halten], wenn Sie nur dadurch in Ihrer guten Meinung von mir nicht irre werden und den Glauben nicht verlieren, daß ich für das Wohlwollen und die Freundschaft guter Menschen einen offenen und empfänglichen Sinn habe. — Ihre nähere Bekanntschaft ward mir sehr werth, ich schäze und ehre Ihr offenes Zutrauen zu mir und bedauerte es oft, daß Zeit und Umstände es uns so schwer machten, uns gegenseitig einander mehr mitzutheilen, als es geschehen konnte. Desto mehr Dank bin ich Ihnen für Ihr liebes Schreiben schuldig, das so ganz den gefühlvollen und edlen Mann verbürgt, dessen Freundschaft dem Herzen Gewinn ist. Ich bin oft bey Ihnen, oder richtiger zu sagen, Sie sind oft bey mir und bey uns. Aber denken Sie nicht, daß mir diese Rückerinnerungen genügen, sondern halten Sie Ihr Versprechen, uns bald wieder zu besuchen.

Wie vielen Dank bin ich Ihnen für die lebhafte und launige Charakteristick schuldig, die Sie mir von Hn. Tieck und Schelling mittheilen. Tieck kenne ich wenig, und aus seinen eigenen Schriften, wenn ich mich dessen bey Ihnen nicht zu schämen habe, noch gar nicht. Sie wissen, wie ungleich und widersprechend die öffentlichen Urtheile über den Werth seiner Geistesprodukte — und über die Grundsätze und Regeln sind, nach denen er arbeitet, und ich will freilich glauben, und bin es zum Theil überzeugt, daß diejenigen Musterstücke, die ich in öffentl. Schriften von ihm gelesen habe, nicht in der Absicht gewählt wurden, eine günstige Meinung zu erwecken, und nach dem Ganzen lüstern zu machen, — aber er lobt meine Kinder, — er will sie umkleiden — und noch mehr, Sie schätzen ihn — nun muß er gelesen seyn! Wenn Sie wieder zu uns kommen, so kann ich Ihnen ein par eigene Versuche von Übersetzungen ins Hochdeutsche mittheilen. Ein neues Gedicht mit Übersetzung bringt Jakobi's Taschenbuch. Aber es will nimmer gehn. Ich fürchte, der leichte, begeisternde Anflug sey so unwiderbringlich verweht, als er ungeruffen gekommen ist. Aber halt! Ich fange an, Sie mit dem lieben Ich und dem lieben Mein zu unterhalten. Sehen Sie, wie sehr ich Sie zu meinen Freunden zähle! So etwas passirt mir nur, wenn ich an gute Freunde schreibe, die mich wohl kennen, daß ich kein Thor bin.

Unser Freund Ladomus sitzt, wie wir glauben müssen, noch immer in Burgdorf angenagelt. Er läßt kein Wort von sich hören, und Sander ist fast ein wenig empfindlich darüber. Nun wird er aber wohl bald zurück kommen, da Pestalozzi zu den Göttern gegangen ist. Maklott kündigte nemlich in einem seiner iüngsten Zeitungsblätter in der summarischen Inhaltsanzeige „Pestalozzi's Tod“ an. Zum Glück fand sich aber in dem Texte selber nur die Nachricht, daß sein Gesuch um Unterstützung bey der Tagsatzung zur Sprache gekommen sey, und daß der Lucerner Gesandte nicht viel auf seine Methode halte, weil sie ihm wie der verruffene Magnetismus vorkomme!! Vermuthlich hat Maklott nach der abzwickenden oberdeutschen Mundart „Method“ diktirt, und der Schreibende glaubte zu dieser Apokope der letzten Sylbe sich schon eine Aphäresis der ersten erlauben zu dürfen, da es löblich ist, sich der Kürze zu befleißigen, zumal wenn man zugleich die Nebenabsicht erreichen kann, den Leser auf eine sinnreiche Art zu überraschen.

Ich habe noch die Heidelberger Programme in den Händen, die Sie mir freundschaftlich mittheilten. Verzeihen Sie mir's. Eine gute Gelegenheit, sie Ihnen zuzustellen, habe ich schon übersehen. Bey der zweiten soll es nicht mehr geschehn.

Und nun, leben Sie wohl, mein lieber Dümge! Möge Ihnen zu Theil werden, was ein edles Herz verdient.

Ich bin Ihr redlicher Freund Hebel

Cruhe, d. 10 ten Sept. 1803.

er lobt meine Kinder: *Ludwig Tieck hatte sich über Hebels Alemannische Gedichte lobend ausgesprochen und plante eine Übersetzung ins Hochdeutsche.* eigene Versuche von Übersetzungen: *„Der Abendstern“, erschien in dem von J. G. Jacobi herausgegebenen Taschenbuch „Iris“ für 1804. „Das Gewitter“, vermutlich vor der alemannischen Fassung (1806) entstanden.* Pestalozzis Tod: *Überschrift in der Karlsruher Zeitung vom 7. September 1803. Aufklärung des Irrtums in Hebels Brief.* Magnetismus: *die epochemachende Lehre Franz Anton Mesmers, der 1803 Frankreich verlassen, sich zunächst in der Schweiz und dann in Meersburg angesiedelt hatte.* Heidelberger Programme: *Vorlesungsverzeichnisse der Universität Heidelberg.*

AN DÜMGE

Warum muß ich denn den lezten Tag des Jahres abwarten, um Ihnen, mein Bester, endlich einmal zu schreiben, so wie ich ein par unnütze Visiten erspart habe, die heute auch noch müssen abgethan werden? Ey nun, es ist wenigstens immer gut und, wie Sie mir zugestehn werden, löblich, wenigstens am letzten Tag des Jahres an seine Schulden zu denken und reine Rechnung zu machen. Und so halte ich es gerne, und zwar mit den Briefen an gute Freunde, und folglich auch an Sie, um das Jahr mit einer angenehmen Beschäftigung zu schließen und im neuen mit einem guten Gewissen aufzuwachen, mit den unnützen Visiten aber, um nichts unangenehmes aus dem Alten ins Neue hinüber zu schleppen, da genug von selber nachlauft, und iedes Jahr, so wie ieder Tag seine eigene oder vielmehr seine 365 eigenen Plagen und dismal gar noch eine Schaltplage dazu hat, weil der Divisor 4 in dem Dividendus 1804 ohne Rest aufgeht, nach Adam Riesens Rechenbuch.

Sie aber, mein Lieber, sollen sich mit einem frohen Sprung aus dem Alten Jahr in das Neue hinüber setzen, oder wenn Sie meinen Gout haben, in einem hübschen Traum hinüberschlummern und in einer lieblichen Morgenröthe erwachen.

Die Papire die ich von Ihnen in Händen hatte, haben Sie also erhalten. Die Variationen von Schlegel haben mir lieblich angeklungen, und so sage ich bedächtig. Es war mir, als ichs las, wie wenn ich einen Gesang aus der Zeit meiner zartesten Kindheit zum ersten mal wieder hörte, und ich muß wirklich einst in frühen Jahren etwas ähnliches gehört haben, wovon eine dunkle Erinnerung mit ihren angenehmen Gefühlen wieder in die Seele zuckte. Aber ein Klingklang von hin und her schwebenden Phrasen und Reimen ist es, und die einzelnen Anschläge zerfließen darin, wie bey iedem guten Glockengeläut in ein harmonisches Zusammentönen.

Ich suche iezt der Welt, die sich aber auf unsere Tischgesellschaft einschränkt, durch Charaden nützlich zu werden, und was kann man auch besseres thun in dieser Jahreszeit, wo einem der Himmel in iede gute Stunde regnet, und eine Nacht über den schmalen Tag hinüber der anderen die Hand reicht? Damit Sie den Charakter derselben kennen lernen, so will ich Ihnen hier eine zum Besten geben:

Das Ding von dem die erste Sylbe spricht
Freund, wem mans macht, der sieht es nicht. —
Die zweite schneidet euch nach Ehlen odr Stab,
nachdem ihr lange her und hin geboten,

der Kaufmann in dem Laden ab.
Das Ganze hat der Färber schwarz gesotten.
Es birgt — was meint ihr? Etwa Sarg und Bahre?
Gott bewahre!

Unterdessen hat Chronos den Zeiger der großen Uhr von 3 auf 4 gerückt, und es ist also die Schuld des Thurn und Taxischen Gedankenspediteurs nicht, daß Sie den Brief um 2 Tage zu spät bekommen. Leben Sie wohl mein Bester. Von Herzen Ihr redl Fr.
d. 31. Dec. 1803. Hebel

Variationen von Schlegel: *Friedrich Schlegels „Liebe denkt in süßen Tönen", erschienen in der von ihm herausgegebenen Zeitschrift „Europa" 1. Stück 1803.* Charaden: *die Auflösung der hier mitgeteilten ist „Zopfband".*

AN NÜSSLIN

[31. Dez. 1803—4. Januar 1804]

Die Doxa, mein Bester, war es gewiß nicht, die Sie eines Sonntags in der Kirche um alle Fassung und um alle Andacht brachte, denn die Doxa war den ganzen Sommer hier, und nie in der Kirche. Aber warum muß ich denn den lezten Tag des alten Jahres abwarten, um Ihnen das und alles, was noch nachkommen wird, zu sagen, so wie ich ein par unnütze Visiten von einem Tage zum andern verschoben habe, die heute auch noch müssen abgethan werden. Ei nun, ich finde es wenigstens sehr löblich an mir, daß ich noch im alten Jahre an meine Schulden gedenke, und reine Rechnung mache, und so halte ich's gerne mit den Briefen an gute Freunde, und folglich auch an Sie, um das Alte angenehm zu schließen, und mit den Visiten, um nichts unangenehmes hinüber zu schleppen in's Neue, da ohnehin genug selber nachlauft, und nach der richtigen Bemerkung des Comödienzettelträgers in seinem heute ausgegebenen Neujahrswunsch jedes Jahr seine eigenen 365 Plagen hat, wozu ich unter andern manche Comödie selber rechne, die wir schon gehört haben und noch werden hören müssen, bis der Frühling diese winterlichen Strichvögel wieder in eine andere Gegend veriagen wird. Sie aber, mein Lieber, sollen sich unterdessen, bis Sie diesen Brief bekommen werden, mit einem fröhlichen Sprung, oder wenn Sie's mit mir halten wollen, in ruhigem Schlaf in das deutsche Jahr hinübersetzen, das Ihnen kein einziges Trauerspiel, sondern lauter Lustspiele und gesangreiche Opern mit schönen Decorationen des Lebens mitbringen möge. Und nun weiter!

Daß Sie gesund und noch immer gerne in Genf sind, wie zu erwarten stand, und biedere Freunde haben, woran es Ihnen nirgends fehlen kann, wo biedere Menschen sind, und daß Sie mit einem Worte froh sind, und daß Sie mir wieder ordentlich geantwortet haben, das hat mich Alles mit Ihnen froh gemacht, und selbst der scariose erste Correcturbogen, die Topographie von Baden, der da jenseits einem Bierkruge neben mir liegt und im Rücken wieder von einer hebräischen Bibel und einem auf ihr liegenden seidenen Strumpf gedeckt ist, kann mich in diesem Augenblicke, wo ich es Ihnen sage, nicht verdrießlich machen. Ich denke, ich schicke ihn wieder gerade so zurück, wie ich ihn bekommen habe und schreibe darunter: Laßt beides mit einander wachsen bis zur Erndte, und dann henket den Setzer und den Verleger dazu, nur den Verfasser nicht, Pf. Schmidt in Hügelheim, der mein Freund ist.

Ich habe jetzt ohnehin nicht Zeit, mich mit vielerlei zu zerstreuen; denn ich suche der Welt, die sich aber lediglich auf unsere Tischgesellschaft einschränkt, durch Charaden nützlich zu werden. Was kann man auch in einer Jahreszeit Besseres thun, wo einem der December in jede gute Stunde regnet, und eine Nacht über den schmalen Tag hinüber der andern die Hand reicht und der ehrliche alte Klingenberger, um nicht auszusterben, sich mit einer jungen Elsässerin verheirathet hat. L. ... fängt auch an zu rathen, und erholt sich merklich, seit er wieder in der Wintermastung ist. Den Sommer hindurch sah er aus, wie der Teufel Puhx in der Voßischen Idylle, bis der König von Schweden kam, da gab es bisweilen einen Volkszusammenlauf und etwas im Trüben zu fischen. Sie sollten ihn in der letzten Christwoche, als über den Bethlehemitischen Kindermord gepredigt wurde, in der Kirche gesehen haben, mit welcher lüsternen Andacht er zuhörte. So eine Predigt, sagte er über Tisch mit tiefer Bewegung, habe ich in Heddelberg noch nicht gehört, und Schlegel, meint er, wisse seine Sujete geschmackvoller zu wählen, als der deutsche Abgott in Paris, der vor einigen Tagen auf seiner

Rückreise wie ein Comet manuscriptenschwanger durch unsern Zenith ging und dem Vogel auch eines davon durch das Camin hinab, statt des Specks, in den Schnitzhafen fallen ließ. Vogel sagt, ein einziges Manuscript von Kotzebue sei ihm mehr werth, koste ihn aber auch mehr, als ein ganzes Mastschwein, und seine Frau habe ihm schon manche Suppe mit hussitischem Kinderfett geschmälzt, und Demoiselle Leonhard, in die ich mich denn ietzt endlich nach langem Widerstand förmlich verliebt habe, bezeugt's.

Lassen Sie sich nicht zu tief in die Botanik ein, lieber Freund. Sie thut's einem an, wie ein schönes Mädchen, und man hat keine Ruhe mehr. Sie fordert viel Zeit; der Genuß der Natur im Großen, der freie frohe An- und Umblick in der Natur auf ihren Spazirgängen ist für Sie verloren. Sie heften Ihren Blick von den Alpenhöhen und Morgensonnen über Ihnen zur Erde hinab, suchen und finden lauter Stigmata und Antheren, und Petala und Folia panduriformia und pinnata supradecomposita und pinnatifida, retrorsum et sursum serrata, dentata, crenulata, integra, integerrima, subintegerrima, mutica, triquetra etc., und werden für alles, was Sie darüber an Genuß verlieren, erst dann schadlos gehalten, wenn Sie in der erklärten botanischen Wuth sind, und Ihnen in nächtlichen Träumen Prachtgestalten von Blumen aufgehen, die kein Linné gesehen hat, noch beschreiben kann, und der ganze Himmel Ihnen zu Einem Lichen wird, und der Mond und alle Sterne zu Scutellen.

Wollen Sie aber meine Warnung verachten, und doch thun, und haben's schon gethan, so mache ich Ihnen die Freude, Ihnen zu sagen, daß Sie, wenn Sie einst wieder zu uns kommen werden, eine Flora Badensis von unserm Freund Gmelin antreffen werden, mit einer Kenntniß des Landes und der Kunst, mit einem Umblick, mit einer ungeheuren Belesenheit, mit einem Fleiß, mit einem spanischen Großsinn geschrieben, daß sie wohl unter allen ihren Schwestern den ersten Rang behaupten wird. Was läßt sich nicht über eine Flora wie die unseres Landes (und des Elsasses) in vier Octavbänden sagen!

Ueberhaupt, mein lieber Nüßlin, die Gelehrsamkeit lebt bei uns auf, und Sie werden sich wundern, wenn Sie heimkommen, was wir am Lyceum für Streiche machen, und wie das griechische Reich Gottes mit Gewalt hineindringt, wird Ihnen Ihr Herr Onkel, der den neuen Plan gut entworfen und Wolf's Gutachten darüber eingeholt hat, geschrieben haben. Das neue Testament sollte ganz auf die Seite gelegt werden, aber W[ucherer] nimmt's zwischen die Zähne und schlägt mit den Händen und Füßen aus, und hat die Spornen an den letzteren. — Ja, Freund, wir sind schon weit gekommen und die vorige Woche wurde schon im Theater die Elektra und Sophokles, nach dem Grundtexte mit Abonnement suspendu gegeben. Madame Vogel spielte die Elektra göttlich und übertraf ihre Rolle in der Johanna von Montfaucon. Statt des Ballets wurden zum Beschluß die griechischen Scholien aus der neuen Ausgabe von Mag. Erfurdt in Merseburg von dem Souffleur vorgelesen και πάντες συνεκροτήσαμεν.

Morgen werden die Frösche von Aristophanes gegeben, und Herr Hermannstein exercirt sich schon den ganzen Winter im Quacken. Morgen, das heißt aber nicht den 1. Januar, sondern den Abend vor Dreikönig. Denn der liebe Gott hat unterdessen den Zeiger der großen Uhr von 3 auf 4 gerückt und der Tageszeiger steht auch schon auf 4.

Fröhlich ist Auditor (Sie fragten mich nach seiner Adresse) und macht oft ein Gesicht dazu, so mißvergnügt, wie es der große Consul kaum machen kann, wenn die Landung, wie natürlich, mißlingen wird; und unser freundlicher Ladomus mit seinem Bärtlein soll ja als Pestalozzi'scher Mathematikus nach Nyon kommen. Dann wird er bald bei Ihnen sein, und wenn Sie Etwas mit einer grünen Brille und auf einer Meßstange daher reiten sehen, oder ein fernes, frohes Lachen die Ufer des See's herab hören, so denken Sie, er sei es.

Genug des fröhlichen Geschwätzes über Allerlei, sonst machen Sie am Ende eine krause Stirne und das möchte ich nicht. Leben Sie wohl. Ich liebe Sie, und es ist mir sehr ernst, wenn ich es so kurz und schlicht sage, wiewohl ich's auch in keiner andern Form zum bloßen Spaß und Schein thue. Ihr redlicher Freund Hebel

die Doxa: *Amalie Leonhard.* Klingenberger *(heute Klingelberger): von Hebel hochgeschätzter mittelbadischer (Durbacher) Riesling.* der Teufel Puhx: *in der Idylle „Der bezauberte Teufel" von J. H. Voss. Hebel hatte wohl die Verse im Auge: „Herzensbrüderchen Puhx! Du armer Teufel, du gleichst ja einem Dieb am Galgen, von Wind und Sonne gedörret! Kaum bedeckt die enthaarte, gerunzelte Haut dir die Knochen."*

der deutsche Abgott in Paris: *August von Kotzebue, der in jenen Tagen Paris besuchte. Das Manuskript, das er dem Theaterdirektor Vogel „durch das Camin fallen" ließ, sind „Die beiden Klingsberge", am 13. Ja-*

nuar 1804 in Karlsruhe erstaufgeführt. Hussitisches Kinderfett: *Anspielung auf Kotzebues Schauspiel „Die Hussiten vor Naumburg".* Lichen: *Flechte.* Scutellen: *Schildchen.* mit einem spanischen Großsinn: *Karl Christian Gmelin hatte studienhalber eine Zeitlang in Spanien zugebracht.* Wolf: *der bekannte Philologe Fr. August Wolf, dessen Schüler Nüßlin in Halle gewesen war.* Johanna von Montfaucon: *Ritterschauspiel von Kotzebue.* Mag. Erfurdt: *Karl Gottlob August Erfurdt, Nüßlins Studienfreund in Halle, Präzeptor in Merseburg, zuletzt Professor an der Universität Königsberg.* kai pantes synekrotésamen: *und wir alle klaschten Beifall.* die Landung: *Napoleon I., seit 1803 im Kriegszustand mit England, trug sich mit dem Gedanken einer Landung französischer Truppen auf englischem Boden.*

AN TREITSCHKE

Wohlgebohrener Herr

Ihr Schreiben vom 1sten Merz habe ich den 10ten desselben erhalten, und weiß die Ehre sehr zu erkennen, die Sie mir durch die Aufmerksamkeit auf die allemannischen Gedichte und durch die Einladung zu Beyträgen für den Wiener Musenalmanach erweisen. Wenn ich nicht Ursache gefunden hätte, schon zwei frühere Einladungen zu ähnlichen Sammlungen, für deren eine ein Freund von mir sich besonders interessiert, für iezt noch abzulehnen, und wenn nicht die nemliche Ursachen noch vorwalteten, so würde ich mit dem größten Vergnügen mich beeifern, Ihrem Verlangen und Ihrer Erwartung zu entsprechen. Viele Geschäfte und unangenehme Stimmungen, die mit der Art derselben verbunden sind, rathen mir, bis es anders wird, stumm zu seyn für den Gesang. Ich bin kein geübter und fruchtbarer Dichter, der kann, wenn er will. Die Muse wohnt nicht bey mir, sie besucht mich nur, und ich besorge, an ein par Gedichten, die ich schon in die Iris gegeben habe, bereits meinen Beytrag zu den Beweisen gelifert zu haben, daß kein Segen dabei ist, wenn mans in böser Stunde erzwingen will.

Ich bitte Sie, diese Erklärung nicht ungünstig anzusehen und die Versicherung meiner vollkommensten Hochachtung anzunehmen, mit welcher ich die Ehre habe, zu verharren

Euer Wohlgebohren gehorsamster Dr. J. P. Hebel

Carlsruhe d. 22ten Merz 1804

HAUSEN IM WIESENTAL

Karlsruhe d. 25sten Mertz 1804

Ich hätte Ihnen früher geantwortet, mein Bester, wenn ich früher dazu gekommen wäre den Discours des H. Prof. Hafner vollends zu Ende zu bringen, und ich antwortete Ihnen in der Sprache, in welcher Ihr Muthwillige mir geschrieben habt, wenn mir die Muttersprache nicht geläufiger wäre, und ehrlicher aussähe. Das Letztere sage ich nicht aus Eingenommenheit gegen die französische Nation oder Sprache — wie undelikat wäre dis, indem ich nach Frankreich und an französische Bürger schreibe, — sondern weil es nur mir etwas fremdes ist, zuverläßige und wohlwollende Gesinnungen in dieser Sprache ausgedrückt zu sehen und wieder mitzutheilen. Ich kenne sie als Mittel des freundschaftlichen Gedankenwechsels, nur aus Briefen, die in Zeitungen etc. gedruckt zu lesen sind, und aus Reden und Gegenreden an öffentlichen Orten, zwischen Personen die fremd, oder weit gereist, oder vornehm sind, oder scheinen wollen, und da ist es mir denn nicht zu verargen, wenn ich meine es lasse sich im Französischen nicht so gut, wie im Deutschen unterscheiden, was von Herzen geht, und was Kompliment ist. Allein ich weiß gar wohl, daß ich unrecht habe. Es ist im D.[eutschen] auch so. Mann merkts den Worten nicht an, sondern man muß den Menschen und seinen Charakter kennen, und wenn Sie und Herr Schneegans mir noch öfters französisch schrieben, so würde sich mein verstimmtes Gefühl über diesen Punkt bald berichtigt haben. Denn Sie haben mir einen neuen Beweis Ihrer guten Gesinnungen für mich gegeben, indem Sie mir einen so schönen Theil Ihres hiesigen kurzen Aufenthalts gewidmet, und zur werthen Bekanntschaft Ihres Freundes geholfen haben, den man nicht lange um sich haben darf, um seine Biderkeit zu ahnden, und daran zu glauben, er mag deutsch oder französisch schreiben. Ich sage das lieber Ihnen, als ihm ins Gesicht. Die Abhandl. des H. Prof. Hafner habe ich mit Vergnügen gelesen, und danke Ihnen dafür. Der Gegenstand ist für die Veranlassung sehr zweckmäßig gewählt. Man sollte zwar meinen, es verstehe sich alles von selbst, was sich über diesen Gegenstand sagen ließe, wenn man nicht in unnöthige Gelehrsamkeit ausschweifen wolle. Aber es versteht sich nicht alles und an allen Orten von selbst, was man meint, und es gibt Dinge, die nicht oft genug gesagt werden können, wozu leider diese Materie auch gehört. Nur muß mans so rein und lichtvoll so lehrreich und praktisch, so mit umfaßendem Ueberblick des Ganzen, und weiser Auswahl der einzelnen Winke und Belege thun können, wie Herr H. nach meinem Urtheil wirklich gethan hat. Hier haben Sie denn meine Meinung darüber, weil Sie sie verlangen, und mir sogar schreiben, daß Sie darauf begierig seyen. Es ist schön, daß der Künstler sich auch für gelehrte, und sogar theologische Gegenstände interessirt, aber nicht mehr als billig, denn wir interessiren uns auch für die Kunst.

Iezt ein anderes Wort! Ich löse mein Versprechen auf Ihre schöne Verbindung zu Ihnen zu kommen, iedoch mit Ihrer Einwilligung gegen das Versprechen aus, Sie zu besuchen, wenn Sie verbunden sind. — O weh! Ich sehe Ihr Gesicht, denn ich weiß gar wohl, wie Sie aussehen, wenn Sie unwillig sind. Aber ich hoffe meine Gründe werden Ihre freundliche Heiterkeit bald wieder zurückrufen.

Es ist ein weiter Weg nach Strasb. — nicht um bey Ihnen zu seyn, und ein Zeuge und Theilnehmer Ihrer Freuden zu seyn, da ist es nicht weit — aber um es nur einen Tag lang oder zwey, unter mancherlei andern Zerstreuungen solcher Tage seyn zu können; und es ist zuviel, auch wenn Sies gerne thun, daß Sie und Ihre Freunde bey einer Handlung, die ein so vielfaches Interesse hat, sich nach einem einzigen richten sollen, wann und ob er kommen kann. Ich möchte, um von meinen eigenen Rücksichten anzufangen, wenn ich nach Stras. komme, nicht blos kommen und wiedergehn. Ich möchte, iedoch ohne Sie zu beschweren, das werde ich nie, länger dort und in der Gegend weilen; ich möchte ruhig dort seyn können, und nicht von meiner Zeit sondern von meinen Wünschen abhängen; ich möchte Sie und Ihr Täublein in Ihrem stillen häuslichen Wesen und Frieden sehen und genießen, das möchte ich, und berechne dabey Ihren Vortheil so gut als den meinigen. Sie sind als dann, was die Zeit Ihrer Verbindung betrift ganz ungenirt, und können sich völlig nach sich, Ihren Wünschen und mancherley möglichen Zuträglichkeiten richten, und gewinnen dabey. Denn da ich gutmüthig voraussetze, daß Ihnen meine Erscheinung in Str. einige Freude machen werde, so kann ich auch sagen, daß sie an dem Tage, wo Sie ohnehin von Freunden und Freuden umgeben, und der glücklichste Sterbliche seyn werden, nicht so wohl angelegt wäre, als einige Zeit nachher, wiewohl es Ihnen an Freunden nie fehlen wird. Was ich — nicht Sie — dabei verliehre; weil man doch in der Welt keinen Gewinn in der Stille einthun kann, ohne dem Staat oder dem Schicksal einen Abzug davon zu entrichten, ist freilich das — erstens, daß ich Sie alsdann etwas später sehe, und zweitens, daß ich Ihnen die Einweihung zu dem Glück des Lebens, das Sie verdienen und zu erwarten haben, nicht geben kann. Aber dafür will ich mich schon schadlos zu halten suchen, und meinen stillen Segen haben Sie auf alle Fälle.

Was wird Herr Schneegans dazu sagen — denn Sie kennen mich schon lange. Er wird merken, daß Sie es mit einem wankelmüthigen Menschen zu thun haben, der sich von schönen Ansichten leicht und schnell übernehmen läßt, zuerst Entschließungen faßt, und nachher überlegt. Es ist mir nicht lieb, daß ich mich so geschwind verrathen habe, und — doch lieber, wenn man mich kennt, wie ich bin, als wenn man sich in mir täuscht.

Ich möchte Ihnen auf den übrigen weißen Raum da gerne auch noch etwas Neues schreiben, aber wir haben hier nichts, als Gottes Güte, die nach einem alten Sprüchlein alle Morgen neu ist, und neue Bauplane.

Grüßen Sie mir Ihr Bräutlein, und seyen Sie mein Fürsprecher bey Ihr, wenns nöthig ist, und laßt Euch die lange lange Zeit nicht zu lange werden, bis die Morgenröthe Eures schönen Tages aufgeht, oder vielmehr die Abendröthe.

Ich bin von Herzen Ihr ergebenster Fr. Hebel

Hafner: *J. Haffner, Des secours, que l'étude des langues, de l'histoire, de la philosophie et dè la littérature offre à la Théologie. Paris & Strasbourg 1804.* Ihre schöne Verbindung: *Haufes Vermählung mit der 18jährigen Sophie Bögner.*

AN GEYER VON GEYERSBERG

Carlsruhe, d. 20. May 1804

Ich habe die Ehre, Ihnen zur Abwechslung des Zeitvertreibs den geheimnisvollen Bogen, den Sie bey Ihrer Abreise zurückgelassen, in Abschrift nachzuschicken, und wünsche, daß Ihnen Nr. 35 dabey nicht ausgehen möge. Mit der einfältigen Zeichnung werden Sie gerne Nachsicht haben, zumal da immer neben den Figuren steht, was sie vorstellen sollen. Ich besorgte, sie möchten völlig unkenntlich werden, wenn ich meine ganze Zeichnungskunst hätte in Anwendung bringen wollen.

Ohne Zweifel sind Sie begierig zu hören, was ich bei dem erfinderischen Genie von Salem Neues gelernt habe, seit Sie verreißt sind. Wunderbare Dinge! Er lehrt uns als Zuschauer neben einem Brettspiel stehn (was wir eigentlich schon können) und nach geendigtem Spiel die Zahlen aller Würfe, 3 und 4, 6 und 1 und so weiter, nach ihrer Ordnung wieder hersagen. Ich gedenke zwar diesen Theil unserer Kunst nicht zu üben. Es gibt Künste in der Welt, denen man ihren wesentlichen Nutzen nicht wohl abmerken kann. Ein Italiener brachte es durch Übung soweit, daß er eine Linse aus beträchtlicher Entfernung durch eine Öffnung werfen konnte, die nicht viel größer als die Linse selbst war. Mit dieser Linse ließ er sich, ich weiß nicht bei welchem Pabst, mit der Hoffnung einer guten Belohnung sehen. Allein der heilige Vater, der mehr das Nützliche als das Curiose lieben mochte, ließ ihm zur Aufmunterung seines Talents ein ganzes Meßlein Linsen verabfolgen, damit er seine Kunst in größerem Umfange üben und anwenden könnte.

Wie man in der Geschichte alle Jahrzahlen zu den Begebenheiten leicht und sicher behalten könne, wissen Sie schon, und ich habe es unterdessen auch gelernt. Ich werde nächstens als unsichtbarer Quartiermeister von Karlsruhe die Stadt in Reviere abteilen, die zweckmäßigen Häuser auszeichnen und die brauchbaren Zimmer darinn in Beschlag nehmen. Da ich in dem Hause des H. Oberhofr. Schweickhards gut bekannt bin, so erlauben Sie schon, daß ich während Ihrer Abwesenheit auch bisweilen als sittsamer Gast in Ihren Zimmern hause, wo ich ohnehin so gerne bin. Ich verspreche Ihnen, wenn ich es irgend umgehen kann, keine Schlachten darin zu lifern, keine Pulververschwörung anzulegen und keine Sicilianische Vesper zu halten. Zu einem erfreulichen Friedensschluß oder so etwas werden Sie mir gerne Platz gönnen.

Die meiste Aufmerksamkeit widmete ich der Kunst, wie ein Officier Namen, Geburtsort, Alter, Dienstzeit und Vermögen etc. von iedem Soldaten seiner Companie ins Gedächtnis fassen und darin festhalten kann. Ich selber gedenke zwar den Commandostab der

Schule nimmer mit dem militärischen Degen zu vertauschen, und stehe sicherer auf dem Catheder als auf einem Bollwerk. Allein ich vermute, daß dieses die nemliche Kunst sey, nach welcher auch die Pferde des kurfürstlichen Marstalls können gefaßt und aufgebunden werden, und aus diesem Grunde war sie mir wichtig. Nur vermute ich, daß Sie es am Ende doch bequemer finden werden, Ihr blaues Büchlein in der Tasche, als nach dieser Methode den ganzen Marstall im Gedächtnis zu tragen.

Gestern hatten wir die Lektion der Sprachen. Aber gerade in diesem Fach, worauf ich für meinen Gebrauch am begierigsten war, scheint mir der gute Pater noch auf keinem sichern Grund und Boden zu wandeln. Alle diese Künste, deren Auseinandersetzung für ein Schreiben zu umständlich wäre, werde ich mich bemühen, Ihnen treu und genau mitzuteilen, sobald wir das Vergnügen haben, Sie wieder bey uns zu sehen. Ietzt ist der Pater in Frauen Alb, und wir haben Ferien. Doch werden wir, wie es scheint, bald am Ende seyn, denn das Fäßlein lauft allmählig langsam und trübe.

Daß wir letzten Mittwoch einen Besuch von einer merkwürdigen Hirschkuh hier hatten, könnten Sie wissen, ehe ich es erfahren habe. Sie sprang vom Beuertheimer Feld her über den Haha in den neuen Garten der Durchlauchtigsten Marggrävinn in Gegenwart der hohen Herrschaft, weidete ein wenig, ohne den Garteninspektor zu fragen, auf dem grünen Rasen, sprang alsdann auf das Werda! eines Hundes über den zweiten Haha auf die Straße, von da zum Prinzentor hinein, die Stadt hinauf, die Waldhorngasse hinein hinter den Ställen herum, und dann durch den hinteren Schloßgarten bey der Husarenwache wieder über den Haha hinaus in den Wald. Das wäre nun alles recht und gut, aber ein Schüler des Weisen von Salem muß auch etwas daran zu binden wissen. Ich denke mir die Sache so. Es war kein gemeines Hirschtier, sondern eine schöne Jägerinn ohngefähr aus den Zeiten des Graven Eticho, die alle 100 Jahre in dieser Gestalt wiederkommt und diesen Weg zu einem Grab oder zu einem geliebten Rittersmann machen muß, der alsdann auch wieder erscheint. Es wird sich bei einem Gläslein Oberländer schon einmal etwas aus der Sache machen lassen. Diesmal mag sie sich sehr gewundert haben, statt des Pfriemengebüschs vom vorigen Jahrhundert englische Gärten, statt der wohlgebauten Eichen nie gesehene Pomeranzenbäume und statt zerfallener Jägerhütten fürstliche Lusthäuser und Paläste zu erblicken. Doch soll sie sich nicht lange umgesehen haben.

Und nun bin ich am Ende mit den Neuigkeiten der vergangenen Woche. Die künftige ist vielleicht fruchtbarer. Aber ich stehe für nichts. Ich existire den ganzen Tag nun an 3 Orten, daheim, im Gymnasium und Abends in Ihrer Nachbarschaft im Caffeehause. Hier sollte man viel neues hören, aber die Ernte ist auch nicht groß, und wenn nicht bisweilen mein Freund Gmelin etwas zum Besten aus Spanien gäbe, z.B. von dem musikalischen Talent der andalusischen Maultiere und von der Heilsamkeit der Bäder in Lavendeltau, oder von der Adlerpost auf dem Mont Canigou und von seinem Kampf mit den großen pyrenäischen Schlangen, so wäre man übel daran, zumal seitdem es keine Theatervorstellungen mehr zu kritisiren gibt, und die Charaden und Logogriphen den Credit verloren haben. Im politischen Fach wissen Sie schon, wie es die Zunftgenossen halten. Man erzählt sich nicht, was geschehen ist, sondern man macht aus in der fröhlichen Laune, was geschehen wird, und über manches schweigt man klüger ganz stille.

Mögen wir dagegen immer etwas Gutes und Schönes von Schwetzingen hören. Ich wünsche Ihnen zu Ihrem schönen Aufenthalt daselbst und zu den Spatzirgängen in Ihrem Feengarten zu seinen Blütendüften und Nachtigallengesängen gute Gesundheit und einen frohen Muth. Doch wie könnte es Ihnen daran fehlen! Ich habe die Ehre, mit vollkommenstem Respekt zu verharren

Euer Hochwohlgeboren gehorsamster Diener J. P. Hebel

Genie von Salem: *Pater Gregorius Feinaigle. – Die nachstehende Anekdote hat Hebel der Kalendererzählung „Brotlose Kunst“ (1808) zugrunde gelegt.* in dem Hause Schweickhard: *Der auf Wohnungssuche befindliche Hebel hoffte, im Hause Schweickhardts nach dem Auszug des Oberstallmeisters neue Unterkunft zu finden. Nach einiger Verzögerung gelang dies auch.* Sicilianische Vesper: *Freiheitserhebung der Sizilianer gegen die Herrschaft des Hauses Anjou im März 1282.* Haha *(auch Aha): eine Stelle in der Umgrenzung eines Gartens, wo der Zaun oder die Mauer durch einen Graben abgelöst wird. Der Garten ist der heutige Nymphengarten.* keine Theatervorstellungen mehr: *Die Spielzeit 1803/04 der Direktion Vogel war am 30. April 1804 abgelaufen, worauf die Truppe eine Gastspielreise antrat.*

(Hier fangts an) [September 1804]

Drum muß man seine Geschäfte zu rangiren wissen, und alles zur rechten Zeit thun. Man muß nicht sagen: Ich habe alle Tage Zeit, darum will ich dem Professor Hebel morgen schreiben, sondern so: Ich habe alle Tage Zeit, darum will ich ihm heute schreiben. Hättest du's so gemacht, o Zenoides, so hätt ich dir früher etwas aus dem dishalbiährigen Heidelberger Universitäts Lektionenplan zum besten gegeben, Z. B. daß der Professor Dereser (für 1100 fl.) die Hebräische Sprachlehre nach „Alexius" list, Herr Prof. Rüdel aber, ein ominoser Name, die griechische nach Trendlenburg vorträgt und zu den Leseübungen „Gedickes griechisches Lesebuch" benuzt! Aber das sind lauter Kleinigkeiten, denn D. Ewald ist hier. Ich war gestern mit Walz, Sander, Gockel, Kühlenthal und Sp. Volz zu Brauer invitirt. Da trat er herein, ein eleganter und unterhaltender Mann, ein Mann von sehr bearbeiteter Außenseite, ein Mann von dem man in den ersten par Minuten sagen kann, er verbirgt seine innere Gestalt und Farbe. Es war ein sonderbares Beysamenseyn. Der Diskours konnte zu keiner Wärme und zu keinem Interesse gedeihen, obgleich er von 6—10 Uhr zwischen Bier und Taback, und dann zwischen einem freien stehenden Nachtessen und Rothem, und dann wieder zwischen Punsch und Taback durchgezogen wurde. Es war an kein Festhalten und kein Eindringen, an keine neue Idee oder Ansicht einer alten zu denken. Wenn Ew. nicht von Bremen von seiner Reise und von sich sprach, so wars als ob man zusammen gekommen wäre, um sich gegenseitig zu verstehen zu geben, daß man die par neuesten Bände der berl. Bibliothek auch durchgeblättert, und die Universitätschronik in dem Intell. Blatt der Lit. Zeit. gelesen habe. Ich glaube, daß wir alle den wirklichen, aber nicht den wahren D. Ewald gesehen haben. Auf mich that er wenigstens nicht die Wirkung, wie andere Geweihte vom heiligen Reich Gottes, die wie aus einer andern Welt zu uns zu kommen scheinen, und die Bürgschaft einer andern Welt uns mit Blick und Ton und Wort ins Herz zu legen wissen. So einen hab ich diesen Sommer in Baden — nicht gesprochen, aber gesehen, und erkannt für das was er ist. Er zog unter dem großen Gewühl von Badegästen aller Art zu erst meine Aufmerksamkeit an sich und hielt sie, wo er zu sehen war ausschließend fest. Ich taxirte ihn zu erst nach einem dunkeln Gefühl für einen wallonischen Geistlichen. An der Tafel giengs mir wie ein Licht in der Seele auf, daß Stilling im „Heimweh" sagt, die ächten Jünger Jesu (in seinem Sinne) haben etwas in Mine und Haltung, das sie auf den ersten Blick kennbar macht und nicht nur von den übrigen Menschen, sondern selbst von den frömmelnden und spielenden Lammes Jüngern sicher unterscheidet. So einer, dachte ich, ist dieser Mann — und ich wäre gerne auch so einer. Aber ich bin einmal in meinem Leben an ihnen vorübergegangen, und der mißverstandene Nikodemus sagt sehr richtig: Wie kann ein Mensch wieder in Mutterleib zurückkehren und von neuem gebohren werden. Ich hätte den andern Mittag gerade zu die Laufgräben gegen ihn eröfnet. Aber ich war an eine andere Table d'Hote eingeladen und fuhr nach Tisch wieder fort. Indessen kann ich dem Heinr. Stilling, wo ich ihn sehe, die Richtigkeit seiner physiognomischen Behauptung verbürgen, denn wie ich in der Folge erfuhr, war es — er selber. Eine Minute unter solchen Menschen schaft mich zum frommen gläubigen Kinde um, das alle hebräische und griechische Weisheit und Thorheit vergißt. Und mit solcher eigenen Stimmung freut es mich, daß du einen Mysticismus zum religiösen Glauben für nöthig haltest. Nur sollten wirs nicht sagen, denn wir solltens nicht wissen, wir sollten Mysticismus haben, und es nicht wissen, wir sollten gar keinen Namen, wenigstens keinen griechischen Terminus technikus dafür haben. Denn dadurch wird ein so stilles heimliches Hausgespenstlein leicht beschrien, wenn man ihm seinen Namen nennt, und ie mehr wir von Myst. reden und schreiben, desto leichter steigt er aus dem Herzen, wo er still und ruhig wirkt, in den Kopf, wo er lauter Unfug treibt. Dis wird nun freilich der Fall bey euch nicht seyn, im Gegentheil wird die Untersuchung und Behandlung deiner Fragen viel interessante und fruchtbare Ideen wecken.

(. . .)

Ich werde nächstens der theol. Gesellschaft, wenn sie es gütig annehmen will wieder einige Gedanken, und zwar über den Dieb in der Nacht mittheilen. Ich werde wenn sies gütig aufnehmen will, in Zukunft überhaupt aus der regellosen und unsichern Cometenbahn in einen regelmäßigen Planetencyclus einschreiten und alle halbe Jahr, wenn ich nicht selber komme einem heimeilenden Kind der Musen und des Oberlandes etwas derartiges mitgeben, und das hochlöbliche Sekretariat der erlauchten theol. Gesellschaft könnte wohl einmal einem solchen eine kleine Ladung aus dem Archive der Gesellsch. als Rückfracht zur Mittheilung wieder mitgeben.

Deine bündige und interessante Berichterstattung über Pestalozzi's Methode hat mir Sander zu lesen gegeben und hält sie auch dafür. Er hat mir auch seinen Bericht dazu versprochen, den ich aber noch nicht erhalten habe. Doch weiß ich, daß er des Urtheils ist, das du ihm auch vorgearbeitet hast, daß vor der Hand in unsern öffentlichen Schulen nicht wohl eine Anwendung von der neuen Kunst zu machen oder zu empfehlen sey.

Gerne, gerne käm ich in wenigen Wochen selbst zu euch, ihr Guten, um froh und coseselig bey euch zu seyn, und über das und andres mit dir zu sprechen und zu schnackeln. Aber zu anderen Abhaltungen kommt dismal mein Auszug, der in die Ferien fällt, und den ich kaum würde verschieben können, weil auf mein Logis alsdann schon wieder ein anderer wartet. Einmal werde ich euch doch wiedersehen und begrüßen ihr heiligen Haine des Proteus ihr lieblichen heimischen Auen, ihr guten Menschen darinn, und dich zum erstenmal, du kleine zirpende Proteuserinn. Küsse und grüße mir sie und die Mutter, und nimms an dir selber ab, was dein Nächster gerne hat, wenn ich dir dismal zu lange nicht geschrieben habe. Mit gutem Blut und Herzen Dein Parmenid.

Ein ominoser Name: *Hebel fühlt sich an den „Schwabenhammel" Riedel erinnert.* Ewald: *Das harte Urteil, das Hebel hier fällt, ist später von ihm abgemildert worden.* Dieb in der Nacht: *Matth. 24, 42–44.* Berichterstattung über Pestalozzi's Methode: *Hitzig hatte dem Konsistorium einen Bericht über seine Erfahrungen mit Pestalozzis Lehrmethode eingereicht, mit der er in Basel bekannt geworden war.*

AN ENGLER

Freundschaftlicher Bericht [17. Sept. 1804]

Mein lieber Herr Diaconus!
des Kiefers neue Bitte muß
beim Oberamt schon einige Zeit

gelegen seyn, denn gar so weit
ist doch der Weg nach Carlsruh nicht;
mit Einem Wort, der Staatsbericht
lief erst am letzten Samstag ein,
als thät der 15. hujus seyn.
Da bat ich denn den Heidenreich
er möchte doch die Sache gleich
zur nächsten Montags Session
beförderen um Gottes Lohn;
ich selber suchte Sonntags drauf
den Herrn Director Stößer auf,
der iust in seinem Gartensaal
Syesta hielt. „Herr, keine Wahl,
hier gilt es Leben oder Tod,
die Landsmänninn hat grose Noth,
will niederkommen alle Tag,
wer weiß, wie lang's noch heben mag,
und laßt Ihr ihr den Kiefer nicht,
so gebt nur Achtung, was geschicht."
Der Herr Director ist ein Mann,
er sieht die Sache gründlich an,
hört was man sagt, und sagt man's schlecht,
so legt er's selber noch zurecht,
wie Ihr es denn auch machen sollt,
wenn Ihr mich recht verstehen wollt.
Kurz er spricht Ja! ein Mann ein Wort!
darauf ging ich zum Holzmann fort,
der sagt: wenn's der Director will,
so bin ich schon im Voraus still.
Alsdann ging ich der Schloßkirch zu,
hielt in derselben Abendruh',
und als die Kirch geendet war,
ging ich zum Drechsler, denn fürwahr
nach einem wohlgelung'nen Werk
und nach des Schlafes Herzensstärk
schmeckt unser einem um und an
ein Pfeiflein Taback lobesan!
Am Montag, daß ich's kürzlich faß,

ward unanim beschlossen, daß
es besser sey, die Mutter hab'
zu der verschloßnen Gottesgab',
die sie noch unterm Herzen nährt,
den Vater, als wenn's länger währt.
Die Leut' sind also dispensirt,
und morgen wird's schon expedirt,
und geht durch meine sichre Hand,
nach Lörrach ab, ins Oberland.
Herr Engler hört, das freut mich sehr,
und gebt dem Kiefer Rath und Lehr',
daß er sogleich die Stiefel salb'
und mornderigs des Brichtes halb
spazir' nach Lörrach drauf und dran,
ein Schöpple trink im Wildemann,
und, wenns ihm hat geschmecket wohl,
bei Oberamt den Trauschein hol'.
Gott segne dann das Brautpaar ein.
Des Eccard's Sach' steht gar nicht fein,
der arme Teufel steckt sehr tief,
und schreibt mir manchen langen Brief,
daß mir oft zittert Herz und Bauch.
Was Ihr versprecht, das haltet auch,
Und zeiget den Verfolg mir an,
nehmt selber ein Exempel dran.
Der liebe Gott spar Euch gesund.
Herr Sander läßt Euch grüßen, und
vergessen hab' er Eurer nicht,
er werd' Euch, wenn das Grundeis bricht,
schon schreiben wie's ergangen sey;
ich wünsch ein fröhliches Juhey!
und bin bei Sonnenschein und Nebel
Euer redlicher Freund Hebel

Kiefers neue Bitte: *Heiratsbewilligung für Joh. Jak. Kiefer, Bürger in Hausen, mit Maria Magdalena Stutz, Tochter des Vogts Friedrich Stutz.*
Drechsler: *Kaffehaus.* unanim: *einstimmig.* mornderigs: *am nächsten Tage.* Eccard: *Streitigkeiten des Pfarrers Eccard mit der Gemeinde Klein-Kems, die mit seiner Entlassung endigten.*

AN HITZIG

Lo 3. Weismoset
Asso 4
[3. Weinmonat (Oktober) 1804]

Ich weiß was ich thu.
Ich schreibe drauf zu!
Denn als in den krieg'rischen Jahren
Die blauen preußischen Scharen
(der Urgeist woll uns bewahren)
um Landau her
in Wäldern von reifen Kastanien schwer
im Eckerich waren,
da schoßen sie denn auch nach Landau hinein.
Die Franzosen rührten nicht Arm noch Bein.
Es folgte, als wären sie alle tod,
keinem guten Abend sein Dank euch Gott!
Allein die Blavrocecka ließen
solches Phlegma sich gar nicht verdrießen
Sie schossen drauf los, und am End
Hats doch in Landau gebrennt.
Hab ich nicht eine feurige Nacht
im preußischen Lager durchwacht,
und bis sich der Morgen gekühlt
in Faro 9 Gulden verspielt,
noch ohne die Rechnung für Braten und Wein?
(die Castanien giengen gratis drein!)
Also will ich dich Bester denn gleichfalls beschießen
bis du brennst,
bis du lichtloh zum Dintenfaß rennst.
Dein Phlegma solst du mir büßen.

O ho! Es kommt — dem Himmel sey Dank, setzest du hinzu — nichts als Prosa. Lauter Muskettenfeuer! doch stehe ich dir nicht hie und da für ein Haubitzgranätlein.

Es ging nemlich abermal ein merkwürdiger Stern durch unsern Horizont. Aber kein röthlicher Comet mit geborgtem Licht, und einem erleuchteten Luftschweif hinterher noch voraus sondern ohne Schweif ein lichter ruhiger Fixstern, der schon aus der Ferne erfreut und erquickt, wie alle Fixsterne, und in der Nähe erwärmt, wie alle Sonnen. Wer wars?

Wir trau'n auf deine Bude
Cagliostro ewiger Jude.

Er war eine ganze Woche hier, samt seinem ebenfalls interessanten Weibe, und hat wie Freund Kray, manchmal sein ruhiges Ja ausgesprochen, während er seine Trauben aß, oder sein Pfeiflein rauchte, nemlich nicht der ewige Jude, sondern sein Spötter. Ich war fast alle Tage in seiner Gesellschaft, aber nie so interessant, als einen Nachmittag mit ihm [,] seiner Frau und einem Sohn, den wir schon lange hier haben, allein. Ich wollte dir nicht sagen, daß ich allem. Gedichte lesen mußte, wenn ich nicht dächte, es interessire dich, was sie wählten. Sie verlangte die Mutter am Christabend, den Bettler, und den guten Rath. Er den Nachtwächterruf. Er rieth mir mehr Sorgfalt auf den Hexameter zu wenden, und da, wo ich selber, erzählend oder belehrend spreche nicht beym gemeinen Dialekt zu bleiben, sondern ihn durch das Studium und die Vergleichung der alten allem. Schriftsteller zu veredeln, und zu seiner Ursprünglichkeit zurückzuführen. Das nemliche hat er in seinen plattdeutschen Idyllen gethan. Es ist ein idealisches plattdeutsch. Jeder Plattdeutsche verstehts und erkennts als gediegenes plattdeutsch, aber der Mecklenburger meint, es sey hollsteinische Mundart und umgekehrt, und so alle. Soll ich ihm folgen? Er findet große Verwandtschaft zwischen allemannisch und plattdeutsch, und glaubt daß die Stämme die hochdeutsch sprechen, mit einem eingedrungenen fremden Volke gemischt, sich und die Sprache verunreiniget und verschlechtet haben, wir aber, und die Nidersachsen, durch dieselben getrennt, in der äußern Form unserer ehmals gemeinschaftlichen Sprache uns bis zur scheinbaren Unähnlichkeit von einander entfernt haben. Er hat den Homer allemal zuerst bey sich ins plattdeutsche übersetzt, und dann erst den Gedanken, so wie er ihn platt dachte aus diesem Dial. in's Hochdeutsche übergetragen. Denn platt sey wie das Ionisch-griechische eine Sprache des Lebens und Wirkens, unsere klassische Schriftsprache, sey weil sie nirgends so gesprochen und getrieben werde bereits eine tode Sprache, in die man keinen Griechen oder Römer gut übersetzen könne. Denn wenn man einen G. oder Römer (und so den Luther und seine Zeitgenossen) lese, so vergesse man daß sie geschrieben haben und werde in den Kreis ihres Lebens und Wirkens hinüber gezogen, und das unterscheide sie von den meisten Schriftstellern unserer Zeit, die man, so lange man sie lese, am Schreibpult sitzend, vor den Augen sehe. Voß wurde hier sehr geehrt, blieb aber immer ruhig, und fast gleichgültig dabey, als obs ihm nicht gälte, und aß Trauben nach wie vor. Die größte Probe hielt er bey Frau Grießbach aus, wo er sich nolens volens feierlich und mit Gesang mußte krönen laßen. Sander machte den Vers dazu:

Lieblicher als Cronenglanz
schmücke dich der Lorberkranz
Den des Dankes warme Hand
für Luisens Schöpfer wand.

Er wollte in Heidelberg seine Wohnung aufschlagen und da privatisiren. So leicht und sicher wäre er auch noch zu etwas mehr zu haben gewesen, wenn ein besserer Stern als das Sidus Rothweilanum über Heidelberg stünde. Jetzt kommt er als Direktor des philosophischen Seminarii nach Würzburg.

Magst du sehen wie sich die allem. Gedichte im meckleburgischen Dialekte der platten Sprache ausnehmen, so verweis ich dich auf Wolke's sassisge Lieder. Lips. 1804.

Gott segne Euch den Herbst, nicht nur mit viel Trauben und süßem Monet, nos ederes auceh kèrimit nünnes Frâudes, used fero hem gesunez den Weisen vos asso 1804. is dreinnig Jahrâs used drüber. *Parmenideus*

Faro: *rouletteartiges Glücksspiel:* Wir trau'n auf deine Bude: *Aus dem „Rundgesang für die Treuen des Zirkels" von J. H. Voss (1787).* Er war eine ganze Woche hier: *Johann Heinrich Voss war mit seiner Frau Ernestine am 25. September in Karlsruhe eingetroffen und logierte im Hause des Architekten Weinbrenner, bei dem einer seiner Söhne studierte.* Wolke's sassige Lieder: *in Leipzig 1804 erschienene Gedichte des niederdeutschen Dichters und Volkskundlers Christian Heinrich Wolke (1741–1825).*

AN HAUFE

Mein Theuerster! [Anfang Oktober 1804]

Da lesen Sie, ob es menschen- und christenmöglich ist, Carlsruhe zu verlassen. Die Anlage ist von einem unglücklichen Geistlichen, der wegen großer begangener Unvorsichtigkeiten, aber noch mehr durch Feindschaft und Bosheit seiner Gegner in der Procedur gegen ihn, provisorie seines Amtes entsezt ist, und nun nach CRuhe kommt, um sich womöglich zu rechtfertigen, und das Gewitter das über ihm steht noch abzuwenden. Durch eine lange Reihe von unangenehmen Erfahrungen, woran er freilich meistens selber schuld seyn mag ist er gegen alle Menschen mißtrauisch, und durch die allmählige Entfernung von ihnen leutscheu, und durch die Hypochondrie die die Quelle seines Unglücks ist, kraftlos zum Widerstand gegen sein Schicksal geworden. Nur mir traut er noch, und hält mich noch für seinen einzigen Freund hier, und kann Recht haben. Ich muß also seiner dringenden Bitte und Betheuerung wohl nachgeben, so schwer Ihre freundschaftliche Einladung und Erwartung, und das Vergnügen, das ich bei Ihnen genießen würde, es mir macht, der Freundschaft und Menschlichkeit dis Opfer zu bringen. Denn Hitzig hat dem armen Hypochonder zu viel gesagt; oder dieser hat das was er hörte, zu bestimmt ausgelegt; ich schrieb ihm, daß ich in diesen Ferien hier bleiben würde und müßte, weil ich d. 23. abermal ausziehe. Dis hieß aber nur soviel daß ich nicht ins Oberland komme.

Aber wenn Sie es hinter den Hypochonder sollten gesteckt haben, mich hier zurückzuhalten, solls Ihnen nichts nützen. Ich will Ihnen sagen, wie ichs liebe und halten werde. Ich falle Ihnen einmal über kurz oder lang, wie eine Bombe ins Haus. Das heißt ungewarnt wie eine Bombe, aber nicht polternd und verderblich wie sie. Auch werde ich auf dem Fleck, wo ich zum erstenmal in Ihrem Hause hinsitze, sitzen bleiben, wie eine Bombe. Und draufhin grüßen Sie mir Ihr gutes Weiblein, und sagen Ihr es sey nichts geschenkt.

(...) Ganz kürzlich hatten wir auch Herrn Voß eine Woche lang hier. Ich war fast alle Tage in seiner Gesellschaft und Sie können sich vorstellen wie interessant mir iede Minute in seinem Umgang war. Ich will Ihnen aber keine weitläufige Beschreibung von ihm machen. Er sieht aus wie ein klarer ruhiger Fixstern.

(...) Leben Sie wohl mein Theuerster! Ich bin

Ihr redlicher Fr. Hebel

von einem unglücklichen Geistlichen: *Eccard.*

[Ende Oktober 1804]

Ich danke Ihnen, meine Theuerste, für Ihr Schreiben, ob ich es gleich in diesem Augenblick nirgends zu suchen wüste. Denn ich bin abermal ausgezogen, und meine Papire sind noch nicht ausgepackt und geordnet. Iezt wohne ich zum erstenmal in meinem Leben auf dem ebenen Boden, zum erstenmal bey einem Arzt und zum erstenmal in einem Logis, das ein Bruder einer Reichsgrävinn vor mir bewohnt hat, und hoffe iezt nur noch einmal ausziehn, entweder auf eine Pfarrey, oder auf den Gottesacker oder was das schlimmste wäre, noch in das neue Gymnasium, woran bereits gebaut wird. In den Cirkel hinaus hab ich mein Staatszimmer mit zwey Creutzstöcken und einem in der Gasse, wo ich den fremden Gesandten Audienz gebe, dann weiter in die Gasse hinaus ein Zimmer mit einem tiefen, geräumigen Alkoven, wo ich niemand Audienz gebe, als alle morgen früh um 7 Uhr meinem Aufwärter, wenn er meine Befehle holt, denn der ist zugleich mein Geheimer Sekretär und Cabinettscurir; sodann weiter ein Zimmer in die Gasse, wo ich gewöhnlich lebe, und studire und Tabak rauche, und kurze und lange Weile habe, und endlich eine Cammer, in welcher der Aufwärter ausschließlich das Regiment führt. Meine nächste Nachbarschaft im Cirkel und meine einzige ist das große Caffehaus, wo ich aber seitdem weniger hinkomme, als vorher. Um's Eck herum in der Gasse und gegenüber habe ich keinen Nachbarn. In der Gasse zwischen dem großen und kleinen Cirkel wohne ich mutterseelallein. Da habe ich gegen mir über linkerseits den sogenannten blinden Cirkel, nämlich ein Gebäude ohne Fenster, die Orangerie, und gerade vor mir den Hof dazu und weiter rechts hinauf den botanischen Garten. Doch wohne ich nichts weniger als einsam. Unaufhörlich wandelts mir an den Fenstern vorbey; im Cirkel ist's gar nicht auszuhalten, bis man's gewohnt ist. Allein ich kann mich bald an alles gewöhnen. Ja ich kann mich rühmen, daß ich nur die 3 ersten Male durch die Morgentrommel geweckt wurde. Ich bin iezt meistens daheim oder in dem Gymnasium. Ich komme nur noch alle 8 Tage etwa zu H. G. R. Brauer, und dann und wann zu meinem ehemaligen Hauspatron Meerwein. Vom Spazirengehn werden Sie mich doch bei dieser rauhen Witterung dispensiren! Wenn ich etwas rechtes in der Loterie gewinne, so werde ich eine Reise nach Italien und, wenn's langt, nach Palästina machen, und alles einbringen. Wenn ich nicht nach Palästina gehe, so komme ich über den Gotthardsberg und über Basel zurück und bringe Ihnen etwas Heiliges aus Rom oder Loretto oder ein Blumensträuslein aus den Pomeranzenhainen mit. Daß Sie nie recht gesund zu seyn scheinen, beklage ich sehr. Diese Nachricht ist es die mir leider ungelesen aus Ihrem Brief in der Erinnerung schwebt. Spinnen Sie nicht zu viel diesen Winter und hüten Sie sich vor dem feinen Durchzug an den Fenstern und vor der nahen Ofenwärme. Wie geht's mit den Fingern?

Empfehlen Sie mich Ihrer theuersten Frau Mutter. Ich hoffe, sie werde meinen lezten Brief erhalten haben, und mir wieder gut seyn. Bald kommt ein neuer, und mit der Frau Vögtinn will ich auch ein Wörtlein sprechen. Iezt will ich mich ankleiden, und hören wie der H. Kirchenrath Walz das Hosianna der Töchter zu Jerusalem schön auslegen wird. Sehn Sie, wie christlich ich bin. Wenn ich schon um einer unartigen Begegnung willen seit der Charwoche sein Haus und seine Gesellschaft meide, so gehe ich ihm doch in die Kirche, und erbaue mich an seiner Predigt. Leben Sie wohl beste Freundinn! Auch in die Kirche gehn Sie nicht zuviel! Ich will schon für Sie beten.

J. P. Hebel

Bruder einer Reichsgrävinn: *Geyer von Geyersberg.*

AN GUSTAVE FECHT

Theuerste Freundinn!

Wir sind zwey unglückliche Prinzen, mein Hausarzt und ich. Vor einigen Wochen wurde Nachts um 10 Uhr eine Petarde losgebrannt; da rißen wir beide unsere Läden auf und machten zum Fenster hinaus Feuerlerm, weil wir den aufgehenden Mond für eine Brunst in der Waldhorngasse hielten. Aber nüchtern waren wir. Das will ich mir für beide zusammen und für ieden insbesondere ausbitten. Irren ist ia menschlich, wie Sie sogleich an einem andern Beyspiel hören sollen. Ich würde Sie nicht an die Bartschüssel erinnern, wenn sie nicht noch nach ihrem Tod so große Bewegungen im Hause verursacht hätte. Ich hatte sie bisher auf allen meinen Zügen so sorgfältig wie Pfeffels Husar seine Tabakspfeife mitgenommen und bewahrt, und wegen ihrer geräumigen Weite — Dank sey dafür dem schlauen Rühl, sie als Waschbecken gebraucht. Vor einiger Zeit wurde sie mir beym Bettmachen hinuntergeworfen und zerbrochen. Ich machte dabei den Philosophen, sah die Scherben im Hinaustragen noch einmal an, und ließ es gut seyn. Vorgestern nach Tisch wollt ich der Frau O. Hofräthin zur glücklichen Abschlachtung eines fetten Schweins gratuliren, da begegnete mir ihr Mann auf der Treppe, und klagte mir, daß sie vier Leichen zu viel im Hof hätten, indem ihnen ebensoviel Capaunen auf einmal mit einander krepirt seyen. Ich gieng in die Wohnstube, während er im Hof den Ursachen des Unglücks nachspürte, und traf dort die Töchter an, die den Speck zu den Würsten zuschnitten. Das junge Blut war über den Jammer leicht zu trösten. Aber auf einmal kam die Frau vom Hause mit einer Porcellanscherbe hinein. „Da haben wir den Fund, sagte sie, wie kommt um Gotteswillen, diese Scherbe mit Grünspan in den Hof?“ Ich erkannte sogleich meine Scherbe, und den leibhaftigen Grünspan, erklärte mir im Augenblick die Entstehung des letztern aus der Verwitterung der grünen Glasur des Laubwerks, und bekannte mich zu allem. Und so gieng sie wieder. Mir war es unaussprechlich leid, um so mehr da ich in diesem Hause ausnehmende Freundschaft und Liebe genieße. Mit welchen Zufällen, sagte ich am Ende, hängen in der Welt die Schicksale der Menschen und selbst der Capaunen zusammen! Seht Kinder, so kann man aus den besten Händen Gift empfangen. Diese Schale habe ich einst von einer Freundinn zum Geschenk bekommen, die mir diese Verlegenheit und euern Capaunen den Tod nicht damit bereiten wollte. Während dem wurde ich auf das Zimmer der Frau O. Hofräthin zum Caffe eingeladen, wo der letzte Capaun noch unter dem Ofen mit dem Tod ums Leben kämpfte, und die unglückselige Scherbe auf dem Simsen stand. Grünspan wars, wir rochen daran und ich hätte ein wenig davon an die Zunge genommen um mich völlig zu überzeugen, wenns der Arzt gelitten hätte. Indessen fand ich doch wenigstens für mich den Trost, daß das Gift, was auch der O. Hofrath voraussezte, nicht in der Scherbe ausgelöst sondern hineingelegt sey. Denn die Glasur war noch unangefressen und des Grünspans viel.

Da war denn ich Gottlob ganz unschuldig und das alte Räthsel, wo kommt es her? war wieder da. Ich hatte den Sohn vom Hause in Verdacht, weil die Schwestern so ein Wörtlein gegen mich fallen ließen, aber da ich einmal frey war, fand ichs nicht für nöthig einen andern in die Lücke zu stellen. Nach einigen Stunden löste sich alles auf. Bei genauerer Besichtigung der Leichname verrieth es sich, daß die Thiere nicht durch Gift, sondern durch die Zähne des Metzgerhundes möchten gewürgt worden seyn, was sich auch bestättigte, und der vermeinte Grünspan — nun lachen Sie uns nicht aus, und verrathen Sie ia nicht den ersten Physikus des Landes und den zweiten Lehrer der Naturgeschichte am Gymnasium — der Grünspan war nach der chemischen Untersuchung nichts mehr und nichts weniger, als was iede Gans oder Ente von sich gibt, wenn sie mit der Verdauung fertig ist. Solches tragisch komische Ende nahm die Bartschüssel und ich gedenke sie mit einem eigenen allemanischen Gedicht im 2ten Band zu verewigen.

Nun leben Sie wohl, meine Theuerste. Empfehlen Sie mich Ihren lieben Hausgenossen. Ich bin unwandelbar Ihr ergebenster Hebel

d. 6. Jenner 1805.

Hausarzt: *Chr. Ludwig Schweighardt.* Pfeffels Husar: *vgl. das Gedicht „Die Tabakspfeife" von Gottlieb Konrad Pfeffel (1736–1809), zuerst erschienen im Vossischen Musenalmanach für 1783.*

AN HAUFE

d. 24sten Merz 1805

Zur neuen willkommenen Bürgerinn der Welt und des französischen Kayserthums wollen wir denn vor allen Dingen und auf alle Fälle uns als Pathe freudig bekennen. Möge sie gesund bleiben und so brav werden, als Vater Mutter und Pathe es sind, und Ihre lieben väterlichen und mütterlichen Herzensfreuden von Tag zu Tage erneuern und mehren, bis sie einst in neue Grosvaters und Urgrosvatersfreuden übergehen.

Was den Besuch in Strasb. betrift so kann dismal schon eher etwas daraus werden, wenn entweder aus einem großen Entschluß zu dem ich mich aufgeschwungen habe etwas wird, oder wenn nichts daraus wird. Ich muß ins Oberland reisen, ich muß aus der Wiese trinken und die Geister im Rötler Schloße besuchen, wenn ich nicht in kurzer Zeit zu dem gemeinsten geistlosesten Hardtbewohner ermatten soll. Aber ich will nicht wie des Müllers Lastthier, und wie der Fuhrmann Kusterer und der Sirius am Himmel immer in dem nemlichen Fußstapfen traben, und die nemlichen Nußbäume an der Straße und die nemlichen Kirchthürme, die schon alle auswendig kann, abermal beschauen, und von einem bis zu dem andern Langeweile haben. Nein ich will wie ein regelfreyer Cometstern auf ungewohnten kühnen Bahnen wandeln, und zu den Osterferien mir noch circa 14 Tage Badeferien zugeben lassen und sollte ich, um sie mit Recht ansprechen zu können, eine Viertelstunde in den Bodensee ligen müssen, denn ich will durch Schwaben, und das obere Fürstenthum am See über Schafhausen und Tegerfelden nach Lörrach und von da über Basel und Strasburg nach CRuhe reisen.

Wie haben wirs nun mit der Taufe und wann komme ich? Lieber Schatz da kommt alles darauf an, ob mein Reiseplan ganz oder nur zum Theil oder gar nicht ausgeführt wird und das kann ein so abhängiger und wankelmüthiger Menschensohn wie ich bin, ia noch nicht wißen. Es hängt vom Tag und der Stunde ab. Also richten Sie sich nach sich und nicht nach mir, und wenn Sie das Kindlein taufen wollen, und ich bin nicht da, oder komme nicht einmal, was der Himmel verhüten wolle, so bitten Sie einen Ihrer Freunde meine Stelle zu vertretten. Ich will alles treulich übernehmen und erfüllen, was er in meinem Namen versprechen wird, und das zarte Töchterlein lieben, und meine Freude an ihm haben wenn ich doch komme, wie wenn ich [es] die gantze Taufe über allein auf den Armen gewiegt und getragen hätte.

Ihrer lieben Gattinn geben Sie meinen Gruß und meine besten Wünsche für ihre Genesung, und ich will denn sehen, was sie für ein Gesicht macht, wenn ich einrücke, und wie sie das Kindlein bütschlen kann. Von ganzem Herzen Ihr ergebenster Hebel

Zur neuen wilkommenen Bürgerinn der Welt: *das erste Kind aus Haufes Ehe mit Sophie Bögner, ein Mädchen, das nur kurze Zeit lebte.*
bütschlen: *wickeln (den Säugling).*

Verehrtester Herr und Freund! Karlsruhe d. 24sten April 1805

Später, als sichs geziemte, schreibe ich Ihnen, zumal da ich, verzeihen Sie es mit, doch noch leer komme. Sie haben mir durch die Nachricht von der Jenaischen Recension der allemannischen Gedichte und durch das Zeugnis Ihrer eigenen Zufriedenheit mit denselben eine große Freude gegönnt. Empfangen Sie dafür meinen herzlichen Dank. Auch der Wink, den Sie mir von dem sentimentalen Einfluß einer schwermüthigen Stimmung auf einige dieser Gedichte geben, ist mir als Beweis von Ihrem Interesse dafür und von Ihrem Wohlwollen gegen mich sehr schätzungs- und dankenswerth. Sie sind ein Mann von heiterer und frölicher Laune, die Ihnen der Himmel erhalten möge, und ich kann mir daraus wohl erklären, welche einzelnen Stellen und ganze Gedichte Ihnen zu schwersinnig scheinen mögen. Aber bester Mann, es ist in Allemannien wie vermuthlich in Thüringen auch nicht lauter Sonnenschein, zumal in den Kreisen in welchen sich diese Muse bald erheiternd, bald unter Scherzen belehrend, bald warnend und tröstend bewegen wollte. Andere Leser lieben doch auch wieder einzelne dunkle Schattenzüge zwischen den hellen Farben, und es gehört wohl mit zur Einrichtung der Dinge, daß nach seiner eigenen Stimmung der eine Schriftsteller die frölichen Gemüther wieder auf Augenblicke zu ernsten Gedanken und Gefühlen sammle, und der andere die ernst gewordenen wieder durch fröliche Ansichten und muntere Schwänke aufheitere und den Trübsinn löse. Nimmt nicht auch in der wirklichen Welt, von welcher unsere poetische doch immer nur das Abbild im verklärenden Spiegel seyn soll, Schmerz und Freude, und Hoffen und Fürchten das Herz in wechselseitigen Anspruch so lange es schlägt, und ists nicht gedeihlicher so?

Gerne hätte ich Ihnen für das Taschenbuch des künftigen Jahres etwas Interessantes beylegen mögen. Ich hatte dafür einen Theil unserer Frühiahrsferien bestimmt. Allein diese wurden mir durch eine Reise, die nicht in meinem Plan gewesen war, ausgefüllt, und ietzt sind nicht nur die regelmäßigen Geschäfte, sondern neben ihnen eine unvorhergesehene Zugabe wieder da von der Art, die nicht nur viele und die beste Zeit wegnehmen, sondern auch für die übrige alle gute Laune verstimmen. Ich möchte Ihnen nicht zumuthen, etwas nur mittelmäßiges in eine Sammlung aufzunehmen, zu der sich Ihr Name bekennt, und die so viele geschmackvolle Leser hat, und keinen Ballast darein liefern. Lassen Sie mich durch diese Umstände und die damit verbundene Befanglichkeit bey Ihnen entschuldigt seyn, und gönnen Sie gleichwohl Ihr ferneres schätzbares Wohlwollen

Ihrem ergebensten Dr und Freund J. P. Hebel

AN SCHNEEGANS

[Ende April—Anfang Mai 1805]

Es war wirklich an dem, mein Theuerster, daß der Straßburger Münsterthurm, ein hoher Thurm, und die Stadt selbst, wenigstens für den Sehwinkel eines Carlsruhers eine große Stadt, und Herr Schneegans mit seiner Familie und seinen Freunden, ein liebes herzliches Völklein ist, in dessen Mitte man sich wohl befindet und nicht merkt, daß man auf französischen Grund und Boden steht, abgerechnet, daß der arme August französisch sprechen muß, und kein vernünftiges Wort mit einem ehrlichen deutschen zu sprechen weiß. So sagte ich nemlich auf meiner Heimreise zu mir, so oft ich nach dem großen Riesen von einem Kirchthurm, unter dessen Schatten mir so wohl war, zurück schaute, und der Theuerste da oben, in der ersten Zeile, bin, Nichts für ungut! ich selber.

Dies wäre, also ebenfalls mein Theuerster, und hier meine ich Lesern dieses, Herrn Schneegans, ein Theil meiner Heimreis Geschichte, die Hr. Haufe von Ihnen zu erwarten hat. Das Uebrige ist nahe beisammen, weil ich dismal nichts darein zu phantasieren gedenke. Wie ich aus Straßburg weg gekommen bin, wissen Sie besser, als ich weiß, wie Sie ohne Paß wieder hinein kamen. Doch hoffe ich der Genius der Freundschaft, der Sie hinaus führte, habe Sie auch ungefährdet wieder mit einander hinein geleitet, und es wird recht hübsch von Ihnen seyn, wenn Sie mirs bald schreiben. Wie wir nach Bischofsheim kamen; kann Ihnen mein freundlicher Begleiter sagen; das Pfäfflein im schwarzen Rock und Ueberschlag zu Pferd vor einem Hanftransport her, sah poßierlich aus; in Bischofsheim genoß ich noch einen guten Abend und einen schönen Morgen, den mir Hr. Kamptmann und sein Schwager noch durch eine angenehme Begleitung verlängerten. Von hier an könnt ich viel lügen, denn ich war allein, und es verrathet mich niemand, und die Fortsetzung der Reise war eine kleine Unterredung mit den Storken in Lichtenau abgerechnet, so gemein und langweilig, daß ich Zeit genug hatte, mir allerlei Begebenheiten und Auftritte zu fingiren, wodurch sie hätte romantisch werden können. Ich habe auch wirklich oberhalb Stollhofen einmal scharf in der Luft herumgefochten, und es war mir lieb für den Straßenräuber, dem es galt, daß er nicht da war, wiewohl ich ihn nachher, weil ers aus Noth that, aus dem großen Loos der Frankfurter Lotterie, worein ich setzen will, glücklich genug machte, daß er nun nicht mehr nöthig hat, die Leute am hellen Tag auf der Straße anzugreifen. Das Interessanteste von allem bleibt das, daß ich wieder heim kam, und wenn's gestern geschehen wäre statt vor 14 Tagen, so hätte ichs in meiner unbegreiflichen Gutmüthigkeit für eine große Ehre gehalten, die mir wiederfuhr, daß die halbe Garnison von Carlsruhe bei Grünwinkel stand, und die neuen Canonen nicht weit davon probirt wurden. Die alten waren geschwinder von den Franzosen geholt, als die neuen angeschafft. Viele Menschen liefen hinaus, aber ich nicht; daran kennt man den Mann, der in der Welt und in Straßburg gewesen ist. Ich laufe keinen Dreipfündnern nach; ja, ich traue mir zu, daß ich aus dem Weg gehen würde, wenn mir einer nachliefe.

Ich hoffe Sie werden in meinem Namen ein freundliches Gesicht machen, wenn Sie Ihre zwei guten Frauen, nemlich die eigene eheliche und die Schwester Mad. Weiler herzlich von mir grüßen, und der guten frommen Mutter mich empfehlen, die zu Haus sorgt und waltet, wenn ihr andern Vögel im Hanfsamen, auf der Ruprechtsau herum fliegt.

Sagen Sie ihnen und sich selbst, daß mir wohl war in Straßburg, und daß ich Ihnen für die guten Stunden, die ich unter Ihnen zubrachte, und für Ihre Freundschaft dankbar bin. Für Ihre Kinder, die Ihnen Gott erhalten möge, will ich eine gute Fürbitte einlegen. Lehren Sie zuerst die angebohrne Muttersprache, und am liebsten im häuslichen heimischen Dialekt sprechen; mit der fremden ist's noch lange Zeit. Mit dem Sprechen empfangen wir in der zarten Kindheit die erste Anregung und Richtung der menschlichen Gefühle in uns, und das erste verständige Anschauen der Dinge außer uns, was den Charakter des Menschen auf immer bestimmen hilft, und es ist nicht gleichgültig in welcher Sprache es geschieht. Der Charakter iedes Volkes, wie gediegen und körnig, oder wie abgeschliffen er sein mag, und sein Geist, wie ruhig oder wie windig er sey, drückt sich lebendig in seiner Sprache aus, die sich nach ihm gebildet hat, und theilt sich unfehlbar in ihr mit. Wollen Sie Ihre Söhne zu Franzosen machen, so ist nichts daran auszusetzen, daß Sie sie im ersten Jahr des Lebens schon durch die Sprache der Franzosen dazu einweihen. Sollen Sie aber an Herz und Sinn wie Vater und Mutter werden, so ist das Französische nichts nutz dazu. Nichts für ungut wenn ich für jemand zu viel gesagt habe.

Noch hat mein Pegasus einen Ritt zu Ihnen zu gut. Leben Sie wohl. Von Herzen der Ihrige J. P. Hebel

Kamptmann: *Friedrich Gottfried Kampmann, Stadtschaffner in Straßburg.* Storken: *Storchen.*

AN SOPHIE HAUFE

An Madame Haufe! [Ende Mai—Anfang Juni 1805]

Mein lieber geheimer Staatsminister und Intendant der Künste und Wissenschaften!

Ich ersuche Sie, anliegende zwey rothe Vierecke Herrn Haufe nebst meinem Gruße zu übergeben, und demselben zu melden, was folgt:

Lieber Mann! Der Professor Hebel hätte statt mich zu seinem Minister und Intendanten zu machen, etwas anderes thun können, gesezt auch daß es etwas diskreteres gewesen wäre. Es ist ein Amt, das nur Mühe macht, und von einer anständigen Gage scheint keine Rede zu seyn, (wie denn auch wirklich keine ist) zwar hat er in seinem lezten Schreiben versprochen mich künftig in Ruhe zu lassen, und wird es in diesem wieder versprechen. Aber da sieht man, wie ers hält. Iezt verlangt er, du sollst lieber Mann, dem Herrn Cammerer nebst seinem Compliment diese zwey Bücher wieder zustellen, und ihm dabey sagen, was ich lieber Mann, selber noch nicht weiß, sondern erst lesen will. Nemlich der gute Professor scheint mir überhaupt, und besonders bey diesen militarischen Zeitläuften nicht sonderlich bey Geld zu seyn, wenigstens nicht bei 96. Livres für ein französisches Werk, das er nicht versteht. Außer ihm ist noch ein eintziger Botanikus in Carlsruhe der Curfürst, der sich aber nicht selber damit abgibt, sondern seine Stelle durch den Hofrath Gmelin versehen läßt. Man sollte nicht glauben, daß CRuhe so wenig Botaniker habe, da doch die Botanik selber so sehr begünstigt wird, daß außer den botanischen Gärten, noch mehr als 50.erley Pflanzen des Feldes auf dem Marktplatz und in allen Gassen wild wachsen, was sich sonst in großen und volkreichen Städten nicht wohl ausführen läßt, und es wäre keine Sache, wenn einmal Kölreuter, den er doch noch für den Dritten will gelten lassen, einmal eine Flora der Stadt CRuhe herausgäbe mit Kupfern so schön als sie das französische Werk da hat. Leztere findet der Curfürst, nemlich der Hofrath Gmelin selber schön und will übrigens nicht behaupten, daß er das Werk selber schon besitze, wohl aber das andere, aus welchem dieses gröstentheils abgeschrieben sey, wie alles Französische. Uebrigens brauchst du dich hieran eben nicht buchstäblich zu erinnern, wenn du H. Cammerer das Paket zurückgibst, sondern es wird genug seyn, ihm mit Artigkeit zu sagen, und das kannst du ia, daß der Curfürst keine Lust dazu bezeuge, und in Ansehung der übrigen, Botanikus und armer Teufel in Carlsruhe gantz gleichbedeutend seyen, und im Sprichwort schon lange eines für das andere gelte. Der Professor Hebel namentlich, der mit seinem Finanzminister nicht so gut berathen ist, wie mit dem Minister der auswärtigen Angelegenheiten, hat in seiner lezten Jahresrechnung vom 23. April ein Deficit von 47 fl. 16½ cr., und es könnte noch größer seyn, wenn er Militär hielte. Das thut er aber nicht, und bleibt dir in Gnaden gewogen.

Uebrigens mein lieber Staatsminister und Intendant soll dies wirklich die lezte Mühe seyn, die ich Ihnen in dieser Qualität zumuthen will, und wenn die vorüber ist, so sind Sie wieder die gute Frau Sophie. Daß ich mit Herrn Schneegans Verdruß habe, werden Sie wissen, doch grüßen Sie mir ihn und die Seinen so freundlich als wenn nichts vorgefallen wäre. Gott gebe euch, was man zu einem frohen Leben bedarf, und wenns nicht genau auszurechnen ist, lieber etwas mehr. Ihr ergebenster H.

CARL CHRISTIAN GMELIN

d. 16ten Juni [1805]

Das geht nicht an, meine beste Frau Sophie, daß Sie mich zur Gouvernantinn der Reisenden machen, wenn schon Sie als Weib Staatsminister und Intendant seyn können, und es geht mit dem Geschlechtswechsel nicht so leicht. Fragen Sie nur die Geschichte und Ihre Erfahrung so werden Sie finden, daß zwar alle männlichen Aemter von Weibern wohl bedient werden können, aber kein weibliches von einem Mann. Ihr Geschlecht hat zum Beispiel schon Könige gelifert, wie den König Maria Theresia, und Staatsminister und Intendanten, wie Sie, lesende Professoren auf dem Catheder und gelesene Schriftstellerinnen auf der Toilette, wie Wilhelmine Müller geb. Maisch, kommandirende Feldfrauen wie das Mägdlein von Orleans und gemeine Grenadiere in Reihen und Gliedern, z. B. in der Revolution, Steuerfrauen auf dem Vierwaldstätter-See, Doktores Medicinä ohne Zahl und Profeten nicht weniger, obgleich das männliche Geschlecht selber nur 4. Große und 12. Kleine zählt, Straßburger Böttinnen, z. B. die, welche Ihnen diesen Brief gebracht hat, Flautenisten, wie Madm[oiselle] Fellmeth, Violinisten wie Madm. Meyer in Lichtenthal, Kellerinnen z. B. im Darmstädter Hof, ia Großkellerinnen, Abtissinen und Ritterordensdamen, Beichtmütter und Friedensrichterinnen soviel als Aerzte, Hausherrn sogar. Selbst Papst Johannes der Achte soll wie die böse Welt behauptet mit dem Taufnamen Gilberta geheißen haben, und gar nicht der Meinung gewesen seyn, daß sie der heilige Vater sey. Gegen soviele tausend Beyspiele werden Sie nur wenige, oder vielmehr keines finden, daß sich ein Mann zu einem weiblichen Amt bekannt hätte, abgerechnet den König Sardanapal, den Held Achilles und den Gott Herkules, der bei der schönen Omphale in die Strickschule gieng. Denn selbst der Schneider ist nichts weniger als eine männliche Näherinn, z. B. der Hörner, oder der Unverzagt, sondern alle Näherinnen sind weibliche Schneider. Daraus müßen Sie aber ia den Schluß nicht zum Nachtheil Ihres Geschlechtes machen, daß dasselbe geneigter sey, als das männliche, sich aus seiner Sphäre herauszusetzen und in andere Geschäfte zu mischen. Das gar nicht. Das einzige was daraus folgt ist das, daß ein vigilantes Weib zu allem zu gebrauchen ist, ein Mann aber nur zu einem, was er gelernt hat, und dazu nicht immer, z. B. Ich. So gibt es zum Beispiel Frauen, die einen so lieb und schön zur Reise nach Basel einladen können, daß man sogleich die hebräische Bibel, in der man gerade las, dem ersten vorbeigehenden Juden schenken, und den Augenblick in den Wagen springen möchte, z. Beispiel Madame Haufe und Weiler und zum sichersten und kläglichsten Beweiß, daß ein Mann nicht alles kann, was er will, der arme Professor Hebel kann nicht, und der Jude bekommt die Bibel nicht.

Ernstlich von der Sache zu reden, meine beste Freundinn, wenn Sie es für keinen Vorwurf ansehen wollen, daß ichs sage, Sie haben mir mit Mad. Weiler und H. Frantz zusammengenommen, das Herz recht schwer gemacht durch Ihre Einladung, und dieser Beweiß Ihres allerseitigen Wohlwollens, wie soll ich mich ausdrücken, er ist mir so erfreulich und werth, und sezt mich doch in Verlegenheit und Unmuth, daß ich dieses Wohlwollen nicht durch Erfüllung Ihres Verlangens erwidern darf. Herrn Haufe, wenn er nicht Ihr Mann wäre, und so brav, wie der Mann eines solchen Weibes seyn muß, möchte ich condemmniren auf der ganzen Reise Wasser trinken zu müssen, daß er ein fliehendes Wort, welches selbst im unüberlegenden Frohsinn mehr den Wunsch als die Möglichkeit, geschweige die Warscheinlichkeit und Hofnung mitzureisen aussprach, so auffasse und mich dabey nimmt. Da er aber, wie gesagt, Ihr Mann, und sonst so brav und gut ist, so weiß ich mich nicht besser zu rächen, als ich ernenne Sie auch noch zu meinem Justiz-Minister, und überlasse es Ihnen, ihn zu strafen, wie Sie es gut finden. — Da ich mich nun so bazzig gemacht habe, so werden Sie auch auf die Gründe warten, warum ich nicht mit kann. Allein ich werde Herrn Pf. Frantz bitten, Ihnen dieselben mitzutheilen, damit Sie nicht so viel von mir lesen müssen, als ich Ihnen gerne schreiben mag. Grüßen Sie mir den Malefikanten, ehe Sie ihn mit sieben Umarmungen strafen, oder auch nachher, und reisen Sie glücklich, Sie mögen blos mit der Seele, oder auch mit den Fersen und Fäusten dabey seyn. Hier siehts aus, als ob ich schließen wollte, ich habe aber noch einen Nachtrag zu meiner Heimreise von Str[aßburg] zu liefern. Allein ich will mich hier an Herrn Haufe wenden, theils damit Sie abgelöst werden, theils um auch von ihm wieder eine Antwort zu verdienen. Gestern (ich rede mit Herrn Haufe) fragte mich Rittmeister Cancrin, ob ich meinen Pudel wieder bekommen habe. Es sey ein schöner

Hund. Der Mann habe sich bei ihm erkundigt, wo ich wohne. Als ich Abends nach Hause kam, war der Mann wirklich da gewesen, aber wieder fortgegangen. Er behauptete, ich sey in der Osterwoche durch Lichtenau gegangen, und habe meinen Hund verlohren. Er habe es kürzlich erfahren, da bringe er ihn. Närrisch! Das herrenlose Hunde gefunden werden können, wenn ich auf der Straße bin begreife ich. Aber wie man an mich kommt, da ich so unbeschrien, und wie ich glaubte ungekannt durch Lichtenau gieng, und wer mich kennt, wohl weiß, daß ich mit keinem Pudel selbander gehe, begreif ich nicht.

Daß die Feinäiglische Akademie der Erinnerungskunst doch noch zu Stande kam, freut mich, und bringt mir zwiefachen Vortheil. Denn erstlich wird sich nun der Pater überzeugen, daß ich seiner Kunst nicht das böse Wort gesprochen habe, wie er glauben mochte, zweitens können wir doch in Zukunft frey über die Sache sprechen, oder, wozu sie noch mehr Stoff bieten wird, lachen. Ich wünsche daß Sie der Kunst auf Ihrer Reise in einem hohen Grade bedürftig seyn mögen, um alles Angenehme im Gedächtniß behalten zu können, was Ihnen auf derselben wiederfahren soll, und weil ich Sie doch bereits durch meinen Minister der Gerechtigkeit habe grüßen lassen, so grüßen Sie mir auch meinen Minister der Gerechtigkeit!

von Assmanshausen

CR. d. 16. Juni im Jahr Sternwarte Hirschgeweih (Ring) Lehnsessel.

Viele Empfehlungen und Grüße im Schneegansischen Hause etc.

bazzig: *großtuend.*

AN GÜNTTERT

Do fangts a! [13.—14. September 1805]

's isch frili wohr, e Viertelsvogt
wenn so 'ne Heer im Sessel hockt,

und ißt si Fleisch und trinkt si Wi,
sell luegt e wenig anderst dri.
Sust han i wol zu Brod und Schunke
mi Mooß, au anderthalbi trunke,
iez, wies der Name mit em bringt,
d'r Viertelsvogt e Viertel zwingt.
Sust isch meng Eichli ung'vexirt
z'nachts us em Gmeiwald furtspazirt,
s' het glengt no zu de chleine Poste;
iez cha's bi Gott e Wäldli choste.
Sust hani nit no Ehre g'spannt,
ha's au nit g'ha, 's isch wohlbikannt,
iez heißts: „Thue d' Augen uf, du Stock
siesch nit, wer chunt, der Viertelsvogt!"
Sust hani, wie 'ne Burgersma,
mi Laubi und mi Lusti gha,
und bi mit Holz und andre Waare
go Basel und in's Rebland gfahre.
Iez isch's verbi, sell isch für d'Chnecht,
die Lumpekerli, ebe recht.
Der Viertelsvogt den Gaul besteigt
und druf hinein nach Basel reit't.
Ne brave Choli hani do,
er isch mi zimli wolfel cho.
I ha ne alte Esel g'chauft
und vor der Hand zum Rößli tauft.
Z'erst hani sini Ohre g'stuzt,
druf hani en mit Chienruß puzt,
e falsche Zopf ans Vüdle g'henkt,
wo bis an Boden abe lengt.
So rütt i druf in Stadt und Land
und woni näume gang und stand.

Lieber Veter!

Es will nummen gar nimmer gehn mit dem Versmachen. Die Reime mankiren mir afangen. Das macht die gräuslich viel Geschäften. Ich will Euch aber das andre in Brosa sagen. Daß Ihr unpäßlich seid gewesen, hat mich recht verbarmt, mir manchmal gedenkt, wenn jez geschwind etwas in der Gemein vorfallte, wen man an Eurer statt geschwind brauchen könnte, beim Vieh oder im Gericht. Denn es kann mancher wohl schwetzen, wir wir auch haben, aber nicht iedem hat Gott den Verstand dazu gegeben, wie Euch. Deßwegen es mich rechtgeschaffen freut, daß Ihr wieder auf den Beinen seid. Wegen dem Viertelsvogt, so freut mich Euer Fotum und bedanke mich. Weiß aber nit, ob ichs will annehmen, und dauert mich der Vogt, der darnach geringer wäre und verwaltet doch sein Amt, so gut er die Chreften dazu hat. Veter dörfet Ihr alliweil zu mir sagen. Es mag gehen, wie es will, so soll Demuth alliweil die schönste Perle in meinem Schiehut seyn. Nun denn Veter, so nehmt euch meines Rößleins an, wenn es einen guten Rath oder Dienst von euch bedarf, und spar Euch Gott gesund.

Euer wohlaffektionierter Vetter u. Stabhalter H.

Proscriptum:

Wenn Dir daheim seid, so will ich diesen Nachmittag oder Morn ein wenig zu euch kommen.

Der Brief ist während eines Aufenthalts Hebels im Oberland im September 1805 entstanden, als der Dichter nach Abschluß einer Schweizer Reise am 13. September in Basel eintraf und den 14. und 15. September in Weil verbrachte. Günttert, von Hebel stets als „Vogt" betitelt, hatte anscheinend dem Freunde einen Gruß mit der Ernennung zum „Viertelsvogt" entgegengesandt. „Viertelsvogt" hieß der den Vögten der „Viertel" (Rötteln, Schopfheim, Weil und Kandern) übergeordnete Obmann.
Laubi und Lusti: *Namen für Zugochsen.* Choli: *Rappe.* Vüdle: *Hinterteil.* näume: *irgendwo.* Schiehut: *Strohhut mit breitem Rand.* Wenn Dir: *Wenn d'ihr.*

AN SCHNEEGANS

Le 10 Ventose [März 1806]

Bravo, ihr vortrefflichen Schauspieler, und ungeschickte Rechenmeister! Ich applaudire euch von ganzem Herzen, und meinem Pathen, der kleinen Henriette, obgleich sie zu früh auftrat, zweymal. Was kündigen wir nun aufs nächste mal an? Etwa: Er kommt oder die Reise nach Straßburg? Dieses empfindsame Drama ist zwar schon zwei mal gegeben worden, aber doch noch nicht 68 mal hinter einander, wie Kotzebue's Menschenhaß und Reue in Paris.

Aber mein Lieber, wir behandeln eine schöne, und ich darf sagen eine so ernsthafte und heilige Erscheinung, wie die Geburt eines Kindleins ist, fast zu muthwillig. Möge das Ihrige, oder weil ich sein Pathe bin, das unsrige, an der Hand eines freundlichen und frommen Schutzengels in die Welt gekommen seyn, der ihm den zarten Sinn seiner Mutter, und den ruhigen seines Vaters ins Herz legen, und in die weiße Unschuld seines Lebens viel Rosenroth und Himmelblau mischen möge. Die schöne Ansprache, die Sie mir als Pathen an die kleine Welt und Reichsbürgerinn gönnen, gibt mir wie natürlich große Freude; und möge ich, wenn die Osterwinde wehen, sie alle gesund und froh, und die liebe Wöchnerinn gestärkt und lächelnd, ob ihrem gedeihlichen Töchterlein antreffen, denn ich komme, wenn möglich, und dies Möglich heißt nur so viel, wenn keine Gottes oder Herrn Gewalt dazwischen tritt; denn wenn ich auch in's Oberland gehe, wie ich eigentlich sollte, so ist Straßburg auf dem Hin oder Heimzug, wie es Ihnen am bequemsten ist, nicht aus dem Weg, und ein par Tage später hin, oder früher her auch nicht, denn ich habe im Oberland nur 4 Menschen, zwei in Weil, zwei in Rötteln, und ein Dorf voll in Hausen zu sprechen.

Lassen Sie mir nur die Zeit bestimmt wissen, wann Sie mich brauchen können, damit ich Ihnen, wo möglich einen Tag zu früh kommen könne. Geh ich nicht ins Oberland so hab ich in den Ferien gar nichts anders, und auf keinen Fall, etwas freudigeres zu thun, als wozu Sie mich einladen.

Meine herzlichen Empfehlungen und Grüße in Ihrem Haus, rechts und links, und auf Ihrem Hof, diesseits und ienseits.

Ihr ergebenster Fr. Hebel

AN SOPHIE HAUFE

d. 20. bis 26. April [1806]

Ich hätte euch mein lieber Minister, wie auch mein lieber Reichspostmeister, zum Dank für euere Freundlichkeit schon früher schreiben, und nicht nur meine glückliche Heimkunft über ein par im

Weg ligende Pappelbäume kund machen, sondern auch mancherley Versprechungen früher halten sollen, als ich thue, allein —

Das Allein ist nach solchen Vordersätzen, wie der meinige hier, nicht selten das Einlenkungszeichen von der richtigen Bahn der Warheit auf den Fußpfad der Lüge, zumal wenn ein Gedankenstrich darhinter steht, der so viel zu sagen scheint, als man wisse selber noch nicht was man glaubwürdiges lügen will. Ich iedoch lüge dismal nicht, und nie wenn ich an euch schreibe, und darum soll auch das Allein, da oben so isolirt, oder wie der Landchirurgus Vogel in L.[örrach] wohlklingender sagt, so insolirt und abgerissen dort stehen bleiben, wie das Dorf Kehl.

Was habe ich euch nöthig zu lügen wenn ich viel wahres zu sagen weiß. Ich bin euch herzlich gut. Ich habe liebe frohe Tage bey euch zugebracht. Gott gebe euch viele dergleichen.

Und gleichermasen, wie einst mein seliger Pflegvater Kirchenrath Preuschen als Diakonus in Schopfheim der christlichen Gemeinde verkündete, daß biß künftigen Mitwoch, geliebt es Gott, der monatliche Buß und Bettag nicht werde gehalten werden, also wird auch die Straßburger Böttinn in dieser Woche, geliebt es Gott, das versprochene Paquet noch nicht mitbringen, lediglich darum, weil ich die Bücher noch nicht beysamen habe.

Es ist mir recht lieb für Euch mein lieber Minister, aber leid für Euers Mannes Schuhmacher, daß ich Euch keine Aufträge mehr an Zyx und Simon geben kann. Es kann dismal alles ganz ruhig an seinem Golddraht, an seinem Strickzeug, an seinem Jean Paul sitzen bleiben.

Wie steht es um die gute Frau Louise?

Ich hoffe in dem Brief, den Sie mir nächster Tagen schreiben werden, recht gute Nachricht von ihr zu erhalten, und bin mit allen freundlichen Gesinnungen Euer ergebenster H.

N. S. Gestern besuchte mich ein appanagirter Prinz von Assmanshausen, Enkel Unsrer Dante Elisabeth, der als Bäckerknecht in Straßburg Arbeit suchen will. Ich gab ihm Ihre Addresse mit, lediglich auf den Fall wenn er Arbeit finden sollte, es Ihnen zu sagen, damit ich ihn durch Sie wieder zu erfragen, wüßte. Heute war er wieder bey mir in Begleitung seines Reisemarschalls, der schon zehen Jahre auf der Wanderschaft des nemlichen Handwerks herumfährt, nach allerley äußern Vermuthungsgründen iedoch mehr Profession vom Prellen als vom Bretstellen und Backen zu machen scheint. Zur Verhütung iedes möglichen Mißbrauchs der etwa durch Vorweisung meiner Handschrift bey Ihnen könnte gemacht werden, avertire ich Sie, daß sie zu lediglich keinen Anmuthungen berechtigen soll, und wenn nicht der Vorweiser ein 17.iähriger, Mensch von kleinem aber kräftigen Aussehen, freundlichem und unschuldigem Gesicht und schüchternen Benehmen ist, so iagen Sie ihn ohne Gefahr als einen Betrüger zum Tempel hinaus.

insoliert: *isoliert.* Zyx und Simon: *Benjamin und Zyx und Frédéric Sigismund Simon, Kupferstecher in Straßburg, Illustratoren von Hebels Alemannischen Gedichten.* Bretstellen: *Brezeln.* Frau Louise: *Sophie Haufes jüngere Schwester, die kurz vorher geheiratet hatte und ihr erstes Kind erwartete.*

AN HITZIG

Da das Neueste, o Zenoides, nur so lange sein höchstes Interesse hat, als es neu ist, so will ich dir einiges von der neuen Erscheinung mittheilen, die unsere Stadt erfreut. Man machte sich keine große Erwartung von der Prinzessinn Adrienne, weil gar keine Lobpreisungen von Paris herkommen wollten. Noch bey dem Einzuge schien mehr Neugierde und Pflicht als Theilnehmung und Freude die Gemüther und Beine zu bewegen. Gott weiß, dachte ich, als der Wagen durch das Thor einfuhr, was für Wohl oder Weh für uns in dieser Chaise sizt, und freilich weiß es auch bis auf diese Stunde noch niemand als Gott. Aber die neue Prinzessinn hat gestern als sie die Aufwartungen von uns annahm allgemein überrascht, und iedermann für sich gewonnen. Im einfachen weißen Gewand mit einigen Blumen in dem Geflecht der Haare, die man spitzbübischer Weise für roth ausgegeben hatte, da sie doch bräunlich sind, stand sie mehr mit iugendlicher und iungfräulicher Anmuth als mit fürstlicher Würde ungezwungen unverlegen da, nahm die Bewillkommnungskomplimente freundlich an, und sprach, aus den Minen zu schließen, viel Artiges, das ich nicht verstand. Sie hat mittelmäßige Größe, gegen das kleine hinneigend, ein gesundes Aussehen, ein bedeutendes Auge, und wurde von den Meisten für schön gehalten. Schwerer zu befridigende Kenner gestehn wenigstens, daß ihre Anmuth an das Schöne gränze. Spec. Volz gab ihr heute schon im Kirchengebet das Prädikat der Liebenswürdigen. Von Temperament soll sie sehr lebhaft und frölich seyn, eine Virtuose im Clavier. D. Gmelin glaubt an ihr eine Schutzheilige gefunden zu haben, denn sie war schon in der Steinschleiferey, und äußerte (wie er wenigstens sagt) das Verlangen nach einem Verzeichnis der Landesmineralien. Schon am ersten Abend soll sie über der Tafel den lieben alten Herrn auf das Angenehmste unterhalten haben. Die Marggrävinn ist in Darmstadt und kam nicht zum Empfang. Viel tragt es zur Freude über die Ankunft bey, daß sie nur das nothwendigste Gefolge ihrer Nation mitgebracht hat und einen einzigen männlichen Geschlechts, ihren Cammerdiener. Zwey kayserliche Kammerherrn, die sie begleiteten gehn zurück. Sogar zu ihrem Beichtvatter wählte sie gestern einen sich hier schon lange aufhaltenden und wohl gelittenen Emigré, der bisher am Gymnasium französischen Unterricht ertheilte, unter dem Hofkaplan. Heute um 9 Uhr fuhr sie in die katholische Kirche, und es hieß, daß sie um 10 Uhr in die Schloßkirche kommen würde. Gott gebe, daß alle guten Wünsche und Erwartungen erfüllt werden. Der Churfürst ist so gut hergestellt daß er wieder im Bett schlaft. Man hofft die iunge Herrschaft werde bleiben.

Heute nach Tisch bekam ich deinen Brief mit dem Paket. Einsweilen meinen freundlichen Dank. Nächstens die Antwort. Gruß und Kuß allen deinen Lieben.

D. 6ten Jul[i 1806]. J. P. Parm.

Prinzessinn Adrienne: *Hebel nahm am 5. Juli an einer festlichen Vorstellung bei Hofe teil, die zu Ehren von Stephanie Beauharnais (der Gattin des badischen Kurprinzen Karl), die am Abend des 4. Juli in der Residenz eingetroffen war, stattfand.* die Markgrävinn ist in Darmstadt: *Markgräfin Amalie, Gegnerin dieser Heirat, hatte die Niederkunft ihrer Tochter Wilhelmine Luise, die mit dem hessischen Thronfolger Ludwig vermählt war, zum Anlaß genommen, dem „Debut" ihrer Schwiegertochter auszuweichen.*

AN GUSTAVE FECHT

d. 3ten Dez. [180]6

Der Wein ist zwar noch nicht da, meine Liebe, aber der Fuhrmann auch nicht. Vielleicht ist er im nemlichen Regen ertrunken, der mich abgehalten hat, daß ich nicht in diesem Augenblick auf einen kurzen Besuch in Weil bin. Unterdessen dürste ich schon zwey Tage lang entsezlich, blos um die erste Bouteille voll in kräftigen Zügen auf Ihre allerseitige Gesundheit auszuleeren, und besser deliberiren zu können, was ich mit dem Fäßlein zu seiner Zeit anfangen werde, ob ichs Ihnen von hier aus schicken werde, oder ob ichs biß nach Freyburg selber mitnehmen soll. Denn wer nur Ja sagen darf, um Stadtpfarrer und Universitätsprediger in Freyburg zu seyn, das bin ich. — Ist mir so etwas an der Wiege gesungen worden? Steht so etwas im Bohnenlied? Die Stelle ist mir angeboten. Sie können denken, wie viel ich in beide Wagschalen zu legen habe, wie es an mir zieht, und zurückhält. Ich wollte mich augenblicklich auf die Post setzen, und hinaufreisen um mich droben zu entscheiden, aber das Wetter ist gar zu stürmisch. Unterdessen schwanke ich unentschlossen hin und her wie ein Uhrenperpendikel. Wenn man mir Zeit läßt bis zu den Weihnachtsferien, wenn sich bis dahin das Wetter bessert, wenn ich gesund bin, so reise ich doch hinauf und schaue mit eigenen Augen, und komme, wenn es auch nur auf eine Stunde wäre, nach Weil. Aber schön, wäre es, wenn Sie auf den möglichen Fall, daß ich nicht fortkäme, oder mich früher erklären müßte, sich fein zusammensetzten, geheimen Rath hielten, und mir recht bald ein conclusum zuschickten, was ich thun soll. Die Besoldung ist droben, alles nach den hiesigen Preisen angeschlagen freilich nur um 49 fl. höher. Um was die Artikel droben wohlfeiler sind, geht noch daran herunter und wird Verlust. Auch habe ich wirklich nie gewußt, wie werth ich meinen hiesigen Freunden bin, und wie lieb mir meine hiesige Lage unvermerkt geworden ist, als iezt wo von der Trennung die Rede ist. Man macht mir Vorwurf darüber, daß ich daran denke, für nichts und wieder nichts wegzugehen. Aber was hilft alles? Einmal will und muß ich doch gehen. Ich habe Sie nie getäuscht, wenn ich sagte, daß ich nicht in CR. bleiben wolle. Auch habe ich diesen Vorsatz nie geändert, nur von einem Jahr auf das andere verschoben.

Ich soll auch Collegia lesen, Schmidt in Hüg[elheim] und Baron Cronfels in Freyburg meinen, ich soll gehen. Rathen Sie mir! Wenns auf Spitz und Knopf ankommt, soll Ihr Rath mich bestimmen.

Möge Ihre Gesundheit von diesem häßlichen Wetter nicht leiden. Ich bin traurig, daß Sie so oft und so viel leiden müßen. Meine herzliche Empfehlung an Sie alle. Ihr redlicher Fr. H.

NB. Einsweilen stille zur Sache, was ich bitten will.

AN HAUFE

Ist's möglich, daß ich zweymal durch Kehl fuhr, ohne nach Klein Straßburg zu kommen? Ich will hoffen, Sie glaubens nicht. Denn ich selber kann es kaum begreifen. Ohne Zweifel haben Sie wohl geschlafen, als ich das leztemal vorbey rasselte, wenn Sie anders nicht lustig gezecht haben. Gott gönne und repetire Ihnen beides recht oft im neuen Jahr.

Ich bleibe in Carlsruhe, wie es scheint. Unter anderm wills der Großherzog haben, was mir sehr lieb ist, damit ich nicht selber wählen darf. Von Straßburg ist Freyburg so weit, wie CRuhe, was ich in große Betrachtung zog.

Was sollen wir mit den Bernsteinen anfangen. Meyer bei dem ich mich nach der Rückkunft von Freyb. erkundigte, will auf meinen lezten Brief an Sie auch nichts von Ihnen erfahren haben. Ich werde sie zurücknehmen und vertrinken. Grüßen Sie alle Freunde und Gevattern. Rundet sich das Weiblein gut? Gott lasse es Ihnen wohl gehen, und Sie (mit gütiger Erlaubniß) es erkennen, wenn es Ihnen wohl geht. Ich bin mit herzlicher Liebe Euer ergebenster Fr. Hebel

d. 11ten Jenner [1807]

AN TREITSCHKE

Ich bin in der größten Verlegenheit, mein verehrtester Herr, Ihrer zweiten schmeichelhaften Einladung mit der nemlichen Antwort wie der ersten begegnen zu müssen. Ich bitte sehr, keine nachtheilende

Meinung von meinem guten Willen daraus zu schöpfen. Ich habe in der That keine Vorräthe. Seit dèr Ausgabe der all. Gedichte, die alle in eine schönere und mußereichere Zeit zurück gehören, habe ich fast nichts mehr gedichtet. Meine Lage ist in den Musen nicht so günstig, wie ich wünsche. Ich bin Geschäftsmann. Meine Geschäfte vermehren sich von Jahr zu Jahr, statt sich zu mindern, und die gute Laune verliert sich unter ihrer Last und unter ihren Zerstreuungen. Aber dies fühle ich, und Sie geben mir vielleicht darinn nicht unrecht, daß die allemannische Muse, so gütig auch ihre Gesänge allenthalben aufgenommen wurden, doch schicklich nur auf ihrem heimischen Boden singen darf, und daß sie eitel durch ihren Beyfall und andringlich scheinen müßte, wenn sie ihre fremden Laute selber bis an die Donau und an die Spree tragen wollte. In hochdeutschen Gedichten habe ich mich noch nie glücklich versucht und noch nichts von dieser Art zur Beurtheilung des Publikums kommen lassen.

Sehr schmeichelhaft ist mir auch die Einladung zu einer Verbindung mit Herrn Kuhn in Berlin. Ich wünsche ihm zu vielem Edeln zuweilen behülflich seyn zu können. Sollte aber von einer literarischen und zeitentwendenden Verbindung die Rede seyn, so muß ich, wie vortheilhaft sie auch seyn möchte, zum voraus bedauern, daß ich nicht im Stande seyn werde, seinen Wünschen und Erwartungen zu entsprechen. Ich darf Sie bitten, mich deshalb gütig bey ihm zu entschuldigen. Ich habe die Ehre mit reiner Hochachtung zu seyn

Carlsruhe, den 31. Jänner 1807 Dero ergebenster J. P. Hebel

AN HAUFE

1. Merz [1807]

Ich bitte Euch, mein lieber Erzkanzler durch Gallien und in dem Königreich Arelat, Euere Frau dann und wann zwischen ein auch für mich zu küssen, gegenwärtigen Brief aber, nicht gerade eigenhändig, aber doch allenfalls eigenfüßig an Behörde zu tragen, und zum Dank für gehabte Mühe auch Antheil daran zu nehmen.

Peter I.

Die Dintenflecken bedeuten die Hoftrauer für Kayser Jakobs des ersten abgegangene Liebden und Gnaden.

d. 1tn Merz

Meine Frau Sophie handelt immer nach meinen Wünschen. Es freut mich, daß sie niedergekommen ist; es freut mich, daß sie ein Mägdlein hat, (denn lieber Herr Gevatter und Erzkanzler in Arelat, mit den Knaben hat es für künftige Feldzüge keine Gefahr, aber Mädchen, wie dieses, nemlich unsers, wenn es seiner Mutter nachartet, und zu seiner Zeit ein klein wenig besser in die Ferne sieht, sonst nichts, werden nicht alle Tage gebohren, und man muß für die künftigen Männer, die iezt noch auf den Stecken reiten, doch auch etwas Gutes wünschen.) Weiter freut es mich, daß alles, gottlob recht gut gegangen ist, und endlich, daß ihr mir auch einen Antheil, so etwa eine $^{1}/_{100}$ tels Aktie an dem kleinen Essigäälchen und Minirräupchen (ich habs von J. Paul gestohlen) gönnen wollt, und mich zum Gevatter erkieset. Ia das will ich seyn, und ich bitte den Vater, es ihm mit einem Kuß zu sagen, und die Mutter, es mit zweyen zu bekräftigen, und bevollmächtige meinen geneigten Stellvertretter bey der heil. Taufe, alles in meinem Namen zu versprechen, was einem christlichen Taufpathen kann zugemuthet werden. Gott erhalte und mehre euch euere Freude.

Ich könnte schließen, wenn nicht noch soviel Raum zum Fortfahren offen wäre, und wenn ich nicht meiner Frau Gevatter noch für die Zeilen danken wollte, die sie mit eigener Hand dem Gevaterlichen Brief angebaut hat, statt mit ihr zu zanken, wie ich billig sollte, daß sie es gethan hat als Kindbetterinn, wo man nur dreierley zu thun hat, nemlich das Kindlein zu beschauen, zu nähren an der frommen Mutterbrust, und von dem Mann sich aufwarten zu lassen. Uebers Jahr solls nicht wieder geschehen.

Grüßen Sie alle Freunde.

Möge die gute Schneegansische Familie für die neuen Leiden, die ihr über dem Grabe der Mutter noch bereitet wurden, bald durch die Genesung der Schwester getröstet werden. Ich sehe euch, und die kleine Bürgerinn von Klein Straßburg, ich weiß nicht wann, aber so bald als möglich und wär es nur wie im Vorüberflug einer Sternschnuppe.

J. P. H.

Kayser Jakob: *Jakob I. von Haiti war am 17. Oktober 1806 gestürzt und ermordet worden.* daß sie niedergekommen ist: *Am 21. Februar war Haufes Tochter Karoline, Hebels Patenkind, geboren worden.*

d. 11. Mertz [1807]

Das muß wahr bleiben o Zenoides, nemlich daß du recht hast, und ich will nichts auf den Denglengeist schieben, sondern Alles auf mir sitzen lassen, in der Hofnung, daß du mit versöhnlicher Freundeshand es selber wieder von mir abnehmen und meine rosinfarbene Sünde in weisse Wolle verwandeln werdest.

Anfangs war ich eigentlich ärgerlich, daß ich auf deinen vorigen Brief voll schöner Wünsche und Hofnungen und lieber Einladung zur Rückkehr in die heimische Nähe, nicht mit einem freudigen Ja dir antworten könnte. Dann wollte ich die ganze Freyburger Geschichte auswarten, um sie dir melden zu können, und endlich gieng es mir, wie es geht, wenn, zumal neben Geschäften und Zerstreuungen das Verschieben auf den andern Morgen Tagesordnung wird. Doch Entschuldigungen sind ein schlechter Zins. Also statt dessen die Geschichte.

Freyburg der Ort, die Menschen mit denen ich dort umgieng, die Gegend, gefielen mir außerordentlich. Der Gedanke euch so nahe zu seyn, alle Jahre ein parmal in Wechselgängen uns sehen und haben zu können, ia auf dem Altar zusammen zu kommen, stand immer vorne in meiner Seele und gab bey jeder meiner Geheimraths Sessionen das erste Votum. Aber manches, was ich dir noch vor dem iüngsten Tage, ia vielleicht vor dem ersten des Monats Pistis noch mündlich erzählen will, ließ mich mit dem trüben Entschluß fortgehen, die Stelle nicht anzunehmen. Doch schwankte das Zünglein wieder stärker und stärker ie näher ich an Karlsruhe kam. Es schien mir hier nicht mehr zu gefallen, und wer weiß was noch geschehen wäre wenn nicht der Großherzog unterdessen durch die Erklärung, daß ich gegen seine Wünsche handelte, wenn ich gienge, und daß er mich schadlos halten wolle, wenn ich verlöhre, alle meine Deliberationen sistirt hätte. Und so blieb ich denn, wie ichs ansehe, mit Gottes Willen hier, doch hat auch das nichts geschadet, und es ist etlicher Herzen Gedanken dadurch offenbar worden. In dem Kopfe irgend Eines, der dieses Wohlwollen des Fürsten gegen mich nicht begreifen oder nicht ertragen konnte, entstand das Hirngespinnst, es sey von einer Parthie bey Hofe H. P[eterson] nach Freyburg bestimmt, diesem müsse ich Platz machen, und der G. Herz. sey ohne es zu wissen in dieses Interesse gezogen. Man sprach es laut und für gewiß. Das Cons. glaubte selbst, daß es sich mit iedem Vorschlag kompromittiren würde, und statt Einen in Vorschlag zu bringen legte es ein Verzeichniß, von vielen vor, unter welchen du auch paradirest, und überließ dem Geh. Rath die Wahl. Auch Brauer war unbegreiflich, von der nemlichen Furcht ergriffen und brachte, als ob er die Namen der Andern hätte schonen wollen, den iüngsten, den lezten, den gegen welchen er kurz vorher selber war, Wucherer in Vorschlag. Viele staunten, und staunen noch. Aber noch größer war von andern Seiten die Betroffenheit, als Wucherer ohne die geringste Bewegung von irgend einer Seite augenblicklich angenommen wurde. P[eterson] war zu edel ie an so etwas zu denken, und regte sich auch nachher nicht, ob er gleich um ein Jahr dem W. vorgeht, und sich mit mühsamem Informiren nähren muß. Dis wäre genug Satisfaction für mich gewesen. Allein es war mir noch eine unzweideutigere vorbehalten. Der Großh. giebt mir aus eigener Entschließung eine Zulage von 100 fl. und am Sonntag darauf, als ich ihm dafür gedankt hatte, speiste ich — ietzt bitte ich die Kappe abzuziehen — mit ihm, der Frau Reichsgrävinn, Prinzen Louis, Heinrich Stilling und Hofr. Frey bey Hofe. Wer Freude daran hatte, wer nicht — war unschwer zu erkennen. Transeant haec, et inter nos quidem dicta.

Sonst geht es hier, und mir, wie immer, und der Genius gibt ie und ie etwas an bald zum Zeitvertreib, bald zum Zeitverderb, z. B. die große Charaden und Räthsel Akademie, die sich im Jenner constituirt hat und alle Abende bei Drechsler Sitzung haltet, und zu der du diesen Brief als Diplom für ein auswärtiges und Ehren Mitglied ansehen darfst, sobald du mir folgende Char. als Probe deiner Befähigung gelöst hast.

Zu einem anderen Zeitvertreib und Verderb habe ich die Redaktion des Calenders ganz übernommen, bin aber durch Masgaben des Consist. zu sehr beschränkt, und habe für dieses Jahr zu kurze Frist um ihn mit und nach Laune zu bearbeiten. Deine Rathschläge, und wenn du etwas niedliches hast, deine Beyträge, werden mir sehr willkommen seyn, und etwas aus dem Kindlein machen helfen.

So sey denn nun, Mein Bester, mit dieser langen Epistel der freundliche Verkehr und der lebhafte wieder zwischen uns angeknüpft. Deine Liebe, die dein letzter Brief ausspricht ist eine süße

Zuthat in den Freuden Kelch meines Lebens, und geht an ein Herz, das sie ganz erwiedert. Mein Pathe muß auf dem Schoß der Mutter sitzen, und das Schwesterlein sie an der Hand haben, und die Frühlings Sonne muß euch freundlich anscheinen, wenn du sie alle von mir grüßest und küssest, und es darf ein Stork über das Haus fliegen.

Der Himmel lasse in der Lörracher Apotheke den Eisenvitriol und Galläpfel nicht theurer werden.

Herzlich Dein Freund JTL arm.

Monat Pistis: *proteischer Zyklus (Prüfungs-Zyklus), 4.–30. November.* Transeant haec . . .: *Das möge vorübergehen und ist nur unter uns gesagt.* Redaktion des Calenders: *Diese war Hebel laut Beschluß des Konsistoriums am 14. Januar 1807 übertragen worden.*

AN SOPHIE HAUFE

Um Gottes Willen mein liebes freundliches Weiblein, wie soll ichs anfangen, Ihrer unwiderstehlichen Einladung und meinem unwiderstehlichen innern Treiben ein Wort entgegenzusetzen. Wenns mit einem unternähten Kleien und Kamfersäcklein auf dem Backen und mit einer Serviette um den Kopf zu zwingen wäre, so wollte ich ia gerne also hinaufkommen, und dem Groß Straßburger Publikum den Spaß machen, also bey euch einzuziehn und zwar von der Douane bis in euere Cajüte voll Freuden und Hofnung, zu Fuß. Ich habe diese Nacht viel wachen müssen, theils vor Schmerz, theils von Herzenleid. Ich habe Zahnweh und eine Zahnfleischgeschwulst oder Entzündung. Schweickhard hat mir den Namen dazu gesagt, aber ich habe [mich] nichts darum bekümmert, weil ich die Sache weiß, und den Valor habe. Damit ist eine starke Drüsengeschwulst unter dem Kinn verbunden, die eigentlich mehr inkommodirt, und ängstlich macht, als weh thut, wiewohl ichs alles schon kenne, und nicht zum ersten mal so habe.

Gewönlich nimmt alles ein Ende mit dem seligen Tod des Zahns. Oft aber kommts in widerholten Zeiten zwey dreimal an den nemlichen, weils sonst nicht auslangt. Die Drüse dauert mich am meisten. Die Zähne können doch miteinander abwechseln, und einer baldigen Auflösung entgegensehn, aber sie muß so lang es auf der nemlichen

Seite ist, allein aushalten. Vom Husten will ich nichts sagen, weil er täglich mehr, nicht seinem Ende, aber doch seinem gewöhnlichen Barometerstand seit dem Julius sich nähert, wiewohl ich eigentlich die Ferien, in denen ich nicht sprechen und die Brust anstrengen darf, zu einer Cur benutzen sollte um den alten Gast ganz zu vertreiben, aber nicht thue.

Liebes gütiges Menschen und Weiber-Herz, soll ich denn nun mit solchem Gepreste bey diesem rauhen Winde, auf die Reise gehn, und zwar in der Nacht, die niemands als gerade des Zahnwehs Freund ist, und zu Fuß über den Rhein gehn, und euch dann an den Ofen sitzen, und grumsen, und Gesichter schneiden? Ihr verliert freylich, die Ihr mich so gern und lieb habt etwas an Eurer Freude. Aber denkt an meinen größern Verlust. Ihr alle entbehrt nur mich, und ich euch alle, die $^1/_{100}$tels Aktie namentlich erwähnt. Nun wenn der liebe Gott, der doch auch nicht gern einen Spaß verderbt, wenns nicht seyn muß, biß Samstag das erste Wunder thut, und mir hilft, so darf er zum Dank sicher auf das zweite rechnen, daß ich in CRuhe ins Bett gehe und in Straßburg aufstehe, und wenns noch in der Mitte der lezten Woche besser wird, so komm ich noch wenigstens zu den Brocken eures Taufschmauses, und zum Widerschein und Nachklang eures frohen Tages. Aber ich bitte euch, wenn Ihr mich liebt und mir gern eine Unruhe erspart, wartet nicht auf mich, glaubts nicht, daß ich komme, laßt alles einen ordentlichen Gang gehn, als wenn ich dabey wäre, wählt mir, nicht nur für die Kirche, vielmehr für den Tag, und besonders für die Culmination im Quartir des Rinderbratens und etwas später einen Stellvertretter, der weniger spricht, als trinkt, und weniger ißt als froh ist, und der einem stillen Wasser gleichen kann, nicht einem Strudel, damit sich der Licht und Freudenstrahl aus allen Gesichtern und Sternen in ihm abbilden kann, ohne ein Wort zu sagen, aber deßwegen doch nicht iust den iungen Herrn Oberlin.

Vor Thorschluß dieses Briefes war es mit dem Zahnweh ein wenig leidlicher. Aber ich bitte, obige Bitte deswegen nichts an ihrer Kraft verlieren zu lassen.

d. 25sten M.[ärz 1807] J. P. H.

Douane: *Zollstation.* grumsen: *brummen, murren.* Oberlin: *Sohn von Johann Friedrich Oberlin.*

Meine theuerste Freundinn! D. 20sten May [1807]

Fast hätte ich diesen Brief lateinisch angefangen, so sehr geht mir diese Sprache im Kopf herum. Aber vielleicht wär es klug gewesen. Sie hätten sich unter den lateinischen Perioden vorstellen können, was Sie wollten und vielleicht wären Sie gütig auf die Vermuthung gekommen, es sey darinn eine Entschuldigung meines langen Stillschweigens enthalten, gegen deren Gründlichkeit sich gar nichts einwenden lasst. Ich erschrecke wirklich, daß mein letzter Brief schon ienseits des Palmsonntags ligt, und daß unterdeß alle Bäume grün geworden sind und geblüht und ausgeblüht haben. Zwar könnte ich schalkhaft sagen, und glauben, ich hätte noch eine Antwort zu gut. Ich glaub es wirklich. Aber weil ich es nicht recht gewiß weiß, will ich lieber den Strich auf meine Seite schreiben. Auch bin ich ruhiger dabey. Denn wenn ich lange nicht schreibe, ist mir die Ursache bekannt, und ich weiß wohl, daß Sie mir doch alle herzlich lieb sind. Aber wenn ich lange von Ihnen auf Antwort warten muß, kann ich ia nicht wißen wo es fehlt. Und wenn diese Denkungsweise von mir nicht artig seyn sollte, so ist doch auch nicht alles daran unartig.

In der letzten Ferienwoche, neml. am Ostertag bin ich zwar von Zahnweh wieder befreit, aber noch immer mit Husten nach Strasburg gereist, um ein Kind aus der Taufe zu heben, um ein par Buchhändler-Geschäfte selbst zu besorgen, um noch etwas von den Ferien zu geniesen (aber es schneite zu viel) und von dem Münsterthurme wenigstens soweit nach Ihnen hinaufzuschauen als es möglich: Hat sich in der Osterwoche nie der Haspel selber umgedreht, oder es hat Ihnen im Garten ein „guten Abend“ zugeflüstert? Doch Sie konnten vielleicht beides nicht beobachten. Denn fleißige Leute haben schon vor der Charwoche ausgehaspelt und gesponnen, weil sie so geschwind sind und gärtnen doch erst zwischen Ostern und Pfingsten, weil die fleißige Hand andern Leuten immer noch nachkommt. Wenn es bei Ihnen nicht so ist, so hab ich es von mir selber abgenommen.

Vor einigen Wochen traf ich in Rastadt auf der Rheinau Jgf. Kisling, von der ich alles auspresste, was sie mir von Weil sagen konnte. Gottlob, daß die Kräfte Ihrer gütigen Frau Mutter sich immer mehr zur völligen Genesung sammelten. So tröstete sie mich wenigstens.

Aber was haben Sie selber am Pfingsttag in der Kirche für einen lieben Spaß und Muthwillen an mir ausgeübt. Doch Sie warens nicht. Als ich in der Schloßkirche nach dem Gesang die Sakristeythüre öffnete, saß mir nicht sehr fern, doch etwas schief gegenüber ein Frauenzimmer, das mir wie eine Erscheinung von Ihnen aussah. Ich war sehr frappirt, wich, und kehrte immer nach diesem fremden und bekannten Gesicht zurück. Alle Ihre Minen wußte mir die Zauberinn nachzumachen, wie Sie die Augen gegen den Pfarrer richten, und wieder zurückziehen um gleichsam über etwas nachzudenken, wie Sie das Gähnen unterdrücken, wie Sie heimlich schauern (es war etwas kühl in der Kirche) und tausend kleines Muskelnspiel, das alles sah ich zum Täuschen, vergaß gern, daß es nicht möglich sey, und glaubte bald Sie seyen es. Die Täuschung hielt mich die ganze Predigt durch, und fiel erst als das Bild am Ende der Kirche nahe an mir vorüberging. Aber andächtig war ich doch. Gewiß: Meine heilige Zeit, mein schöner großer Feyertag, wo ich näher als sonst, bey Gott und bey allem Guten bin, dauert von Ostern bis Pfingsten. Da gehe ich gerne in die Kirche und erbaue mich, wenn auch die Predigt schlecht wäre, am Evangelium. Denn in dieser Jahreszeit, wo draußen alles blüht, haben wir auch die Blüthe der ganzen Kirche und Religion in den Sonntags Evangelien. Aber eben so fromm und gerührt kann ich auch seyn wenn ich den ganzen Sonntags Morgen, in Beuertheim im Hirschen, im Grasgarten unter den Bäumen im Freien, bey einem halben Schöpplein Rothen und Butterbrod in der Sonntagsstille, unterbrochen von Glockengeläut und Bienensumsen sitze und im Jean Paul lese. Lesen Sie denn auch, so wie Sie Zeit haben, die schönen Schriften dieses einzigen vortrefflichen Menschen oder schreckt Sie die Schwierigkeit ab, die man im Anfang hat ihn zu verstehen? Seine Schriften sind wie Ananas, auswendig lauter Distel und Dorn, bis man in das süße innere Leben hineingedrungen ist und wenn es Ihnen ein gutes Vorurtheil für ihn machen kann, er ist ein guter Freund von unsern allemannischen Gedichten, und ich habe noch kein schöneres Lob davon gelesen, als das seinige in der Zeitung für die elegante Welt, und es wird Ihnen angst, weil ich jetzt anfange zu pralen und noch zwey und eine halbe Seite an diesem Brief durchzulesen sind, zwey und eine halbe Seite werden Sie freilich noch durchlesen müssen, oder können wenn Sie wollen. Aber doch kein Wort mehr von mir. Aus Polen hört man mit Sicherheit nichts. Viel Blut scheint Danzig zu kosten, Badisches wird auch darunter seyn. Ein neuer Transport geht ab. Ich wünsche dem Napoleon Sieg, damit es doch wieder einmal Ruhe wird. Noch glaubt man, der G. Herzog werde nach Freyburg etc. gehen. Aber zuerst wird er in eigener Person den Grundstein zur neuen Stadtkirche legen. Sie kommt zwischen die Gebäude des neuen Gymnasiums zu stehen. Die Holzschöpfe, die Bauchhäuser und die Abtritte für 300 junge Leute kommen rechts und links auf den Kirchhof, während die katholische neue Kirche nach dem Plan eine der schönsten wird, die existiren. Jedermann lamentirt darüber. Niemand hindert's. Unterdessen sinkt Carlsruhe trotz des Bauens an allen Ecken, noch während es Residenz ist, immer mehr zur stillen Landstadt herab, und viel Albernes geht vor. Aber Stille! Nur im Pfarrhaus darf man's wissen. Kein Wort zum Fenster hinaus. Es sind schon gantze Briefe, die ich ins Oberland geschrieben habe, abschriftlich wieder nach Karlsruhe gekommen. Einen davon, der muthwillig, aber zum Glücke nichts weiter war, hat der G. Herzog gelesen.

Gott gebe Ihnen allen viel liebes und frohes in dem Frühling, insbesondere der guten Frau Pfarrerinn gute befestigte Gesundheit und einen langen heitern Genuß derselben. Sind die Blumen schon aufgegangen? Ist etwas darunter das Ihnen Freude macht? Stehen die Reben schön? Lassen wir noch in Eichen weben? Unter uns gefragt: Meint's die Frau Vögtinn noch gut mit mir? Wird's der Herr Pfarrer aushalten können, wenn alle Feyertage auf einmal ein Ende haben. Vielleicht bekomme ich dann schöne lange Briefe von ihm. Meine herzlichen Grüße und Empfehlung.

Gott erhalte Sie gesund. J. P. H.

Danzig: *Die Belagerung Danzigs unter Marschall Lefebvre, an der das von Erbprinz Karl befehligte badische Hilfskorps teilnahm, währte von 10. März bis 27. Mai 1807.* Grundstein zur neuen Stadtkirche: *Die Grundsteinlegung der von Weinbrenner erbauten evangelischen Stadtkirche erfolgte am 8. Juni 1807, dem Geburtstag des Erbprinzen, in Anwesenheit des Großherzogs.* Bauchhäuser: *Waschhäuser.* Eichen: *Dorf in der Nähe von Schopfheim.*

Ich bin heute catholisch meine Freundinn und habe einen Feyertag, nemlich einen Liebfrauentag. Die Botaniker haben ein Liebfrauenmäntlein, dergleichen Pantoffeln, dergleichen Haar, ia sogar dergleichen Bettstroh. Ich aber schreibe heute lauter Liebfrauenbriefe, an Sie, an Mad. Schneeganß, an Mad. Haufe. Wie alles Ding in der Welt zwey Seiten hat, entweder eine rechte und eine linke, oder eine gute und eine schlimme, also hat der ledige Stand das schöne daß man ungenirt und mit unbeschwertem Gewissen allen guten Frauen bis ins Herz hinein und ganz vorzüglich gut seyn kann. Im Ehestand muß doch ex officio ieder seine eigene Frau für die beste halten, und alle andern und noch so guten um etwas weniger lieben, als die Beste.

Ich könnte Sie jezt merken lassen, daß ich zum Lehr- und Schulstand gehöre, und eine lange Bemerkung darüber machen, wie eben in der Welt alles gut eingerichtet sey und alles zu einem guten Ziel führe, wenn wir nur den rechten Weg wissen und gehn. Aber ich will klug seyn. — Unser Daniel fahrt fort, durch Fleiß und Artigkeit unsern Hoffnungen und Wünschen zu entsprechen. Ich würde ihm sehr gerne, und noch lieber, weil Sie es selber wünschen einen besondern Unterricht im Hebräischen geben, werde auch etwas zu seiner Zeit mit ihm lesen. Jezt aber meine Beste, wäre es ganz unzweckmäßig. Es fehlt ihm nicht an Kopf. Er ist auch in dieser Lektion nicht hinter seinen Mitschülern zurück. Vielmehr ist sein Lehrer vollkommen mit ihm zufriden und rechnet ihn zu den Besten. Bekäme er auch im Anfang einen Vorsprung vor allen, so müßte er irgend einmal doch wieder auf sie warten. Allein dieser Zweck würde nicht einmal erreicht werden. Jeder Lehrer hat seine eigene Methode. Daher wird ein Anfänger, so lange er noch nicht das wesentliche und zufällige unterscheiden kann, durch zweierley Unterricht und Methode nur confus, und gewinnt nichts dabey. Gern will ich glauben, daß dem guten D. der Anfang schwer wird. Es gibt viel neues zu lernen, und dis viele ist trocken und scheint unfruchtbar, bis man die Anwendung davon bekommt, wie in ieder Sprache. Allein das muß einmal durchgemacht und überstanden werden, ob er einen Lehrer hat oder zwey. Jedoch weiß er, daß er zu mir kommen darf und willkommen ist, so oft er einen Anstand hat, und Nachhülfe zu bedürfen glaubt. Und Sie glauben mirs ia doch auch, nicht war? daß ich iede Gelegenheit ihm nützlich zu seyn gerne benutze. Wegen der Rechnung, an die Sie mich erinnern, seyen Sie ganz ruhig. Ich habe sie nicht vergessen, sondern nur verlohren — aber doch blos unter meinen Schriften, wo ich sie schon wieder finde. Einsweilen gebe ich Ihnen diesen Brief, und wenn Sie wollen mich, als Unterpfand für die Quittung. —

Leben Sie wohl, meine Theure! Wenn es doch nur kein Liebfrauen Kopfweh mehr gäbe. Die Botaniker könnten dafür ein par neue Pflanzen erfinden, und sie Halstuch und Ohrenring und Fingerhut nennen, oder wie sie wollten. Empfehlen Sie mich Herrn Weiler. Ich bin von Herzen Ihr ergebenster Hebel

d. 7. Juni [1807].

Daniel: *Daniel Weiler.*

AN FRAU SCHNEEGANS

[7. Juni 1807]

An Herrn Schneegans, hinter den Mauern, nächst der Stadt Wien, in Straßburg

Oder vielmehr an Madame Schneegans daselbst.

Sie haben mich, meine liebe Freundinn, durch Ihr unverhofftes freundliches Schreiben, sehr froh gemacht. Aber Sie müssen mir nicht mehr schreiben, Hochehrwürdiger Herr Kirchenrath; sonst schreib ich Ihnen Hochachtbare, Tugendreiche, Insonders liebwertheste Frau Gevatter, und Frau, und wenn ich fertig bin — — andauernd geneigtem Wohlwollen, mich bestens empfehlend, meiner Hochachtbaren Insonders liebwerthesten Frau Gevatter und Frauen gehorsamster Diener — Aber gehorsamer Diener, ich bin noch nicht fertig, sondern ietzt fang ich erst recht an. Denn fürs erste will ich Ihnen auch dafür danken, daß Sie mir zu Ihrem Brief, auch noch einen von Ihrem Mann haben verschaffen wollen. Aber, denken Sie nur, was der Schlaue gethan hat. Fürs erste hat er ein ganzes Blatt von Ihrem Brief herunter geschnitten, damit er nur eine Seite noch zum Schreiben leer hatte. Fürs andere, hat er den Brief nicht, wie

Sie besorgten liegen lassen, sondern schnell spedirt, damit er auch auf dieser einzigen leeren Seite, nicht nöthig hatte, sich zu entschuldigen, wie Sie ihm doch aufgegeben haben. Er hat alles kurz aber sehr leserlich abgethan.

Aber doch bin ich ihm gut, erstlich, weil er den Brief nicht hat liegen lassen, sondern hat ihn sogleich spedirt, zweitens weil er mir bald einen recht langen Brief schreiben will; erinnern Sie ihn gütig daran, und wenn er nicht auf gute Worte gibt, so brauchen Sie Ernst. Ich will nicht behaupten, daß Sie selber bisweilen schreiben würden, wenn Sie wüßten, wie werth mir Ihr freundliches Andenken ist; aber Sie ließen mich wenigstens alle 14 Tage durch Ihren Mann grüßen.

Wie ich höre wollen Sie mit dem andern fröhlichen Völklein eine Reise ins Oberland machen, nemlich in das Badische. Sie könnten nichts klügeres thun, wenn ich nur auch dabei seyn könnte, wiewohl Sie viel kluges thun, z. B. daß Sie deswegen doch diesen Sommer noch nach Baden und Karlsruh kommen, damit ich doch auch etwas davon habe. Lassen Sie sichs droben wohl gefallen, und denken Sie auch einmal an mich. Sie werden nicht leicht über ein Brücklein fahren, oder gehen, auf dem ich nicht schon gesessen bin, und etwas dummes gedacht habe. Auch muß ich mein rothes Tischbändele das letztemal bei Ihnen haben liegen lassen, ich bitte Sie es auf zubewahren. Grüßen und küssen Sie mir Ihre liebe kleine Welt, und den kleinen HerrGott drin, nemlich den Hrn. Schneegans, auch die andern Planeten. Ich bin also — andauernd geneigtem Wohlwollen? — Nein, mit herzlicher Werthschätzung und Freundschaft

Ihr ergebenster Hebel

AN SOPHIE HAUFE

Hier fangts an, und geht nachher fort: [7. Juni 1807]

Das ist zu arg, meine Freundinn, ins Oberland zu reisen, und uns sitzen zu lassen, in die wunderschöne Gegend, auf die lichten luftigen Höhen in das fröliche heimische Leben, uns nicht mit zu nehmen, besonders, mit Erlaubniß, mich, der ich doppelten Gewinn hätte, zweitens die Reise selbst aber erstens die Gesellschaft. Sie giengen ohne Zweifel gerne mit, könnten auch, aber man will Sie nicht. Mich ladet das lose Landstreichervölklein ein, weil es weiß, daß ich nicht kann. Aber wir wollen ihnen nachwünschen, wenn sie auf dem Wege sind, lauter staubige Chausseen, es soll keinen Tropfen regnen, entsezlich lange Stunden von einem Dorf ins andere, die längsten Tage im Jahr, und in allen Wirthshäusern lauter 1805 er. Denn im Grund machen sie doch, wie Adelstan, nur eine Weinreise. Was mich betrift, so glaube ich, man hat mich nur eingeladen, um zu sondiren, ob ich vielleicht gar Zeit habe, während die andern fort sind, nach Straßb. zu kommen, und Sie zu besuchen und das Kind. Wenn ich zugesagt hätte, so hätte man mir geschrieben, es habe sich zerschlagen für dismal, man wolle michs schon wieder wissen lassen. Aber soll ich nicht unmittelbar dem Mann ein wenig das Gewissen schärfen. In der That, lieber Herr Haufe, solches Reisen ins Oberland führt zu nichts, oder vielmehr zu vielem, alle Abende zu einem Wirthshaus oder Freund, zu schönen Gegenden oder Stunden. Dessen ohn- oder auch ungeachtet sind lange Reisen nichts nutz, erstens weil die gute Frau daheim muß sitzen, zweitens weil Sie auf solchen selber eilen müssen. Ich schlage Ihnen also breite vor, z. B. nach Kehl, nach Mittelhausbergen oder nach Karlsruhe. Breite Reisen sind ohnehin in ihrer Art interessanter als lange, weil man auf ihnen gleichsam zwey reiche tiefe Welten voll schöner Gegenden, interessanter Menschen und unzähliger Kirchthürme unmittelbar durchschneidet und rechts und links berührt. Mir will vorkommen, ich Jeanpaulisire, was auch möglich ist, weil ich noch nicht lang aus den Flegel-Jahren herausgetretten bin, ob ich gleich noch nicht die ganze Quarantäne, nemlich alle vier Bände, ieden zu 10 Tagen oder langen Streckversen gerechnet, durchgelebt habe. Im zweyten hatte ich noch fröliche Zeiten, aber im dritten will mir vorkommen, es sey abgesehn auf einen Streckroman, oder auf eine Ziehpumpe in die Cottaische Verlagskasse. Vielleicht aber hab ich mirs selber verdorben, weil ich zwischen hinein den Jubelsenior auch gelesen habe, und verliebter bin in die Dea als in die Wina, die man ia den ganzen Tag, ia ein ganzes Flegel Jahr hindurch und länger nicht zu sehen bekommt. Auch will es mir nicht gefallen, daß er sagt, Bewußtseyn der Unschuld sey ihr Tod. Denn wenn es wahr ist, so riskirt er alle Unschulden zu töden, die ihn lesen. So etwas darf man wohl denken, aber nicht sagen. Ich wollte — nemlich etwas schreiben, aber ich weiß selber nimmer recht an wen ich diese Seite lang geschrieben habe, ob an den Mann oder an die Frau, oder gar an dich kleines aufgehendes Haussternlein (aber ia nie Hauskreuzlein!) Das du wohl hören darfst, man sey am unschuldigsten, so lang mans nicht weiß. Von dem Fest der h. Creutzerhöhung sind wir keine Freunde, Sternlein sechster Größe an der Milchstraße! und so du bös seyn willst, so traue mir nicht. Denn wenn deine Mutter ie zuweilen sagt: Schweig gleich oder ich ruf den Leu! so meint sie mich.

Ich finde da eben, daß ich schöne Gelegenheit und Weitung habe ein par Streckzeilen anzubringen, die desto mehr an ihrem Ort sind, da der Raum mit jeder Zeile abnimmt, wie mit jedem Tag das Leben. Ich schicke euch hier zum Andenken, 30. basler Streckverse, statt eben so viel dito Lebkuchen, und will mir Mühe geben auch ein par Frankfurter aufzutreiben. Morgen wird mit großem Pomp, leider noch nicht die Geburt, doch einsweilen die Empfängniß der neuen Stadtkirche, im mütterlichen Schoß der Erde, nemlich die Legung des Grundsteins gefeiert. Ein gewisser Herr beklagt sich daß er nicht werde dabey sein können, wegen heiserm Hals. Gmelin rieth ihm einen Hopelpopel — oder ein Herz, sezte ich hinzu. Aber ohne daß es iemand hörte, außer Sie iezt. Denn eigentlich ist mir der Mann werth und hat eins, mit 4. Cammern, auch gehöriger Systole und Diastole.

Nun freuen Sie sich, auf die schönste längste Streckzeile dieses ganzen Briefes, gleichsam den 22ten Junius, dieses epistolarischen Flegeliahres mit welchem, ich unter Anwünschung einer glücklichen Reise und eines ruhigen Daheimbleibens auch ansonstigen weiteren Wohlergehens, auch baldiger vergnügter Ruktur allstets verharre.

J. P. H.

Bewußtseyn der Unschuld sey ihr Tod: *Gemeint ist die Stelle in Jean Pauls „Flegeljahren": „Unschuld, nur wenn ich dich nicht kenne, wie die kindliche, dann bist du eine; aber dein Bewußtsein ist dein Tod." – Die vorgenannte „Dea" ist eine Verkürzung von Alithea, der Pflegetochter des Jean Paul'schen „Jubelseniors". Die „Wina" ist die vom Helden der Flegeljahre verehrte Wina Zablocki.* ein gewisser Herr: *Hofprediger Walz, der die Weiherede hätte halten sollen. In seiner Vertretung sprach Kirchenrat Gockel.* Hopelpopel: *Mit diesen Worten drückt Jean Paul in den „Flegeljahren" die gemeinsame Arbeit Walts und Vults an ihrem*

Romane aus: „Gut, so mag denn die Duplizität der Arbeit schon auf dem ersten Blatt bezeichnet werden, etwa Hoppelpoppel oder das Herz.“ – Hoppelpoppel ist ein Heißgetränk aus Ei, Zucker und Arrak oder Rum.

AN GUSTAVE FECHT

Den 7. Aug. [1807]

Bin ich nicht artig, meine liebe Freundinn? Ich dachte, es könnte Ihnen einigen Spaß machen, wenn Sie richtig profezeit hätten, daß meine fleißige Correspondenz bald nachlassen werde. Deswegen habe ich Ihnen nicht sogleich geantwortet. Aber länger kann ich Ihnen den Gefallen doch nicht thun, weil ich selber zuviel dabey verlöhre.

Eine Frage Ihres Briefes beantwortet der meinige von selbst, nemlich wie früh ich aufstehe. Es ist 6 Uhr. So früh treibt mich den ganzen Sommer das Zahnweh heraus. Ich bitte aber, sich mit keinem großen Mitleiden zu verköstigen. Fürs erste ists genug, wenn einer leidet. Fürs andere ists nicht so arg. Ich bekomm es nur vor Tag. Wenn es mich auch dann bisweilen weckt, so schlafe ich doch bald wieder ein. So bald ich auf bin, ist alles vorbey, z. B. iezt.

Nun hören Sie auch 2 Neuigkeiten an. Die erste: ich habe vor 14 Tagen, seit ich hier bin zum erstenmal, wieder im Wasser gebadet, nemlich im fließenden. Ohngeachtet des Zahnwehs? Freylich! Denn diesem hab ich soviel abgemerkt, daß es von Nässe und Kälte nicht abhängt. Auch hat es mir wohlgethan. Aber nicht gefallen. Die Alb ist keine Wiese. Deswegen bade ich seitdem in einem Kasten warm. Es ist dies Jahr eine gar schöne Einrichtung dazu, welche dem Unternehmer schon 3000 fl. kostet, in einer recht angenehmen Gegend zwischen Wiesen und entfernten Waldungen eine halbe Stunde von hier. Da bin ich nun alle Tage und werde wieder mit der vornehmen und schönen Welt bekannt, von der ich mich seit Jahren fast ganz ausgeschlossen hatte: Ich erneuere wie einer, der lang in Amerika gewesen ist, alte Bekanntschaften mit Personen, die ich seit 10 Jahren, als ich aufhörte, Casino und Concert zu besuchen, nimmer gesehen habe. Auch die Falschmünzerinn ist alle Abend da. Ich habe den ersten Abend Bekanntschaft mit ihr gemacht. Sie ist sehr artig und spricht sehr vernünftig. Sie wollte nicht mit mir übereinstimmen, daß ein englischer Garten bey dem Badeplatz seyn sollte. Denn die Natur sey schöner als die Kunst. Aber sie wurde doch überwunden, als ich ihr zu bedenken gab, ob nicht Natur und Kunst nebeneinander in freundlicher Nachbarschaft noch schöner wären. „Ia freilich“, sagte sie, „insofern!“ Indessen weiß ich noch nicht, wer sie ist, ob ich es gleich ieden Augenblick erfahren könnte. Denn ich finde, es sey sehr interessant, ia fast abentheuerlich mit einer Unbekannten bekannt zu seyn. Übrigens muß ich Ihnen von dem Bad noch sagen, daß es im Beiertheimer Bann ist, und daß neulich der Schulz einem Geheimenrath eine Ohrfeige gab, weil er über die Matten lief. Seitdem ist alles erlaubt. Aber was gilts, Sie lesen nur mit halber Aufmerksamkeit was ich schreibe, und warten unterdessen auf die zweite Neuigkeit. Sie bringens nicht heraus. Ich habe seit vorgestern ein eigenes Kätzlein. Als ich heimkam saß es vor meinem Fenster. Ich machte ihm auf und, lockte es schmeichelnd hinaus, weil ich dachte, es sey nur als eine Visite angesehn. Bald merkte ich aber an seiner Demuth und an seiner hagern Gestalt, daß es dienst- und brootlos sey. Aber wer ihm mit nichts aufwarten konnte, als mit ein par harten Canderer Bretzeln, war ich. Ich gab ihm daher ein Empfehlungsschreiben an die O. H. Schweikardin. Gestern früh um halb sechs saß es schon wieder, als ich noch im Bett war, unter dem obern Fenster, welches offen stand, und mauete mir einen guten Morgen. Kaum hatte ich ihm geantwortet, als es mit einem großen Satz in die Stube herab sprang. Iezt ließ ich ihm aus meinem Kosthaus ein Milchsüpplein holen, und weihte es damit förmlich zu meinem Eigenthum ein. Dis ist das sechste lebendige Thier, das ich in meinem Leben hatte. Zuerst ein Igel in meiner Kindheit, darnach ein Distelfink, dann ein Hund in Erlangen, dann einen Kilhasen in Lörrach, dann wieder einen Distelfink, und iezt das Kätzlein. Wie schön es sey, will ich Ihnen nicht schildern, weil es noch wüst ist. Es wird einmal die Ehre haben, sich selber zu präsentiren. Wenigstens hab ich ihm schon versprochen, wenn du säuberlich bist, und nicht viel schreist und schön wirst, so darfst du einmal mit ins Oberland nach Weil, und nach Basel zum Herrn Geymüller am Schlüsselberg.

[8. Aug.]

Es ist noch immer 6 Uhr aber um 24 Stund später. Ich habe Ihnen gestern viel Unbedeutendes geschrieben, aber ist es nicht besser so, als wenn man viel Wichtiges zu schreiben hat, z. B. daß es gebrannt habe, oder daß man krank gewesen sey, oder daß schon wieder Soldaten marschiren, oder zulezt gar, daß im Garten die Bohnen ausbrennen. Das kommt daher, wenn man nicht fleißig begießt.

Ich ärgere mich, daß ich nicht Ihre Freundinn J. Klose gekannt habe. Ich nahm in Gedanken alle drei für Töchter des H. Geh. Hofraths. Es ist aber auch wunderlich, daß sie sich nicht zu erkennen gegeben hat, etwa mit einem erdichteten Gruß oder mit einer Frage: Bekommen Sie oft Briefe von Weil, worauf ich angedient hätte: So, so, dann und wann.

Morgen geht der E[rb] G[roß] H[erzog] nach Paris. Nach neuesten Nachrichten sind unsere Truppen auf dem Heimweg. Von den Altbadischen sind nach officiellem Bericht 39 tod geblieben. Aber das Lazareth soll stark seyn. Ich gratulire auch, daß Sie eine Breisgauerinn worden sind, eine Freyburgerinn, eine Landgräflerinn. Ich bin schon lang einer wegen Hausen und Hertingen, so in der Landgr[afschaft] Sausenberg ligen. Ich wünsche Ihnen allen gute Gesundheit. Hindert diese Hitze nicht die Genesung Ihrer guten Frau Mutter. — Ach, wie geht es meiner guten Frau Vögtinn? Sie wird bey dieser Hitze wohl sehr incommodirt werden, unter anderm von der Hitze selber? Der Herr Pfarrer wird mit dem Wetter zufriden seyn?

Ich schließe. Sie haben hohe Zeit, wenn Sie mir antworten wollen. Denn sobald ich diesen Brief gesiegelt habe, fange ich schon wieder den zweiten an, wenn mich der Pf. Eccard nicht hindert, der wie eine eingelegte Exekution mein Zimmer besezt hält. Leben Sie wohl, meine liebe Landgräflerinn und Landsmänninn. J. P. H.

eine gar schöne Einrichtung: *Das genannte Bad befand sich in der Alb unweit Beiertheim.* Falschmünzerinn: *nicht mehr zu ermitteln.* Canderer Brezeln: *kleine, an Ringen mit einer Schnur aufgereihte Laugenbrezeln.* Kilhase: *Kaninchen.* J. Klose: *Hebel hatte die Base von Gustave Fecht für eine Tochter von Karl Friedrich Christian Klose, Geh. Hofrat im Finanzministerium, gehalten.* Morgen geht der Erb-Groß-Herzog nach Paris: *Zur Vermählung König Jéromes von Westfalen mit Katarina von Württemberg, wo er als Trauzeuge fungierte.* eine Freyburgerinn: *Durch die neue Verwaltungsorganisation war Weil zum Regierungsbezirk Freiburg gekommen. Der Breisgau war ursprünglich eine Landgrafschaft.*

den 30ten August [1807]

Sage mir, o theuerster Pränideset, was für ein proteiischer Planet es sey, der dieses Jahr regirt, und die Trauben kocht, und die Dintenfäßer austrocknet? Das meinige hat kaum noch Flüßigkeit, daß ich dich grüßen, und dir sagen kann, daß ich noch lebe, oder eigentlich noch vegetire, und bis zu den drei Männern im feurigen Ofen hinein, und bis in den entsetzlich heißen Schoß des Proteus hinein dich liebe. Ich kenne noch ein einziges Mittel der Erquickung, wenn ich Mittags zwischen 12 und 1 Uhr in den Schloßgarten renne, mich vor ein par ausländische Bäume, in die Sonne stelle, und mir einbilde ich sey ein Afrikaner, in Senegambia, und dieser Winter sey doch Gottlob ganz erträglich gegen sonst, weil es nicht regne. Ich will dirs daher nicht verargen, wenn dein Dintengeschirrlein ebenfalls nahe am Eintrocknen ist. Aber schreibe mir doch um Gotteswillen, was ich dem Stöber schreiben soll, der mich entsetzlich bombardirt, oder schicke mir lieber etwas für ihn. Oder hast du es vielleicht ihm unterdessen selber geschickt? Es scheint die elsasser poetische Ader sey schon völlig versiegt, und nun sezt sich dieser durstige Blutsauger an uns. Er nimmt sogar mein Sommerlied aus dem Calender auf und hat mir ein par Räthsel abgeschwäzt. Allemannisches bekommt er nichts. Aber „des Riedligers Tochter" bringt die Iris.

Bald kommt auch unser neüer Calender. Aber er enthält einen erschröcklich albernen Artikel über den Krieg. Er war schon gedruckt eh' der Frieden erfolgte. Napoleon hätte mir keinen schlimmern Possen spielen können, als den Frieden von Tilsit.

Bald wird euch für alle Drangsalen der Witterung eine freuden- und traubenreiche Weinlese trösten, ihr gesegneten des Herrn. Mein Herz ist wenigstens dabey, wenn ihr froh und glücklich seid. Hast du nicht Lust zu Emmendingen? Ich will dir, aber aus einem egoistischen Grund nicht zusprechen. Ich möchte lieber Alles was ich liebe, in das Wiesenthal zusammen wünschen können, sollen auch ein par dutzend Milonen auswandern müßen, als zusehen, wie einer nach dem andern es verlaßt. Denn was lauf ich sonst am Ende, wenn ich wieder einmal hinaufkomme noch darinn herum wie in einer abgelaubten Winterlandschaft, wo alles nicht ein sondern

RUINE RÖTTELN MIT BLICK AUF LÖRRACH

ausgeheimset ist. Wenn du und Günttert weg wären, so käme ich vielleicht nie mehr hinauf, was doch auch schad seyn dürfte.

Ist die theol. Gesellsch. ganz maustod? Ich hätte noch ein par Artikel für sie in Bereitschaft ligen gehabt, z. B. „Jehova und sein Profet." die ich nun für ein andermal aufheben will.

Schon wieder ist eines Briefes Abend da, und seine finst're Nacht bricht stark herein. Eure heiße Wangen kühle der Haselbusch oder die Akazie. Meine herzlichsten Grüße an Alles Liebe im Haus.

Dein Hebel

Riedligers Tochter: *Zuerst in der „Iris" für 1808, dann in der 5. Auflage der Alemannischen Gedichte, Aarau 1821.* Milonen: *proteisch für Spießbürger.*

AN HAUFE

[Ende Januar oder Anfang Februar 1808]

Wenn ich doch nur alles aufgeschrieben hätte, was ich seit dem Herbst Anno 1807 mit euch geredet, und in euch hinein und aus euch heraus gedacht habe, Ihr liebe kleine Straßburger Welt, damit ich euch ietzt alles auf einmal schicken könnte. Denn in wie manche schöne lange Winternacht habt ihr mich (abwechselnd mit den Weglagerern und Falschwerkern) zum süßen Schlummer eingewiegt, wie manche lichte Minute habt ihr mir in eine trübe Stunde einschießen lassen. Aber ich habe gewiß nichts aufgeschrieben, alles ist verweht und zerronnen. Aber so viel weiß ich daß die Quintessenz und das Alkohol und die Naphtha des ganzen halbiährigen Geplauders lauter Liebe und Freundschaft war, und daß die Mütter Haufe und Schneeganß gut haben, Kinder groß ziehen, wenn ich guter Narr und Leu, sie Stunden lang herumtrage und hüte. Auch das weiß ich, ich habe mich kein einziges mal entschuldigt, daß ich nur mit euch rede und an euch denke, aber nie an euch schreibe. Denn liebe Kinder man muß nichts halb seyn, entweder ganz gerecht oder völlig verstockt und leichtsinnig zu seiner Sünde. Lezteres bin ich so sehr, daß mir noch nie hat wollen ein schwerer Stein aufs Herz fallen, wenn ich den Namen Straßburg hörte oder las, sondern allemal nur ein Rosenblatt oder ein Honigtropfen.

Denn ich könnte mich wohl entschuldigen, wenn ich wollte (aber ich will nicht) mit den kurzen Tagen, mit dem langen Zahn und Ohrenweh, mit den überhäuften Geschäften und mit der Hofnung ohnehin bald etwas für den H. Hegi beylegen zu können, welches denn auch geschieht. Ich bitte Herrn Haufe anligenden Brief und Papire ihm einzuhändigen und zu empfehlen. Leztere schicke ich offen, um euch vielleicht einen kleinen Spaß zu machen. Die Historien sind beide wahr, wie man ihnen wohl ansieht, und treu erzählt. Ich werde mich künftig, um Ihnen die Mühe zu sparen an H. Hegi selber halten. Ist die Addresse, die ich seinem Brief gebe sicher und hinreichend?

Meine Reise ins Oberland über Strasburg wohl auf und wohl ab hat warscheinlich einen Riß. Denn bin ich nicht Direktor des Lyceums geworden, habe ich nicht biß tief in die Ferien hinaus viel zu arbeiten, muß ich nicht in den Ferien in die neue Rektoratswohnung ziehen? Könntet ihrs nicht möglich machen, alle recht gesund zu bleiben, und euch gegen den Juli oder August einzubilden, es fehle euch doch etwas, z. B. der Appetit, so daß ihr nothwendig nach Petersthal gehen müßtet. Ich meines Orts engagire mich unterdessen so viel zu essen und zu trinken, besonders eine Stunde vorher eh' ich mich zu etwas entschließe daß es bey mir mehr als Einbildung seyn soll. Ueberlegen Sie es mit d. Schneegansischen und Mad. Weiler, und sagen Sie ihnen daß ich sie herzlich liebe und grüße. Sagen Sie es meinen zwey kleinen lieben Taufmäuslein insbesondere.

Hat wohl Justus Wolf, bey dessen Vater mich H. Haufe verklagt hat, seine Hemden bekommen? Wäre es nicht möglich das Röttler, Schloß und das Oberländer Meidli, so ich einmal hinauf geschickt habe, zur Verzierung meines Hauses wieder zu bekommen. Wärs nicht möglich, daß das Papir dieses Briefes sich noch ein wenig streckte? Nein es will nicht möglich seyn. Gott zum Gruß und Segen. Herzlich Euer Fr. Hebel

Historien: *Die Erzählungen für den Rheinländischen Hausfreund 1808: „Der Fremdling in Memel" und „Der Husar in Neisse".* Direktor des Lyzeums: *Hebels Ernennung zum Direktor des Lyzeums war am 1. Februar 1808 erfolgt.*

Auch hat es sich schon zugetragen, meine liebe Freundinn, daß mir mit der Erinnerung an Straßburg nicht blos Rosenblätter und Honigtröpflein, wie Frau Haufe weiß, sondern sogar köstliche Pasteten und edler Nektar ans Herz fielen, aber sanft und ohne blaue Flecken, falls leztere nicht noch kommen, wenn der Nektar anfangt seine Herrschaft in mir auszuüben. Wenn es sich mit der Dankbarkeit vertrüge, ein Geschenk zu recensiren, und wenn Sie mir nicht so herzlich lieb wären, so sollte ich Ihnen freilich einen kleinen Vorwurf darüber machen, und eben, weil Sie mir so lieb sind, und ich hoffe, es auch bey Ihnen ein wenig zu seyn, möchte ich es gerne thun. Denn zwischen Freunden wo auch ein halbes Duzend Lebküchlein oder Bretstellen oder so etwas, durch die Hand von der es kommt und durch das Gemüth, zu dem es geht seinen Werth erhaltet, und seine Freude erweckt, ist solch ein Geschenk fast zu kostbar. Aber weil denn doch recensirt seyn muß, denn das ligt in iedem Schulmann, als Schwester der Erbsünde, so will ich wenigstens von einer schönern und verständigen Seite her anfangen. Sie kennen mich sehr gut meine Freundinn! Sie wissen, womit man meiner Sinnlichkeit Festtage machen kann, was mein liebster Leckerbissen ist, und welchen Wein dazu ich vor allen erkiese, und ich gebe Ihnen für Ihre feine Wahl und für Ihre Güte meinen freundlichen Händedruck und meinen Dank. Sie hätten den König von Assmanshausen sehen sollen, wie er am Donnerstag Abend offene Tafel und Pastete hielt. Doch nein! Sie hätten es nicht sehen dürfen. Denn es kam auch eine, nur eine Bouteille des feinen Rothen zum Vorschein und ich konnte es meiner Eitelkeit nicht versagen, ihn für eigenes Gewächs aus meinen königlichen Weinbergen in Assmanshausen auszugeben, wenn schon kein so guter dort wachst, und machte meinen Gästen weiß, ich feyre meinen Beytritt zum rheinischen Bund.

Und weil es Sitte ist, das Söhnlein zu loben, wenn man von den Eltern beschenkt wird, so sollte ich iust deswegen es dismal nicht thun. Allein die Wahrheit und Gerechtigkeit läßt sich mit keinen Pasteten stumm machen. Daniel ist fortdauernd fleißig und brav, und erfüllt täglich die Hofnungen die wir früher von ihm gefaßt hatten, und berechtigt uns zu neuen für die Zukunft. Sie haben so manche trübe Stunde, meine Freundinn! Sollte der Gedanke, daß gute Söhne zu Ihrer Freude heranreifen, Sie nicht erheitern, und auch in der düstern Stimmung des Gemüthes mit dem Schmerz, den das Leben auch hat, aussöhnen können? Wenn keinem Herzen das Schicksal alle seine Wünsche befridigen kann, so scheint es Ihnen wenigstens das Beste zu gewähren, was eine Frau zu wünschen vermag, nemlich eine glückliche Mutter zu seyn. Werden Sie es durch Ihre Söhne immer mehr, und bleiben Sie es lange.

Herrn Weiler und dem Schneegansischen Hause meine herzlichen Grüße, auch dem Haufischen

Von Herzen Ihr redlicher Freund Hebel

d. 23. Merz [1808]

Bretstellen: *Brezeln.*

AN SOPHIE HAUFE

An Mad. Haufe. [September 1808]

Ich getraue mir sogar, meine liebe Frau Sophie, bey dem Glas Burgunder das ich von Mad. Weiler vor mir stehen habe, noch ein Wort mehr zu sagen. Denn da der bewußte Schmerz eine nothwendige Folge ienes für die ganze Menschheit wohlthätigen Gesetzes ist, so betrachte ich den, der diesen Schmerz erduldet keineswegs als einen Egoisten, sondern als einen Leidenden für das allgemeine Menschenwohl. Ia noch mehr ich kann Ihrem Mann, sogar einen moralischen Wiederspruch aus seiner Behauptung ziehn. Denn niemand der lebendig und fest an ein besseres Leben nach dem Tode glaubt kann ein Egoist seyn. Diesen Glauben muß aber derienige absolut haben, der an dem Grabe seiner Lieben nur sich zu beweinen glaubt, und also kann er kein Egoist seyn. Indessen kann Ihr Mann auch recht haben, liebe Frau Sophie, wenn er sich über seinen Ausdruck zu erklären weiß. Ein großer Theil unsers Lebens ist ein angenehmer oder unangenehmer Irrgang durch Worte und unsre meisten Kriege, den Wachtelkrieg und seinesgleichen ausgenommen, sind WortKriege. Und so läßt sich auch für den Egoismus vieles sagen, z. B. er sey das schöne, magische und unzerstörbare

Band, das die menschliche Gesellschaft zusamen hält, und so viele schöne Stunden an sich aufreiht. Denn ohne Egoismus hätte z. B. Baldner seinen Garten nicht angelegt, und ohne Egoismus gingen wir Klein-Straßburger nicht hinein. Weiter kann man sagen der gröste Menschenfreund sey der unersättlichste Egoist. Denn er ist nicht zufriden mit seinen eigenen Freuden und Vortheilen und Leiden. Nein er will auch, so weit er kann die Freuden und Leiden aller andern Menschen sich zu eigen machen und das Wohl der ganzen Menschheit in sich concentriren: denn der Egoismus ist wie manches, nur so lang ein Fehler, als mans im kleinen treibt, und wird eine heroische Tugend, wenn manns zum Großen bringt. Es gibt nur ein[en] Akt, der von allem Egoismus rein ist, wenn iemand für das allgemeine Wohl sein Leben aufopfert, ohne ein künftiges zu erwarten. Ich will damit die Tugend nicht ihres Werthes berauben, aber man soll nicht über den Egoismus schimpfen. Was können denn wir dafür? Ist es nicht schon ein Egoismus, daß wir existiren, und zwar bey vielen Menschen ein sehr grober und gemeiner.

Endlich deutet ia selbst die Sylbe ismus auf eine feste Verbindung der Vielheit zur Einheit, auf das gemeinschaftliche Festhalten mehrerer in Verbindung an einem Grundsatz, und auf ein harmonisches zusamenWirken zu einem Zweck wie in Papismus, Jesuitismus, Wachtelismus. Und so ist der wahre Egoismus nichts anders, als (mit oder ohne deutliches Bewußtseyn) das gemeinschaftliche Bestreben aller Menschen durch die Vervollkommnung und Beglückung seiner selbst, das seinige zum allgemeinen Wohl beizutragen.

Aber hole der Henker diese philosophische Abhandlung, die mir den Raum nimmt, viel anderes und klügeres mit Ihnen zu kosen! Doch nein, hole sie der Henker nicht. Denn sie gibt mir Gelegenheit, bald den zweiten Brief nachfolgen zu lassen. Auch Egoismus, unter dem Sie als lesende Dulderinn leiden müssen. Durane meine herzlichen Grüße. Mit treuem Sinn Ihr ergebenster Fr. H.

Wachtelkrieg: *der Krieg in Spanien, das von Hebel oft als „Land der Wachteln" bezeichnet wird.* durane: *durchweg, überall.*

AN HITZIG

d. 15ten Nov. [1808]

Hier stets noch beym Alten, lieber Alter; obgleich lezten Samsttag der Pulverturm hat sollen angezündet werden. Wenigstens wurden schnell die Wachen dabey verstärkt, und sind es vielleicht noch: das Publikum nimmt keine Notiz davon, ausgenommen, wer gern lacht. Ohne Zweifel hat auch wohl die Comandantschaft selber nicht an die Anzeige geglaubt, sondern mehr nach militärischer Regel gehandelt und aus löblicher Vorsicht. Die Gefangenen sitzen noch scharf verwacht. Doch darf Fein wegen körperlichen Bedürfnißen in Begleitung seines Officirs, und ohne mit iemand zu reden spatziren gehn. Im Stockhaus werden unterdessen honette Quartire zu recht gemacht, doch wissen die Maurer nicht für wen. Der Gegenstand ihres Staatsverbrechens soll eine neue Organisation des Landes, der Sturz der pfälzischen und adelichen Ministerial Parthie und die Wideranstellung der alten Räthe seyn. Herzog sollte Cabinetsminister Brauer M. des Innern, Meier M. des Aeußern, Sternheim Finanzminister werden. Möglich und wahrscheinlich. Doch steckt wohl noch etwas tieferes und ernsteres darunter, das die Zeit aufklären wird.

Laß uns dieses Faß einsweilen zuspunden und ein anderes anstechen, aus dem es geistiger fließt. Mad. Hendel gab am Abend vor ihrer Abreise (was sie dem russischen Gesandten, wie man sagt für 20 Louisd'or abgeschlagen hatte) ihren Freunden und den hiesigen Künstlern aus Wohlwollen eine Kunstvorstellung, deren Effeckt keinen Namen hat, und die sie wohl nie vor einem gemischten Publikum öffentlich preis gibt. Gewiß interessirt dich auch die kalte trockene Notiz davon. Es waren fast lauter Copien alter Kunst und neue Ideale für den Bildhauer und Mahler und Seelenlabung für den Menschen. Zuerst eine Reihe von Madonna Bildern. Alles stumme Pantomime, Attitüde und Gruppirung. — Maria vor dem Engel, der ihr die Empfängniß verkündet, — dieselbe zweimal als Mutter mit dem Kind auf dem Schooß gedacht; das Widerfinden im Tempel — Maria bey der Kreutzigung — dieselbe neben dem abgenommenen Leichnam, dieselbe ihrem Sohn nachschauend bey der Himmelfahrt. Dis alles wie es scheint nach eigner Phantasie, dann ein paar Madonnen Bilder nach Albrecht Dürer bey welchen mich ein religiöses Gefühl durchzitterte, in welchem

Grade ich es noch nie empfand. — Im 2ten Akt zauberte sie die Zuschauer aus dem heiligen Land nach Griechenland und Rom. Vorzüglich waren Niobe, Galathea, Andromache, Cassandra, Virginia, Arria. Auch hier kein Wort, als ein halblautes, in sich selbst ersterbendes Paete non dolet. Zum Beschluß eine betende Mohamedanerinn. Im dritten Akt tragische Momente aus Makbeth und Ignes von Castro mit Wortbegleitung. Nach der Vorstellung nahm sie noch ein Abschiedsmal von einigen Freunden an, bey welchem auch Fränzl aus München war, und wobey ich mich auf ihr unwiderstehliches Verlangen mit der Deklamation des Nachtwächters und des Morgensterns blamiren mußte. Das Beste daran kann gewesen seyn, daß ich bey der Stelle: „er möcht em gern e Schmützli ge" die Deklamation mit züchtiger Aktion begleitete, und bey der Stelle „Er rüeft sim Sternli Bhüti Gott" mit einem Affettuoso aufhörte. Aber wie iedes Fäßlein am End trüb lauft, so führt der Desegelesgeinet am nemlichen Tag die Madame Bürger in die Stadt, die einen Monat hier bleiben will. Sie will hier unter anderm auch allem. Gedichte deklamiren und ich mußte sie, weil sie keine Warnung annimmt, schon eine Stunde lang in der Probe ab und anhören. Morgen geht der Teufel los. Ich will aber heute noch den Brief so zusigeln, daß ich ihn selber gewiß nimmer aufbringe, und will Morgen in meine eigenen Ohren fluchen, nicht in die Deinigen.

Sieh lieber Zenoides, so lieb hab ich dich, daß ich dir gerne mein Festliches mittheile und meine Leiden allein trage. Gott bewahre dich vor poetischen Weibsleuten. J. P. H.

der Pulverturm . . .: *Mißglückter Staatsstreichversuch des Polizeidirektors von Sternhayn.* Paete, non dolet: *Paetus, es schmerzt nicht. Plinius, Epistolae III, 16, 6.* Ignes von Castro: *Schauspiel von Friedrich Julius Heinrich Reichsgraf von Soden.*

AN FRAU SCHNEEGANS

d. 25st. [März] 1809

Ich mache Ihnen meinen KindbettBesuch, Mutter des kleinen Gustavs, den Gott segnen und Ihnen zum gesunden und frommen

Sohn erziehen wolle, ich nehme herzlichen Antheil an Eurer Freude und an Eurem Glück. Gerne hätte ich's zwar gesehen, daß Sie meiner Taufpathe, die Sie siebenmal für mich küssen wollen, ein frommes Schwesterlein zur künftigen Gespielinn geboren hätten, und es ist mir bereits bange, wie das arme Kind es seiner Zeit mit so viel Buben durchfechten wird. Ich werde ihr rathen mit den 2 iüngsten einen rheinischen Bund gegen den rüstigen August zu schließen, und wollte mich schon ehe er existirt, zum Protektor desselben erklären, wenn ich nicht wüßte, in welcher guten mütterlichen Protektion Ihre Kinder alle sind. Doch behalte ich mir vor, von Zeit zu Zeit, und ungewarnt kleine Hausvisitationen anzustellen. Dismal jedoch, lieber Herr Gevatter, dürfen die zwei größern es schon dann und wann wagen dem Schwesterlein den Meister zu zeigen; denn viele Geschäfte hindern mich an der Erfüllung meines liebsten Wunsches, Euch zu sehen, und einige Tage froh und glücklich bei Euch zuzubringen. Ich gehöre jetzt nicht nur zu den Schulmännern, sondern auch zu den Geschäftsmännern, die eigentlich nie Ferien haben. Ich habe Herrn Haufe nur die gröbsten handgreiflichsten Abhaltungen erwähnt, ohne die 100 kleinen Fäden, die mich umwinden, mit in den Eintrag zu bringen. Ich fühle den Schmerz des Strichvogels, jeden schönen Morgen, der nicht fort kann, wenn seine Zeit kommt, nicht einmal aus dem Käfig hinaus ins Freie, und das ist alles gesagt. Doch denke ich, ihr denket an mich, wenn ich schon nicht bei Euch bin, und schaut ie einmal nach dem Dohlen umflogenen Münster hinauf, wenn ich schon nicht droben stehe; und begleitet mich ie einmal oder sieben in Baldners Garten, wenn ich schon nicht hinaus gehe. Ich will nicht wieder ausstreichen, was ich so eben überzwerg geschrieben habe, es ist ein eingemauertes Denkmal, daß ich mitten im Perioden durch eine Abrufung unterbrochen wurde; aber schließen will ich, ehe die zweite kommt, und ich gar in Gedanken alles noch einmal schreibe, was ich schon geschrieben habe. Entschuldigen Sie mich bei Mad. Weiler, und Daniel, daß nicht auch ein Brieflein für sie, beiliegt; und grüßen Sie mir beide und alle aufs beste. Nächstens werde ich auch diese Schuld tilgen, und hoffe bald eine neue, dort und bei Ihnen zu bekommen. Möge Ihnen der Frühling und die Welt und das Leben immer heiter und freundlich lachen. Herzlich

Ihr ergebenster Hebel

NB. Für meine Pathe spreche ich den 3ten Theil der Breikruste (ich weiß nicht wie man's im Straßburger hochdeutsch nennt) ungeschmälert an, und an den Sonn- und Feyertägen, die katholischen mitgerechnet, das Ganze.

AN HAUFE

[13. Mai 1809]

Ich will euch, liebes Nestlein voll Junge und Alte avertiren, daß die Böttinn künftige Woche kommt mit meinem Gruß, meinem Brief und etwelchen Flugblättern zu welchen der Brief die Klein-Straßburger Dedikation und Vorrede vorstellt.

Der geneigte Leser beliebe nemlich sich einigermaßen zu verwundern, daß ich die Cantate doch schicke, ob ich gleich zum Gegentheil gegründete Hoffnung gemacht hatte. Herr Kamtmann sah nemlich die ganze Auflage bey mir ligen. Ich schwelgte in einem glücklichem Überfluß. Aber wie man keinen Korb voll Aepfel, wärens auch mittelmäßige, ausleeren kann, wenn iemand zu einem kommt, ohne ihm auch einen anzubieten, und wird ordentlich gerührt, wenn er ihn annimmt, und steckt ihn in den Sack, anstatt sogleich anzubeißen, um ihn nicht durch das unwillkürliche Zusammenziehen der Muskeln unter des Gebers Auge zu rezensiren, also mußte ich Hn. Kamtman, ob ich gleich voraussah, welche Folgen es nach sich ziehen wird, auch ein Exemplärlein anbieten, und nun kann natürlich kein Mensch in Straßb. so etwas von mir bekommen das ihr nicht schon vorher habt, den einzigen Fall ausgenommen, wenn er es vorher hat, und ihr bekommts nachher.

Unter Ihr verstehe ich Euch und den Assmanshauser Hof, ob ich gleich nur 1 Exemplar schicke und drei schicken könnte. Ich denke, wenn Sie es, nebst meinem Gruß und auf ausdrückliches Verlangen der Mad. Weiler mittheilen und sie ebenfalls mit meinem Gruß und auf ausdrückliches Verlangen der Mad. Schneegans, und meine dortige Pathe läßts alsdann, wie wohl ohne Gruß und ohne Verlangen bey günstigem Wind an die gegenübersitzende Frau Hirschleinswirthin von Stappel fliegen (was sich Flugblätter müssen gefallen lassen), so kommts geschwinder aus den Händen, als wenn ich euch eine ganze Dreieinigkeit unter Dach und Tisch zu bringen zumuthete. — Das Gesellschaftslied lebt wirklich schon und seit gestern sein zweites Leben, ist aber um kein Haar seliger, oder fleckenloser oder verklärter als in dem ersten, zu welchem es schon vor 6 Jahren gebohren ward. Wenn Mad. Sophie die Musik zur Cantate nicht kennt, aber wünscht, so werde ich ihr zu einem Clavier-, ia auf Bestellung zu einem Clarinetten, Heerpaucken und Waldhornauszug verhelfen können.

Ich kann die Dedikation und Vorrede meiner neuesten Werke nicht schließen, ohne ihnen noch einen zwar nur schwachgestreckten Polymeter zu setzen.

Der May und der Oktober sind die Jahreszeiten für die Flugblätter, dieser für die prosaischen der Aeste und Zweige, iener für die poetischen der Blüthen. Aber beyde fliegen nur weil sie welk sind, und alle nur, wenn ihr Zweck erreicht ist, und sie sonst nichts mehr zu thun haben. Die Blüthenblätter sind auch nur eine Gelegenheitsschrift der Natur, eine vorläufige Annonce der Kirschenerndte, auf die sich meine Pathe freut, eine Composition zur Cantate der Distelfinken. Deswegen hören sie auch auf zu singen, wenn die Noten zwischen den Linien hinabfallen.

Zweyter Polymeter, dem ersten gesetzt: Wie der schöne Schwetzinger Garten nach all seinen Gränzen hinaus sich immer mehr den natürlichen Anlagen der Natur nähert bis er sich ganz in sie verliert, und dadurch ein Streckgarten von unendlichem Umfang wird, so verlieren sich meine Streckverse in Streckprosa und könnten lange werden wenn ich wollte, werdens auch bisweilen, wie ich an gegenwärtig laufendem zeigen werde, mit dem ich den Brief zu schließen gedenke. Es gehört also auch noch als ein Bestandtheil dazu, daß ich nicht zu den Narren iust gehöre, die sich eine Ehre daraus machen den J. Paul nachzuahmen und nicht zu erreichen. Denn die Ehre wäre höchstens nur auf J. P's, nicht auf J. P's [Johann Peters] Seite. Sondern ich thue es nur unter uns theils zum Spaß, so lang wir einen dran finden. Wenn Ihr keinen dran findet, desto besser, so ist die Sache ernsthafter, folglich auch wichtiger theils aus wirklicher Ansteckung, weil ich wirklich D. Katzenbergers Badreise von J. P. lese und alles Tabacksräuchern und Weinwaschen, selbst innerlich nichts hilft. Es geht mir auch so, wenn ich Hexameter gelesen, oder gar selber gemacht habe. Gewöhnlich denke ich noch eine Zeit lang sechsfüßig fort. Wenn Sie den Katzenberger noch nicht kennen, so biete ich ihn an, bitte mir ihn aber bald wieder aus, aus dem nemlichen Grund warum ich ihn vielleicht anbiete, weil ich selber darin, weniger vergöttert als verdroßelt erscheine. Legen Sie einsweilen der guten Mad. Weiler in ihrem Witwenschleier die aufrichtige Theilnahme ihres Freundes ans Herz. Bald komm ich aus dem Strudel der Geschäfte wider ein wenig, und schreibe dann viel. Ende des 2ten Polymeters. H.

Cantate: *eine von Hebel gedichtete Festkantate anläßlich der Übersiedlung der Karlsruher Museumsgesellschaft in ihr neues Heim.* Gesellschaftslied: *Das bei Macklott erschienene „Freundschaftslied für die Lesegesellschaft bey ihrer Versammlung 1803."* weniger vergöttert als verdrosselt: *Am Schlusse der Besprechung der Alemannischen Gedichte, die Jean Paul seinem 1809 erschienenen Buche „Dr. Katzenbergers Badereise" beigegeben hat, spricht er von „dieser alemannischen Drossel im Schwarzwald".*

AN GUSTAVE FECHT UND KAROLINE GÜNTTERT

C.R. Dienstag, den 1. Aug. [1809]

Gestern Abends 9 Uhr, meine Theuersten, bin ich glücklich hier angekommen. Nachdem ich mich in Efringen von Ihnen getrennt hatte, fiel mir der Abschied vom O. L. nimmer schwer. Aber der kühle Samstagmorgen und der schöne Rhein, die sanft herabfließenden Wellen brachten mich fast in Versuchung, meine Zusage wegen der Heimfahrth zu brechen, oder gar zu bereuen. Denn Reue ist doch immer von allem das schlimmste. Am Samstag 2 Uhr stieg ich in G[roß] Kems in die Diligence, war früh um 6 Uhr in Straßburg, trank in Baldners Garten den Caffe, wohnte der Siegesfeyer im Münster bey, hörte mit boshafter Freude den bewußten Hirtenbrief von der Canzel ablesen, war nachmittag in Gravenstade, 2 St. wieder oberhalb Straßburg, fuhr auf der Ill spazieren. Die Ill liebe Frau Pfarrerinn war im Versprechen nicht mit einbedungen, und fuhr alsdann gestern, in einem Tag von Straßburg nach Haus. In Bischofsheim ließ ich den Hut ligen.

Und so ist nun wieder ein schöner Traum vorüber. Ich zweifle wirklich halber, ob ich bey Ihnen gewesen bin. Sie können mirs am besten sagen.

Wie gut sind Sie alle, und wie lieb sind Sie mir! Ich habe mich völlig mit dem Schicksal ausgesöhnt, und alle alten Rechnungen mit ihm zerrissen, nachdem ich so viel Freundschaft und Liebe im O. [ber] L. [and] gefunden habe. Gott erhalte Sie gesund und gebe Ihnen viel Freuden. Mit dem Frieden ists also nichts. Rußland soll sich mit England ausgesöhnt haben. Von der bewußten Verschwörung im Elsaß ists in Straßburg ganz stille. Man muß selber davon anfangen und fragen, um zu erfahren, daß bei der Untersuchung nichts herausgekommen sey. Da ich sehe daß Sie so viel Antheil an den in- und ausländischen Neuigkeiten nehmen, und von Basel oft so unsicher bedient sind, so will ich Ihnen für die hiesigen Gegenden alle 14 Tage ein Bulletin schicken. Wenn ich in der Zwischenzeit nichts melde, so ist auch nichts geschehn. In diesem Augenblick ist alles still. Von Herzen der Ihrige Hebel

Diligence: *Eilpostwagen.* Hirtenbrief: *eine Protestnote gegen die Gefangensetzung des Papstes Pius VII. in Savona durch Napoleon I., gegen die Erklärung der Stadt Rom zur kaiserlichen Stadt sowie gegen die Einverleibung des Kirchenstaates in das französische Imperium.* Verschwörung: *der S. 157 erwähnte Putschversuch.*

AN HITZIG

13. Aug. [180]9

Es muß aller Ehren werth seyn, o Zenoides, wenn man alle Jahre einen Monat aus demselben herausstechen und flugsüchtig, heimwehselig das Land hinauf metzgen kann, biß man das Kälblein hat, und doch nicht sticht. Es ist der 12te Teil vom Jahr, wenn man will, oder es betrüge für ieden Tag eine Stunde, wenn man könnte, oder die Nacht dazu gerechnet, zwey. So ginge es auch noch an, aber so ist es

iust, aß wemme Zuckerbrod und Nuß und was am Bäumli schö und glitzrig hangt
uf einmal in e Suppeschüßle thät und stellti's umme.

So ist mir o Zenoides in die große Suppeschüssel zwischen dem Vogesus dem Jura und Schwarzwald, und auf das Tellerlein oder Schüßelein dazu zwischen dem Hünerberg und der Lucken wohl viel schönes und glitzriges vom Schicksal eingesteuert und gehelset worden euere Liebe, euere Gesichter, euere Beine zum Mitlaufen, euere Bäume und Quellen und Kirchthürme und die Suppenschüßel selber. Aber es ist keine Befridigung in diesem Genuß, wie in keinem. Es ist ein Vorüberschweben aus der Heimath der Träume, ein italienischer Frühlingsmonat zu einem grönländischen Winter, ein Gedanke zum todschießen: „Da hab ich schon 25 Jahre gelebt, da bin ich daheim da gehöre ich hin, da sollte und könnte ich vielleicht seyn, und herumhüpfen von Blume zu Blume, wie ein Heustöffel, und kann nun höchstens nach Jahr und Tag, und nicht ohne Permiß der Obern, wieder einmal wie ein Fremdling in ein fremdes Land, wie ein Apostel Paulus in den Himmel hineinschauen. Doch nein, das war zu viel gesagt, nicht das Lezte, sondern das Vorlezte — wie in den Himmel schaue ich hinein, aber Dank sey es demselben, und euerer freundschaftlichen Anerkennung und landsmännischen Liebe, nicht wie ein Fremdling in fremdes Land, sondern wie ein Heimischer in die Heimath, wie ein Heustöffel in die Blumenkelche seiner Geburtsmatte.

Uebrigens hab ich es o Prenideset mit meiner Heimreise klug begonnen und mich in K. Kems, zuerst, eh' ich in das Schif trat einen Abend und einen Vormittag lang von dem Freudenrausch abgekühlt und genüchtert. In das Schif aber stieg ich nit den Rhein hinab, so sehr mich die Fischsucht dazu anlockte, sondern den Rhein hinüber und meinte Wunder als mir eine 4tel Stunde herwärts Straßburg alle Canonen und Glocken das Siegesfest von Wagram ankündeten, was ich sehen und erleben werde. Nichts hab ich gesehen und erlebt als ein Taedeum laudamus und den Unfug des Commandirens und Präsentirens und Trommelns in der Kirche, der mir wenigstens alles feierliche Gefühl, das mich auch im leeren Münster benimmt, wegtrommelte. Denn es steht geschrieben: Dis Haus soll ein Bethaus seyn, ihr aber habt einen Exercirplatz daraus gemacht.

Daß ich in Bischofsheim den Hut verlohren habe, ist ein unbedeutender Beytrag zur Reisegeschichte, wichtiger aber, daß ich wieder hier angekommen bin.

Den kleinen Thaler von Schopfen her, und den Feuerstahl, die ich bey dem Abschied scheine vergessen zu haben, hab ich bei dem Pf. v. Weil nebst ein par Büchern zur Uebersendung an dich zurückgelassen. Für erstern meinen Dank für leztere meine Entschuldigung, wenn ich dich bitte, sie zu den Piecen die du mir versprochen hast, zusammenzupacken, aber nicht als ob ich dich damit erinnern oder nöthigen wollte, dein Wort zu halten.

Jez Mineli zur Abwechslung drei Wörtli: Wenn der e Distelzwigli in d'Chappe baute, was wottisch mache? und wenn de ne Melchchübel hetsch aber ke Chue, was thätsch mache? Oder wenn der's Ditti in d'Wagle brünzleti, was miechsch?

Grüße und küße mir deine Kinder und ihre Mutter, empfehle mich deinen übrigen theuren Hausgenoßen, und grüße den Netoreck. Ich hoffe, daß deine Daube gesund geblieben sey, und ihr alle es seid.

Von Neuigkeiten ist hier alles still, auch von Lerm und Prunk. Alles ist in den Bädern und im Feld. Noch hoft man auf den Frieden. In Straßburg war von der Verschwörung alles still. Die wenigen Eingezogenen waren wieder entlassen, es war ohne Zweifel alles blinder Lerm, voreilige Furcht.

Wie stehts um die theol. Gesellschaft? Laß dich ia nicht von dem Versuch sie von den Todten zu erwecken, abhalten, und seid fleißig zu halten aus in Einigkeit in Geist.

Das Brieflein will enden
Zur Addresse das Blättlein sich wenden
und beginnen die freudige Fahrt.
Leb wohl dann o Lieber,
hoch schäume dein Freudenkelch über
und salbe dir Scheitel und Bart.
Meine Augenlieder
umschattet des Urgeists balsamisch Gefieder
und zieht mich in Nachmittagsschlummer darnieder.
Es umgaukeln die Träume, wie Nebel
Deinen

redlichen Jean Pierre Hebel

metzgen: *inkognito reisen.* iust aß wemme Zuckerbrod und Nuß: *aus Hebels Gedicht „Noch eine Frage“.* Heustöffel: *Heuschreck.* Fischsucht: *Verlangen, Sehnsucht (proteisch).* Distelzwigli: *Distelfink, Stieglitz.* Ditti: *Säugling, kleines Kind.* Wagle: *Wiege.* Netoreck: *Karl Ludwig Hitzig.*

Lieber Zenoides! [27. Oktober 1809]

24 Tage hindurch, so lange Mad. Hendel hier war, schwelgte ich dismal in einem Genuß, der mir vor einem Jahr schon minutenweise unbezahlbar war. Sie gab dismal ihre mimischen Darstellungen öffentlich, dann die Jungfr. v. Orleans, Medea, die Grävinn Orsina in Emilia G[alotti], die Phädra zweymal,. und am Montag ein Deklamatorium. Ihr Umgang aber ist eine immerwährende Sitzung der Akademie d. Künste, der goldenen Lebensweisheit, und des Frohsinns.

Der Montag war nicht nur mein, sondern des ganzen Oberlandes Ehrentag. Sie hatte schon während ihres Hierseyns fast alle Tage die all. Gedichte mit mir gelesen. Die gramatikalische Aussprache lernte sie anfänglich schwer, weil sie immer andere Dialeckte einmischte und immer mit dem Sinn davon flog. Die höhere, charakter-mahlende fand sie sobald iene Schwierigkeit besigt war, durch ihren Takt und die Gesetze ihrer Kunst selber und stellte den Charakter der Oberländer, wenn sie nicht luxurirte, oft zum Staunen treu und treffend dar. Unter den Stücken, die sie deklamiren wollte stand von den all. Gedichten nur Hans und Verene auf dem Zeddel. Sie trug es in Gegenwart des Hofes und Adels, des F[ürsten] von Thurn und Taxis mehrerer Fremden, die wegen dem Kayser hier waren und mehr als 600 Personen verschiedener Stände unter beständiger Begleitung des allgemeinen Beyfalls vor, der am Ende in ein so lautes und langes Klatschen ausbrach, daß sie hoffen konnte dem Publikum mit einer Repetition gefällig zu seyn, und fieng von neuem an: Es gfallt mer nummen eini. — Aber als iezt nach dem Zeddel eine Scene aus Makbeth folgen sollte, hielt sie einige Sekunden still, schaute mich (ich saß im Parquett in den vordersten Reihen) eine Weile lächelnd an, als die eine Spitzbüberey im Sinn hat, und begann mir selbst überraschend „z'Fryburg in der Stadt etc. Auch dis vortreflich, und fast mit noch größerem Beifall, weil es unerwartet war. Aber nun denke dir ein Weib, das im stolzen königlichen Bewußtseyn alles thun zu dürfen, was es will, auch wirklich alles thut, was sie will — in der Stelle

Minen Auge gfallt — —
gel, de meinsch, i sag der Wer.

dreht sie sich nach mir, lächelt nach mir, sagt

es isch kei Sie, es isch en Er

und deutet auf mich. — Eine Schauspielerinn auf dem Theater, und ein Kirchenrath im Parquett!!! Hätte nicht das Publikum, wenn es auch nur einige Achtung für meine Person und mein Amt hat, iede andere mit dem Zeichen der Indignation auf der Stelle bestrafen müssen. Nichts! Das Klatschen dauerte so lang und laut daß sie den Schluß Vers nicht mehr anbringen konnte, und statt für den Beyfall stumm zu danken, that sie es laut, und sagte, daß sie dieses Glück (ich will aus Bescheidenheit nicht alles nachschreiben, aber das schönste) ihrem Freund Hebel zu verdanken habe, durch dessen Gegenwart sie begeistert sey. Meine Fassung kann ich nicht begreifen, wenn sie nicht selbe dürch geheime Künste auf mich wirkte. Während alle Logen und Gallerien auf mich schauten, schaute ich auf sie, und nickte ihr einen leichten anständigen Dank. In solchen Abentheuern treibt man sich herum. Nach dem Akt holte ich sie in den Culissen zu einer großen Abendgesellschaft ab. Denn obgleich ieden Augenblick der Kayser erwartet wurde, wollten doch alle Eingeladenen lieber bey der gepriesenen Künstlerinn seyn, als die Ankunft des Helden sehn. In diesem Saal hielt ich eine Balkonsthüre (ohne Balkon) für ein Fenster, weil sie zum Behuf der Illumination eine leicht eingeschobene Blendung hatte, lehnte mich, wiewohl schon einmal gewarnt, um die Pfeife auszublasen an die trügliche Brustwehr. In einem Nu lag Brustwehr Lampen und Licht zerschmettert unten auf der Gasse, und ich, ich weiß nicht durch welch Wunder noch mit der schwereren Hälfte des Körpers im Zimmer obgleich der Kopf, der weit in der Luft und Nacht drausen schwebte, um 12 Uhr auch nicht mehr leicht war. In 4 Wochen kommt M. Hendel noch einmal auf 14. Tage um hier die Kayserinn Kunigunde v. Werner, ein neues Stück, das noch nirgends aufgeführt und noch nicht gedruckt ist, zum erstenmal zu geben. Werner hat die Rolle der Kayserinn für sie gedichtet, und die Ausgabe bekommt ihr Portrait.

Daß der Kayser nicht kam, weißt du, warum, weiß ich so wenig als du. Man gibt so widersprechende Ursachen davon an, daß alle im Unwerth bloßer Erfindungen dastehen.

Sicherer ist's, daß iezt die neue Organisation losbricht. Ein Beweis daß man iezt weiß, wie man dran ist. Reitzenstein ist Cabinetsminister, Marschall Conferenzminister, Banquier von Türkheim in Straßburg Finanzminister (alles gut), das Land wird in 11 Präfekturen getheilt.

Iez, bhüetich Gott der Her
en anderi Cheeri mehr!

H.

Nach. Heute, Freitags, halten wir die verunglückte Illumination des Cirkels für uns, wie man einen Braten, wenn der Gast nicht gekommen ist, den andern Tag selber frißt.

Abendgesellschaft: *im Hause des Hofarztes Karl August Seubert.* Kayserinn Kunigunde: *„Kunegunde die Heilige, Römisch-Deutsche Kaiserin", ein romantisches Schauspiel von Zacharias Werner. Die geplante Aufführung kam nicht zustande.* daß der Kayser nicht kam: *In Karlsruhe hatte man Napoleon erwartet und den Schloßplatz entsprechend ausgeschmückt. Der Kaiser umging jedoch die badische Residenz und kehrte am 24. Oktober im Rastatter Schlosse ein.*

AN SOPHIE HAUFE

[28. Oktober 1809]

Ich begreife sehr gut, liebe Frau Sophie daß ich seit 4. Wochen, so lang M. Hendel hier war vor lauter blauen Wundern und ästhetischem Schlaraffenleben nicht habe schreiben können. Sie gab außer den mimischen Darstellungen, Medea, (das wissen wir) die Jungfr. v. Orleans, Orsina in Emilia Gal. 2 mal Schillers Phädra und eine deklamatorische Akademie. Aber wie? Oft war es mir, wenn ich sie in der ganzen Glorie ihres Genies und ihrer Kunst erblickte, wie einem, der mit einem höhern Wesen im Umgang steht und die Ahndung hat, es könne kein gutes Ende nehmen. Fast wurde es am Montag wahr. Sie deklamirte im Theater Hans und Verene zweimal hinter einander mit ungemeinem Beifall. Das war gut. Als nach dem Zeddel iezt eine Scene aus Makbeth folgen sollte, lächelte sie mich (ich saß in den vordersten Reihen) schalkhaft an, als die eine Spitzbüberei im Sinn hat, und fing mir selbst überraschend den verliebten Hauensteiner an: „z' Fryburg in der Stadt sufer ischs und glatt." Auch gut. Aber als sie sagen sollte:

HENRIETTE HENDEL-SCHÜTZ

Minen Auge gfallt — —
— — — — — —
's isch e Sie, es isch kei Er.
Dreht sie sich nach mir, lächelt nach mir, sagt
's isch kei Sie, es isch en Er

und deutet auf mich. Was sagen Sie? Eine Schauspielerinn und ein Kirchenrath in Gegenwart des Großherzogs, des Hofes, des Fürsten von Thurn und Taxis (des wahren) vieler Fremden, und 600 andern. Ist schon so etwas einem Kirchenrath passirt? Mir noch nie. Indessen lief auch das noch glücklich ab. Vor langem lauten Beyfall konnte sie die Schlußzeile gar nicht mehr anbringen, und dankte für ihn, nicht stumm, sondern laut, und sezte hinzu, sie habe dieses Glück (ich will nicht alles schreiben) ihrem Freund Hebel zu verdanken, dessen Gegenwart sie begeistere. Nach dem Schluß dankte ich ihr im Garderobezimmer mit einer Umarmung, das war auch gut, und holte sie zu einer Abendgesellschaft ab, wo ich ihr zur Vergeltung einen heroisch tragischen Auftritt so gut ichs als Laye kann zum Besten gab. Ich stürzte nachts um 12 durch eine Balkonthüre (n. b. ohne Balkon) die ich für ein Fenster hielt, an welchen ich die Tabakspfeife ausleeren wollte hinaus, blieb aber doch mit der schwereren Hälfte des Körpers im Saal, obgleich der Kopf draußen in der Luft, nachts um 12 Uhr auch nicht mehr mein Leichtestes war, ganz ohne allen Nachtheil, ohne den mindesten Schrecken, ohne Spur von Schmerz. Ich begreife meine Rettung und meine Ruhe bei völligem Bewußtseyn nicht, aber schon vor einem Jahr habe ich M. Hendel dafür angesehen daß sie im Besitz verborgener Künste sey. Am Montag gieng sie fort. Seitdem spielen ich und ihr Eichhörnlein das sie mir schenkte, zwey betrübte Figuren mit einander. In 4. Wochen kommt sie wieder, und gibt die Kayserinn Kunigunde, ein neues noch nie und nirgends gesehenes Schauspiel. Ich wills nicht umsonst gesagt haben. Denn nach Straßb. kommt sie nicht — weil der Kayser nicht nach CRuhe kam. Ein einzigmal fuhr ihr der Gedanke durch die Seele.

Was sagt mein Erzkanzler durch Arelat dazu, daß Banquier Türkheim hiesiger Finanzminister wird? Haben wir einmal nach dem rechten gegriffen?

Gestern wurde die Illumination, die auf den Kayser gerüstet war, angezündet, wie man einen Braten, wenn der Gast nicht gekommen ist, den andern Tag selber frißt. — Herzliche Grüße den Freunden J. P. H.

AN HENRIETTE HENDEL

Liebe, verehrte Freundinn!

Lange hätt ich es ohnehin nimmer ausgehalten, ohne an Sie zu schreiben. Seit Sie uns verlassen haben, ist mir halb Carlsruhe ausgestorben. Unwillkührlich richteten sich anfänglich alle meine Gänge nach der Post. T.S.M. — — Wenn ich klug wäre, müßte ich die Post meiden, wenn Sie wieder kommen, aber ich will lieber thöricht seyn, kommen Sie nur bald wieder.

Ihrem Auftrage leiste ich Genüge, nicht, wie ich gern möchte, sondern wie ich kann. Fürs erste möchte ich nicht zu dem Entwurf rathen, den Sie mir zugeschickt haben. Ich lege Ihnen zur Prüfung einen andern vor. Auf alle Fälle bitte ich Sie alles Anzügliche, alles Feindselige, alles was dem Ton des H. B. v. W. sich von ferne nähert, zu verhüten, z. B. Paroxysmus, Flügel spreitzen etc. und sich ruhig, ernst und gleichsam in rechtlicher Form vor dem Publikum auszusprechen. Wortwechsel in Zeitungen und Journalen stehn leider in Paralelle mit denen auf der Gasse und nehmen gewöhnlich das nemliche Ende. Eine Frau, und eine Frau von Ihrem Werth und Ansehen, darf sich nicht aussetzen. Aber das Schlimmste, wenn es durch meine Hand gehen soll, ich stand mit dem Herausgeber des Freymüthigen in meinem Leben nur einmal in einer Berührung, die schlimmer ist, als gar keine. Ich wich einer literarischen Anwerbung, die er an mich ergehen ließ, aus. Mein Name wird also, wenn Sie zu dem Ihrigen noch einen zu bedürfen glauben, nicht viel zur Förderung der Sache beytragen. Doch lege ich Ihnen ein Schreiben an ihn bey. Trauen Sie ihm etwas zu, so versigeln Sie es mit dem Calender Ring und lassen es von einer Hand, der meinigen nicht unähnlich überschreiben. Aber sollten Sie es nicht an iemand einschließen, der die Insertionsgebühren zugleich entrichtet? Wird sich der Gegenstand überhaupt, zumal als Fortsetzung einer anderswo begonnenen Fehde in d. Freymüthigen eignen? Ich möchte eher eine Literaturzeitung, namentlich die Hallische vorschlagen, wenn nicht bereits ein anderes Lesepublikum von der Sache Notiz hätte. Doch würde der rheinische Correspondent schwerlich wenigstens die Anzeige verweigern, daß Ihre weitere Erklärung gegen B. v. W. da und da zu lesen sey. Sie scheinen in der Wahl des Gerichtshofes, an den Sie Ihn weisen wollen, unschlüssig zu seyn. Wählen Sie ia sicher und mit iuristen Berathung. Wenn er abgewiesen würde, so hätten Sie ihm einen großen Vortheil gegen sich in die Hände gespielt. So viel hievon.

Das Eichhörnlein hat vortrefflichen Appetit, aber unter uns gesagt, nicht viel Genie. Ich wende alles an, mich ihm verständlich zu machen, aber vergebens. Trotz alles Unterrichts wird es bey seinem Geschlecht es nie soweit bringen, als seine Gebieterinn, iezt Schutzheilige bey dem ihrigen. Aber sehen sollten Sie, wie das Götterkind, das sonst nur Ambrosia und Nektar nippte, sich in einen Spartaner umgefressen hat, der neben Castanien und Eicheln das köstlichste ligen laßt, trotz einem seiner Brüder im Wald.

quem nec Deus mensâ, nec Dea dignata cubili est.

Kölle und ich, um in der Rheie (so!) Ihrer Attachirten fortzufahren, leben iezt wie 2 Religionssekten, die die nemliche Begebenheit an 2 verschiedenen Tagen feiern, sehr intolerant neben einander. Denn wenn ich sage: Heut sind es so viel Tage, so sagt er: Für mich einen weniger, und Ladome, der am Tag Ihrer Abreise wieder kam, bildet die dritte Parthie des seligmachenden Kirchleins oder repräsentirt vielmehr die Heiden im Vorhof.

Herrn Vogel ist auf d. 1sten Nov. 1810 aufgekündigt. Herr Kölle, ich und das Publikum haben schon eine Directrice gewählt.

Herr und Madame Eslär deklamirten im Museum, er vortrefflich, sie viel besser als ich. In der Braut v. Messina exequireten die Grenadiere von der Hauptwache in griechischem Costüme! den Chorus ungemein, wahre Ableiter des Schmerzes und der Thränen. Die nachgegebene Illumination, die nicht nur den Cirkel, sondern auch den Nebel erleuchtete, haben Sie nun verscherzt. An meiner Beschreibung dazu war ein Druckfehler, der die Säulen des Napoleon mit der troianischen in Rom verglich, das interessanteste. Daß doch immer die Setzer die witzigsten sind!

Becker mahlt fleißig. Ich will damit an etwas erinnert haben, an etwas Schönes. Aber wie viel Zutrauen zu Ihrer Gedult und zu Ihrer Güte gegen mich verrathe ich durch mein langes Geplauder. Grüßen Sie von mir Ihre liebe Begleiterinn Louischen, die sich in dem fremden und volkreichen Frankfurt sehr heroisch umthun wird, und erscheinen Sie bald mit einem recht freundlichen Gesicht

Ihrem ergebensten Fr[eund] Hebelius

Cruhe d. 8ten Nov. [180]9.

nb. Ich benehme mich nicht in allen Gesellschaften so einfältig wie in der Ihrigen. Es kommt von der heiligen Scheue her.

T.S.M.: *Abkürzung von „Tausigsappermost", einer Beteuerungsformel. Siehe das Gedicht „Der Schwarzwälder im Breisgau" mit dem Beginn: „Z' Müllen an der Post, Tausigsappermost." – Henriette Hendel logierte demnach im Gasthaus „Post".* H. B. v. W.: *Dem Stuttgarter Hoftheaterintendanten Baron von Wächter und dem Theaterschriftsteller Freiherrn von Thumb-Neuburg hatte Henriette Hendel das Manuskript des Schauspiels „Kunegunde" (s. Anm. S. 168) gezeigt. Thumb hatte darauf eine Vorausbesprechung veröffentlicht, die dem Stück nur geringe Chancen einräumte. Henriette Hendel hatte dies in der Rheinischen Correspondenz als Indiskretion beanstandet, Wächter und Thumb hatten im gleichen Blatt scharf reagiert.* quem nec deus ...: *nicht ganz korrekt nach dem Schlußvers von Virgils 4. Ecloge: nec deus hunc mensa dea nec dignata cubili est. (Kein Gott würdigt ihn des Tischs, keine Göttin des Lagers.)*

AN HAUFE

Trauriger Polymeter.

„Die Erde ligt im Norden und im Winter des Welt-alls. Wer auf ihr gebohren wird, deß Tag ist kurz, und die Nacht, die ihn begrabt, währt lang.

Anderst.

„Das menschliche Leben ist ein Thomastag im Welt-all.

Herr Gevatter könnt ihr mir nicht noch einmal die Rechnung von Hegi geben. Ich habe sie verlohren, und doch das Geld noch nicht erhoben.

Halbgeistlicher, halbprosaischer Polymeter.

Um sich vorzustellen, im Himmel sey's schön, darf man nur annehmen, daß in unserer Natur noch ein ganz neuer Sinn geöfnet werde, von dem wir iezt noch so wenig wissen als der Blinde vom Gesicht und seinen Gegenständen. Wenn wir alle blind gebohren wären, wie die Katzen, aber länger, und würden am Maytag im Blüthenhain auf einmal sehend, und die Mutter sähe ihr Kind und das Kind den Schmetterling, so wären wir alle im Himmel.

Ihr habt den H. Peale od. Piehl gesehen, das ist schön. Ich hab seine Kunst auch gesehen bey der Grävinn v. Benzel (er ist ihr Verwandter, unter uns gesagt) das war auch schön. Aber deswegen müßt ihr euch nicht vorstellen, daß ihr eine mimische Darstellung gesehn habt, oder in euerm Leben eine zu sehen bekommt.

Ich habe in dieser Nacht das Jahr bey der Mad. Hendel gewechselt und gratulire euch zum neuen. Sie war nur 3 Tage hier, und ging heute wieder fort, und iezt —

Wie einstens an des Nilus Strand
der König stand —
Die sieben fetten Küh' verschlangen hag're
Die sieben vollen Aehren sieben mag're
Daß sein Verstand
und königlich Besinnen schwand.
So steht in seinem Kämmerlein
und athmet schwere Trübsal ein
an iezt der König ohne Land.
Verlohren sind ihm Rast und Ruh
Er reitet auf der magern Kuh
Die dürre Aehre sproßt im Sand.

Frau Gevatter, ich hab ihr einiges aus euerm Brieflein vorgelesen und meine Antwort darauf ganz.

Ihre Benefizkomödie trug ihr reinen Gewinn in allem vierzig Gulden ein, und ein par Unarten, nach dem sie als Medea, Jungfr. v. Orleans, Orsina, und zweymal als Phädra umsonst gespielt und die Reise von Darmstadt her und hin gemacht hatte. Carlsruhe ist nicht so schlimm als mans verschreit.

Vom Großherz. von Darmstadt hatte sie 200 Louisd'or blank und von seiner Gemahlin 1500 fl. an Werth in Schals und Geschmeide erhalten. Denen sollte man einen Vogtmann setzen.

Cotta in Tübingen wird nächstens ein neues Büchlein von mir drucken, nemlich ein altes, aber keine allemanischen Lieder. Er will mir dafür eine Reise nach Paris frei halten. Aber ich geh' nicht.

Frau Gevatter!

Wollt ihr mir nimmer in Versen schreiben,
ihr könntets ia wieder in Prosa treiben.

1. Jenn. 1810 H.

Frau Gevatter, iez will ichs aufrichtig gestehn. Ich geh' herum, wie der Schatten an d. Wand. Frau Prosa merkt nicht, was ich meine.

Thomastag im Weltall: *der Thomastag, 21. Dezember, ist der kürzeste Tag des Jahres.* Benefizkomödie: *Kotzebues Schauspiel „Octavia".* ein neues Büchlein: *Das Schatzkästlein des Rheinischen Hausfreunds.*

AN HENRIETTE HENDEL

Ich übersende Ihnen, meine verehrteste Freundinn, von Herrn Walter die bestellten schönen Siebensachen und lege tausend Grüße und Küsse und gute Wünsche dazu. Die Armbänder waren nicht bey dem uns zugesendeten. Dagegen wollte ich Herrn W. nicht abhalten, noch einiges als Probe beyzulegen, denn er glaubt, es würde Ihnen gar zu schön stehen, als ob nicht alles schön würde, was Sie anlegen. Gefallen Ihnen iedoch diese Kleinigkeiten nicht, so schikken Sie sie nur unfrankirt an mich zurück. Walther hat den Unbeschnittenen in Rastadt noch sonst in der Gewalt, um es ihm ohne gutes Wort und ohne Dank wieder abzuzwacken.

Gmelin wollte Ihnen noch danken für Ihre Güte und die schönen Novemberblumen aus Frankfurt — das Zarte klettert so eben am Tisch herauf und hüpft über ein par Bücher, Papirscheeren und Tabackspfeifen daher, als ob es wüste, an wen ich schreibe —

— — und empfielt sich, nemlich Dr. Gmelin. Aber Apropos, indem ich iezt von Gmelin an den Adiunkt hinüberdenke — Spinnit, Töchterli, spinnit — — Ich muß Sie noch einmal um kurze Frist bitten. Der Unbeschnittene hat meinen Abschreiber übereilt, auch schreibe ich lieber zweimal an Sie als nur einmal. Ich will Ihnen nichts schuldig bleiben.

Wie wohl, es drückt mich noch ein Beichtlein gegen Sie, und ich möchte iezt gerne Ihre Delikatesse und Klugheit besitzen, um zu wissen, was ich thun soll. Sie hatten mich vor 2 Monaten gütig um etwas angesprochen, was Sie das leztemal nimmer zu verlangen schienen. Ich glaubte Sie zu verstehen, wenn ich auch davon schwiege, und rühre es iezt blos an, um bey Ihnen gerechtfertigt zu erscheinen. Nichts für ungut meiner Plumpheit! Sie kennen mich ia. Sie bedürfen nicht viel Zeit dazu, die Leute kennen zu lernen.

Wenn ich iezt pfiffig seyn wollte, so könnte ich meinen langen Brief noch mit einer Entschuldigung darüber verlängern. — Gönnen Sie mir fortdauernd Ihr Wohlwollen und nehmen Sie gerne die Versicherung meiner herzlichen Ergebenheit und Verehrung von mir an.

CR. d. 5ten Jenner [18]10. J. P. Hebel

das Zarte: *das zahme Eichhörnchen, das Henriette Hendel bei Hebel zurückgelassen hatte.* Adiunkt: *Kölle.* Spinnit, Töchterli: *Anfang des Gedichts „Riedligers Tochter".* um etwas angesprochen: *gemeint ist ein „alemannisches Nachspiel", zu dem Henriette Hendel Hebel ermuntern wollte, das jedoch nicht zustande kam.*

AN KARL FRIEDRICH SCHÜTZ

Wohlgebohrener, Hochzuverehrender Herr Professor!

Ich bezeuge Ihnen meine innige Theilnahme an dem Glück der schönen Verbindung, die Sie mir freundschaftl. anzeigten, und meinen wärmsten Dank für alles Liebe und Freundliche, was Sie in Ihrem Briefe mir mittheilen. Ich kann nicht aussprechen, wie glücklich ich Sie schätze, denn ich habe die Worte nicht, um Ihnen zu sagen, wie sehr ich Ihre Gattinn verehre und wie glücklich sie uns auch hier durch ihre Kunst, und alle, denen sie ihr Wohlwollen schenkte, durch ihre Güte und ihren herz und geistvollen Umgang gemacht hat.

Indem Sie mir Ihre Theilnahme an dem Wohlwollen zusichern, mit welchem dieselbe während ihres Hierseyns mich behandelt und vor gezogen hat, bieten Sie mir das erfreulichste Geschenk, das ich mit offenem Herzen aufnehme. Empfangen auch Sie mit Wohlgefallen die Versicherung meiner freundschaftlichsten Gesinnungen. Wie gerne trage ich auf den Gatten meiner edlen Freundinn auch die innigen Gesinnungen und Gefühle über, die ich schon lange für den Namen Schütz gehegt habe.

Erfüllen Sie ia die schönen Hoffnungen, die Sie mir eröffneten, nächst in 2 Jahren den Vater Rhein zu besuchen. 2 Jahre sind so lang, und der Aufenthalt der Reisenden so kurz, denn ich merke schon, es geht durch hier in die Schweitz, auf den Rigiberg, auf den helvetischen Pindus. Nein, kommen Sie bald mit Sack und Pack, mit Frau und Kind in das paradiesische Thal des Neckars und auf immer in unsere liebe Nähe.

Aber iezt erlauben Sie mir, noch ein wenig mit der Theuren selber zu kosen. Empfehlen Sie mich bestens Ihren verehrungswürdigen Eltern. Ich rechne mir es zu einer besonderen Ehre, von Ihrem verdienstvollen Herrn Vater, den ich innig verehre, mit Wohlwollen gekannt zu seyn, und bin mit den reinsten Gesinnungen Ihr ergebenster D[iener] und Freund

Carlsruhe d. 13. Nov. 1810 Hebel

AN FRIEDRICH HEINRICH JACOBI

Carlsruhe d. 28. Jan. 1811

Wohlgebohrener Hochzuverehrender Herr

Was werden Sie von meinem langen Stillschweigen zu dem wohlwollenden Schreiben denken, mit welchem Sie mich beehrt haben! Sie könnten mich für sehr gelehrt halten, weil sehr gelehrte Leute bisweilen auch sehr zerstreut seyn sollen. Doch halten Sie lieber diese Zögerung einem Manne zu gut, der zu vielen, und was das schlimmere ist, zu vielerley Geschäften auch noch ein wenig an die Unordnung gewöhnt ist, und so oft die Erfahrung des Plinius bey sich machen muß, daß jeder einzelne Tag seine eigene und hinreichende Entschuldigung habe, viele zusammen aber gar keine mehr.

Aber empfangen Sie gleichwohl auch jetzt noch gerne meinen wärmsten und lebhaftesten Dank für die Ehre Ihrer Bekanntschaft, die Sie mir gönnen, und für die Güte, mit welcher Sie mir einige so sehr interessante Impressa Ihrer preiswürdigen Akademie zu Theil werden ließen.

Ihr Beifall und Ihr Wohlwollen ist ein schönes und schmeichelhaftes Geschenk für die allemanische Muse. Vielleicht ist es dem Manne, der mit so philosophischem Geist die Entwicklung und den Gang des menschlichen Geistes in seinen Individuen beobachtet, nicht unangenehm etwas von ihrer anomalischen Geschichte zu hören. Schon als Knabe machte ich Verse. Meine Muster waren das Gesangbuch und ein Manuscript, später Gellert, Hagedorn und sogar Klopstock. Ie mehr mein Urtheil über Dichterwerke reifte, desto mehr überzeugte ich mich von dem Unwerth meiner eigenen und von dem Unvermögen besseres zu machen. Zuletzt hörte ich ganz auf ohne Vorsatz, wie ich ohne Vorsatz angefangen hatte. Im 28st. Jahr, als ich Minnesänger las, versuchte ich den allemanischen Dialekt. Aber es wollte gar nicht gehn. Fast unwillkührlich, doch nicht ganz ohne Veranlassung fieng ich im 41 ten Jahr wieder an. Nun gings ein Jahr lang freilich von statten. Der Knabe im Erdbeerschlag war das erste, der Statthalter das zweite, das Spinnlein das lezte. Ich glaube, daß ich noch lange hätte fortfahren können. Aber seit die Gedichte gedruckt sind, thut die Muse wieder kalt, als ob ich wider ihren Willen das Geheimniß ihrer Gunst verrathen hätte. Wenn ich mich recht fühle und schätze, so kann ich seitdem nur noch mich selber nachahmen.

Verzeihen Sie meine Gesprächigkeit! Auch diese Erscheinung wird Ihnen nicht die erste seyn, daß man oft an sich selber merkwürdig findet, was andern nicht so scheint.

Ich bin mit der aufrichtigsten Verehrung Euer Wohlgebohren ergebenster Dr. Hebel

AN HITZIG

[13. April 1811]

Ich stech o Zenoides aus meinen Ferien, ia zwischen dem Charfreitag und Ostern einen Tag heraus zum Briefschreiben, und des Tages lieblichste Stunde und das erste Pfeiflein dazu, für dich, auf daß gleich wie die Glocken heute in Rom sind, oder dermalen vielleicht in Savona, oder Nizza, oder wo der hl. Vater seine lange Carwoche ohne Ostern hält, also ich auch in meinem Miniatur Italien, in meinem Römlein, in deinem Tusculum, in deinem Tivoli mich erluste und ausläute, und getauft werde in den Armen und am Busen der Freundschaft mit Belchenäther und Wiesenduft, und Schlüßelblümleinshauch aus dem Röttler Wald. Solcher Nothtaufen o Zenoides bedarf ich immer mehr. Denn alles Heilige will mich verlassen, und bald vergäße ich, daß ich hier, wie bekanntlich die Türken in Europa, nur kampire, und dem heiligen Boden des Πτ angehöre, wenn er mich nicht durch Creutz und Trübsale erinnerte, daß ich hier nur in der Fremdlingschaft und in einer egyptischen Ziegelhütte metzge. Deine Theilnahme an meinem Elend ist mir ein Tröstlein. Den ganzen Tag auf dem Catheder sitzen, ist ein Feyertagsleben, ein Ostermontags Späßlein, nach dem ich mich zurücksehne. Aber daß ich über den heillosen Mechanismus des Ganzen wachen muß, daß sich mein Museum, meine Proteuskapelle in eine Canzleistube verwandelt hat, wo ich den ganzen Tag Berichte schreiben, Buch und Rechnungen führen, Red und Antwort geben, Akten durchgehen, Süddeutsche Miscellen censiren, statt daran zu arbeiten, examiniren, castigiren, Zeugnisse fertigen, mit allen Vätern aller Kinder des Lyceums correspondiren muß, das lehrt mich den Sinn der Worte verstehen: „Ich sterbe täglich." Soll ich den Pult umstoßen? Soll ich — Ein Bein hab ich daran. Hab ich dazu Thau auf dem Belchen getrunken, und das Rauschen der sieben Buchen gehört, und den Räderschlag der Utzenfelder Mühle? Bin ich dazu 9 Sommer lang in der Wiese gelegen, und Einmal mit dem Kanderer Sonntag im Gräblein? doch ohne Spaß und Uebertreibung, es sind mir fast alle Freuden aus dem Geschäft entflohen, und viele sogar aus dem Leben und es erfreut mich nur noch der Dank der mir für mein Märtyr und Marterthum wird in der Achtung und d[em] Wohlwollen des Publikums. Also gute Nacht, zweiter Theil der a.[lemannischen] Gedichte. Das Schatzkästlein verspricht Cotta noch auf die Ostermesse. Doch enthälts für die Leser des Calenders nichts neues. Seit dem letzterer in der Hallischen Lit. Zeitg. recensirt, und natürlich gelobt ist, denn der Recensent ist der fünfte und derweilige Gatte meiner guten Freundinn M. Hendel, der Schwiegermutter des Adiunkts, seit dem wird er stark ins nördliche Deutschland gesucht. Zum Glück sind die meisten Jahrgänge vergriffen. Neulich schrieb Goethe darum. Wer bin ich, o Herr, und wo ist mein Haus? — Ich habe keins. —

(. . .)

Unsere Vorwaltenden Unterhaltungen im Museum sind noch immer Bulls und schlechte Räthsel, Emetica genannt. Ein Par Proben. Ein Geistlicher machte seine Zuhörer aufmerksam, daß die merkwürdigsten Ereignisse im Leben von Christus immer auf Feyertage fallen, und ermahnte sie daher etc. etc. Jemand ging mit seiner Familie über einen Kirchhof und sagte: Hier kommen wir auch wieder einmal zusammen, wenn uns Gott Leben und Gesundheit verleiht. Wann ists dem Reuter am schlimmsten, und dem Pferde am besten? Antw. Wenn beide in's Gras beißen. Wer war der erste Bauchredner? Jonas.

Eisenlohr spart mir viel Fragen an dich und dir viel Antworten drauf. Er ist schon ganz mager. So wie ein Schröpfhörnlein voll ist, setz ich ihm ein anderes an. Aber deßwegen darfst du mir doch bald wieder schreiben. z. B. ob du nicht an Buggingen denkest, hat er mir nicht gesagt. Auch hör ich das lieblichste und freundlichste am liebsten von dir selbst. Wann schreibst du mir, daß du nach Rippur kommst. Wie sehne ich mich darnach? Wie sehr bedarfs der arme Netoreck mit seinen gebundenen Flügeln. Der Himmel erhalte die Deinigen in reger Schwungkraft und lächle dir zu allen Fenstern und Chlimsen hinein. Herzl. Grüße JPH

Savona: *Aufenthaltsort des von Napoleon gefangengehaltenen Papstes Pius VII.* Süddeutsche Miscellen: *Süddeutsche Miscellen für Leben, Literatur und Kunst, herausgegeben von Ph. J. Rehfues, erschienen 1811–12 bei C. F. Müller in Karlsruhe.* sieben Buchen: *Schönen Buchen nördlich Schönau.* Utzenfelder Mühle: *im oberen Wiesental nördlich Schönen Buchen.* der arme Netoreck: *Karl Ludwig Hitzig, der sich als Pfarrer in Rüppur sehr unbefriedigt fühlte.* Chlimse: *Ritze in der Wand.*

AN JEAN PAUL RICHTER

Carlsruhe, den 2. Juni 1811

Die allemannischen Gedichte konnten nicht höher geehrt und der Verfasser dazu nicht inniger erfreut werden, als es in der Z[eitschrift] f[ür] d[ie] e[legante] W[elt] und im unvergleichlichen Katzenberger durch Ihr Urtheil geschehen ist, durch das Urtheil eines Mannes, dem so alle guten und fühlenden Menschen huldigen, und ich rechne es zu den schönsten Preisen, die mir die Muse ersang, daß Sie mir gut sind und daß ich ietzt an Sie schreiben kann fast wie ein guter Bekannter an den Anderen; wenn ich's nur auch ein wenig schöner könnte!

Ich bitte Sie, das Schatzkästlein des rheinischen Hausfreundes, das dieser Brief begleitet, gütig von mir anzunehmen. Es enthält zwar nicht viel, was Sie anziehen kann; der Innhalt ist fast so kalenderhaft, wie Druck und Papir. Aber wenn ich unterdessen auch nur ein ABC Buch geschrieben hätte, — was ich auch in Zukunft noch zu thun im Stande bin — es hätte mir zum Mantel dienen müssen, Ihnen einmal in diesem Leben meinen Dank für so manche himmlische Stunde, die mir durch Ihre Schriften ward, und die wahrhaft heilige Liebe zu Ihnen zu bezeugen, womit ich bin J. P. Hebel

Dieser Brief begleitete das soeben bei Cotta erschienene „Schatzkästlein des Rheinischen Hausfreunds". Katzenberger: *s. Anm. S. 162*

AN HENRIETTE HENDEL-SCHÜTZ

Theuerste, verehrteste Freundinn! [Anfang Juni 1811]

Ich bitte Sie das Schatzkästlein des rheinländischen Hausfreundes, das dieser Brief begleitet, freundlich von mir anzunehmen und ebenso freundlich zu verzeihen, daß Sie so oft darinn genannt sind. Hab ich mirs versagen können, mit Ihrer Freundschaft groß zu tun, die ieden, der sie genießt, so sehr beglückt? Der Adiunkt nimmt es schon nicht so genau und findet sich sogar geehrt, daß er auch paradirt, zumal als Schwiegersohn: den Hausfreund selber schlagt er so hoch nicht an.

Unsere gute und sinnige Benda hat allgemeinen Beifall, und ich danke Ihnen sehr dafür, daß Sie mir die Bekanntschaft derselben durch Ihr gütiges Schreiben so zuvorkommend erleichtert haben. Der Himmel lächle zu Ihrem schönen Gedanken, wie ich darüber frohlocke, und zünde alle Sterne an, und fege alle Wolken weg, daß Sie bald zu uns kommen, der Herr Gevatter auch, die herzige Pathe doch auch, — und daß Sie vielleicht auf immer die Unsrigen werden wollen. Dann bin ich ein glücklicher Mann, und es kann noch etwas aus mir werden. Meine herzlichen Grüße Ihrem Herrn Gemal und o wie viel Küsse dem kleinen Engel und der Mutter. Herzlich Ihr ergebenster der Hausfr[eund]

AN WILHELMINE HITZIG

[Anfang Juni 1811]

An meine liebe Pathe W.[ilhelmine] H.[itzig]

Gib acht Mägdlein, und erschrick nicht vor dem rheinländischen Hausfreund. Denn wenn ich die Larve vor dir abziehe, — sieh, ich zieh sie ab — so steht dein eigener Hausfreund und Pathe vor dir, der dir ein goldenes Büchlein schenkt, aber das wahre Gold ist innwendig, zwar mit viel Kupfer legirt, etwa 4karäthig.

Wenn du nun bereits so gut lesen kannst, als deine Mutter der Spinnerey vorzustehn, und dein Pathe der Warheit zu Hülfe zu kommen weiß, wenn sie es braucht, so setze dich fromm zu deiner Mutter und lis ihr aus dem Büchlein vor. — Das Papir wird dir die Augen nicht verblenden, dafür hat ein anderer gesorgt, — und laß dich von deiner Mutter belehren, wie alles darauf abgesehen ist, dich und dein Freundlein S .... lustig und fromm zu machen, Ihr könntet mir einen großen Dienst damit erweisen. Zu seiner Zeit wirst du auch deine iüngern Geschwisterlein daraus unterrichten, du bist alsdann die Priorinn im Clösterlein.

Der liebe Gott halte es gut mit dir, und wickle dich in gute Tage und viel Zuckerbrod ein.

Genehmige den Ausdruck meiner herzlichen Liebe mit welcher ich allstets bin dein treuer Pathe J. P. Hebel

[9. August 1811]

Ich grüße dich o Zenoides in deinem Brieflein, und in deiner Predigt, und weil ich muthwillig bin pfez' ich dich auch in den Arm. Spürsch's? Die Predigt hab ich in Ungeduld bey dem Afternetoreck selber abgeholt, troz mich die Sonne an dem heißen Tag unterwegs ausgekocht und ausgesotten hat, wie ein Pfündlein Rindfleisch. Es ist schwer eine gute Gelegenheitspredigt zu halten, wie auch ein gutes Gelegenheitsgedicht schwer ist, zumal bey solchem Reichthum und Ueberschwang des Stoffs.

’Ιδαν ες πολυδενδρον ἀνηρ ὑλητομος ’ελθων
παπταινει — ποθεν αρξεται εργου.
τι πρωτον καταλεξω;

Aber was rein und lebendig aus dem frommen warmen Herzen kommt, geht wieder so zum Herzen, und thut ihm wohl. Das that uns deine Predigt. Wir lasen zum lustigen Contrast zugleich die Rede auf den höchst seligen Hintritt etc. von dem neuen Dekan in Hornberg. Möge sie niemand mit der deinigen in den nemlichen Band heften lassen.

In Baden, wo ich 8 Tage lang metzgete fehlten mir nur zwey Personen, du und ich. Ich war mitten im Creis und Brennpunkt der Freude viel melancholisch, doch vorübergehend in schnellen Wechseln, wie die Schatten der Wolken, wenn sie im Frühjahr über den Hünerberg fliegen. Doch hab ich auch manchen kleinen Spaß getrieben und erlitten. Hab ich nicht an der Tafel mich den Graven gleichgeachtet, und mit dem König von Bayern auf der Promenade in die nemliche Lotterie gesezt, und den Abend im Lamm bey den Handwerksburschen zugebracht? Hab ich nicht einem Schumacher, der in L[örrach] bey Lauchenauer einmal geschaft hat, weiß gemacht, ich sei ein Schwager von Gerwig. Der Rühl sei mein Vater gewesen, und bin nachher Herr Rühl genannt worden. Hab ich mir nicht hinwiedrum vorgestellt, ein krankes Mädchen an der Tafel, das nicht aß, nicht trank, nicht redete, nur theilnehmungslos herumschaute, sey der Tod, der mit uns zu Mittag esse, und habe viel Phantasien aus ihr heraus und an sie hingesponnen, ob ich gleich neben einer brillanten Ehrendame das heißt Badhure saß. Das war aber im Hirsch. Denn in dem Salmen logiren keine Ehrendamen, sondern kommen höchstens Abends wenn gespielt wird. Hab ich endlich nicht, unter uns gesagt, und nur unter uns gestanden in 8 Tagen 60 fl. durchgebracht. Denn ich dachte wie Ulyßes an dem Hof des Alcinous: „Gebt mir zu essen, ob ich gleich so betrübt bin."

Ich dächte du solltest doch Emmendingen annehmen, wenn es dir geboten wird, und dann auch öfters nach C.[arls] R.[uhe] oder Rüppur kommen und deinem und dem rheinländischen Hausfreund, wenn er Station bei dir hält, ein freundliches Gesicht anwerfen. Man scheint im Reg. Blatt, durch den Beysatz, daß sich nur Würdige melden sollen, fast die Bescheidenheit der Uebrigen in Anspruch nehmen zu wollen damit sich niemand melde, damit mans dem geben kann, den man selber für den Würdigen hält. Es ist eine größere Ehre für Emmendingen als für das Totale der Candidaten, die durch ihre Anciennetät zur Meldung berechtigt scheinen können. Mein Interesse berechne ich nicht in meinem Rath. Ich möchte, mich angesehen, lieber alle meine Freunde ins Wiesenthal hineinzenseln, als die wenigen, die ich noch drinn habe, hinaus. Jeder nimmt mir etwas mit, du Rötteln und Lörrach und die ganze Wiese von Dotnau bis an den Stettemer Steg und das Heiligthum des Proteus. Es wird nimmer viel übrig seyn. Möchte dir der arme Afternetoreck nachfolgen können, der mich dauert, so oft ich ihn sehe, mit seinen beschnotenen Flügeln, wie er schnauft nach einer andern Luft, und nicht daheim ist.

Gestern war große Aufwartung bey der Großherzoginn. Sie sieht etwas übel aus, und scheint von der iugendlichen Unbefangenheit mit der sie zu uns kam, schon etwas verlohren zu haben. Damals sprach sie frey und ungenirt etwas Artiges zu den Parthien, die ihr vorgestellt wurden. Iezt schien sie, wie verlegen, und redete nur halbleise und abgebrochen ein par Worte mit dem Minister, der die Präsentation machte. Der G. H. fährt fort, sich als einen Mann von scharfer Beurtheilung, ungemeiner Thätigkeit und Energie zu bewähren. Zur Huldigung des 25. Aug. soll aus iedem Creis unter anderen ein Geistlicher hieher beruffen werden. O daß biß dorthin alle Dekane des Wiesencreises das Pfipfi bekämen, und der würde ernannt, den ich so gerne umarmen und an das freundschaftl. warme Herz drücken möchte. Es geschieht einsweilen im Geist und aus der Ferne.

Gott erhalte dirs warm und frey und froh in der Brust, und bette euch allen warm und weich und richte euch lauter liebliche Freudenmale des Lebens an. Herzlich Dein Freund und Eigener J. P. P.

Wenn dir in der Poesie wie in der Natur frischer lebendiger Morgenhauch gekühlt über den Wassern und in den Bergen, und gewürzt im Tannenwald besser behagt als die drückende Schwüle, oder gar der Anhauch aus einem Blasbalg, so lis Grimms alt-dänische Heldenlieder, Balladen und Märchen.

deine Predigt: *Hitzigs Trauerpredigt zum Tode des Großherzogs Karl Friedrich. Hebel hatte sie bei Hitzigs Bruder, dem Pfarrer K. L. Hitzig, dem „Afternetoreck", in Rüppur abgeholt.* Idan es polydendron ...: *Theokrit, Idylle 17, 9–11. Die von Hebel nicht ganz wörtlich zitierte Stelle lautet in deutscher Übersetzung: „In den waldreichen Ida kommt ein holzfällender Mann und sieht sich um, da doch übergenug vorhanden ist, wo er mit der Arbeit anfangen soll. Was soll ich zuerst aufzählen?"* der neue Dekan: *Philipp Wilhelm Ludwig.* metzgen: *inkognito reisen.* sie sieht etwas übel aus: *Großherzogin Stephanie war am 5. Juni von ihrem ersten Kinde, Prinzessin Luise, entbunden worden.* Pfipfi: *Zungenerkrankung der Hühner.* alt-dänische Heldenlieder: *Altdänische Heldenlieder, übersetzt von Wilhelm Grimm, 1811, eine Lieblingslektüre Hebels.*

AN GUSTAVE FECHT UND KAROLINE GÜNTTERT

13. Okt. 1811

Endlich, meine Lieben, bin ich den 10ten dieses Monats wieder hier angelangt, müde und froh, daß ich am Ziel war. So angenehm mir der erste Theil meiner Reise war, so traurig war mir, wie immer, der zweite. Meine Art im Oberland zu seyn, dis ewige Herumfahren und Herumwandern von einem Ort zum andern hat doch ungemein viel beschwerliches. Wo man nicht gerne ist, und doch hin soll, wird ieder Schritt und iede Minute lästig, und wo man gerne wäre, dauerts so kurz. Wenn ich alles reiflich überlege, warum ich mir den Genuß der Ferien, die Ruhe und Bequemlichkeit hier in der Stadt versage, und ins Oberland reise, warum ich so manchen Unmuth, mit dem es geschieht, dem ich zum Voraus entgegensehe, auf mich nehme, und doch so gerne, mit so liebem freudigen Hoffen hinauf eile, so finde ich zwar manches, worauf ich mich gelegenheitlich auch freue, was mir süße Wiedererinnerungen gibt, aber am Ende ist's doch nur das Pfarrhaus in Weil, was mich hinauf treibt, wo es mir ganz wohl ist, und nichts andres. Es zieht mich so vieles zu Ihnen, und Sie sind mir alle so gut. Empfangen Sie auch für die viele Güte und Liebe, die Sie mir dismal bewiesen haben, meinen herzlichsten und innigsten Dank. Am lezten Morgen, der mir so schwer wurde, dachte ich, iezt komm ich gewiß nimmer. Aber schon am nemlichen Abend, war es mir ein erfreulicher Gedanke, daß ich nur eine Stunde weit von Ihnen sey, und hätte gern noch einmal einen Besuch gemacht, wenn es die Zeit erlaubt hätte. Ich war 2 mal in Egringen über Nacht, 1 mal in Müllheim, 2 mal in Buggingen. Dort besuchte mich Wagner von Laufen. Schmidt begleitete mich nach Wolfenweiler, und der Pfarrer dort nach Freyburg. In Fr. war ich 3 Tage und es ist mir etwas artiges passirt. Wir wollten am dritten Tag den Pf. Nick in Wittnau besuchen. Schnetzler und Baron von Neveu sagten mir nicht, daß er krank sey, sondern sagten: Ja wir wollen zum Nick. B. Neveu gab seine Equipage und führte uns. Unterwegs sagte er: Es ist aber doch nicht recht, daß Sie mich nicht auch auf meinem Gut in Cappel besuchen. Ich sagte, es könne dismal nicht seyn. Er erwiederte, er gebe die Hoffnung noch nicht auf. Auf einmal hielt der Wagen vor einem einsam stehenden geräumigen und alten Haus, nach Wäldlerart gebaut, und als ich sagte: dis könne doch kein Pfarrhaus seyn, bewillkommt mich H. von Neveu in seinem Eigenthum in Cappel. Am Mittwoch früh reiste ich mit Extrapost nach Kippenheim zu Engler und am Donnerstag in einem Tag hieher. Auf diese Reise habe ich auch meine Pfarrey gesehen, die ich mir nicht will nehmen lassen, wenn ich noch lebe und unterdessen keine andere habe, nemlich Wolfenweiler. Dort ists hübsch. Aber ich merkte doch auf dieser Reise, wie sehr ich an die Stadt gewöhnt bin. Von Weil weg zog es mich, wie Heimweh nach C.-Ruhe zurück, ausgenommen in Freyburg. Aber ich rede immer von mir, und wie geht es Ihnen? Wie schmerzlich war es mir, daß J. G. so sehr leidet. Als Sie mir schrieben meine Theuerste, muß es sehr arg gewesen seyn, sonst hätten Sie die lezten Worte nicht geschrieben. Möge es in diesem Augenblick Ihnen wohl seyn, und recht lange, wenn es nicht immer seyn kann. Die liebe, herzige Caroline, die Ihnen so viel Freude macht, wird nun wohl mit ihrer Mutter in Vogelbach seyn. Dieses Kind ist mir sehr lieb geworden.

Ich muß endigen. Ich habe für den Anfang viel rückständige Briefe zu beantworten. Wenn ich sie nur alle an Sie zu schreiben hätte. Herzlich und innig Ihr ergebenster Freund Hebel

Pfarrer dort: *Johann Friedrich Maler.* Cappel: *Kappel am Osthang des Hochfirst.* Caroline: *Karoline Gustave Fecht, Nichte Gustaves.*

AN GUSTAVE FECHT

9. Nov. [1811] Vorm. 9 Uhr

Die Jungfer Hitzig von Eimeldingen, die von ihrer Schwester in Rippur zurückreist, bringt Ihnen, meine Beste, zwei Irisbüchlein und die Serviette. Den Dank für leztere lege ich hiermit selber ab. Die J. Hitzig war schon lang närsch, daß sie im Unterland blieb und gut that. Aber die J. Bas ist nicht närsch, daß sie im Oberland gut thut. Sie könnte iez wohl gar droben bleiben, bis ich auch wieder hinaufkomme im Sommer ane. Wir könnten darnach miteinander wieder heimfahren, ich und die Jungf. — die Jungfer Bas und ich. Den Gruß an sie will ich hier auch gleich anbringen, damit's gewiß geschieht. Als ich droben war und sah, daß Ihnen die Irisbüchlein so wohl gefallen, und daß Sie sie gerne noch den Winter behalten möchten, hatte ich's auf der Zunge, Sie zu bitten, ob Sie sie nicht ganz als Eigenthum von mir annehmen wollten. Aber ich dachte: Sie thut's nicht. Ich kenne Sie schon. Und man wird viel mehr beschämt, wenn einem ein Anbieten, als wenn einem ein Gesuch verschmäht wird. Gibt Gott Zeit, so gibt er auch Verstand. Es wäre wirklich unartig gewesen, wenn ich Ihnen die Büchlein hätte schenken wollen. Ist's nicht sinniger, daß ich sage: Wissen Sie was? sage ich, wir wollen sie als gemeinschaftliches Eigenthum miteinander haben, und weil sie nicht an zwey Orten zugleich seyn können, so bleiben sie iedesmal so lange da, wo sie sind, bis sie der andere Theil wieder braucht oder verlangt. Aber wenn ich sie wieder einmal brauche, muß zuerst Ihr Name drinn stehen.

Iez dürfen Sie sie auch schon herzhafter einer guten Freundinn zum

Lesen mittheilen, doch mit Vorsicht. Denn es sind ungezogene Läuflinge, die Ihnen viel Sorge machen werden. Einem davon gab ich einmal die Erlaubniß, die Frau Hofr. Böckmännin zu besuchen. Ein par Tage drauf traf ichs schon nahe am Durlacher Thor bei Madmois. Frommel an. In die Stadt nach Basel wollen wir keine geben.

Mögen Sie wieder frei und doch erleichtert seyn in Ansehung Ihrer Schmerzen. Da Ihnen der Sommer so viel zu schaffen machte, so will ich hoffen, der Winter soll desto zuträglicher für Sie seyn und Ihnen allen wohl zuschlagen. Noch geht es mir ganz gut und erwünscht. Ich bin auch gar nicht mehr so sehr mit dem Schlafen geplagt. Ich kann schon um 6 Uhr munter seyn, wenn mans verlangt. Auch darf mich das Ührlein bisweilen wecken, wenn ihm in der einsamen Nacht die Zeit zu lang wird; gewöhnlich weckt es mich um 3 Uhr. Aber heute Vormittag (es ist jetzt 4 Uhr Abends) hatte ich's wieder gerade wie im Sommer. Gmelin kam zufällig zu mir und sagte: Meister, Ihr müßt wieder zu Eurer vorigen Lebensart zurückkehren. Ihr lebt mir seit einiger Zeit viel zu ordentlich. — Aber ich weiß den ... [10. Nov.]

... Schalk wieder in ihm zu wecken. Die Käslein sind iezt ganz vortreflich. Sie zerfließen, so reif sind sie, und riechen, o wie? Gestern Nachts sind 5 verspeist worden. Denn der Doktor kam richtig wieder, und brachte den Apotheker gleich mit. So gut werden wenig Patienten bedient. Ich schob eine Bout.[eille] Crenzacher unter. Aber sie merktens gleich, und sagten: nein, wir wollen beym andern bleiben, er ist besser. Wir haben bis nach 10 Uhr Studentenlieder gesungen, der Direktor im Lyceum selber. Wenn es hieß: „Es lebe der oder die auch hoch!“, so nannte ich den Namen nicht, wußte aber wohl, wen ich meinte, und wem es galt. Der Curator der Universität in Freiburg, Herr von Ittner, gieng einmal mit einem Freund von hier, der droben war, nachts um 11 Uhr benebelt nach Haus, und sang auch. Unterwegs kam ihm eine Parthie iunger Leute, die auch heim giengen entgegen. Der Freund machte ihn darauf aufmerksam. Aber der Curator sagte: Es hat nichts zu sagen. Es sind meine Studenten. Sie kennen mich alle. Die meinigen durften uns auch hören, ob ich gleich eine böse Woche mit ihnen hatte. Sie wurden rebellisch gegen einen Professor, der etwas unklug gehandelt hatte. Es that mir sehr wehe, da ich seither durch

Liebe und Klugheit die Ordnung erhalten und noch keinem ein böses Wort geben muste, iezt in einer fremden Sache durchfahren zu müssen. Aber einer von ihnen sagte daheim, es sey ihnen gar kurios worden, als ich sagte: Dismal noch und zum lezten Mal spricht der warnende Freund. Wenn ihr in einer halben Stunde nicht Ordre parirt, so läßt der Direktor die Schnur auf den Boden laufen, sagte ich. Thut was ihr wollt. Sie ließen es nicht darauf ankommen. Manchmal sagen sie zu andern Leuten, „er muß alles einmal auch mitgemacht haben, weil er alles sogleich merkt und weiß".

Iezt ist mir all meine Aussicht verbaut. Sonst hatte ich zwar wohl Freude, in die Gärten zu schauen, wie im Frühiahr die Hüner Nachschau hielten, ob die Frauen auch ordentlich gegärtnet haben, und ob in jedem Geländ der rechte Samen lige, und wenn sie es mit dem Gesicht nicht recht erkennen konnten, so versuchten sie ihn lieber, biß sie es gewiß wusten; oder wie die Sommervögel an den Zweiglein saßen und dann auf einmal davonflatterten, daß ich glauben sollte, sie seien fliegende Blumen. Im Frühling ist's eine wahre Freude. Da ist alles so neu, und frisch, und geht so rasch vorüber. Aber im Sommer mach ich mir schon nichts mehr daraus. Es ist sehr langweylig, den Äpfeln und Birnen zuzusehen, wie sie wachsen, und das Laub wird so unrein und rostig. Man sollte es alle Morgen bürsten, wenn man etwas nutz wäre. Im Winter ists gar nichts. Die Spatzen allein sind nicht hinreichend eine Gegend zu beleben, und ihr auf die Länge ein Interesse zu geben, deswegen ist es mir lieber im ganzen daß iezt Straßen an mir vorbeiziehn, und sind immer Leute darauf. Jenseits der Straßen stehn Häuser, und die Leute sehn zum Fenster hinaus, es sitzen Kinder vor dem Haus und gevätterln. Bald kommt iemand zur Thür hinaus, bald hinein. Oben kommt Rauch aus den Caminen. Wenn ein Gewitter kommt, so machen die Leute geschwind die Fenster zu. Bisweilen schnauft eine Luft zu mir herüber, wenn Caffe geröstet worden ist, oder wo Claviertöne darinn schwimmen, oder Menschenstimmen.

[Schluß fehlt.]

Jungfer Bas: *Karoline Kißling.* im Sommer ane: *bis zum Sommer.*

Großkarlsruh 24. Merz [18]12

Die Gewächslein werden angekommen sein. Hier schicke ich auch das Brieflein dazu nach. Damit aber nicht die Frau meint, ich schreibe an den Mann und der Mann meint ich schreibe an die Frau, und niemand weiß, wer mir antworten soll, nein ich schreibe an Beyde, und zum ersten mal auch an unser Töchterlein, wenn es anders Zeit hat an sich schreiben zu lassen vor entsetzlich vielen Geschäften, so daß es oft gar nicht weiß wo ihm der Kopf steht.

Es drückte mich den ganzen Winter, daß ich euch so lange eine Antwort schuldig sey. Da machte mich Herr Münz, statt mich zu trösten noch unruhiger, indem er mir sagte, dem sey gar nicht also, sondern ich hätte eine Antwort bey euch zu gut. So? dachte ich, denen pressirts nicht! Wenn es ihnen wäre wie mir, so schrieben sie. — Nicht wahr ich habe sehr billige Sentiments? Drum halt ich nichts auf eine Freundschaft, die nicht unbillig seyn kann. Liebe darf so gar ungerecht werden, im höchsten Grade ist sie so gar grausam, z. B. bey dem gegenseitig begangenen Selbstmord in Berlin, nach einem Berner Blatt.

Es ist mir sehr lieb, daß ihr so viel Geschäfte habt, erstlich um der Geschäfte willen, zweitens damit ihr es auch erklären könnt, wie man dazu kommt, sich in seiner Correspondenz auf die Geschwindschreiberey, nemlich auf die unsichtbare Gedankenschrift zu legen, in der ich so oft an euch schreibe, und wie ich hoffe auch richtige Antwort bekomme.

Ich habe schon oft gedacht, da man Copir- Schach- und Gebettsmaschinen hat, ia Claviere, die die gespielten Phantasien selber auf Noten setzen, Reisewägen, die den zurückgelegten Weg nach Meilen und Toisen anzeigen, ia Nachtmützen, in welchen sich die Träume abkopiren, so daß man sie früh nur letz machen darf, ob sich nicht eine Maschine erfinden ließe, die unter dem Hut alles nachschriebe, was man denkt. Vielleicht ist man nahe an der Entdeckung, da es schon Gedankendruck gibt und Gefühlspressen, auch radirte Herzblätter, ia ganze Herzen in schwarzer Manier.

Wenn ich nicht gewohnt wäre, mir selber nie Wort zu halten, so säße ich iezt bey euch, und den biedern Seelen im Aßmanshauser Hof, nicht bei mir. Zwar kann ich mich bei mir selber durch Geschäfte entschuldigen, daß ich mir den lieblichen Herzensgenuß versage, aber gegen euch will ich aufrichtig seyn, und gestehen, daß noch etwas in der Wagschale zog, erstlich die Behaglichkeit daheim, die immer stärker wird. Es ist nicht gut, wenn man durch das Geschäft so abgestumpft und abgestimmt werden kann, daß man die Ruhe daheim der Erholung draußen, und wo — in Klein Straßburg — vorziehn kann. Zweitens meine um wuchernde Bekanntschaft in und um Straßburg, die mir viel verderbt. O, der seligen Tage, wo ich bey euch und unsern Freunden fühlte, wie sich die übrige Welt von mir abscheelte, wo der ganze Aequator mir vom Calenderthurn bis zum Judenthor gieng, wo meine Wendekreise N. 115 auf dem Fischmarkt und Nro. 5? hinter den Mauern, die Rupprechtsau mein Amerika jenseits des Wassers war, von Mittelhausbergen nichts zu sagen, wo wir auch nie waren, aber in Gravenstaden und in Itenheim. Gleichsam als in 2 fremden Planeten. Aber im Sommer kann ich doch warhaftig nirgends hingehn, als ins Oberland über Straßburg, oder nach Straßburg.

Ich wäre gottlob gesund, ausgenommen, daß mir die Zauberinn Medea von Petersburg heraus ein Zugpflaster auf mein armes vernarbtes Herz geschickt hat. Ich bin aber selber dran schuld. Ich schrieb einmal auf ein Blatt Briefpapir: „Petersburg d . . . Lieber Herr Kirchenrath!“ und schob es unter ihre Papire. Vielleicht findet sie's irgend einmal, dachte ich, und lacht, aber ich hatte es schon lange wieder vergeßen. Dieses Blättlein hat sie wirklich aus P. über und über beschrieben wieder zugeschickt.

Allhier schick ich auch das Verzeichniß der Pflänzlein. Ich habe die Wahl dem Hofgärtner überlassen. Er hätte sehr unglücklich werden können, und es ist ein seltener chirurgischer Fall. Er hatte schon in seiner Kindheit ein Bein gebrochen. Es schien vollkommen geheilt. Sehr viele Jahre gieng er darauf ohne die geringste Beschwerde. Auf einmal löste sich der Knochen wieder, an der Stelle wo er zusammengefügt war, ohne Veranlassung. Indessen wurde er zum zweiten mal geheilt. Die Aerzte glaubten, es sey noch eine Folge vom Anschwitzen. Nemlich der Gaymüller. Der Hofgärtner ist vollkommen gesund. Die Pflanzen haben den Auftrag von mir schön zu blühen, euch am Abend geschäftsreicher Tage lieblich zu duften, und dem Garten überhaupt zu einer wahren Zierde zu gereichen. Eine davon, ich sage nicht welche, hat einen verborgenen

Zauber. Sie kann reden. Wenn ich hinaufkomme wird sie mir sagen, ob ihr auch bisweilen an mich gedacht habt.

Mein Herzensgrüße im Schneegansischen Haus und Hof, bey Münz, Franz, Stöber und allen Kindern. Herzlich Euer Freund H.

Selbstmord in Berlin: *vielleicht eine Anspielung auf das tragische Ende Heinrich von Kleists und Henriette Vogels am 20. November 1811.* Toise: *Klafter.* Medea in Petersburg:: *Henriette Hendel-Schütz, die ein Gastspiel in Petersburg absolvierte.* Gaymüller: *nicht zu ermitteln.*

AN HENRIETTE SCHNEEGANS

An meine liebe Pathe H. Schnegans [24. März 1812]

Es ist Zeit, liebe Kinder, daß ihr lesen lernt; Man wird älter; das Büchlein, das ich euch dazu schicke und stifte, ist lustiger als die andern, deswegen gönne ichs euch, und doch kann man daraus so gut als aus andern, fromm werden, oder noch viel besser, fromm bleiben, wie ihr, wills Gott.

Uebrigens erkläre ich dich, liebe Pathe, für die alleinige Besitzerinn dieses Schatzkästleins und deine Brüder haben mit meinem Willen nur das Recht, dir daraus vorzulesen. Theile ihnen die Stücke verständig aus, die lustigen und heroischen dem Bruder August; die gemüthlichen und sanften dem Bruder Carl. Wenn euch zu seiner Zeit ein Späßlein darinn gefallen wird, ia, wenn euer Herz die fromme Meinung, die manchmal gar lustig aussieht, versteht, und aufnimmt, und gleich einem Edelstein aus dem Schatzkästlein bewahrt, so hast du einen glücklichen Pathen. Solchen Gefallen erweißt ihr mir wohl. Grüße mir deine Eltern, liebes Kind, und sey deinem Schutzengel wohl empfohlen. Ich trage dich in meinem Herzen. J. P. Hebel

N. S. Für die übrigen guten Eigenschaften eines Lerne und Lesebuchs an Papir und Druck, ist, wie du siehst auch gesorgt. Wer in schlecht gedruckten Büchern das Lesen lernt, dem machen alsdann die besten keine Schwierigkeit mehr. Solches aber war nicht meine Weisheit, sondern des Verlags.

Den 25. [März] Nachm. 3 Uhr. [1812]
Den 27. „ „ 5 „

Liebe Freundinn!

Endlich komm ich zum Athem. Ich hatt dis Jahr das Examen ganz allein und examinirte alles selber. Es dauerte in allem hier 16 geschlagene Stunden. Als ich hier fertig war fuhr ich noch den nemlichen Abend nach Durlach, weil ichs dort den anderen Morgen um 7 Uhr schon wieder anfieng und bis 1 fortsezte. Hernach hatte ich hier noch einmal 4 Stunden in dem Seminarium dabey zu sein. Seit acht Tagen fertigte ich die Canzleigeschäfte rückständige Arbeiten und Correspondenzen. Gestern vormittag ward ich fertig. Nachmittag fieng ich an aufzuräumen. Ich räume alle Jahr 2 mal auf in den Ferien. In der Zwischenzeit bleibt fast alles ligen wo es der Zufall hinlegt, ausgenommen im Nothfall. Oft findet der Barbier auf 3 Tischen und 6 Sesseln den Fleck nicht, wo er die Schüssel hinstellen kann.

Aber warum frag ich Sie nicht vor allen Dingen nach Ihrer Gesundheit, an der mir doch vor allem ligt, und von der Ihr lezter Brief so wenig tröstliches enthielt? Ich sprach mit Gmelin wegen Luftveränderung und Bädern. Aber er sagte, es laßt sich im allgemeinen nichts sagen, wenn man nicht selber mit den Leuten reden kann. Er fragte, ob iene überschickten Recepte noch gebraucht würden. Ich sagte: vermuthlich nein. Aber wenn sie auch gebraucht werden und helfen nicht, was hilft's? Er war aber nicht der Meinung, sagte Sie sollen's iezt verstärkt brauchen. 3 mal täglich statt 2 mal. Er weiß ein ganz neues und sicheres Beispiel, daß dieses Übel völlig dadurch gehoben worden. Reden Sie mit einem Arzt aber nur mit Einem, zu welchem Sie das beste Zutrauen haben, ob Baden oder die Hub oder das Murgbad in Rastadt, oder die Brunnen in Petersthal oder Griesbach für Sie rathsam seyen. Aber weil Sie doch auf alle Fälle hoffentlich nach Kork und Rastadt kommen, fragen Sie den Dr. Ludwig in K.[ork] oder ich bringe Ihnen einen von hier nach Rastadt. Ich glaubte nicht, daß warme Bäder für Sie wären, wenn Sie nicht wären nach Riedlingen gesprochen worden. Baden ist sehr stark und dort ist große Welt. Hub schwächer und der Aufenthalt ländlich. Rastadt sehr schwach, und der Aufenthalt für

Sie häuslich und heimlich bei den Ihrigen. In Rastadt war ich nicht bey der Jungfer Bas. Ich gieng unrasirt hinauf, wartete bey W[elper] auf den Barbier, bis fast die Taufe angieng, hernach gieng man zu Tisch und gleich nach Tisch fuhren wir fort. Es war mir sehr leid.

Durch meine neue Lebensordnung hat sich mein Schlaf ganz regulirt. Ich schlafe nicht zu fest, wache nicht auf bis um 3 oder 4 Uhr, trinke ein wenig Wassermemmeli, schlafe augenblicklich wieder ein, und kann früh zur rechten Zeit aufstehn wenn ich will. Könnte ich doch diese Wohlthat der Natur mit Ihnen theilen, nur abwechselnd wachen für Sie. Aber unser Abendtisch hat mit diesem Monat schon wieder in einen Mittagstisch sich verwandelt, weil der Wirth seine Rechnung dabey nicht fand. Es macht mir mehr Mühe, wieder um 1 Uhr zu essen, als anfänglich um 4. Ich bleib auch nicht dabei. Ich probir es wenigstens, mittags nur eine Suppe zu essen, und dann ganz zu warten bis Nacht.

Wie unartig, daß ich Ihnen die Iris so lange nicht schicke. Ich wartete auf Gelegenheit. Am Samstag geb ich sie auf die Post. Unsere Truppen sind in Rostock und Stralsund. Der Hof geht auf einige Zeit nach Mannheim. Sind Sie bei diesem trübseligen Merz nicht ganz überschwemmt und vom Wiesenthale abgeschnitten? Wie oft habe ich Ihrer Frau Mutter zu ihrer Genesung schöne Frühlingsblicke gewünscht! Möge sie derselben nicht bedurft haben, und schon lange wieder gesund und munter umher wandeln. Mit mir meints der Merz schon besser, macht mirs leicht von dem Jahresfieber des Heimwehs nach dem O.L. das mich sonst in den Osterferien befällt, verwahrt zu bleiben. In den andern Ferien befridige ich es, wenns gar arg wird. Aber die gute Frau Pfarrerinn! Wie sieht es denn in dem Garten aus? Was gilts, es ist noch kein Back-Häuelein drinn gewesen, nicht einmal eine Haue. Das Gebet wirds zwingen müssen, ins Stündlein gehn wir ia, heimlich fromm sind wir. Hofrath Jung erwartet die Wiederkehr des Herrn Christus und den Anfang des 1000 iährigen Reichs schon Anno 16. Es wäre mir lieb, wenn ichs erleben, und zusehen könnte, wie die heiligen Toten auferstehen. Aber Fein stellts auf 32 oder 36. Das ist noch lang, und der Herr Christus sagt: Von dem Tag und der Stunde weiß niemand. Das ist noch länger.

Ich habe nicht heute an Sie schreiben sollen. Ich bin in einer gar dämischen Laune. Aber die andere Woche gehen schon meine Prüfungen bei den aufzunehmenden Schülern wieder an. Sehn Sie dises Brieflein an, als nicht geschrieben. Oder als Abschlag in Kupfermünze. Alle meine herzlichen Grüße, auch an die J. Bas. Gott gebe Ihnen gute Stunden und heitern Muth. Herzlich Ihr J. P. Hebel

Wassermemmeli: *Memmi bedeutet in der alemannischen Kindersprache die Milch, demnach ein Gemisch aus Milch und Wasser.* unsere Truppen: *die für den Feldzug gegen Rußland bestimmten badischen Kontingente in Stärke von 5 000 Mann.*

AN HENRIETTE HENDEL-SCHÜTZ

Karlsruhe, 1. Mai 1812

Ich schreibe Ihnen, glaub ich auch an Ihrem Geburtstag liebe verehrte Freundinn, wie Sie mir. Ich meine, Sie können nur am 1ten Mai geboren seyn. Aber doch habe ich nicht deswegen gezögert, Ihren lieben lieben Brief, mit dem Sie mir eine so große und reiche Freude bereitet haben zu beantworten. Ob ich meine eigene H[an]dschrift noch erkannt habe, als ich die Ihrige erblickte? Nein gewiß nicht, bis Sie mich selber darauf aufmerksam machten und mich an einen schönen Augenblick, einen von so vielen, vielen erinnerten, in welchem Sie mich selbst durch einen Vorwurf stolz und Ihnen innigst verbindlich machten. O, daß das, was der Wunsch und die Freude des ganzen Publikums wäre, nun auch der Wille und das Wort eines Einzigen würde, daß Sie mit Ihrem theuren Gemahl wieder zu uns kämen und bey uns blieben, und unser würden, und mir erlaubten, wie Sie so schön sagen, mit Ihnen eine Familie zu seyn, wenigstens Ihr recht inniger und treuer Hausfreund. Noch habe ich die Hoffnung nicht aufgegeben, ob ich gleich eigentlich noch keine habe. Ich will Ihnen die Lage der Dinge hier offen darstellen. Der G.[roß] H.[erzog] scheint keine besondere eigene Liebe für das Theater zu haben, es scheint ihm gut genug, wenigstens für uns, zu seyn, wie es ist. Deswegen bleibt es auch, wie es ist. Sie, ein köstliches Kind der Natur und Vertraute der Grazien, hat wenigstens für das Deutsche Th.[eater] kein Interesse. Der Hof findet bei der eigenen Entreprise des Th. seine Rechnung nicht, versteht's auch nicht so gut, wie W. Vogel, kann auch nicht. Der neue Intendant H. v. Ende, ein eifriger Mann für die Sache, hat Männer an der Hand und am Ohr, die nicht von uns und vielleicht nicht für uns sind. Iezt hab ich noch einen warmen Freund für die Kunst H. v. Berckheim, einen alten guten Bekannten und präsumtiven Minister der auswärt. Angelegenheiten, denn Sie sind ia iezt eine liebe auswärtige Angelegenheit, auf dem Korn. Doch gegenwärtig ist der Hof, alles und alles in Mannheim, und ich warte auf dessen Zurückkunft. Von dem Innhalt Ihres Briefes weiß niemand als Kölle, der ia schon früher davon weiß. In wenig Tagen geht er als Gesandschaftssekretär nach Dresden. Der Glückliche hat vielleicht noch früher Hoffnung, Sie wieder zu sehen, als ich. Ich verliere ihn sehr ungern, auch darum, weil ich dann einen weniger habe, mit dem ich an Sie denken kann. Die fröhlichsten Stunden hat doch er mit uns getheilt, zum Theil auch uns verschaft. — Sie schrieben mir kein Wörtlein vom Schatzkästlein. Sie haben es doch erhalten? Ich hab es vorigen Sommer noch unter der alten Addresse nach H.[alle] geschickt. Ein Hausfreund von 1812, worinn der Adiunkt auf einem Stuhl im Wirthshaus zu Mühlburg perorirend zu sehen ist, ligt für Sie parat, und ich hoffe bald eine Gelegenheit zu finden, gerade wann das Thor zu geht. Meine besten Grüße und Hochschätzung Ihrem l. Gatten. Viele Grüße vom Adiunkt, von Ladome, und — ich nehme es auf mich — von halb Carlsruhe. Sie sind uns so gut, und alles ist es Ihnen. Leben Sie wohl, schätzbarste Freundinn und bleiben Sie mir gewogen. Gott weiß, wann ich Ihnen wieder schreiben kann. Aber ich hoffe bald. Herzlich Ihr treuer Fr. Hebel

Friedrich Karl Schütz war durch Napoleon seiner Professur an der Universität Halle enthoben worden und versuchte sich nun in gemeinsamen Gastspielen mit seiner Frau als Schauspieler. Das Ehepaar hat sich in den folgenden Jahren wiederholt vergeblich bemüht, ein Engagement am Karlsruher Hoftheater zu bekommen. der Adiunkt auf einem Stuhl: *bezieht sich auf den Kalenderbeitrag „Des Adjunkts Standrede über das neue Maß und Gewicht.“* perorirend: *laut sprechend.*

KARLSRUHE VON SÜDEN

Liebe Freunde!

Ich traure mit Ihnen von ganzem Herzen, um den Verlust Ihrer guten Mutter, die es Ihnen so ganz im völligsten Sinn war, und die auch mir, wie Sie wissen, so theuer und lieb war und auch in ihrem Tode bleibt. Sie ist aus einer bösen Zeit und Welt gerettet, und wir verlangen keinen Trost in unserm Schmerz, und Sie bedürfen keinen von mir zu hören, wenn Ihr Herz dafür empfänglich wird. Gott stärke Sie, und lindere den Schmerz, mit dem Sie diesen Verlust ertragen müssen. Ihre beyden Aufträge sind besorgt. Ich beklage Sie zwiefach liebe Frau Pfarrerinn um Ihrer eigenen Leiden willen. Gott helfe Ihnen bald wieder zu Ihren Kräften, und lasse Sie alle recht gesund werden und bleiben.

Bewahren Sie mir fortdauernd Ihre Freundschaft und Liebe, dis ist mir bester und einziger Ersatz für das was ich in diesem Augenblick fühle, wo ich daran denke, daß iezt eine Person weniger in Ihrem Hause erfahrt wenn ich an Sie schreibe, und daß ich einer weniger meine Liebe bezeugen kann.

Von ganzem Herzen Ihr ergebenster Freund H.

d. 2. Mai [18]12

Mißbilligen Sie es mir nicht zu sehr, l. I. G., daß ich in der Unterschrift nicht nach Ihrem Willen gehandelt habe. Es geht nicht an. Es ist gegen das Herkommen und gegen die Natur der Sache und der Verhältnisse, den Tochtermann vor dem leiblichen Kind zu setzen, dessen Gatte er ist. Bey öffentlichen Anzeigen muß man so sehr als möglich bei der Gewohnheit bleiben und dieienigen sind die besten welche gerade so aussehen wie die andern alle. Alles Ungewöhnliche fällt nur auf, und gibt Anlaß zu Kritiken. Ihr Grund ist schön und edel, aber die Zeitung ist nicht der Ort, die Rangordnung über die Sie sich in Ihrer Familie einverstanden haben, zu publiciren, und wer Sie nicht kennt beschuldigt den Verfasser eines Unverstandes, und hält, eins gegen zwei, den H. Pfarrer, dem Sie bei dieser Gelegenheit wie es scheint eine öffentliche Achtung beweisen wollen. selber dafür. Ohne Zweifel wird es niemand von Ihnen inkommodiren seinen persönlichen Namen bei dieser Gelegenheit dazu nicht gedruckt zu sehen. Die besten und verständigsten Todesanzeigen werden so gefaßt, zumal, wenn die Zahl der Familienglieder etwas groß ist. Sie werden nicht für die Welt sondern für die Freunde und Bekannten gemacht, die eine namentliche Aufzählung nicht bedürfen.

Trauen Sie mir zu, daß ich die Theorie guter Zeitungsanzeigen verstehe. Man muß schon so lange an öffentlichen Orten, wo Zeitungen gelesen und kritisirt werden dabei gewesen seyn und selber mitgemacht haben, als ich.

Ihr Bruder E[berhard] steht im neuesten Regierungsblatt als Diakonus von Kork. Vielleicht bekommen Sie es später als diesen Brief. Nun ist er endlich gottlob in seiner Laufbahn und Versorgung.

Ihre beyden Aufträge: *die Mitteilung der Todesnachricht an die Karlsruher Verwandten und Bekannten sowie die Aufgabe einer Todesanzeige in der Badischen Staatszeitung.*

AN GUSTAVE FECHT

Liebe Freundinn! 10. Mai [1812] früh 8

Ihr leztes Brieflein hat mir viel Trost gebracht. Sey Ihnen und dem lieben Gott bestens dafür gedankt. Es war mir sehr bange darauf. Ich wagte es nicht zu öffnen, biß ich ihm außen anzusehen glaubte, daß nichts Schlimmes darinn stehe, weil es so ordentlich zusammengelegt und überschrieben war. Gott gebe, daß es sich unterdessen noch recht sehr gebessert habe, und alle die Besorgnisse verschwunden seyen. Sagen Sie Ihrer guten Schwester, daß ich den herzlichsten Antheil nehme und mit Ihnen nichts mehr als ihre baldige völlige Genesung wünsche.

Was Sie mir über Ihre Gefühle schreiben, begreife und kenne ich wohl. Es ist schwer und schmerzhaft, sich an den Verlust einer Person zu gewöhnen, die man so sehr liebte, an die man so sehr gewöhnt war. Man lebt noch in einer Art von Täuschung mit ihr fort, und iede neue Erinnerung, daß sie nicht mehr da sey, ist ein neuer Schmerz über den Verlust. Der erste schneidende Schmerz der Trennung ist fast leichter zu ertragen, als das Vermissen und die zehrende Sehnsucht, die nachfolgt, bis man sich daran gewöhnt hat.

Aber es gibt nur ein Mittel dieses Schmerzes überhoben zu seyn, wenn uns Gott die Eltern so lange leben läßt, bis sie uns durch Alter, Wunderlichkeit und Zerfall der körperlichen und Geisteskräfte selber lästig werden und ihr Verlust uns gleichgültig, ia tröstlich wird. Aber diesen Trost hätte ich Ihnen nie wünschen mögen. Es ist besser, man trenne sich mit Schmerz, als mit Gleichgültigkeit von denen, denen man so viel schuldig ist, besser, dem Andenken der Heimgegangenen Liebe und Dank mit Schmerz zu opfern, als gar nicht. Ich wünsche nicht, daß meine Mutter so lange gelebt hätte, biß ich ihr den Tod hätte wünschen müssen. Anfänglich war sie mir noch so lieb, daß es leicht gewesen wäre, mich katholisch zu machen, nur damit ich noch für sie hätte beten, oder gar sie anbeten können. Nachher vergaß ich sie während der leichtsinnigen und flüchtigen Jugend auf viele Jahre. Nachher kam sie wieder zu mir, und brachte mir für lange Zeit viel Schmerz und Freude mit. Es ist gerade heute der Tag, wo ich lebhafter iährlich ihr Andenken begehe, denn ich thue es nicht mehr an ihrem Todestag sondern an meinem Geburtstag. Denn die Sehnsucht ist von mir gewichen und nur die Liebe übrig geblieben, weil ich mir über iene keine Rechenschaft mehr zu geben wüßte, da sie iezt 86 Jahr alt wäre. Bey Ihnen werden diese angenehmen und lieben Gefühle der Erinnerung ohne Schmerz viel früher kommen, weil Sie die Ihrige viel später verlohren haben.

Ich bin nun nur besorgt wegen der Folgen, die beide Krankheiten und die Leiden Ihres Gemüthes für Ihre Gesundheit haben könnten. Mäßigen Sie sich ia, so gut Sie können, auch in den Geschäften. Ich weiß daß Sie mehr thun, als die Ihrigen von Ihnen verlangen und Ihnen zumuthen. Man kann auch mit Vorsicht und Eintheilung viel thun, was den Zweck erreicht und weniger schadet, als wenn man sich zuviel auf einmal zumuthet und in der Anstrengung sich vergißt. Ich dachte darauf, Sie während der Pfingstferien auf ein paar Tage zu besuchen. Aber es ist nicht zu machen, zumal da uns ohnehin 2 Lehrer fehlen und der Weg ist gar zu weit. Meine herzlichen Grüße den lieben Ihrigen. Ewig Ihr Fr. H.

1. Juni [1812]

O wie schön muß es iez bei euch seyn Zenoides, wo es immer so schön ist, und wie ahndungs und koseselig für den auswendigen und innewendigen Menschen in dem schönen einzigen Thal voll Schmelen und Chettenblumen, lustigen Bächlein und Sommervögel, wo es immer duftet wie aus einem unsichtbaren Tempel herausgeweht, und immer tönt, wie lezte Klänge ausgelüttener Festtagsglocken mit beginnenden Präludien mengelirt und verschmolzen, und wo ieder Vogel oberländisch pfeift, und ieder, selbst der schlechteste Spatz ein Pfarrer und heiliger Evangelist ist, und ieder Sommervogel ein gemutztes Chorbüblein, und das Weihwasser träufelt unaufhörlich und glizert an iedem Halm. Da schwelgt ihr Tag für Tag und kennt vor lauter Genuß den Genuß nicht mehr, während dein armer Parmenideus alle Morgen oder Abend nach Beuertheim stoffelt und iedem Baum und iedem Milchweib einen Tritt geben möchte, und noch von den städtischen Gänslein und Gansern hören muß „das ist schön, das ist paradiesisch, da ists göttlich". Nächst dem armen Netoreck in Rüppur ist kein beklagenswertheres Huhn aus dem himmlischen Nest verscheucht worden als ich, und niemand, der euch mehr vermissen und öfter an euch denken kann, als ich, aber ich bilde mir etwas drauf ein, und gelte etwas bey mir, daß ich mich nun bis ins dritte Decennium hinein als Fremdling hier ansehe, und ein heimlich mutterendes und bruttlendes Heimweh in mir herumtragen, und weinen kann, so oft ich den ärmsten Teufel auf der Welt, einen oberländer Rekruten sehe. Doch was helfen diese Jeremiaden?

Deine erkleckliche Subscribentenlese habe ich empfangen mit Dank für deine Verwendung und mit den übrigen eingeschickt. Ihr werdet bey der Heerschau selbst gegen Carlsruhe stolziren können, noch mehr aber gegen Mannheim, wo zwei aufgestellte Werbofficire, außer sich noch 5 Mann als Contingent gestellt haben, und vornehm die Hofnung machen, daß vielleicht noch mehrere geneigt wären.

Euer Kindlein — und du schreibst mir nicht einmal cuius generis es sey, und weist doch daß ein lateinischer Schulherr keine frühere Frage hat, — sey von dem Freund des Vaters und der Mutter gegrüßt und gesegnet, und von dem Himmel für ein schönes freundliches Daseyn geweiht. Ich beneide alle Kinder, die in dieser schlimmsten Zeit gebohren werden, denn sie haben die Wiederkehr der bessern zu erwarten, bei uns ists umgekehrt gerathen. Denn ein Menschenalter lang kann's nimmer so fort dauern, wenn auch das schöne 1000 iährige Reich, das Jung Stilling schon auf 1816 vorrückt, ausbleiben, und nicht mehr seyn sollte, als was es bereits ist, ein bald 2000 iähriger Traum. Wenns kommen soll, so wärs mir recht auf 16, denn anno 32 besorge ich nicht mehr zu leben, und fürchte, wenn ich einmal tod bin, zur ersten Auferstehung nicht sonderlich geweckt zu werden. —

Ich hab deinen lezten Brief an S[ievert] gelesen. Ich wünsche dem Sp[ezial] in Sch[opfheim] nichts Gutes und nichts Böses, sondern was er selber wünscht, ihm und Allen, von Menschen unser Recht mit Milde, und Barmherzigkeit von Gott ohne Recht. Aber wenn er Sch.[opfheim] verlieren, oder wie er sagt, selber aufgeben sollte, liebe Seele dann darfst du dich nicht entziehen, vor Menschen und mir und deinem Gewissen nicht. Ihm wäre bös succediren? — Wer könnte den Würdigsten besser ersetzen, als du, oder was der Heilloseste verdorben hat besser gut machen, als du. Ich wollte eher sagen, es sey bös, dein Vormann gewesen zu seyn, zumal wenn man sich durch Künste im Credit erhalten hat. Das Kirchspiel ist groß und beschwerlich. Dafür halten wir uns einen Vikarius. Nein der Segen, den du an diesem Plaz und in diesem erweiterten Wirkungskreis verbreiten kannst, darfst du der guten Sache nicht entziehen. Mir wäre einer meiner schönsten Wünsche entzwei gebrochen, wenn nach S.[ievert] eine andere als deine Hand den Bischofsstab einer Diöcese ergriffe, wo für mich die liebsten Punkte auf der Erde sind, und denen ich in ieder Hinsicht unter allem Guten nur das Beste wünschen kann. Auch gehört mir in den Umfang alles dessen, was mir das Wiesenthal so werth macht daß du darinn bleibst. Besinne dich, und wenn dein frommes Herz an ein göttliches Walten in unsern Schicksalen und in den Schicksalen derer glaubt, mit welchen wir in Amtsverhältnisse kommen, so bedenke, daß dieienigen Lagen und Verhältnisse, die auf solchen Wegen an uns gebracht werden, eher den Charakter von Gottes Werk und Fügung haben, als dieienigen, welche wir uns selber auslesen.

Ich habe dir den hortus botanicus über Weil geschickt, den du vermuthlich erhalten hast. Wer ist denn der Alexander Michel Ein

Franzos? in Bourg libre, weiland Singlui! Muß ich so etwas erleben! Was hältst du vom Cartoffelzucker? Die hiesigen Chemiker alles. Gmelin nichts. Doch ich will dich nichts fragen, schreibe mir was du willst, nur oft, und nur viel. Sieh ich sperre dich noch selber in den höchsten Thurm des Schlosses nicht mit Wasser und Brod sondern mit Papir und Dinte, und laß dir die Wahl. Schicke mir wenigstens alte Concepte von dem und ienem, die du nimmer brauchen kannst, nur damit ich bisweilen etwas von deiner Hand sehe. — Der Himmel lächle heiter in euer Stüblein hinein, wo zwar selber einer ist. Aber eben deswegen. Meine besten Grüße allen deinen Lieben. Von gutem Blut und Herzen Euer redlicher Fr. H.

Schmele: *Grashalm.* Chetteblumen: *Kettenblume, Löwenzahn.* Sommervögel: *Schmetterlinge.* der arme Netoreck in Rüppur: *s. Anm. S. 180.* euer Kindlein: *Am 6. März 1812 war Hitzig ein Sohn Ferdinand Theodor geboren worden.* hortus botanicus: *der 1811 erschienene Hortus Magni Ducis Badarum von K. Chr. Gmelin.* Alexander Michel, Bourg libre, Singlui: *wohl eine Polemik gegen Tendenzen einer Annexion an Frankreich.* Chartoffelzucker: *Infolge der über England verhängten Kontinentalsperre war Zucker in Deutschland rar geworden. Man versuchte deswegen einen Zuckerersatz aus Kartoffelmehl zu gewinnen, der jedoch nur geringen Anklang fand.*

AN GUSTAVE FECHT

Stadt Baden, in Baden-Baden im Bad, 20. Jul. [1812] Vormitt.

Aber iezt l. F. wollen wir eine recht fläthige Badkorrespondenz miteinander anfangen, denn hoffentlich sind sie iez auch in Ihrem Pisa, und ich wünsche, daß es Ihnen dort so gut gefallen möge, und ergehen möge, als mir hier.

Gestern Vormittag kam ich hier an. Mein alter Hauspatron, Schneider Seiler, hatte mir ein Stüblein aufgehoben, wo ich Ihnen iez schreibe. Es war ein großes Glück und eine große Gefälligkeit. Denn es war gestern fast kein Platz mehr zu haben, und viele Leute waren noch am Abend in Verlegenheit, wo sie schlafen werden. Anfänglich schien es nicht, daß es sehr lebhaft hier werden würde. Aber auf einmal in voriger Woche strömte es von allen Seiten herbei, und an den Sonntagen kommen natürlich viele von 1 bis 8 Stunden weit her, von denen die entfernteren über nacht bleiben. Es speisten gestern an der Tafel im Salmen 100, in der Sonne 150, in dem badischen Hof 180, gewiß ebensoviel im Hirsch, ohne die andern Wirthshäuser und viele Domestiken und gemeine Leute. Das gedrukte Verzeichniß der Badgäste und Fremden hat sich vom 14ten auf den 16ten um 143, vom 16ten auf den 18ten um 105 vermehrt. Man ist in einer ganz andern Welt, überal Glanz Wohlleben Müßiggang Geldspiel, Könige, Fürsten, Grafen, Professoren, Juden, Comödianten untereinander.

Am Abend war ich am Ball, nur um das neue Conversationshaus und die Einrichtung dort zu sehen. Das ist alles, will nicht sagen fürstlich, aber parisrisch. In dem Tanzsaal hätte das ganze Riedlinger Bad mit Haus und Hof Platz, oder nicht einmal ganz. Aber der Saal hat doch 9 Lüsters ohne die Wandleuchter, die Spiegel sind so groß wie ein mittelmäßiger Kleiderkasten, alle Vorhänge von Seide. In 2 großen Zimmern wird gespielt. Alle Erfrischungen werden von Parisern bereitet. Deswegen versuchte ich fast alle. Alles ist sehr wohlfeil neben der Güte und feinen Bedienung. Die Großherzoginn war auch da. Sie hat neben dem Saal ein eigenes Zimmer. Ich blieb bis 12 Uhr, wachte noch bis 1 und stand doch um 7 Uhr auf, würde aber auch iezt am Tisch einschlafen, wenn ich nicht an Sie schriebe. Ich habe noch nicht gespielt. Wenn ich aber auf den 22ten in Frankfurt glücklich bin, so komme ich noch nach Riedlingen. Nach Kork und Straßburg komm ich nicht. Neue Bekanntschaften hab ich noch nicht gemacht. Eine Dame die im Haus logirt, gratulirte mir, daß es vor zwei Jahren nur ein blinder Lermen gewesen sey. Ich versicherte sie aber, es sei gar kein blinder Lermen gewesen, sondern sie sehe mich für den unechten an. Sie meinte den Rath Ruf. Daraus werden Sie sich überzeugen, daß ich unterdessen nicht mager geworden bin.

Nun schreiben Sie mir auch bald etwas von Riedlingen, und wie es Ihnen und Ihrer Schwester dort ergeht. Adressiren Sie aber Ihre Briefe nach Carlsruhe.

Ich bleibe nur diese Woche hier und möchte gern etwas liebes antreffen, wenn ich heimkomme. Viele Leute wenn sie fortgehen bestellen schon wieder Logis für das künftige Jahr. Ich bestelle

2 Zimmer für das Pfarrhaus v. Weil, will sehen, ob Sie mich in den Kosten stecken lassen. Meine besten Grüße immer

Ihr Freund H.

in Ihrem Pisa: *das kleine Bad Riedlingen bei Kandern.*

AN GUSTAVE FECHT

Den 7ten Aug. [1812]

An J.G. in den Bädern v. Pisa. Denke Sie nur, Liebe, ich war nicht länger als 5 Tage in Baden. Als es mir am besten gefiel, brach ich auf. Denn wer in Baden nichts zu tun hat, d. h. nicht zu baden und nicht zu spielen hat, der muß sich nur vorstellen, aber nie versuchen, wie angenehm es ist, lang dort zu sein. Baden erlitt selbigen Tag einen harten Stoß. Der König von Baiern und ich giengen am nämlichen Tag fort. Doch ist's jetzt wieder so voll als iemals. Nun denken Sie, ich sei doch nach Kork gegangen. Nein, heim bin ich wieder. Man neckte mich hier, ich hätte mein Geld in B. verspielt. Wer weiß, was Sie dazu denken. Nein! Zwei Kronen hatte ich gewidmet und auch richtig verloren. Aber mehr nicht. Hier traf ich einen Brief von Fecht an, worin er mir den ihrigen meldet. Ich hab ihn bereits ersucht, ihn mir zu schicken. Wie gut bin ich dem Riedlinger Bad, daß es Ihnen dort gefällt, und noch mehr, daß es Ihnen gut zuschlägt. O, wenn Sie doch von Ihrem Schmerz ganz befreit werden könnten. Aber ich glaube gar, Sie baden täglich zweimal, weil Sie schreiben, Frau Caroline dürfe nur einmal. Das gefällt mir nicht. Doch hoffe ich, der Arzt habe es Ihnen gutgeheißen. Vielleicht ist auch die Kraft des dortigen Wassers so stark, daß man zweimal baden muß, wenn man etwas davon spüren will. In Baden wollt ich's niemand raten. Man wäre in 14 Tagen ein Engel, so schön als es einen gibt. Ich hüte mich, auch nur einmal es zu tun wegen der sonderbaren Wirkung, die es auf mich macht. Ich dachte, als ich droben war, Frau Caroline könne doch recht haben, daß sie nicht hin wollte, und es war mir um deswillen fast recht, daß es nicht geschehen ist. Für so stille, fromme Pfarrersleute ist's doch dort ein großes Gewühl. Schon lustig einen Tag lang mit anzusehen, aber nicht 4 Wochen lang mitzumachen. Es kann sein, es hätten alle das Heimweh bekommen.

Fecht hat mir seine Freude bezeugt, daß E[berhard] ein so solider Mann geworden sey. Ich antwortete Ihm, daß er mir auch gefalle, und gute Hoffnung gebe, doch wundere es mich, daß er ihm in den ersten 14 Tagen schon traue, er werde noch oft guten Rath und eines Freundes Hand bedürfen, die ihn am Ermel zupfe. Ich werde es nicht unterlassen, ihn von Zeit zu Zeit zu bitten, doch wäre es gar nicht nöthig. Sie kennen diesen Mann nicht ganz, wie solid, wie klug, wie aufmerksam auf seine Diöcesanen und wie geschickt er ist, sie zu leiten. An seinem Vetter wird er alles in doppeltem Maße thun. Die Neuigkeiten wissen Sie. Sievert ist des Specialats entsezt, kommt nach Gutach in das Specialat Hornberg im Schwarzwald, und Dekan Ludwig muß alle Kosten bezahlen. Dreuttel wird recht greinen. Hitzig kommt nach Schopfen. Damit ist einer meiner liebsten Wünsche erfüllt. Der Dichter von Tüllingen nach Rötteln. Kray nach Tüllingen, damit durch den Anblick der schönen Natur ein neues Dichtergenie entflammt werde.

Es wird nächstens eine Veränderung in der Organisation publizirt werden. Man erwartet, daß der Wiesenkreis eingehe und mit dem Freiburger vereinigt werde. Sie werden eben wieder eine Breisgauerinn. Wenn ietzt nur die Wiese nicht vertrocknet! Meine besten Grüße. Möge die gute Frau Caroline auch recht gesund werden.

Stets Ihr treuer H.

Dichter von Tüllingen: *Pfarrer Wilhelm Jakob Albrecht.*

AN GUSTAVE FECHT

Den 7. Aug. [1812] nachm. 3 Uhr

An I. G. in den Bädern von Pisa. Bekanntlich gibt es Eyer, aber nicht viel, die zwey Dotter haben, also will ich Ihnen auch einmal zwey Briefe vom nemlichen Tag in einem Couverte schicken. Ich hätte schon lange so klug seyn können und aus einem zwey machen. Aber vor Jahren, das erinnere ich mich, hab ich Ihnen oder der Frau Vögtinn einmal 4 auf einem Blatt geschickt. Es soll mir sehr lieb seyn, daß Sie hoffentlich meine Briefe nicht alle mehr haben, denn es kommt mir bisweilen vor, als wenn ich Ihnen von Zeit zu Zeit wieder die nemlichen Briefe schriebe, die ich Ihnen schon einmal geschickt hatte. Aber dismal können Sie zufrieden seyn, daß ich Ihnen nicht den von heute Vormittag noch einmal abschreibe. Ich habe Ihnen schon lange nichts mehr von Beuertheim gesagt. Dort ist iez ein ganz neues Leben los. Viele Leute logiren draußen, die das Bad mit gutem Erfolg curmäßig brauchen, und kommen in die Stadt spaziren, wie wir aus der Stadt aufs Land. Alle Sonntag ist draußen große Tafel, woran ich viel Vergnügen finde. Wem es einfällt geht hinaus, und findet unangemeldet einen Platz. Hofkavaliere und gemeine Leute, wer das Geld dazu in der Tasche hat, Männer, Weiber und Kinder sitzen untereinander. Biß man abgespeist hat sind die Gallerien und der Tanzsaal angefüllt. Lezten Sonntag speisten 54. Gewöhnlich bleibe ich bis Abends 9 Uhr. Wenn man nur immer Geld genug hätte. Für das Loswerden darfs einem nicht bang seyn. Zwischen dem heutigen Brief und diesem bekam ich den ihrigen von Cork. Ich mache mir Vorwürfe, daß ich nicht hinaufgekommen bin. Fecht schreibt mir noch sehr gut von Eberhard. Der Brief hatte noch eine Couvert, vermuthlich von der Jgfr. Baas, die ich zu grüßen bitte. Ich werde gar träge. Besonders wird mir das Reisen zur Last. Es graust mir 8 Tage lang, wenn ich nur nach Pforzheim soll. Ich fühle, daß die fröhliche Zeit des Lebens, der freie, leichte Sinn, die muthwillige Laune vorüber ist. Doch bin ich so eitel es noch nicht auf die Schuld der 53 Jahre zu legen, sondern ich schreibe es den Geschäften zu. Wenn ich nur wieder ein bloßer Professor wäre so gienge es schon. Aber so wird man seines Lebens nicht mehr froh. Wie gut hat es ein Pfarrer, noch viel besser ein Vikarius. Doch möchte ich mein Leben nicht zum 2ten mal durchmachen. Aber einzelne Wochen, Tage, Stunden daraus. Ja wohl! Z. B. wenn die Frau Pfarrer Beckin noch einmal eine Muskatnuß in die Tasche steckte und Vik. Bodemer die unrechte Hand küßte, das möchte ich wohl wieder sehen. Bei dem Fröschen-Schmaus in Stetten ließ ich mich auch noch einmal einfinden. Iez will ich doch aufhören. Gott gebe Ihnen allen gute Gesundheit. Lassen Sie mich auch ein wenig besser wissen, ob die Frau Vögtinn sich wieder recht erholt hat. Ich wünsche es sehr, und nehme es für bekannt an, weil Sie nichts andres schreiben. H.

26. Aug. [1812] 12 Uhr

Aber bin ich nicht fromm und haben Sie mich nicht schon recht gut gewöhnt? Ich sehne mich schon so lange nach Nachrichten von Weil und sage kein Wort, sondern bin still und sage nichts. Wenn ich nur noch gevätterln könnte, aber es will mir nimmer anstehen, so schrieb' ich alle Woche einen Brief an mich, als wenn ihn die Jgfr. G. oder die Frau Vögtinn geschrieben hätte, und schrieb' auf die Adresse: an Herrn K. R. Hebel in Karlsruhe. Hernach gehends am Sonntag brich ich ihn wieder auf und lese ihn und schrieb' die Antwort. Sie meinen, ich wär's nicht im Stand? O, ich habe ehemals doch öfters ein Kartenspiel in kleine Häuflein geteilt und mir zu dem einen davon iemand gedacht, so z. B. Jungfer Gustave, und mit Ihnen aus dem Land gespielt, hab mich auch wohl bisweilen heimlich betrogen, wenn es angieng, und Ihnen einen Stich gelassen, der von rechtswegen mein gewesen wäre, damit Sie es gewinnen sollten. Ich hatte immer Profit dabei, wenn ich verspielte, und es war nicht bloß Galanterie, denn weil ich Ihnen nie zahlen durfte (es gieng allemal um einen Kreuzer), so trank ich ein Schöpplein Bier oder zwey dafür, je nachdem und dachte: das schenkt mir die I. G.

Aber damit ich mir durch meine Geduld nicht gar zuviel schade, so will ich doch wieder einmal anpöpperlen:

„Hosche ho! Isch niemes do?"
„Numme inne! Was wär ich lieb?"
„Wenn mer die Frau Vögtinn oder die
I. G. ne Briefle schrieb."
„Chömet e andermol. Mer hen iezt nit der Zit!"
„Numme au ne halbs, mei Weg
isch gar grüseli wit.
Numme au ne chleis,
numme au ne paar Wörtli."
„Wartet denn, i schrib ich eis.
Sitzet dört an sel Örtli."

In der Tat, ich wünsche sehr zu wissen, wie Sie, liebe Frau Pfarrerinn, und der Herr Tobias und die I. G. sich befinden. Hoffentlich wird Ihnen beiden das Bad in Pisa wohl bekommen sein. Sie könnten mir nichts erfreulicheres schreiben.

Sie haben doch, l. I. G., meine beiden Briefe bekommen und sind nicht hö? Krank sind Sie nicht, sonst hätte mir es der Herr Pfarrer geschrieben. In Tüllingen waren Sie auch nicht für den Empfang des G.[roß] H.[erzogs] beschäftigt. Der G.-H. soll hier gesagt haben, er wolle unvermuthet in Lörrach einfallen, damit der Herr Pfarrer von Tüllingen kein Carmen machen könne. Man spricht schon stark von der Niederkunft der G.-Herzoginn und sind schon alle Vorbereitungen getroffen.

Iezt noch ein Wörtlein, das wollen wir nicht auf den Boden fallen lassen. Wer dem Glück kein Handgeld gibt, bei dem nimmt's keine Dienste. Bekanntlich wird der Goldbrunnen im Rösernthal, Kanton Basel, Bezirk Liestal, 24 000 Franken wert ausgespielt, das Los zu 6 Franken. Ein Los hab ich schon, aber ich möcht auch noch gerne eins mit Ihnen haben in die Hälfte und lieber das Gut gemeinschaftlich gewinnen als allein. Also wollen wir denn miteinander dupfen, wenn's Ihnen recht ist, nicht wahr? Und Sie kaufen das Los droben auf beiderseitige Rechnung, die I. G. soll das Los ziehen und die Frau Vögtinn soll beten und der Herr Vogt soll's besieben mit Sympathie. Oder ich will auch nur ein ⅓ oder ein ¼ daran nehmen, wie Sie wollen. Sell isch mer ei tue! Wir setzen alsdann ei[nen Pächter] drauf und gehn im Sommer auf's Land und auf uns're Güter, sind wie die gnädgen Herrn, wie der Landvogt Fäsch und der Herr Gemuseus oder der Herr Kandidat vor dem Riehener Thor. Es läßt sich nicht spassen — Handumkehr wird's eben doch so seyn und nichts anders.

Herzlich Ihr Freund Hebel

gevätterln: *spielen.* hö: *böse.* Niederkunft der G.-Herzoginn: *Großherzogin Stephanie wurde am 29. September 1812 von einem Knaben entbunden, der jedoch nur bis zum 16. Oktober lebte.* sell isch mer ei tue: *das ist mir einerlei.* Kandidat vor dem Riehener Thor: *Theodor Falkeisen.*

4. Adv. 4 Uhr [20. Dez. 1812]

Liebe Seele, als die Römer mit Carthago im Krieg standen, hatte Cato den kühnen Gedanken, die Römer dürften nicht eher ruhen, biß Carthago zerstört sey. Anfänglich fand er wenig Gehör aber er widerholte es bey aller Gelegenheit und bey ieder Stimmgebung so oft, biß es doch geschah. Er war im Stand, wenn im Senat von Herabsetzung des Getreidepreises die Rede war wenn kein Mensch daran dachte, so sagte er, er sey allerdings der Meinung, daß man das Getreide herabsetzen und Carthago zerstören soll. Oder wenn von der Ernennung einer obrigkeitlichen Person die Rede war, der eine votirte auf den Cajus, der andre auf den Titus. Aber wenns an ihn kam, so sagte er: Ich votire auf die Zerstörung von Carthago. — Ich weiß nicht, ob Sie mich verstehn, aber ich votire, Sie sollen mir sagen, womit ich Sie betrübt habe, damit ich mich rechtfertigen oder bessern kann. Ein Wort ist mir unterdessen wohl eingefallen, aber es ist so böse und unwürdig, daß ichs nie schreiben und Sie nie denken könnten. Und nein, ietzt schweig ich nimmer, biß dieses Carthago zwischen uns zerstört ist, es sey dann, wann Sie mir's befehlen, denn auf Bitten und gute Worte gebe ich nichts, und Ihr Weigern soll mich nicht müde machen. Ich will Ihnen im künftigen Jahr, das Ihnen allen lauter gute Tage bringen soll, sechzig Briefe und will's...

Den 23sten [Dez. 1812]

Aber nicht wahr ich bin politisch? Weil am Samstag kein Brief von Ihnen kam, dachte ich: Wart! Mein Zaubermittel soll mir doch nicht fehl schlagen. Ich lasse meinen Brief zum Fortschreiben offen, bis der erwartete oben herab kommt. Wie gedacht, so geschehn.

Sie wundern sich, daß ich Ihnen schon so viele Nekereyen habe hingehen lassen nur diese nicht. Das glaub ich. Schrieben Sie mir nicht ich hätte Ihnen weh gethan? So etwas kann ich mir nicht verzeihen. Aber weil Sie es so wollen, und es Ihnen lieber zu seyn scheint, so soll keine Rede mehr davon seyn. Wir wollen lieber über etwas lustiges zanken.

Dis Jahr geh' ich in keine Redoute. Aber bei allen Bällen im Museum halte ich aus bis um Mitternacht. Von der Commission bin ich iezt weg. Seit der ersten Comödie d. 8. oder 9ten November bin ich auch nicht mehr drin gewesen. Eigentlich bin ich den ganzen Winter nur daheim oder im Museum. (...) H.

seit der ersten Comödie: *Die Spielzeit 1812/13 hatte am Sonntag, 8. November 1812 mit Zieglers „Machtspruch" begonnen.*

AN HAUFE

d. 10. April [1813]

O ihr lieben und guten Menschen, die ich so gerne wieder sehen und umarmen möchte! Es ist schwer solchen Einladungen zu widerstehen fast noch schwerer es zu sagen, zumal wenn die Abhaltung in lauter kleinen Schwierigkeiten und Bedenklichkeiten zu bestehen scheint, die einzeln genommen iede zu besiegen sind, zusammen ein großes Gewicht haben und fast gebietend entscheiden. Doch ist die Basis von allen das alte Lied — das Geschäft. Denn nur der Professor hat Ferien, nicht der Direktor, nicht der Kirchenrath, der Bischof von 6 Diöcesen ist, nicht der Calendermacher, der erst Einen Bogen hat, und von dem Kater in Pforzheim schon lange angeknurrt wird, nicht der Geschäftsträger des halben Oberlands, dem ich iezt, wo alles hier von Rekruten wimmelt mit dem Sultan Saladin im Mönch vom Libanon zurufen möchte

Verlangst du deine Kinder von mir?

Und doch hab ichs euch im Herbst versprochen! O, glaubt mir, nicht weniger mir selbst, als euch, und nehme mir's wirklich schon wieder auf die Pfingst- oder Sommerferien vor, euch zu besuchen. Sieht man nicht alle Berge hinter denen ein Paradislein ligt, das man gerne besuchen möchte, aus der Ferne für klein an.

Laßt mich also oft in freundschaftlichen Erinnerungen in eurer lieben Mitte seyn! Es wird manchmal zusamen treffen, daß ich in meinen Phantasien zu gleicher Zeit am Abend mit euch im schönen Garten lustwandle, zur Zeit der erquiklichen Morgenstunde vielleicht, wenn ihr nur ein wenig früh aufsteht, sogar im farben und freudenreichen Traum, der zwischen der Phantasie und Wirklichkeit in lieblich täuschender Mitte schwebt.

Grüßen Sie von mir unsere Freunde, die in allem bisher gesagten mitgemeint sind.

Wie freue ich mich eures häuslichen und innwendigen Glücks, das sich in euern Briefen so rein und froh und lebendig ausspricht. Ich danke Ihnen beste Frau Sophie für den Genuß, den Sie mir durch den Ihrigen in so hohem Maß gewährt haben. Ich werde ihn noch in diesen Ferien extra beantworten sobald ich die Geschäfte ein wenig von der Hand weg habe, und die Akten von dem Tisch. Halten Sie sich unterdessen mit der Vorsehung, so gut Sie können. Der arme August dauert mich von Herzen. Ich glaube, man müße im eigenen und im theilnehmenden Leiden fester an die Vorsehung glauben als im Glück, nicht umgekehrt. Mit inniger Liebe

Ihr Freund Hebel

der Kater in Pforzheim: *Buchdrucker Katz, der seit 1813 den „Rheinländischen Hausfreund" druckte.* Der Mönch vom Libanon: *dramatisches Lehrgedicht von J. G. Pfranger.*

AN HENRIETTE HENDEL-SCHÜTZ

O liebe Freundinn, wie meinen Sie es so gut mit mir, und Kayser Franz so böse! Also hab ich mich für dismal vergeblich gefreut und gesehnt, und wer nach mir mehr als Bougine, der wieder bei uns ist, und wer nach ihm mehr, als alle. Aber Sie treiben es wie die Sonne, die bis auf einen Punkt nahe kommt, und dann auf einmal wieder umkehrt. Sie zwar mehr nach Norden, iene nach Süden, damit keine Hemisphäre leer ausgeht. Zur Begleitung auf Ihre Reise, eine Strecke weit, so weit er Ihnen nicht lästig ist, schicke ich Ihnen gleichwohl den neuen H'freund, der zwar unartiger Weise der Schwiegermutter des A.[djunkts] dismal nicht erwähnt, ob ich gleich, selbst von Personen, die sie nicht kennen, gar oft gefragt werde: Wo ist die Schw. M.? Wie geht es der Schw. M.? und so stolz bin, wenn ich etwas zu antworten habe, was man nicht wissen könnte, wenn es keine Briefe gäbe. Auch lege ich zur Anerkennung einer alten Schuld etwas darein, woran Sie wenigstens eine große lithographische Seltenheit besitzen, weil nur 12 Abdrucke gelungen sind. Denken Sie das artistische Wunder. Es kam auf einmal eine Visitenkarte zum Vorschein, die sich mitten auf die Stirne des armen H[aus]fr[eunds] sezte, weil sich in den Stein, so glatt er abgeschliffen war, das Fett von seiner frühern Weihung eingesogen hatte. Es muß ein Character indelebilis seyn, wie die katholische Priesterweihe.

Herr v. Ende hat die Intendanz aufgegeben. Man glaubt ein Herr von Odeleben suche sie. So wenig er bei dem besten Willen und Zutrauen zu sich dieser difficilen Stelle dürfte gewachsen seyn, so sehr wünsche ich sie ihm, weil Sie als dann schon zum Voraus eingeladen wären. Tausend Grüße von Bougine, Ladome, Ewalds, und allen, die es wissen, daß ich an Sie schreibe, selbst von dem Adiunkt, der es nicht weiß, aus seiner Seele heraus. Wir hatten die lezte Spur von ihm in Weißenfels. Wie mag es dem armen Schelm in Dresden ergangen seyn bei seinem frölichen Appetit und nicht eben so frölichen Heldenmuth!

Ihren Herrn Gemahl, den ich ergebenst grüße, bitte ich sehr, es mich nicht entgelten zu lassen, daß ich dismal seinen Brief Ihnen beantworte, und mich bisweilen erfahren zu lassen, wo Sie sind, wie es Ihnen beiden ergeht, und ob wir bald Sonnenwende haben. Sie bitte ich um einen einzigen Federstrich dazu, ein Ringlein oder ein Sternlein, oder ein H. Der ersehnte Frieden bringe Sie bald unter seinen lieblichen Geschenken zurück, wenigstens zur Einweihung des neuen Museums, das die Gesellschaft, der Post (Sappermost) gegen über, für 75 000 fl. baut, und dem der Zimmermann schon den Straus aufgesezt hat, zum Beweis, daß wir den Krieg nicht so fürchten, wie Jemand. Sie „aßen, sie tranken, sie freieten (nur ich nicht) und ließen sich freien, biß Noah in die Arche einging".

Und nun leben Sie wohl, liebe theure Freunde! Herzlich Ihr ergebenster Freund

30. Oktob. [1813] Hebel

lithographische Seltenheit: *vermutlich eine Lithographie des Stuttgarter Graphikers Joh. Fr. Müller, von der kein Stück erhalten ist.* Einweihung des neuen Museums: *am 9. Dezember 1813.* den Krieg nicht so fürchten wie Jemand: *Das Ehepaar Schütz war auf einer Gastspielreise bis nach Frankfurt am Main gelangt, wandte sich aber dann entgegen Hebels Erwartung nicht nach Karlsruhe, sondern „aus Furcht vor dem Kriege" nach Norden, später nach Breslau.*

AN HITZIG

D. 13ten Mai 1814

Schon lange hätt ich dir geschrieben, o Zenoides, wenn ich wieder eine Handhabe an dich hätte erfassen können, ein weggelaufenes Trum eines Fadens unserer Correspondenz, die einst auf so vielen goldenen Spulen lief, und so fläthig. Wie freundlich bist du, und wie gut, daß du mir wieder einen in die Hand hinunter spinnst, und zwar voll Perlen. Ein Surrogat für das wichtigste, was ich durch diesen langen Stillstand, in der Zeit, wo die Pfeile des Tages flogen und die Pestilenz im Finstern schlich, zu entbehren schien, ohne welches auch der Stillstand nicht so lange hätte beharren mögen, gewährte mir von Zeit zu Zeit KR. Sander durch Nachricht, daß du gesund seist, und die Zeitung. Ey, wie freut es mich an, daß meine liebe fromme Freundinn eine vornehme Ordensdame geworden ist, eine Hospitaliterinn, eine Teutschherrinn, eine Tempelfrau, und daß sie einen welthistorischen Namen bekommen hat, und tröstet mich ihr Name und ihre Gaben in meinen Leiden um meine Heimath, wenn ich lese, daß noch iemand im Wiesenthal ein entbehrliches Stücklein Tuch oder ein Büeßlein zu verschenken hat, und Liebe und Mitleiden. Möge die lezte zurückschlagende Welle der großen verheerenden Völkerfluth noch fridlich und schnell über euch weggehen, ich will nicht einmal sagen über uns, obgleich bereits hier 50,000 angesagt sind. Sie wirds, und ich umfasse schon mit neuer potenzirter Liebe euch und alle Geretteten und Getrösteten, die in meinem Herzen eingepfarrt sind, wie Wiedergelandete aus einer Sündfluth, wie Zurückgekommene aus dem Schutt von Goldau oder aus dem Bauch des Gletschers von Grindelwald. Du hast mich durch deine heitern Ansichten von der Zeit und ihrer Zukunft wieder ein wenig aus der Indolenz, in die ich mich aus Mißmuth künstlich eingehüllt hatte, heraus galvanisirt. Es sind ein par Frühlingsstralen in meinen politischen Igelsschlaf hineingefallen. Aber ich weiß nicht. Ringer hättest du ein Steinlein in den Pilatussee geworfen, und den schlafenden Landvogt geweckt. Ists permittirt, wenn Europa mit zusamengerafter lezter Kraft seine bluttriefende, voll gefressene zu aller Rache reif gewordene Feindinn besiegt, um die Lorbern und Früchte des Sieges, und sich, zu den Füssen der Besiegten niederlegen zu können, und ihr die schönsten Triumphe zu bereiten, die sie ie noch gehabt haben. Müssen wir nicht mit Wehmuth hinüberschaun, und wünschen, daß der Freund Feindesgnade an uns hätte beweisen mögen, und noch möchte, wenn er wieder kömmt? Ist um Warheit und Freiheit, um Recht, um Rache um Ehre gekämpft worden, oder war es eine große Schach-Parthie? Womit hat sich dieser Krieg als den heiligen, wofür ihn eine Parthie ausgab, charakterisirt? Mit dem deutschen Nachtmal, das in Sodom gehalten worden? O Zenoides erkennt dein erleuchtetes Auge nicht, daß ein großes Trauerspiel aufgehört (wenn anders aufgehört) hat, und eine Posse an seine Stelle getretten ist. Warlich du hast meinen Schmerz geahnet und mich nur trösten wollen, und es ist dir nicht gelungen. Aber basta! der Landvogt ist noch gar nicht aufgestanden, er hat sich nur umgedreht, und schläft iezt wieder auf der andern Seite.

Mir ist es unterdessen gut gegangen. Man lebt hier so rosig daß man sich schämen muß in dieser Insula fortunata mitten in dem Meere von Thränen und Ungemach. Seit langer Zeit machte mir ein eingefressener Rheumatism im linken Bein viel lästigen Zeitvertreib. Ich trag ihn nach Baden. Wie wenn du auch dahin kämest, wenn die Kayserinn und Europa und Asia dort ist? Man macht mich glauben, daß ich die Direktion des L[yzeums] und der Professur verlieren und ein Canzleiherr werden soll. Bone Deus in qua nos reservasti tempora. Viele droben glauben, es sey schon. Sag doch einmal meinem Bruder dem Poet Günther in Hasel etwas beruhigendes in meinem Namen. Er schickt mir seine Poesien, und will meinen Rath, meine Gevatterschaft. Sag ihm ich sey gestorben, oder wegen unnützen Reden nach Paris abgeführt. Die bösen Gerüchte wegen Abtrettung werden von Paris aus fortdauernd widersprochen. Ich besorge übrigens, der Friede werde Deutschland nicht sehr aufhelfen. Gott zum seligen Gruß, o ihr Lieben! Herzl. Dein

Jπ deus

Ich werde die Professur behalten — Ziegel streichen und Stroh sammeln. Über die Abtrettung des O.[ber] L.[andes] hat man neue Besorgnisse und neue Hoffnungen. Eigentlich zu sagen weiß man nichts. Helf Gott in Gnade. H.

Trum: *Stück.* flāthig: *flink.* eine vornehme Ordensdame: *Am 28. Januar 1814 hatte Großherzogin Stephanie Badens Frauen aufgerufen, durch Sammlungen zur Linderung der Kriegsnöte beizutragen. Im Dekanat Schopfheim hatte sich Hitzigs Frau an die Spitze der karitativen*

Bewegung gestellt. Büesslein: *kleine Silbermünze.* ringer: *mit weniger Mühe, leichter.* Pilatussee: *kleiner See im Pilatusmassiv, in dem der Sage nach Pontius Pilatus den Tod gesucht haben soll.* die Kayserinn von Europa und Asia: *Elisabeth Alexeiewna, geb. Prinzessin von Baden, Gattin des Kaisers Alexander von Rußland.* Bone Deus . . .: *Guter Gott, was für Zeiten hast du uns erleben lassen.*

AN SOPHIE HAUFE

Ich frage bei Ihnen an l. Freundinn, ob iemand in Kl Straßb. noch ein unbeschrienes Exemplar des rheinländischen H. F. brauchen kann z. B. mein Minister der schönen Wild- und Rheinkünste, und wie ich überhaupt die Exemplare übersenden soll, da mir die neuesten Königlich französischen Gesetze, die Calendereinfuhr betreffend, bis aniezt unbewußt.

Meine Feder ist euch ungetreu worden liebe Freunde, aber mein Herz liebt euch wie ie und immer. Ich verändere mich nicht, aber die Bestie die Feder ist so eitel und preciös geworden, daß sie nur noch zu Entwürfen von hohen Ministerial-Erlassen, Visitationsrescripten, abschlägigen Antworten auf Gratialgesuche und Thränen der seufzenden Creatur etc. etc. Zeit haben will. Sonst hätte ich schon früher Ihnen und Schneegansens für die so freundliche und liebe Einladung gedankt, was ich iezt nachhole, und — wie gedankt? — Ich wäre gekommen, und hätte wieder einmal einen schönen colorirten Kupferstich in meinen einfältigen Lebenslauf hineingelebt, will mirs aber mit Gutheißen euerer Liebe auf den nächsten Jahrgang vorbehalten.

Eisenlohr wird Ihnen gesagt haben, daß man mich in mein neues Amt hineingezenselt hat, und als ich es angetretten hatte, hat man mir das alte nicht abgenommen. Es ist ein großes Zutrauen zu meiner Kraft, zu meinem guten Willen und zu meiner Einfalt. Vielleicht hat man mir auch zugetraut, weil ich damals den Calender noch schrieb — in Zukunft schreib ihn wer will — es komme auf mich an, mir einen Privatkalender zu machen, in welchem die Sonne bei Nacht auch scheint, und die Kinder in meinem Zeichen gebohren, mit 2. Köpfen denken und mit 4. Händen schreiben können. — Nein, Kinder in meinem Zeichen gebohren, wenn sie sonst so ordentlich wie ich sind, haben blos das Gute zum Voraus, daß sie viel schöne Briefe von ihren Freundinnen bekommen wenn sie schon nicht viele an sie schreiben können.

Ich bitte Hn. Schneegans mir ein Verzeichniß der Grasarten zukommen zu lassen, wovon er wünscht Samen zu erhalten, und an diesem Brief nebst seiner Gattinn freundlichen Antheil zu nehmen. Seien Sie alle herzlich gegrüßt, glücklich und froh.

26. Nov. [18]14 J. P. H.

neues Amt: *Hebel war Mitglied der evangelischen Kirchensektion geworden.* hineinzenseln: *hineinlocken.*

AN HITZIG

d. 6. Mai [1815]

Meinen guten Dank, o Zenoides, für den Catechism. Brunner wurde v. Ew[ald] mit dem intoleranten Dogma der allein-seligmachenden cath. Kirche geschraubt. Ich verrieth ersterm, daß wirs auch hatten. E. bewies die Unmöglichkeit dessen a priori. Es kam zur Wette, und ich stellte mich dem G[eistlichen] R[at] Br.[unner] als Bürgen für den Beweis a posteriori, den ich ihm nun durch deine Gefälligkeit in den Stand gesezt geleistet habe. Also hab ich dem Catholiken eine Blöse unserer Mutter der Kirche aufgedeckt, einen Leberfleck? Das sey ferne. Ich sagte ihm, das seyen die Repressalien, wozu uns ihre Verdammungssucht genöthigt habe. Wenn eine Kirche den verwegenen Schritt thue sich für allein seligmachend zu erklären, so müssen es alle thun, damit der L[iebe] G[ott] die offene Hand behalte ie etliche, die etwas nütz seien, aus iedwederen selig zu machen. Höchstens sey es der Nabel unserer Kirche gewesen, zum Beweis, daß wir von der ihrigen abgeschnitten seyen. Vom Himmel gefallen sey keine von beiden, auch nicht aus dem Boden gewachsen.

Gestern begegnete mir ein Aksidang, wie unsre Vornehmen den Zufall nennen, das ich dir nicht vorenthalte. Womit ich die Pfeife anzünde, den Zundel hier, woher hab ich ihn? Auf der Straße begegnete mir ein hübscher Bursche mit viel Schuhbürsten, Holzgeschirr und schwarzem Zundel. — Wie theuer das Stücklein? — Sechs Kreuzer. — Du bringsts weit genug her, dacht ich, um diesen Preis.

— Woher des Landes, und von wannen seid Ihr? — Abbem Schwarzwald. — Nicht genug. Gebts besser. — Dort hinten, hinter Freyburg. — Noch nicht genug. Als besser! — dort bey St. Blasien. — Aus dem Closter? — Nein von Schönau. — Aus dem Städtlein? — Nein, von Dotnau. — O du Steisibruser hätt ich ihm mögen zurufen. O du Lichtbube des ***JTL***, hätt ich ihn mögen umarmen. „Was lebt der Hansierg in Utzenfeld, und der Klingeli, und gelt bei der Capelle herwärts Castel ists schön, und sind die Felsen noch nicht bald durchgekniet?“ Aber alle diese heimatlichen Fragen rührten ihn nicht sonderlich an. Die armen reisenden Herrschaften bekommen wie die reichen zulezt einen weltbürgerlichen Sinn, ein Savoir fair und lernen so geschwind als diese das nil admirari. Wir Angewurzelten bringens nicht so weit.

(. . .)

Meine besten Grüße deiner Daube und deinen Laren H.

Catechism.: *Hitzig hatte für Hebel auf dessen Bitte einen alten lutherischen Katechismus aufgetrieben, in dem erklärt wird, daß die ev. luth. Kirche allein seligmachend sei.* Steisibruser: *proteische Verdrehung aus Steinbrunner, steht hier für Bergbauer.* Savoir fair[e] *(franz.): wissen, wie man's macht.* nil admirari (lat.): *über nichts erstaunt sein.*

AN SCHÜTZ

Endlich, endlich wird ein Brieflein flott. Was denken Sie schätzbarster Herr, was Ihre treffliche gute Gattinn von mir? Einen Theil der Schuld des langen Zögerns habe ich auf mir, und will ihn nicht von mir abwälzen, wenn er mir auch eine unfreundliche Minute von Ihnen — aber doch lieber nur eine halbe — zuziehen sollte. Ich trage das Ultimatum des H. v. E[nde] schon 14 Tage in mir herum. Aber es war leider nicht beflügelnd zu schneller Mittheilung. Ich sage schon, und Sie denken vielleicht erst — Allerdings. Wenig bekannt mit H. v. E. wünschte ich durch andere Personen auf ihn zu wirken, von deren Theilnehmung ich mehr Wirkung erwartete, unter ihnen ist Ewald. Herr von Ende ist selten hier, und wenn er hier ist, so ist er nie zu Hause, und wo man ihn auch antrift ist er

FRIEDRICH WILHELM HITZIG

schwer zu erfassen. Ich schrieb endlich an ihn nach Baden, und erfuhr, was ich besorgte. Denn es scheint mir, daß er für Personen ein offeneres Ohr hat, deren Interesse freilich nicht das unserige seyn kann. Ich weiß nicht, ob Sie bei den gegenwärtigen Verhältnissen und Stimmungen dieses Ortes viel Ursache haben können, über diesen fehlgeschlagenen Versuch mißvergnügt zu seyn. Wenigstens haben Sie es weit weniger Ursache, als wir, die wir so viel dabey verliehren, und alle Freunde, die ich mehr oder weniger von der schönen Hoffnung merken ließ, würdigen und fühlen diesen Verlust mit mir. — Ich fange nun an wieder, wie vorher, von der blauen Zeit zu hoffen, was doch noch immer möglich bleibt, und unter andern Umständen eben so leicht und glücklich realisirt werden kann, als unter diesen das Gegentheil geschah. Denn so geschwind lasse ich mir von Hn. v. Ende die Hoffnung nicht rauben Ihre liebe persönliche Bekanntschaft zu gewinnen, und wieder in der Nähe der Freundinn zu leben, und in ihrem geistvollen Umgang wieder ein aufgefrischter anderer Mensch zu werden. Auch ist das Schicksal sonst nicht meinen Wünschen so gänzlich abhold, ob ich gleich diesen nicht unter die bescheidensten rechne. Grüßen Sie von mir die Theure! Empfehlen Sie mich Ihren verehrten Eltern! Lange freuen Sie sich der neuen bessern Zeit, die endlich aus der vergangen[en], wohl verdient durch Opfer und Gebete, wieder aufdämmert.

Ich bitte Sie um Ihr fortdauernd freundschaftliches Wohlwollen, und bin mit aufrichtiger Hochachtung Ihr ergebenster

Carlsruhe d. 23. Aug. 1815 Hebel

AN SOPHIE HAUFE

Ihr Brieflein, liebe Frau Sophie war mir, ich wills lieber gleich sagen „zwar" so lieblich, wie der heutige heitere Morgenhimmel, oder, weil das was man vergleicht, doch immer durch die Vergleichung etwas noch gewinnen muß, so will ichs umkehren und dem schönen heiteren Morgenhimmel, der Sonntagsfrühe eine Ehre anthun und sagen: Sie ist lieblich, fast wie so ein Brief — und zu lieblich, als daß ich mir selber alles, was in obigem zwar ligt zur lebhaften Anschauung bringen möchte, und ich rechne es zu den vielen andern Vorzügen der deutschen Sprache, daß sie dieses Wort, das immer etwas abzwackt, und immer etwas einengt, und in die schönste An- und Aussicht einen langen Schatten wirft, so hart und kurz als möglich ausdrückt. Ja es sieht mir nicht einmal recht deutsch, sondern eher wendisch oder Czaarisch aus, und ich will gern glauben, daß wir ursprünglich kein eigenes Wort dafür hatten, sondern ein fremdes einschwärzen mußten, weil das deutsche Gemüth so gerne zu allem Guten und Schönen besonders zu so einer Einladung ein freies frohes Ja sagen möchte. Also Nein liebe Freunde, es kann dismal nicht seyn, aus mehr als einer Ursache, so sehr ich mich sehne, wieder einmal bei euch zu seyn, und so sehr ich die Tage, die ich bei euch verlebe für die illuminirten Kupferstiche, oder für die Dichtung, das heißt für die Poesie in der (prosaisch albernen) Warheit meines Lebens halte. Gott vergelte euch euere Liebe. Er thut's auch. z. B. gleich in dem stillen Dörflein, das ihr mit Blumen und Ostereiern überfallen wollt, und das Sie mir zwar nicht einmal nannten, aus Furcht ich möchte es kennen, und mich auch ein wenig aus der Ferne hineinphantasiren, und an euern Freuden Antheil nehmen. Aber nichts gewonnen. Ich baue ein eigenes, und ein noch viel schöneres, wo ich euch und euere Freunde und Osterblumen und Eier und Freuden dran schon hineinplaciren will, wie die Mnemoniker sagen. Hernach, wenn ihr fort seid, brech ichs wieder ab. Und wenn ihr in dem wahren alles findet, was ich euch in das erdichtete lege, so ist euch in euerem Freundschaftskirchlein gerade so wohl, vielleicht auch noch ein wenig besser, als es einem Sterblichen unter der Sonne werden kann, und ihr denkt auch an mich in guter Laune, und schießt den BombenMörser nicht auf mich los, was ich mir iedoch auf alle Fälle verbeten [haben] will.

Grüßen Sie von mir, zuerst sich selber und die fröhlichen Kindlein und die alten und neuen Freunde, bekannter und unbekannter Weise, wie man etwas curios zu sagen pflegt. Auch habe schon um Weihnachten eine köstliche Pastete von Straßb. erhalten, und weiß noch immer nicht recht eigentlich von wem. Schreiben Sie mirs doch, damit ich mich auch der lieben Geberinn freuen und ihr danken kann, und thun Sie es vorläufig schön in meinem Namen. Den Hof kenn ich wohl, aber das Haus nicht.

Herzlich und immer Ihr ergebenster Freund Hebel
d. 31sten Merz 1816.

Karlsruhe, d. 27. Nov. 1816

Empfangen Sie Hochgeschäztester Herr und liebe edle Freundinn meinen besten Dank für die erfreuliche Nachricht, die Sie mir von Ihrer glücklichen Rückkehr in das Vaterland ertheilen, sowie für die allerliebsten Beilagen Ihres Briefes, die mir einige schöne Erinnerungen — zwar nicht erst bringen — aber noch lebhafter machen. Sitze ich nicht in diesem Augenblick wieder zu Carlsruh an der Post, T.S.M., und ists nicht wieder Sonntag früh, obgleich Montag Mittags ist? Bin ich nicht zu gleicher Zeit wieder auf dem Thurmberg und überal, ia fall ich nicht vor Freuden neuerdings zu Seuberts Fenster hinaus? Unter andern Feyengaben, theuerste Freundinn, haben Sie auch die, allgegenwärtig zu machen, — selbst wo man in seinem Leben nie war, z. B. in Halle. Am meisten aber danke ich Ihnen für eine Stelle Ihres Schreibens, die eine schöne Hoffnung für das Frühiahr aufthut. Unter den vielen, die sich darauf freuen, soll ich Ihnen den Graven Broussel nennen, der Ihre Bekanntschaft auf dem Rigiberg gemacht hat, und mich. Ersterer ist iezt gesezter, als damals vielleicht der Student war. Lezterer ist auch noch passabel. Halten Sie nur Wort! Ich weiß nicht, ob ich Ihnen rathen soll, Schritte vorher zu thun. Die Intendanz ist jezt in den Händen des H. Ministers v. Hacke, über dessen Sinn und Grundsätze man noch nicht klug ist. Eine seiner ersten Operationen war die Verabschiedung der guten Benda zu Gunsten der Dem[oiselle] Demmer ganz gegen die Wünsche des Publikums. Die Gegenwart wird vielleicht am besten Rath und Mittel geben, und solche Gegenwarten sind auch wirksamer als Buchstaben. Indessen habe ich schon oft erfahren, daß ich ein gar einfältiger Rathgeber bin, weil ich in Verhältnisse, die über meine eigenen hinausgehn, wenig schaue, oft in meine eigenen schlecht.

Noch bitte ich Sie, hochgeschäztester Herr, dem der rheinländische Hausfreund in seinem Leben einen so schönen Dank schuldig geworden, auch noch um eine Gefälligkeit für den Todten. Ein böser Gnom lauft noch immer in seiner Kleidung herum, und viele, die ihn sehn, meinen, es sey noch der alte. Haben Sie die Güte Untenstehendes zur Notiz für das Publikum und zu meiner Ehre, die sonst ein wenig gefährdet sein könnte, in der A[llgemeinen]

L[itteratur] Zeitung einrücken zu lassen. Sie verbinden mich sehr durch diese Gefälligkeit.

Empfelen Sie mich Ihrem viel und hoch verehrten väterlichen Hause zu fortdauerndem Wohlwollen. Ich bin mit vollkommenster Hochachtung und Ergebenheit   Ihr gehorsamster Diener   Hebel

Unterzeichneter sieht sich zu der Erklärung veranlaßt, daß er an der Herausgabe des badischen Landcalenders, genannt der rheinländische Hausfreund, zu welchem er von 1808 bis 1815 die Lesestücke liferte, keinen Antheil mehr nimmt. Hingegen wird im Laufe des Jahrs 1817 der 2te Theil des Schatzkästleins des rheinländischen Hausfreundes herauskommen.

AN HAUFE

Ich nehme theure liebe Freunde, aus Ihrem herzlichen Schreiben, das Beste was mir daraus von dem bösen Schicksal gegönnt ist, aber auch das mit freundlichem Dank — die Erinnerung an die frühern schönen Auferstehungs, Frühlings und Freundschaftsfeste — Zuckerpapir, aber süßes, zweitens Webstoff zu einer neuen Reise in der Idee, die zwar etwas dünner ist, als die Wirklichkeit, aber doch farbenreich und Sternenblumenduft darunter. Drittens Euere Liebe — Gold, aber nur deswegen, weils zur Vergleichung nichts entsprechenders gibt, und Diamant zu hart ist, und Wasser hat.

Aber ich fange an, mich zu schämen, daß ich euere freundschaftlich geöffneten Arme, so oft, und auch iezt wieder leer zusammen fallen lasse, oder vielmehr ich betrübe mich und mache mir Vorwürfe, wie ein frommer Pietist, nicht nur über das, was ich nicht thue, s[on]dern auch über das, was ich gern thun möchte und nicht kann, nur mit dem Unterschied, daß der Pietist, sich nie rechtfertigt, weil dis die größte Sünde wäre, sondern sich unbedingt der Gnade ergibt, wie wohl ich lezteres auch thun kann, wenigstens bei den 3 lieben Frauen. Nur den 2 Männern will ichs also klagen, daß ich in diesen Ferien neben allen andern fortlaufenden Ministerialgeschäften, die wie die Glashütten und Schmelzöfen keine heilige Zeit kennen, einen neuen erweiterten Plan für das hiesige Lyceum von

400 Eleven und 10 Classen bearbeiten muß, der bis zum Ende derselben in Ausführung kommen soll, und für den noch gar manche Vorarbeit geschehen und Hindernisse aus dem Wege geräumt werden müssen, von welchen letztern ich leider selber eine[s] bin. Ich muß nemlich zu gleicher Zeit aus meinem schönen Logis ausziehen weil die ganze Etage, die ich bewohne zu neuen Lehrzimmern eingerichtet wird. Ich räume mich an die l[ange] Straße zum Bäcker Heiß aus d. Wege. Könnten die Pietisten sich so rechtfertigen, sie machten sich noch mausig. Ich aber thue es nicht, sondern ich beklage, wie gesagt diese Verhältnisse, und danke Euch für diese Liebe, und tröste mich in der Sicherheit ihres Besitzes für die Entbehrung ihres Genusses. Wandeln Sie froh und glücklich in die schönen Auferstehungstage des Heils, der Aurikeln und der Sommervögel. Den Schneegansischen Hof laß ich nicht besonders grüßen, weil ich ihn sonst von dem Miteigenthum dieses Briefes ausschlöße, den ich an alle schreibe. Aber den Kindern sagen Sie, daß ich sie liebe.

Herzlich Ihr Hbl.

23. Merz [18]17.

AN JUSTINUS KERNER

Carlsruhe 20. Juli [18]17

Dero schäzbares Schreiben vom 9ten d. M. traf ich nach meiner Rückkehr von Baden erst gestern an. Dieß zu meiner Entschuldigung wegen später Antwort. In Baden wurde mir das Glück zu Theil Ihro Maj. der Königinn vorgestellt zu werden. Sie sprach über Volksbelehrung und ihr Vehikel, den Calender, mit mir, doch nur im Allgemeinen. Was dieselbe veranlaßte von meiner unbedeutenden Anwesenheit Kenntniß zu nehmen, erklärt mir Ihr Schreiben. Sehr ehrenvoll ist das Zutrauen einer solchen Königinn zu meinen Talenten und höchst beglückend wäre das Bewußtseyn zur Zufriedenheit derselben ihm entsprechen zu können und wahrlich groß die Freude wieder einen lieben Adiunkt aus der Landsmannschaft des ersten zu gewinnen. Aber wenn Sie mir doch, theuerster Herr Doktor, die Aufgabe, einen Volkscalender für Würtemberg zu veranstalten, nur etwas näher bestimmt hätten. Denn ich mag sie nehmen in welchem Sinn ich will, so muß ich fürchten, wenn ich sie nicht in dem richtigen nehme, mich als Fremder einer Anmasung verdächtig zu machen, mit welcher ich mich an so vielen trefflichen Männern und Volksfreunden Würtembergs, die das Nämliche ohne mich veranstalten könnten, nie versündigen möchte.

Wenn ich z. B. ienen Ausdruck, zwar etwas gezwungen, aber der Sache auch fast am natürlichsten, so nehme daß ich den Calender, d. h. die Lesestücke dazu schreibe und einem mir zu nennenden Herausgeber oder Verleger desselben zusenden soll, was auch an dem rh. Hausfreund mein einziges Geschäft war, so darf ich mir nicht verbergen, und Ihnen nicht erst sagen, daß es schwer sey, Nationalschriftsteller für ein Volk zu seyn, das man nicht als das seinige und so gut als das seinige kennt, und die Arbeit besser zu leisten als die Besten vermöchten, die es als das ihrige inwendig und auswendig kennen und in ihm wie wir alle in Gott leben, weben und sind, z.B. ich kenne die würtemb. Geschichte wenig und die Verfassung auch nur historisch und als eine fremde. Ihre erlauchte Königinn fordert von einem solchen Calender mit Recht Belehrungen in Haus und landwirthschaftlicher und medicinischer oder diätetischer Hinsicht. Gesezt ich kennte diese Gegenstände besser als die würt. Geschichte, wovon zwar der rheinische Hausfreund wenig Beweise liefert — aber welches sind alsdann die eigenthümliche Vorurtheile des Würtembergers, gegen welche gekämpft werden muß, welches die Mängel, die schädlichen oder auch die guten, aber noch sehr zu bessernden Gewohnheiten? Was verlangt oder verschmäht diese oder iene Lokalität? Doch da spräche wohl mein freundlicher Adiunkt: „Ich will des Blinden Auge seyn." Ich dürfte vielleicht nur die mir zugehenden Materialien in iene eigenthümliche Weise verarbeiten, die dem Hausfreund vielen Eingang und Beifall gewonnen hat. Aber da stünde ich wieder vor der alten terra incognita. Sie wissen was dazu gehört einem bestimmten Publikum das zu sagende so recht in die Wahrheit und Klarheit seines Lebens hinein zu legen und wie unerläßlich an einen Nationalvolksschriftsteller die Forderung ist, daß er während er quasi aliud agendo seine Leser belehrt, so viel als möglich zwischen ihren bekannten und ansprechenden Gegenständen sie herumführe, sie öfters an Bekanntes erinnere und sich ihnen gleiche, folglich sie und ihre Eigenthümlichkeiten wenigstens viel genauer kenne als ich, der sie nur an ihren Grenzstreifen wenig kenne.

Ein anderes wäre es wenn man dort geneigt wäre Originalaufsätze des rh. Hausfreunds, die kein lokales Interesse haben, als Zuthat zu der kräftigen Hauskost des würt. Landcalenders, wenn sie dafür passen können, z. B. als Lauch oder Petersilie anzunehmen und wie sehr wünsche ich, daß Ihre erhabene Königinn eigentlich das möge gemeint haben, um mir die Beruhigung geben zu können, den Wünschen einer Monarchinn zu entsprechen, deren hohem Geist und Herzen auch das Ausland huldigen muß. Bitte Sie, bester Herr Doktor, das Geeignete aus diesen Mittheilungen Sr. Ex. dem Herrn Minister bekannt werden zu lassen. Ich darf hoffen sie seyen von der Art, daß meine Bedenklichkeiten nicht in die Gefahr kommen mit Ausflüchten eines bösen Willens verwechselt zu werden und biete Alles an was in meinen Kräften steht zu so schönen und wohlthätigen Zwecken mitzuwirken. Vielleicht kennen Sie den ehemaligen Calender des Schweizerboten nicht, von dem ich Ihnen einen Jahrgang zur Einsicht und Beurtheilung anbiete. Er kommt meinem Ideal eines zweckmäßigen Volkscalenders näher als ein anderer den ich kenne und ich würde dem hiesigen sogleich die nemliche Form und Einrichtung gegeben haben, wenn es in meiner Ermächtigung gelegen wäre.

Ich bin mit aufrichtiger Hochachtung Dero gehorsamster Diener

Hebel

Justinus Kerner war von seinem Bruder Karl, dem damaligen württembergischen Innenminister, angeregt worden, mit Hebel wegen der Herausgabe eines württembergischen Volkskalenders in Verbindung zu treten, da „die Königin sich sehr für dergleichen Kalender interessiere“.

AN HAUFE

Liebe, glückliche Freunde!

Ich bin herzlich erfreut über den Aufgang Ihres neuen Sternleins, das einst ein Staatsplanet werden soll an Ihrem Haus und Freudenhimmel, und der andere Himmel, der große, unser aller gemeinschaftliche stehe heiter über Ihnen und Ihrem Glück, oder vielmehr, weil ich Freund und Pathe bin, über unserm.

Ich weiß es Ihrer Liebe freundlichen Dank, daß Sie mir dieses Anrecht mehr zur herzlichen Theilnehmung an dem Leben und Gedeihen dieses buspern Knäbleins und an Ihren Hoffnungen gönnen. Aber gestatten Sie mir — es ist freilich eine recht unartige Bitte — daß ich auch dismal dem Leibe nach nicht gegenwärtig — ich spreche, wie ein Apostel — im Geiste unter Ihnen sey, und mit Ihnen für den lieben Täufling bete. Ich bin durch meine Geschäftsverhältnisse und durch meine unselige Bekanntschaft mit der halben Welt mir selbst gestolen. O, wie glücklich war der Mann der einst täglich unbeschrieen und unbeachtet seine 5 Stunden informiren und alsdann thun konnte, was er wollte, z. B. an seinen Minister in Straßburg schreiben, ia, zu ihm reisen, wenn Gott ein Kerzenstümplein von Ferien schenkte, und Kindlein taufen helfen, auch sonst beschauen und lieb haben, und noch nicht wissen, daß auch noch ein Revisor in ihm steckt. Daß ich die Bekanntschaft mit der Welt nicht suchte, weiß Straßburg und Baldner, und von dorther ist wenigstens der Königinn von Würtenberg nicht geschrieben worden, was sie veranlaßte, mich in Baden sprechen zu wollen. Ich weiß nicht, wer mich ihr, zwar für einen schönen und ehrenvollen Zweck eingefädelt hat. — Daß ich während Jean Paul in Heidelberg war oder noch ist, nicht da hinreiste, trotz einer Gelegenheit und Veranlassung dazu, ist nun auch erklärbar. Es läßt sich viel verschmerzen, lieber Thurn, wenn man an einer Schulwittwen-Fiscusrechnung sizt, und hübsch nachdividirt, ob alles in der Ordnung ist.

Unsern Freunden meine besten Grüße. Der guten Base Mauritii einen besondern, und viel fromme herzliche Wünsche darunter. Sie erbe den Segen, mit dem der Himmel seine Freunde anerkennt, der zwar zu gewissen Zeiten mehr inwendig ist, aber nichts desto schlechter.

Unter den Freunden sind auch die lieben iungen Freundinnen verstanden, und der neue Pathe. Herzlich Ihr Hbl.

d. 10. Aug[ust 1817].

Aufgang eines neuen Sternleins: *Am 1. Juni 1817 war dem Ehepaar Haufe ein Sohn Oswald geboren.* Königin von Würtemberg: *Katarina, geb. Großfürstin von Rußland.* Jean Paul in Heidelberg: *Jean*

Paul weilte vom 6. Juli bis 23. August 1817 als Gast des Professors und Kirchenrats Christian Schwarz in Heidelberg. Zu einer Begegnung mit Hebel kam es nicht. Mauritii: *Hebels Glückwünsche gelten der Vermählung der Mine Mauritii, Base von Sophie Haufe.*

AN JUSTINUS KERNER

Wohlgebohrener hochzuverehrender Herr Doktor!

Ich danke Ihnen verbindlichst für die mir mitgetheilten näheren Eröffnungen wegen des Calenders. Ich bin dadurch zum großen Theil von den Besorgnissen befreit, die ich Ihnen in meinem vorigen Schreiben zu bekennen keinen Anstand nahm. Ich werde unter der Adresse, die Sie mir bekannt machen wollen, so viel eigene Aufsätze als Beiträge einsenden, als mir Zeit und Laune zu fertigen gestatten — am liebsten unter Ihrer Adresse, d. h. zu Ihrer vorläufigen gefälligen Sichtung. Auch will ich es auf Ihre Ermunterung wagen, an einigen Materialien, die mir zugesendet werden sollen, mich zu versuchen. Es kann wenigstens für die Redaktion immer erwünscht seyn, wenn sie unter mehreren Bearbeitungen des nämlichen Stoffes wählen kann, wenn auch die meinige nicht die wählbare seyn sollte.

Nun habe ich aber noch ein Anliegen. Ich kann dem vielseitigen Zuspruch, auch den hiesigen Calender wieder zu schreiben, fast nicht mehr und nun gar nicht mehr widerstehen, wenn ich auch an der Ausstattung eines anderen Theil nehme. Aber meine Zeit und Laune ist mir vielseitig beengt. Fände es denn wohl Anstand wenn die nicht lokalen Aufsätze in beiden Calendern erschienen?

Vielleicht nicht, da beide zu gleicher Zeit erscheinen, der Ihrige in casu dubio etwas früher und jeder seinen eigenen Kreis von Lesern und Abnehmern hat und keins mit dem andern in spekulative Concurrenz tritt.

Nun noch ein anderes Wörtlein.

Die Schwiegermutter meines flüchtig gewordenen Adiunkten ist hier und ihr Mann kommt ihrem sehnlichen Wunsch im südlichen Deutschland zu leben, in dem Plan entgegen, das Etablissement der hallischen Litteraturzeitung, das sein Vater an ihn überlassen in eine südliche Stadt zu verlegen, die ein Theater hat. Wie sehr wünschte ich, daß es Carlsruh seyn könnte. Aber könnte es nicht Stuttg. seyn, wo alles Schöne so schön gedeiht? Vielleicht finden Sie den Gedanken werth ein paar Worte mehr darüber zu sprechen. Wenn nicht, so sagen sie auch keinem Menschen ein Wort davon als mir Ihre bald gefällige Antwort, und sehen Sie mich ia für Keinen von denen an, die die dankesunwerthe Geschäftigkeit und Dienstfertigkeit treibt, kaum gewonnene schöne Connexionen alsogleich zu misbrauchen.

Ich lege noch zu gefälliger Ansicht den Schweizercalender bei und habe die Ehre mit vorzüglicher Hochachtung zu verharren

Euer Wohlgeboren gehorsamster D. Hebel

Carlsruh d. 12. Sept. 1817.

Justinus Kerner setzte sich in der Angelegenheit des Ehepaares Schütz mit dem Stuttgarter Hoftheaterintendanten von Herda in Verbindung. In einem Antwortschreiben vom 28. Dezember 1817 lehnte dieser die Verpflichtung von Henriette und Friedrich Karl Schütz ohne Angabe von Gründen ab.

AN JUSTINUS KERNER

Erlauben Sie mir, geehrter Herr Doktor, mit einer unceremoniellen Briefsprache gegen Sie den Anfang zu machen und fahren Sie in der nemlichen gerne gegen mich fort. Ich übersende Ihnen einstweilen 14 Stücklein für den Calender. Mehrere und enger geschriebene sollen nachkommen, und es versteht sich von selbst, wenn eins oder das andere nicht zulässig erscheint, daß es zurückgelegt und mir etwa wieder zurückgeschickt oder einzelne vielleicht gegen mein Wissen und Wollen anstoßfindende Aeußerungen und Ausdrücke weggestrichen oder verblümt werden. Den Hausfreund, unter welchem Namen man freilich herzliches mit dem Leser spricht und ihm ungenirt Bären anbindet, habe ich einstweilen in Calendermann umgetauft. Ich wünschte wohl den Titel Ihres Calenders zu wissen und daß es ein ähnlicher wäre wie der des Hausfreunds. Vielleicht lassen Sie mich gefällig auch wissen, wie lange es Zeit ist zu Einsendungen für den Calender. Der Herausgeber des hiesigen nimmt bis April an und dankt oft Gott, wenn man ihm im Juni noch was schickt.

Ich bitte Sie um gefällige Nachricht über den Empfang der mitfolgenden Heublumen und bin mit aufrichtigster Hochachtung Dero

gehorsamster Diener Hebel

Carlsruh d. 24. Oct. 1817.

AN WESSENBERG

Euer Excellenz,

habe ich die Ehre, meine unmaßgeblichen Varianten zu den fortgesezten Blüthen aus Italien zu geneigter Prüfung senden zu dürfen. Da mir dismal das Glück versagt ist, persönlich meine Rechenschaft darüber ablegen zu können, so gebe ich um so mehr alle dieienigen zum voraus der Verdammung preis, die sich nicht selbst rechtfertigen können. Einige derselben wollen nur den Vers um einen Iambus verkürzen, um das Gleichmas mit den übrigen Versen des gleichen Gedichtes herzustellen. Aber ich fühle, daß hie und da etwas dabei verlohren gieng. Ich habe die Versuchung unterdrückt, Hochdenselben größere Veränderungen vorzuschlagen. Es ist schwer und mißlich, an Geistesprodukten etwas ändern zu wollen, die so viel Eigenthümlichkeit haben, und unverzeihlich fast, wenn diese so lebendige Anschauungen der schönen Natur und der Kunstdenkmale wiedergibt und sich in so tief bewegten Gefühlen und lebhaft hervorspringenden Ideen ausspricht.

Möge Ihr Tusculum, gnädiger Herr, unter einem so schönen und auch heiligen und poetischen Himmel Ihnen süße Ruhe gewähren und der blinde Sänger mit seinen Dudeleien Ihnen nicht beschwerlich werden.

Erlauben mir Hochdieselben noch den Ausdruck meiner hohen und unbegränzten Verehrung, mit welcher ich verharre

Euer Excellenz unterthäniger Diener Hebel

Carlsruhe, d. 11ten Jul. 1818.

Blüthen aus Italien: *Wessenbergs Gedichte. 1. Auflage 1818, 2. (vermehrte) Auflage 1820.* Ihr Tusculum: *Gut Feldkirch bei Freiburg* der blinde Sänger: *Ignaz Fellner.*

Liebe Freundinn! 7. Aug. [1818]

Ich sollte Ihnen auf Ihr schönes frohes Schreiben vom 26. Febr. nicht so prompt antworten, als ich thue, weil ich in demselben gleichwol nicht mehr Ihr lieber Freund oder so etwas sondern nur Ihr geehrter Freund war. O Frau Sophie, wie weit bring ichs noch in der Welt! Gleichwohl liebe, sehr liebe, und noch extra auch von mir geehrte Freundinn, war ich recht unglücklich damals, daß ich nicht sogleich zu Ihnen hinauffliegen, und es Ihnen verzeihen konnte, und bin es noch, weil ich noch nicht kann. Es ist gar zu hart einen Groll so lange in sich herum tragen zu müssen, und ihn nicht gleich in einem Kuß und Händedruck erdrücken zu können. So geschehe es denn hiemit in effigie, wobei Sie zwar, wie ich so eben bemerke, viel riskiren. Denn ich finde etwas so liebliches in der Aussöhnung mit Ihnen, daß ich nicht gut dafür stehe, ob ich nicht noch in diesem Brief zum Zweitenmal anfange, wie Gmelin in Valencia sich von seinen Strapazen so angenehm erholte, daß er allemal wünschte, „wenn ich nur schon wieder müde wäre." — Wenn ich nur schon wieder Verdruß mit Ihnen hätte!

Hiernächst wär ich Ihnen auf ienen Brief auch eine schöne Vorlesung über die Vorsehung schuldig die sich freilich im Garten unter lieben freundlichen Menschen besser halten ließe. Denn wenn ich stecken bliebe, fiele Ihnen vielleicht ein schöner reifer Apfel vom Baum herab, wo noch viel Hundert hängen in den Schoß, oder ein lustiger Vogel begänne auf dem nächsten Ast seine Lobrede auf die Vorsehung in lebendigen Accenten, oder ein Kindlein schaute eine Blume an, und lächelte. Sie haben wohl recht, daß der Mann, der das Bedürfniß eines Aufschlusses über den Zusammenhang der Dinge allermeist im Kopf hat, am Ende zu einer ganz andern Vorstellung von der Vorsehung kommen kann, als Ihr Geschlecht, dem das Bedürfniß mehr im Herzen ligt, und ich wollte keinen Anstand nehmen, Ihnen meine Vorstellung mitzutheilen, die mich sehr beruhiget, und hauptsächlich dahinaus lauft, daß wir nicht viel von der Sache wissen, und das Ende abwarten müssen, wie wenn wir zum erstenmal ein Haus bauen oder einen Schuhmacher ein par Stiefel zuschneiden sähen, zumal, wenn wir vorher noch keinen Fuß gesehen hätten. Allein wenn mich meine Vorstellung nicht mehr beruhigen wird, so wollte ich ia lieber zu Ihnen kommen, und Sie um die Ihrige fragen. Denn es ist mir nicht zweifelhaft, daß in einer so geheimnißvollen Sache das Herz eines frommen Weibes der Warheit durch Ahnen näher ist, als der Kopf eines Mannes durch die Spekulation. Oder ist nicht eine fromme Mutter selber eine göttliche Vorsehung im kleinen, wie das Wachslichtlein eine Sonne, und gleichwohl fragen Sie noch einen Mond. Doch davon einmal mündlich, aber die nemliche Vorsehung weiß, wann. Ich glaube, Sie müssen sich manchmal selbst darüber wundern, daß ich so wohl mit ihr zufrieden bin, und im Glück meiner Freunde nicht nur wenn ichs sehe, sondern auch nur höre so glücklich seyn und die Reisen ins Oberland heimlich mit Ihnen machen, oder blind mitfahren kann, wie wir dismal mit einander im Oberland in Ihrem Bergschloß gewesen sind. Sie schreiben mir wohl einmal ob auch alles so gewesen ist, wie ich mirs vorstelle. Denn es liegt mir viel mehr an diesen Berichtigungen als einem gewissen Plastiker in Hamburg an den seinigen, der aus Beschreibungen und Phantasie ein Bas relief von dem Montblanc und seinen Umgebungen verfertigte und in Abdrücken an die Engländer verkaufte, um hernach mit dem erworbenen Geld eine Reise dahin zu machen, und zu sehen, obs auch so sey. — Iez erlauben Sie mir mich mit ein par Commissionen an Freund Thurn zu wenden. Ich bedarf, zwar zu einem sehr gemein literarischen Zweck die dänischen Balladen die ich Herrn Münz schickte, wenn sie ihre Zirkulation in Kl. Straßburg vollendet haben. Es ist unhöflich, wieder zu fordern, aber durch einen Dritten gehts glimpflich wenn Sie wollen so gut seyn. H. Beck, dem es sehr gut geht, und der Ihnen sehr dankbar ist, hat mir 4 pr. Thlr. für Sie gegeben. Ich bitte Sie um Gelegenheit, sie Ihnen zuzusenden. Meine herzlichen Grüße dem Schneegansischen Hause und allen unsern Freunden. Wie geht es dem guten August.

Mögen Sie immer froh und glücklich seyn, und immer gut

Ihrem aufr. Freund H.

Gmelin in Valencia: *Hebels Freund, der Botaniker Gmelin, hatte in jungen Jahren studienhalber in Spanien geweilt.* Bergschloß: *Schloß Mahlberg, wo Sophie Haufe des öfteren im Haus des Landrentmeisters Herbst weilte, dessen Nichte Friederike mit ihr befreundet war.*
die dänischen Balladen: *altdänische Heldenlieder, s. Anm. S. 185.*

Ich übersende Ihnen, theuerste, edle Freunde, den neuen Calender und sollte fast nicht, weil der guten herrlichen Schwiegermutter mit keiner Sylbe darinn gedacht ist. Das war die Klugheit des Verlegers, der dißmal viel Manuscript hatte, weil der würtemberger Calender nicht zu Stande kam, und der einen eigenen Aufsatz, einen Zimmermannsspruch von dem Adiunkt gehalten, zurücklegte, weil ihm einige Anspielungen darinn zu keck schienen, die er politisch nannte, aber für unpolitisch zu halten schien. Es ist schade, und mir sehr leid, daß diese Camera obscura nun wenigstens für ein Jahr ligenbleibt, in welcher unter anderen schönen Sachen, auch eine liebe Nachtwandlerinn auf den Dächern erscheint, die mit zwei Axeln nach Schweden gereist und mit dreien wieder gekommen ist u.s.w. Mögen Sie für dißmal nur sonst etwas in dem Calender finden, das Ihnen nicht mißfalle und Sie gerne bisweilen an den Hausfr. denken lassen, der Sie das ganze Jahr im Herzen trägt, wie das Wetter im Kopf. Ich sehne mich sehr nach Nachrichten von Ihnen, nach recht erfreulichen Nachrichten, und bitte Sie darum. Ich lebe iezt in einer eigenen Haushaltung und befinde mich recht wohl, wenigstens im Schatten des häuslichen Glücks, da mir der Sonnenschein nicht hat werden wollen. Ich wünschte mir nur Sie einmal recht herzlich bei mir bewirthen zu können, oder vielmehr, recht oft. Ich bin gar glücklich gewesen in der Wahl meiner Haushälterinn und muß ihr gut seyn, weil sie fast ieden Abend nach Tisch zu mir sagt: „Verzählen Sie mir etwas von der Frau, wo ihr Portrait im Zimmer hängt, das Sie so oft anschauen, von Ihrem ehemaligen Schatz." — Ich liebe und küsse noch meine Sappho und ihr Brüderlein. Meine große Verehrung Ihren theuern Eltern. Mit herzlicher Freundschaft und Liebe

Ihr ergebenster Hebel

CR. d. 3ten Oktober 1818.

Daran erkennen Sie den Hausfreund! Heute d. 25. Oktober findet er den Brief noch unter seinen Papiren, den er dem Calender zum Begleiter und Fürsprecher bei Ihnen mitgeben wollte, und zählte schon lange an den Fingern nach, ob nicht bald die Antwort kommen könne. Ich sende ihn nach, wie er am 3ten Oktob. lautete, und bitte sehr um Verzeihung und fange nun von Neuem an die langen Tage zu zählen.

der neue Calender: *der Rheinländische Hausfreund für 1819, der noch einmal von Hebel redigiert wurde, weil sich das Projekt eines württembergischen Volkskalenders zerschlagen hatte. Die dafür vorgesehenen 24 Stücke kamen deshalb dem badischen Kalender zugute.* mit zwei Axeln nach Schweden ...: *auf einer Gastspielreise des Ehepaares Schütz nach Schweden und Rußland wurde Henriette von einem Sohn Axel entbunden.*

AN HAUFE

[15. Dezember 1818]

O ihr Lieben und Guten! Fast müßt ich auf den bösen Gedanken kommen, wenn ich mich selber nicht besser kennte, daß ich auf den feindseligen Gedanken gekommen sey, nie mehr nach Klein Straßburg zu wallfahrten, und habe doch 3 Liebfrauen Kirchlein dort, ohne die Capellen, und sitze so oft im Geist darinn, sogar in schönen sonnigen Träumen der Nacht, wo man sich wirklich näher ist. — Ich fange wie ich sehe, ganz heilig und catholisch an, und bin es auch. Denn ich schreibe wirklich eine heilige Geschichte für die Kinder, für unsere Kinder in Kl. Straßb. und lebe am Berg Tabor, unter den Palmen von Jericho, am Brunnen Jakobs am heiligen Grab, und wie gesagt bei euch. Ich möchte gerne, daß dieses Geschäft, welchem die Weihnachtsferien unentbehrlich sind, als geltende Verhinderung von euch angesehen würde, denn ich habe keine wichtigere. Die Arbeit muß wills Gott bis Ostern fertig seyn. Es ist mir iede Stunde der freien Zeit und frommen Geistesstimmung dazu theuer, absonderlich die heilige Zeit, wann die Festglocken läuten und nachklingen, und die Spätzlein ans Fenster kommen.

Wer mehr als eine Entschuldigung hat, macht gewöhnlich die folgenden selbst, aus Besorgniß, die erste reiche nicht aus. Das thue ich nicht leicht, selbst, wenn ich wirklich zwei habe. Aber iezt ligt mir die zweite wirklich nahe, die unartige Jahreszeit und die unsichere Witterung, wenn die wenigen Tage auch noch vollends so kurz sind, und die kommenden doch mit dem biblischen Geschichtbüchlein sich strecken, und wills Gott immer schöner werden. Von dem unlustigen Reisen in dieser Jahreszeit wollte ich nicht einmal Erwähnung thun, wenn nicht die Heimreise auch ein Theil vom Ganzen wäre, und selbst in der guten Jahreszeit, für mich der unlustigere.

Ich wollte den bösen December recht schlimm ausmalen, wenn ich nicht fürchtete mir selbst einen anderen Tort zu thun, da Freund Haufe an eine Reise hieher denkt, der zwar auch noch iünger als ich ist, und mehr Frühling in sich selber hat, auch des Reisens gewohnter ist. Nein auf ihn paßt nicht, was ich sagte. Er soll nur bald kommen, recht bald, und mich mit sich und vielen lieblichen Auskunften auf eine ganze Freundesbrust voll theilnehmender Fragen erfreuen. Recht bald! Meine besten Grüße an die Freunde und Kinderlein, denen ich das heilige Büchlein selber zu bringen hoffe, wenn es möglich ist.

Herzlich Ihr Freund Hebel

AN FRIEDRICH KARL UND HENRIETTE SCHÜTZ

Theuerste, verehrte Freunde!

Bald habe ich das Herz nicht mehr an Sie zu schreiben und hätte es wirkl. nicht mehr recht, wenn mich nicht eine andere Zuversicht belebte, die Zuversicht, daß Sie mich kennen und an meiner innigen Liebe und Ergebenheit nie zweifeln können, wenn ich sie Ihnen auch seltener ausspreche. Die Hauptursache meines langen Stillschweigens war wenigstens von Anfang herein mein langes Warten auf den Erfolg eines Versprechens von Weinbrenner, mit welchem ich Sie bald zu erfreuen hoffte und noch hoffe, aber auch wirklich seiner neueren Zusicherung nach hoffe. Aber wie oft bin ich gleichwol bei Ihnen, oder vielmehr Sie hier bei mir, weil ich hier zu land Weg und Steg besser kenne und überall liebe Erinnerungspunkte an schöne freudige Stunden finde, die Ihre Anwesenheit und Ihre Liebe mir gab. Doch darf ich mich rühmen, daß ich mir in meiner Phantasie auch ein recht schönes Halle und darinn eine allerliebste Wohnung, nemlich die Ihrige oder vielmehr die unsrige gebaut habe. Denn mein Stüblein, welches Sie mir so lieb und freundlich zum Ruhesitz meines Alters angeboten haben, ist nicht vergessen. Seit einigen Wochen hab ich es mir iedoch, Ihre Einwilligung vorausgesezt, standesmäßig um etwas vergrößert.

Sie wissen ohne Zweifel, daß mich der G.Herzog zum Mitglied der ersten Kammer ernannt hat. O, was haben Sie dazu gedacht.

Denken Sie Ihren armen anspruchlosen Freund in einem vergoldeten Lehnsessel unter den Fürsten, Ministern, Generalen, bei den Berathungen über die wichtigsten Interessen des Staates und Vaterlands. Ich sehe meine theure Freundinn ein wenig dazu lachen, aber Sie mich schwerlich. Denn wer schaut tiefer und richtiger in mein Innwendiges?

Die lustige Katzenepistel nebst dem hochfürstlichen Dekret habe ich richtig erhalten und danke dafür. Dürfte ich Sie iezt nur auch recht herzhaft um baldige reichliche Nachricht von Ihnen bitten. Doch Sie sind immer gütiger gegen mich, als ich verlangen und erwarten kann. Möge ich recht viel erfreuliches von Ihren mir hochverehrten Eltern, deren Wohlwollen ich mich zu empfelen bitte, von der feinsinnigen Sappho und dem naiven Axel hören, die ich küsse und liebe. S[appho] wird mir nun schon ganz artig schreiben können:

„Ich liebe Dich."

Leben Sie wohl, theure, edle Freunde. Herzlich Ihr Hbl.

CR. d. 23. Mai 1819.

Sappho, Axel: *Kinder des Ehepaares Schütz.*

AN WESSENBERG

K[arls]ruhe d. 13ten Juni 1821

Ich bin, Verehrtester Freund, unsicher wegen eines Wortes in dem Gedicht Am Grabe Virgils, und möchte mir gerne Ihre authentische Berichtigung ausbitten. „Still r a u c h t das Meer." Ich weiß zwar mit dem unterstrichenen Wort einen Sinn zu verbinden, weiß aber nicht, ob Sie ihn an dieser Stelle ausdrücken wollten, und ob er allen verständlich seyn würde, die das Meer nie gesehen haben. Ich denke daher an die Möglichkeit eines übersehenen Schreibfehlers. „rauscht" kann es freilich nicht heißen sollen, aber vielleicht „ruht"?

Braun, der sich dieser werthen Gaben innig freut, mit welchen Ihre Güte den Almanach noch aussteuern und beehren will, wünscht iedoch die Mscte in 8—10 Tagen zu haben, und ich erlaube mir — Ihr Wohlwollen, Ihre Nachsicht hält es mir zu gut, wenn ich diesen kleinen Aufhalt gebrauche — Ihnen noch einige Lesarten zu gefälliger Beurtheilung vorzulegen.

Str. 3, Z. 4. Wo mit Virgil die Muse sich verschwistert.
Str. 4, Z. 4. Und schau'n sein Bildniss

In dem Gedichte Gott

Str. 2, Z. 2. In dessen Hauch die Saat entsprießt
Z. 4. Mild im Gewölk, das sich ergießt

Ich weiß zwar nicht, ob in dem Wort entlädt an das Gewitter oder an den Regen gedacht ist, das Wort mild deutet auf lezteres. Aber auf alle Fälle könnte die Form entlädt in andern Gegenden provinziell scheinen.

Doch ich überlasse diese Beurtheilung ganz Ihrem reinen und richtigen Takt.

Die Förderung des Mscts die Auferstehung habe ich bereits dringend empfolen. Es scheint noch in Cirkulation zu seyn, und ich warte ieden Augenblick darauf.

Empfangen Sie gerne meinen lebhaftesten Dank für das schätzbare Geschenk „Johannes", mit dessen Zusendung mich Hr. KR Brunner überrascht hat, und für den Genuß, den es, obgleich erst seit einigen Stunden mein, mir schon gewährt hat. Wie vollendet und meisterhaft ist die Charakteristik des frommen, muthvollen Täufers.

Noch höre ich nichts näheres über das Taubstummeninstitut. Aber ich zweifle nicht, daß die Regierung sich bald für diese gottgefällige Stiftung erklären werde. Wenigstens scheint sie dem Grundsatz zu folgen, dem 1ten Landtag nichts bis zum 2ten schuldig bleiben zu wollen. Das Ständehaus wird bis im August unter Dach kommen, und der Bau, wie wir hoffen, Beifall finden, wenn auch die Kosten ein wenig über das Gesagte hinaus gehen.

Ich unterzeichne mich mit innigstem Gefühl Ihren aufrichtigsten Verehrer und Freund Hebel

Für Brauns Almanach „Rheinblüten" waren die Wessenbergschen Gedichte bestimmt. Johannes: *Wessenbergs 1817 in Konstanz erschienene Schrift „Johannes, der Vorläufer unseres Herrn und Erlösers".* Ständehaus: *das von Friedrich Weinbrenner entworfene und ausgeführte Tagungsgebäude des badischen Landtags.*

Theuerste Freunde!

Ich grüße Sie von dem Bühlerthal aus, wo ich seit 8 Tagen in der reinen erquicklichen Bergluft meiner Gesundheit pflegte, und war so fest entschlossen, von hier aus noch auf einige Tage nach Straßburg zu kommen, daß vorgestern die Chaise auf heute schon bestellt war.

War es nicht ein schönes raffinirtes Plänchen, die erste Hälfte des Urlaubs in diesem wunderschönen Thal dem Körper und der Gesundheit und die zweite in lieb Kleinstraßburg der Freundschaft und Liebe zu widmen, und so an Geist und Körper erquickt nach Hause zurückzukehren? Nein ich kehre morgen zurück, ohne mehr von Straßburg gesehen zu haben, als gestern den Thurm. Ich war in der Hub — in Lauf, im Erlenbad, in Sasbach zu Fuß, fuhr nach Bühl und kehrte in der Nacht noch zu Fuß hieher zurück. Es ist betrübt, daß ich mit dieser kleinen Strapatze, als mit einer bedeutenden großthun kann, denn vor 4 Wochen hätt ich sie mir nicht zugetraut. Aber genug ich habe sie bestanden und hätte heute einen glücklichen Tag vor mir, wenn ich gestern nicht in Sasbach erfahren hätte daß der G.[roß] H.[erzog], morgen schon auf seiner Rückreise nach CRuhe in Achern Mittag halte, was mich ebenfalls zur schleunigen Rückreise determinirt. Zwar traue ich ihm, und sogar mir, zu daß er ohne mich in CRuhe seyn könnte, aber doch dismal nicht ohne mich zu vermissen, weil er in den ersten Tagen die Danksagung wegen Genehmigung der Unionsakte durch eine Deputation erwartet, zu welcher ich mit gehöre und bei welcher ich nicht fehlen durfte. Aber nun lasse ich mirs nicht mehr aus den Händen winden, nun besuche ich Sie im Herbst gewiß, und zähle schon die Wochen, wie man sie den Kindern zählt, wenn es noch einmal und noch einmal — in allem sechsmal Sonntag gewesen ist. Den morgen, den rechne ich noch nicht dazu theils damit es einer weniger wird, theils damit der freudige, den ich in unserer Hauskapelle in Kleinstraßburg zu feiern hoffe der siebente sey, so zu sagen ein Sabbathsiahr im Kleinen. Bis dahin verspare ich alles, was ich Ihnen liebes sagen und alles, was ich Ihnen mißliebiges klagen möchte. Vielleicht verliert sich das leztere unterdessen — oder wenn ich nun bei Ihnen bin, so vergesse ich es wenigstens gewiß. Aber so ein Brief meint, er müße alles wißen, und alles wiedersagen, was er weiß. — Leben

Sie wohl, liebe freundliche Seelen und froh in dem schönen blühenden Kreis Ihrer Frohen Herzlich der Ihrige Hbl.

Samstags (ohne Calender) d. 5.? [4.] Aug[ust 1821].

Unionsakte: *Die Unionsakte über die Vereinigung der lutherischen und der reformierten Kirche*

AN EICHTHAL

Theuerster, lieber Freund!

Auch einmal ein Brieflein von Ihrem Freund, und zwar mit einer Bitte! Denn ohne Veranlassung schreibe ich Ihnen um deßwillen nicht, weil ich weiß, daß Sie Briefe genug zu lesen und zu beantworten haben auch ohne solche Zugabe, und daß mir ein freundliches Andenken bei Ihnen gesichert ist, wenn ich es auch nicht auf diesem Wege unterhalte.

Ich habe wohl schon Ihnen Herrn Haufe in Straßburg, meinen Gevattersmann, genannt, einmal gewiß zwischen Achern und Appenweier. Dieser reist in einigen Wochen in das Oberland und wünscht auf dieser Reise St. Blasien zu sehen, iedoch nicht nur auswendig, und bittet Sie durch mich um eine wohlwollende Aufnahme. Ich will es mit keinen eindringenden Empfehlungen thun, als wenn es sehr nöthig wäre, denn ich kenne Sie besser, als er, der Sie so viel ich weiß, gar nicht kennt, und Ihnen keinen Vorbegriff von ihm geben, denn Sie haben ihn im ersten Augenblick, wie er ist. Wenn er unwillkürlich etwa etwas verbirgt, so ist es der Deutsche im Straßburger. Sollten Sie selbst um diese Zeit eine Reise machen, — es wäre mir ganz recht, wenn Sie unterdessen nach Carlsruhe kämen, — so hinterlassen Sie vielleicht gerne ein Wort, daß ihm wenigstens gezeigt werde, was man Fremde und Selbstexperten gerne sehen läßt, wie wohl er, wenn Sie abwesend sind, das Beste nicht findet, was er sucht, und worauf er sich freuen möchte.

Iezt grüße ich noch Ihre edle Gattinn, und Fräulein Caroline, mia cara, und sage Ihnen, daß mich die Heidelberger Universität zum Doctor der Theologie ernannt hat, und daß ich Sie herzlich liebe.

Ganz der Ihrige Hebel

CR d. 19. Aug. 1821.

AN HAUFE

Theuerster Freund

Ich will Herrn Berg, der gestern bei mir war, und Ihnen die Nachricht bringt, daß ich sogleich nach St. Blasien geschrieben habe, noch zuvorkommen, oder ihm wenigstens das Zeugniß geben, daß er die Warheit rede. Glückliche Reise, besonders wenn Sie selbst kutschiren. Bringen Sie sich wohl wieder heim. Zwischen Zell und St. Blasien dürfen Sie wohl bisweilen an mich denken. Es kennen mich dort alle Buchen und Bächlein, auch etliche Wirthshäuser. Sagen Sie den Bächlein, daß ich kürzlich mit der Doktorswürde beehrt worden sey von der Universität Heidelberg, und daß ich durch diesen Ausdruck öffentlicher Achtung sehr erfreut bin. Die Bächlein tragen es am weitesten.

Meine Herzensgrüße Ihnen und meinen Lieben. Stets und unverändert Ihr Hbl.

19. Aug[ust 1821].

AN HAUFE

Theuerste, liebe Freunde!
Wir sind glücklich angekommen
Hier am Ort,
in dem Port,
Der uns aufgenommen.
Die Laternen brannten feine,
wie der Docht
es vermocht,
als im Mondenscheine.

Ich fahre nicht fort. Mag H[ippel] mit dem lieben Gott in geronnener Sprache reden, wir miteinander nicht. Wär er drei Tage vorher im Himmel gewesen, wie ich drei Tage in Straßburg war, er hätts auch nicht zu Stand gebracht. Zwar ists mit drei Tagen nicht bei mir gethan. So kurz fertige ich mich nicht ab. Ich bin noch immer bei euch in Liebe und Freude. Es ist mir schon oft vorgekommen, daß ein kurzes Beisammenseyn einen hellern Fokus gebe, als ein langes, weil er konzentrirter ist. Wenigstens tröste ich mich damit bis zum Widersehn im Bühlerthal. Davon gehe ich nicht ab. Das Thal ist zu schön, und Ihr seid mir zu lieb, und man kann doch der romantischen Lichter im Leben nie zu viele aufsteigen lassen. Herr Doll, den Sie so gütig aufgenommen haben, dankt Ihnen in anliegendem Brieflein. Ich wüste nicht, warum er seinen Dank so keck und gerade zu an die Frau Sophie richtet, wenn ichs gewöhnlich nicht auch so thäte, und auch wüßte warum. Halten Sie ihm seine Unbefangenheit zu gut — mir die meinige zwar auch. Er schickt Ihnen zur Bewahrheitung seines Danks ein par Löflunde die sein Vater vor einiger Zeit von Stutgard gebracht hat, in der Hofnung Ihnen einige Freude zu machen, weil es schien, daß Ihnen die iüngsthinigen nicht mißfallen haben. Ich weiß nicht ob die Buchhandlung Levrault das befragte Buch geschickt hat. Ich bitte Sie darum lieber Thurn und lege zugleich das Ehrenblättlein der Lotterie bei, das Zeugniß der Zufridenheit meiner Köchinn mit ihrem gegenwärtigen Schicksal. Bei mir hat mans gut. Es ist mir leid, daß ich Ihnen so viel Mühe mache.

Dieses Schicksal hat die Güte, daß sie misbraucht wird, und diese Gnade vor Gott, daß ihr die Geduld nicht ausgeht. Geben Sie mir auch viel Commission. Ich wills gar nicht als Heimzahlung meiner Schuld, sondern als ein neues Soll in mein Schuldenregister eintragen, wann ich Ihnen viel angenehmes erweisen kann.

Grüßen Sie mir Ihre l. Kinder, den schönen Blüthenkranz, der Sie umgibt, und das blühende Röslein darinn meine Pathe zuvörderst. Aber sagen Sie ihr nicht, daß ich sie für ein Röslein halte, sondern etwa für ein Veilchen oder für ein Vergißmeinnichtlein. An Mad. Schneegans muß ich selber schreiben. Nein! Ich muß nicht. Ich will! Leben Sie wohl, liebe freundliche Seelen! Herzlich Ihr Hbl.

d. 19ten Okt. [18]21.

Wir sind glücklich angekommen . . .: *Die Verse entstammen den „Geistlichen Liedern" von Theodor Gottlieb Hippel.* Löflunde: *ein Erzeugnis der Firma Löflund in Stuttgart.*

AN KAROLINE GÜNTTERT

Liebe, theuerste Freundinn!

Ich traure und weine mit Ihnen um den schmerzhaften Verlust unsres theuren Entschlafenen. Sie weinen um ein theures geliebtes Leben, in welches das Ihrige so innig verwebt und verschmolzen war. Gott tröste Ihren Schmerz und unterstütze Sie mit Kraft und Muth, ihn zu ertragen. Schon als ich Ihren Brief in die Hand empfieng, der nicht mehr wie sonst alle von der geliebten Freundeshand überschrieben war, ahndete ich seinen traurigen Inhalt, und leider hat mich meine bange Erwartung nicht getäuscht. Im Jahr 1777 sah ich den guten Unvergeßlichen zum erstenmal. Im Jahr 1783 kamen wir wieder zusammen in Lörrach. Ich gedenke mit Liebe und Rührung des Wohlwollens und der Güte mit welcher er mich aufnahm und wie ein alter, vieliähriger Freund sich meiner annahm, und Sie wissen beide, wie manche liebe, frohe, freundliche Stunde wir unterdessen auch unter Ihrer freundlichen Theilnehmung miteinander verlebten. Vor 9 Jahren sahen wir uns zum lezten mal, doch nur für diese Erde. Wir kommen in einer schöneren Heimath wieder zusammen dis sei der einzige Trost, den ich auch Ihnen, meine Geliebtesten, freundlich ans Herz legen will, und finden dort noch eine theure Vollendete, deren Verlust sich ietzt in Ihrem verwundeten Herzen schmerzhaft erneuert.

Ich erhielt Ihren Brief den 24sten. Die Todesanzeige konnte nicht mehr in die Zeitung kommen. Vorläufig ließ ich es Hn. Minister von Berkheim und der Frau Staatsräthin Reinhard sagen. Schreiben Sie mir recht bald wieder, so bald es die Umstände erlauben, wie es Ihnen ergeht, und theilen Sie mir alle Ihre Wünsche mit, von denen Sie glauben, daß ich etwas zu ihrer Erfüllung beitragen könne. Gott sey mit Ihnen und tröste Sie. In herzlicher, theilnehmender Liebe

Ihr treuer Freund Hbl.

D. 25ten Dez. 1821.

Pfarrer Tobias Günttert war am 21. Dezember 1821 in Weil gestorben.

AN NÜSSLIN

Theuerster, geliebter Herr Director und Freund!

Es ist etwas Mißliches um die Gewohnheit, an Männer, die man so innig liebt, wie ich Sie liebe, nur dann schreiben zu wollen, wenn die heitere, gemüthliche Stunde kommt, die bei mir, ich kann nicht klagen, unter zu vielen, aber unter vielerlei herumwerfenden Geschäften, unwillkommenen Abhaltungen und in einem Zustande so selten erscheint, in welchem man — ohne krank zu sein — doch nicht gesund ist. Aber wie könnte ich zu Ihrem lieben, freundlichen Schreiben und zu dem köstlichen, feinen Geschenk, welches ihm nachfolgt, länger schweigen. Meinen besten, freundlichen Dank für beides aus aufrichtigem Herzen. Sie erinnern mich an die Tage einer schönen Vergangenheit, aus welcher mir Ihr liebes, heiteres Bild vielfach entgegenkommt, und die mir desto erfreulicher ist, da auch Sie noch gerne an sie denken. Aber Sie sagen mir noch etwas dazu, was ich nicht weiß an Ihnen verdient zu haben, wiewohl ich es mir zu einem großen Verdienste anrechnen wollte, wenn ich es annehmen könnte. Ich weiß Ihnen blos ein Beispiel eines frohen Schulmannes gegeben zu haben. Doch wäre auch das noch etwas werth, wenn es dazu beigetragen hätte, daß Sie es auch sind. Aber Sie bedurften zu dem Allem, was in Ihnen wohnte, und aus Ihnen selbst sich entwickelte, keines Beispieles. Möge Sie, den Glücklichen, in dem theuern Kreis seiner Familie und in dem Bewußtsein dessen, was er ist und wirkt, der Himmel auch im neuen Jahre und immer gesund und heiter erhalten.

Leben Sie wohl, Theurer und Edler, den ich hochschätze. Ich bitte Sie um Ihre fortdauernde Freundschaft. Herzlich Ihr ergebener

Den 11. Januar 1822. Hebel

AN SOPHIE HAUFE

Sie lassen mich theuerste Freundinn zu lange auf das versprochene erste Brieflein warten. Es sind zwar noch nicht zwei Wochen vorüber. Aber auf etwas Liebes wartet man gern kurz.

Außerdem haben für mich, der ich selten aus dem Ort, und dann nur zunächst um die Mauern herum komme, solche Reisen wie unsere letzte war, schon die Wichtigkeit von großen, nach deren Beendigung man gerne wissen möchte, recht bald erfahren möchte, ob alles wohl und glücklich ohne Reiseabentheuer, oder mit solchen, aber angenehmen wieder heimgekommen ist. Das lassen Sie mich erfahren und noch mehr, wenn Sie mir gut sind, daß Sie mir gut seyen. Gleichwohl will ich Sie einsweilen noch mit einem ausführlichen Auszug aus unserm Reise-Journal verschonen. Wir sind wohlbehalten wieder hier, nur daß ich immer noch ein wenig müde bin, und unruhig wegen dem lezten Abend. Was hilft es mir, daß ich drum herumgehe, und mich gegen mich selbst sperre, und nicht selbst thue, was ich für den besten Rath halte, den ich andern geben kann. Ich habe eine Frage, die Sie in einer guten Laune an mich gethan haben, nicht aufgenommen, wie ich sie hätte sollen aufnehmen. Ich bin — gerade herausgesagt — unartig gegen Sie geworden. Es ist ein schweres Geständnis, das ich Ihnen ablege, aber ein gerechtes. Jener Augenblick hat mir den Rest unsers Beisammenseyns verbittert, und alle schönen Stunden, die ihm vorangiengen in einen halben Hintergrund gestellt. Ihr Versprechen, mir zuerst wieder zu schreiben, wenn ich ihm schon zuvorkomme, ich konnte es nicht länger ertragen, läßt mich hoffen, daß ich an ein Gemüth schreibe, das zum Vergeben zum Voraus bereit war. Wenn Sie mir diese Hoffnung bestätigen wollen, so schreiben Sie mir bald, so freundlich wie Sie gewohnt sind, aber gerade über diesen Gegenstand nichts, und was ich Sie bitten will, werden Sie nicht behutsam gegen mich, wägen Sie mir die Worte in Zukunft nicht ab. Wenn Sie ia etwas thun wollen, so setzen Sie mich vielmehr auf die Probe, ob ich noch einmal so seyn könne, wie man bisweilen Kinder auf die Probe setzt, ob ihre Thränlein ihnen ernst sind.

Grüßen Sie von mir alle Ihre Lieben! Zanken Sie noch ein wenig mit meiner Pathe, daß Sie sie nicht mitgenommen haben. Nimm nun freundliches Töchterlein das Wort meiner Liebe schriftlich von mir an. Gott beglücke dich mit allen Segnungen der heilsamen Lehre und des frommen Glaubens, dem wir dich durch die Taufe gewidmet haben, und den du nun selbst freudig bekannt und gelobt hast. Fahre fort deine Eltern mit kindlichem Sinn gegen sie zu erfreuen, und lege dir selbst einen reichen Schatz von Freuden und

Tröstungen in das Herz nieder, deren das Leben, auch das glückliche bedarf. Möge dir das glücklichste zu Theil werden!

Leben Sie wohl meine Theuersten. Aufrichtigst Ihr ergebenster

d. 6. Juni [18]22. Hbl.

meine Pathe: *Karoline Haufe war Palmsonntag 1822 konfirmiert worden.*

AN HAUFE

Theuerste Freunde!

Weil ich es bis in den Juni hinein so lang hatte anstehen lassen, Ihnen zu schreiben, Ihnen meine liebe Frau Sophie für Ihren herzvollen freundlichen Brief recht innig zu danken, so wollt ich es vollends anstehen lassen bis ich wieder im Bühlerthal wäre, wo mich jetzt ein lieblicher Zauber mehr hinzieht, wo so schöne Erinnerungen auf mich warten, wo mir alles nun noch schöner ist, weil es auch Ihnen schön war. Ich thue es auch, ich lasse es anstehen, und dieses Brieflein soll nur der Vorbote seyn, wenn Sie es anders früher empfangen. Sehen Sie es also, wie ein Pfündlein Butter oder wie eine Handvoll Haselnüsse an, die ein armer Censit einsweilen statt der Zahlung bringt um den guten Willen zu beurkunden.

Fecht wird Ihnen vieles erzählen, der Glückliche, daß er nur 2 Stunden weg von Straßburg wohnt. Zu Ende künftiger Woche oder Anfang der nächst künftigen ziehe ich aus meiner bisherigen Wohnung aus und zwar gerades Weges ins B[ühler] Thal mit meinem Herrenhuther Büchlein und dann durch ein anderes Thor wieder hinein in meine neue Wohnung, aus welcher K. R. Ewald hinaus gestorben ist. So lästig das Ziehen ist, so gemüthlich angenehm und wehmüthig wird es mir wenn ich einen großen Maßstab daran lege und denke, daß wir hier alle nur Quartierträger des großen Hausvaters sind, und daß solche Aus- und Einzüge im Kleinen nur Vorübungen des Großen und lebhafte Erinnerungen sind, daß wir hier keine bleibende Stätte haben. Ja ich kann mir sogar in meiner Armuth darinn wohlgefallen, daß ich nichts Nieth- und Nagelfestes auf der Erde habe, nur Hindersaß, oder wie wirs iezt nennen Schuzbürger auf ihr bin, und fast einem Vögelein gleiche, das sich ieden Abend auf einen andern Ast setzt.

Es wird mir nicht so gut, diese Seite zu vollenden vor Abschiedsvisiten und Gegenbesuchen. Also — Leben Sie wohl, Theuerste! Ich werde wieder anfangen, wo ich aufhöre. Ewig Ihr

d. 3. Aug[ust 18]22. Freund Hbl.

Censit: *Zehentpflichtiger.* das Mspt.: *das Manuskript der Biblischen Erzählungen.*

AN COTTA

Verehrtester Freund!

Ich achte, es sey Zeit, daß ich an unsere lezte Verabredung in Baden gedenke, ehe uns der Himmel, nicht iener regenvolle, dort wieder zusammenführt. Es ligt noch in meinen Wünschen, daß Sie das Mspt. als Eigenthum, dahin und daweg, übernehmen, und ob Sie gleich nicht nöthig haben, von mir zu erfahren, was Ihre eigene vorteilhaftere Wahl sey, so scheint mir doch diese nicht die unvortheilhafte zu seyn. Ich glaube das Zutrauen, womit Sie mir die Forderung überließen, nicht zu misbrauchen, wenn ich, die übrigen Verabredungen, in denen wir einig sind, vorausgesezt, das Honorar oder, wie ich nun sagen muß, den Verkaufspreis auf 3000 Gulden setze. Ich bitte Sie darüber um möglichst baldige Rückantwort. Ich weiß, daß Sie gegen das böse Beispiel meiner Saumseligkeit unanrührbar sind. Mit inniger Verehrung und Liebe Ihr ergebenster

CR. d. 18. Jenn[er] 1823. Hebel

AN GUSTAVE FECHT UND KAROLINE GÜNTTERT

Theuerste Freundinnen! Den 23. J[anuar] 1823.

Nun werden Sie Ihren neuen H. Pfarrer haben. Fast hätte es noch einen langen Aufschub gegeben. Aber zum Glück ist er durch

KARLSRUHE. EV. STADTKIRCHE UND LYZEUM

schnellen Aufbruch zuvorgekommen! Wie gefällt er? Wie gefällt er Ihnen? Ich finde keine Ähnlichkeit zwischen ihm und dem seligen Günttert, als daß er brav ist, und Blatternarben hat. Das thut aber die Liebe der braven Weiler zu ihrem vieliährigen treuen Seelsorger, daß sie etwas ähnliches suchen und finden, damit er ihnen nicht ganz verlohren sey, damit etwas von ihm, wie ein Andenken ihnen wiedergegeben scheine.

Sie haben mir durch Ihre Beschreibung Ihrer neuen Wohnung etwas so interessantes für mich gegeben, daß ich schon lange wollte ein gleiches thun. Aber ich habe von allem, was Sie noch kennen, nichts mehr, als die Commode, die mir der Schreiner Müller gemacht hat, und die Zuckerbüchse, welche wirklich in einem Fach meines Aktenschaftes auf einem baierischen Gesangbuch in meinem Arbeitszimmer steht, wo ich iezt auch sitze. Es ist ein Eckzimmer. Rechts ist das Schlafzimmer, ohne Ofen. Ich schlafe diesen Winter seit wenigstens 12 Jahren zum ersten mal wieder im Kalten. Darauf folgt das Eßzimmer. Auf der andern Seite geht es in das Staatszimmer, und weiter in die Bibliothek. Im Staatsgemach stehen wenigstens für 55 Louisd'or Prunkmeubels, die ich nicht brauche, und ist erst nichts, ausgenommen das Stockührlein, wo ich an iemand denke, wenn ich es aufziehe. O, wie glücklich saß ich einst in Hertingen zwischen den Milchkänsterlein und den nassen Strümpfen und Handzwehlen am Ofenstänglein. Aber freilich 20 Jahre und 63 ist auch ein Unterschied. Möge mir Gott das Glück gewähren, nur noch ein Jahr in meinem Leben mein eigener Herr zu seyn, und zu leben, wo und wie ich will. Ich bin zu alt und zu arm, mich noch auf adeliche Füße zu stellen. Wiewohl, ich befinde mich ungemein angenehm in der Gesellschaft dieser fein gebildeten Menschenklasse. Hatte ich nicht immer den Adel gelobt? Der Tod des General Röder kann Sie nicht mehr überrascht haben als mich. Ich erfuhr Krankheit und Tod durch einen Boten. Es gehört nicht zu den angenehmen Zugaben, welche die Jahre bringen, daß man die Schicksale so vieler seiner Freunde überleben muß. Ich rechne dahin auch das Schicksal der guten Staatsräthin Reinhard, die sich an ihrem Sohn nemlich einen Bierbrauer erzogen hat. Er wohnt iezt in Grünwinkel und nennt sich selber so. Eine fortwährende Mißhelligkeit mit dem Minister zog ihm dieses zu.

Von wegen des Weines zu berichten, daß der Herr Grav mir

denselben für den gleichen Preis überlassen. Wie sollte er mir nicht schmecken von solchen Reben und aus solchem Keller.

E[berhard] hat an mich geschrieben. Er sehnt sich auch nach einer bessern Stelle und gedenkt mit Unmuth des Mißverhältnisses mit seinen Schwestern. Er hat freilich Anspruch auf Beförderung. Wenn nur eine bessere Lage nicht wieder verschlimmernd auf ihn selber wirkt.

Ich muß eine Ahnung gehabt haben, daß ich diesen Brief noch zu rechter Zeit anfieng. Denn gestern hat mich die erste Kammer noch zu ihrem Sekretär erwählt. Gottlob, daß wir am Ende stehen. Leben Sie wohl, beste Freundinn. Mit treuer Liebe Ihr Fr.

Hebel

Ihren neuen H. Pfarrer: *Friedrich Johann Hoyer.* Milchkänsterlein: *kleiner Milchschrank (von Känster).* Handzwehle: *Handtuch.* einen Bierbrauer erzogen: *Staatsrat Wilhelm Reinhard war 1822 der Direktion der auswärtigen Angelegenheiten enthoben worden, kehrte jedoch 1827 in den Staatsdienst zurück.* der Herr Grav: *wohl der Graf Broussel.*

AN SOPHIE HAUFE

Theuerste Freundinn!

Alle Ihre lieben Briefe gewähren mir köstlichen Genuß, und wenn noch etwas äußeres und zufälliges ihren Werth für mich erhöhen kann, so ist es das, daß es seit langer Zeit wenigstens, — keine Antworten sind —, sondern freie unveranlaßte Mittheilungen der Freundschaft, der Liebe, dankenswerthe Zeugnisse des unverwirrbaren Vertrauens zu dem fast stumm gewordenen Gemüth, in welches Sie dieselben niederlegen. Ich sage dieses deswegen von allen, weil ich es von dem lezten, den Sie mir schrieben, besonders sagen muß, wie eben immer vom lezten, und weil ich doch schon bisweilen an die Möglichkeit gedacht habe, daß zulezt das Beispiel wirken könnte, nemlich, daß Sie zwar auch fortfahren könnten beide mich zu lieben, wie ich Sie liebe, aber daß Sie mir doch zulezt noch Gelegenheit könnten geben wollen, meine Selbstkenntniß ein wenig zu vermehren, nemlich ob ich auch im Stande sey, so gläubig an Ihre schweigende Liebe zu bleiben, wie Sie an die meinige. Doch daran denke ich nicht gerne, also nun etwas anderes, wie wohl ich noch nicht von Ihrem Briefe weg, sondern eigentlich erst in ihn hineinkomme. Es schmerzte mich in diesem Spiegel Ihres heiteren frommen Gemüthes ein paar Wölklein ziehen zu sehen. Solch ein Gemüth sollte immer heiter seyn können, nur sanft bewegt, von Zeit zu Zeit nur von einem Sonnenregen befeuchtet, wie uns der Herrenhuter in seinen Liedern schön sagt, die mir nun lieber sind, seit dem Sie sie auch kennen. Sie haben schon viele schmerzhafte Erfahrungen gemacht. Aber auch diese haben das gute, eben daß sie Erfahrungen sind, das heißt Lehrerinnen. Wir sind noch immer in der lieben Schule. Ich will einmal, wenigstens als Ihr älterer Mitschüler ihr Dollmetscher seyn. Fahren Sie fort mit Wohlwollen und Liebe zu umfassen, was Sie erreichen können, Frieden, Freude, Liebe, wie einen Lichtglanz um sich zu verbreiten, aber fangen Sie an gefaßt zu seyn zum Voraus auf fehlgeschlagene Hoffnungen, nicht zu viel von der Welt zu verlangen, die so wenig hat, glücklich genug zu seyn in der Gegenliebe deren, die Sie Ihrer Liebe werth gefunden haben. Ihnen dürfen wir so etwas zumuthen nemlich die Erfahrungen und ich. Schonen Sie Ihre Gesundheit, an der sich Ihr Gatte und Ihre Kinder sonnen — ich auch. Es ist unvermeidlich, aber darum nicht die glücklichste Operation, daß der Mensch sein untheilbarstes, sein Ich in zwei Theile Seele und Leib oder Geist und Körper getheilt hat, die doch irgendwo, ich weiß nicht wo eins sind, und erst am Ende sich in zwei scheiden, wie reife Frucht und ausgetrocknete Schale. Sie bedürfen stärkende Lektüre. Ich empfehle Ihnen Geschichte.

Ich muß zum Ende eilen. Meine Zeit ist beengt, wie der Papirraum den ich noch vor mir habe. Er kommt mir vor, wie ein abnehmender Tag. Die erste Kammer hat mir die seltsame Ehre erwiesen, mich noch in den lezten Tagen zu ihrem Sekretär zu erwählen. Einmal war ich einstimmig zum Vice Präsidenten vorgeschlagen. Morgen wäre der Landtag geschlossen. Man harrt heute noch ängstlich auf einige Verlängerung. Gestern war eine Deputation der catholischen Gemeinde Steinegg in der Audienz, die mit Mann und Maus protestantisch werden will!

Lassen Sie mich bald etwas von sich wissen, etwas liebes, erfreuliches. Herzlich Ihr Fr.

30. Jen[ner 1823]. Hbl.

der Herrenhuter: *Nikolaus Ludwig Graf von Zinzendorf (1700–1760), Verfasser der „Geist- und lieblichen Lieder“, aus denen das Herrenhuter Brüdergesangbuch (1735) geworden ist.* Steinegg: *südlich von Pforzheim im Würmtal gelegenes Dorf. Am 6. April 1823 hatte hier der Übertritt des katholischen Pfarrers Aloys Henhöfer zur evangelischen Kirche stattgefunden, worauf die Gemeinde sich zum gleichen Schritt bereit erklärte.*

AN GUSTAVE FECHT UND KAROLINE GÜNTTERT

Ich weiß wohl, liebe Freundinnen, wie sehr ich mit meiner Correspondenz in der Schuld bei Ihnen bin, und erkenne die Billigkeit mit welcher Sie dieselbe beurtheilen. Aber ich spreche mich damit nicht los von den Vorwürfen, die ich mir selber mache. Sie sollten aber auch sehen, wie immer 6 Fäden an der Spule laufen, wie immer neues kommt, ehe das Alte fertig ist, wie viel Zeit man hier unnöthiger Weise verlieren muß, und wie beschwerlich mir das Schreiben wird, der ich oft den ganzen Tag schreiben, und leider sogar rechnen muß. Doch sind Sie mir ia nicht böse, und also nichts weiter davon!

Ich theile Ihren Genuß mit Ihnen, theuerste Freundinn, den Ihre idyllische Umgebung, die schöne Jahreszeit, die liebliche Hoffnung eines „Gott gebe“ reichen Herbstsegens, das Getreib am Werktag und die süße Stille am Sonntagsmorgen Ihnen verschaft. Ia, ich kann es brauchen, daß Sie mich daran Theil nehmen lassen, denn hier ist es, zumal wo ich wohne, anderst. Da sieht man Palläste, die im Frühling gerade wieder so aussehn, wie im Winter, Carossen, Schildwachen, Visitenläufer, Canzleidiener. Den Sonntag kennt man nur am Läuten. Die Gegend um die Stadt wird zwar alle Jahre schöner. Aber ich mag nicht mehr hinaus. Ich weiß nicht ist es Trübsinn oder Beschäftigung des Geistes mit andern Gedanken, daß mir die Schönheit der Natur immer gleichgültiger wird. Ich freue mich derselben fast nur noch in der Erinnerung, wie froh sie mich einst machte. Doch es geht auch natürlich zu, wenn man alle Jahr wieder das nemliche sieht. Auch will ich nicht übertreiben. Ich habe schon im Jahr 1816 mit Grav Broussel, Meerwein und Amtmann Kinzinger ein Frühlingsfest gestiftet, welches wir seitdem alle Jahre feiern. Früh 7 Uhr wird nach Ettlingen gefahren. In Ettlingen im Thal unter freiem Himmel gefrühstückt, Schinken, Monatrettich, Butter und Käs. Den Wein muß Meerwein mitnehmen. Dann gehts nach einer Stunde zu Fuß tiefer ins Thal oder in die Berge. Da denk ich allemal — rathen Sie, an wen? Um 1 Uhr wird zu Mittag gegessen in E., um 5 Uhr auf einem schönen Umweg heimgefahren. Da muß G. Brouss. allemal 2 Lieder vorsingen:

1. Wir haben uns besonnen, haben Feierabend genommen u. s. f., 2. Schwarzbraunes Äugelein, was führst du im Sinn u. s. f. Dies Jahr schien sogar Marggrav Leopold mitgehen zu wollen, aber es geschah nicht.

Ich mache mir ein Verdienst daraus, daß ich so undeutlich schreiben kann. — Ich denke, Sie haben länger an meinen Briefen zu lesen, wenn Sie gern lang dran lesen. Ich denke oft und lebhaft an den guten Entschlafenen. Wir haben einen Candidaten examinirt, der in Basel sich aufhält. Ich war im Begrif ihn zu fragen, ob er auch bisweilen nach Weil ins Pfarrhaus komme. Ich kann mich lange in der angenehmen Täuschung erhalten, als ob die Todten noch leben, und es hilft dazu freilich die Abwesenheit, weil man die Veränderung nicht sieht.

Man muß, wenn man kann, die Vergangenheit nicht von der Gegenwart scheiden, wenigstens sie durch ruhige Erinnerung wieder zur Gegenwart machen. Jean Paul sagt schön und wahr, die Erinnerung sey der Nachsommer der menschlichen Freuden, man könnte auch sagen, sie sey der Spiegel in welchem die Vergangenheit wieder zur Gegenwart wird. Seneka — freilich ein Stoiker, sagt: „Ich betrübe mich nicht, wieso mir das Schicksal einen Freund genommen hat. Ich freue mich, daß ich ihn gehabt habe." Er setzt hinzu: „Nur die Freuden, die wir genossen haben, sind gewiß und unverlierbar unser. Was wir in der Gegenwart besitzen, und von der Zukunft erwarten, ist unsicher und hängt von fremder Gewalt ab."

Ich will nicht schließen. Aber ich muß. Mit herzl. Liebe Ihr Freund

D. 11. Juni [1823] Vorm. 9 Uhr. Hbl.

AN SOPHIE HAUFE

[1. August 1823]

Seit gestern Abend bin ich hier im Bühlerthal, (heute ist der erste August) um unter diesen Castanienbäumen unter diesem Himmel, an diesen Rheinfällen des Bühlerbachs Ihr Andenken zu feiern, oder wenn es möglich wäre, Sie selbst. Ich bin Knall und Fall, wie man sagt, abgereist, sowie ich die Fehlerhaftigkeit meines Grundsatzes erkannte, das gute Wetter abzuwarten, wo man im besten Fall für den nächsten Tag nur das Widerspiel von dem gegenwärtigen erwarten darf. Gestern fuhr ich im Regen von Hause weg und kam so an. Ich und alle Berge rauchten Tabak. Heute ists schön. Möge es morgen kräftig regnen, und am Sonntag und Montag wieder schön seyn, und — für mich — so schön werden, wie es am Pfingsttag hier war. Alle Bächlein fragen mich, ob ich denn dismal so ganz allein hier sey.

Ich tröste sie mit meinen Hoffnungen. Sie haben Glauben daran. Am Dienstag bin ich sicher noch hier. Am Mitwoch so unsicher als das Wetter. Genug des Verblümten. Ich halte es für möglich, daß mir der Posthalter von Bühl am Sonntag oder Montag einen Boten schickt, und wenn ich komme, daß ich finde was ich wünsche. Ich bin mit wenigem zufrieden, weil das wenige mir viel und Alles ist, nemlich ächtes Kleinstraßburger Ur und Stammblut. Sonst kann man ia nicht sagen: „Wir sitzen so traulich beisamen." Wenn ich statt dessen nur einen Brief in CRuhe zu erwarten habe, so möge Sie theuerste Frau Sophie alles andere eher abhalten, als Ihre Gesundheit. Kommen Sie nicht aber seyen Sie gesund und heiter. Ein mehreres mündlich oder wirklich schriftlich. Herzlich der Ihrige

Hbl.

Wir sitzen so traulich: aus dem *„Gesellschaftslied" von Kotzebue.*

AN NÜSSLIN

Theuerster Freund!

Schon in die zweite Woche bin ich wieder hier und verlängere mir den Genuß jener köstlichen Stunden, die ich bei Ihnen und Ihrer edeln Familie zubrachte, in lebhaften und dankbaren Erinnerungen. Daß ich Ihnen gleichwohl diesen meinen Herzensdank für alle jene Freundlichkeit ietzt erst aus der Ferne nachrufe und Ihnen sage: Ich war sehr glücklich bei Ihnen! entschuldige ich nicht. Sie glauben mir, daß ich sehr viele Geschäfte mit heim gebracht, und viele, die auf mich warteten, hier angetroffen habe, und daß mir nicht jede abfällige und müde Stunde gut genug ist, an Theuere und Werthe, wie Freund Nüßlin ist, zu schreiben. Auch wollte ich den Brief nicht ohne den Nachschuß von Charaden, Unkräutlein von der Winterhalde des Parnassus, abgehen lassen, die ich zum Theil selbst wieder erst eintreiben mußte. Aber wenn ich von der Gütigen, die dem ersten Pröblein eine so schmeichelhafte Aufmerksamkeit schenkte, nun noch auf einigen neuen Beifall hoffen darf, so kann es nur noch der seyn, daß ich biblisch, d. h. nach dem Sprüchlein: „Jedermann giebt zuerst guten Wein hernach den geringeren", zu handeln weiß, wie wohl ich an Ihnen, gütiger Freund, neben vielem Andern gerade das Unbiblische preisen muß, daß Sie mich von Anfang bis zu Ende in sehr reicher Abwechselung mit dem Köstlichsten und Köstlichsten bewirthet haben.

Ohne Zweifel wissen Sie schon vorläufig, welche Gelegenheit Ihnen der Großherzog gemacht hat, sich ihm persönlich präsentiren zu können. Sey Ihnen die so gerechte Anerkennung Ihres Werthes und Verdienstes so erfreulich, als sie uns allen ist. Nun darf ich um so gewisser hoffen, daß wir Sie, wie Sie es ohnehin Willens waren, bald bei uns sehen werden, und wenn ich mir nicht versagen kann, meine edle Frau Hofräthinn mit diesem Namen zu begrüßen, so huldige ich doch auch damit nur dem, was hoch über allen Titeln steht.

Meine Verehrung der guten Frau Geheimräthinn und viel Schönes der frohsinnigen Schutzpatronin meiner Charaden. Ich grüße Sie und die Ihrem väterlichen Herzen theuer sind.

Mit Hochachtung und Liebe Ihr ergebenster

Karlsruhe, den 6. October 1823. Hebel

Nachschuß von Charaden: *Hebel hatte auf Wunsch von Frau Nüßlin dieser eine Sammlung seiner früher verfertigten Rätsel und Charaden übersandt und war nun um eine weitere Auswahl angegangen worden.*

welche Gelegenheit Ihnen der Großherzog gemacht hat: *Nüßlin hatte den Titel Hofrat erhalten.*

AN GUSTAVE FECHT

[30. Oktober 1823]

Ich habe gut rechnen, theuerste Freundinn, aber nicht gut entschuldigen wie lange ich nicht an Sie geschrieben habe, nämlich von den schönen Sommertagen im B[ühler] Thal bis zu den Nebeln des Novembers, die sich aber nicht bewegen, wenn man schon lacht. Heute ist zwar erst der 30. Okt. Abends 7 Uhr. Ich sollte zwar nichts schreiben, so lange ich Ihnen einen Brief schuldig bin, aber es geht mir wie gedrängten Schuldnern, die am ersten zahlen, wo sie am meisten gepreßt werden, und liebe die nur desto mehr die Geduld mit mir haben. Mögen Sie, theuerste Freundinn, von Ihrer schlimmen Badkur, über die ich mich sehr betrübe, wieder genesen seyn. Gott gebe Ihnen beiden gute Gesundheit. Was kann ich mir zu meiner eigenen, die ich gegenwärtig genieße, erfreulicheres und lieberes wünschen?

Meine 14tägige Geschäftsreise in Mannheim und Heidelberg hat mir vortreflich zugeschlagen. Meine Hypochondrie, meine Schweiße, meine Beengungen, meine rheumatischen Zeitvertreibe haben fast aufgehört. Sonst hatte ich oft den ganzen Tag keinen Appetit. In Heidelberg mußte ich alle Morgen meinen Collegen, Geistl. Rat Schäfer, um 10 Uhr bitten, das Geschäft allein fortzusetzen, daß ich ein Stücklein kalten Braten und ein Schöplein Wein genießen könne, und noch iez höre ich lieber 12 schlagen als 11. Aber gleichwohl schreie ich nicht zu laut.

Frau Geh. Rath Reinhard hat eine schlimme Krankheit überstanden. Jüngst begegnete ich ihr. Ich begleite sie allemal, meines Gangs rück- oder vorwärts, bis an die Thüre, wo sie hineingeht. Sie spricht nur von der alten Zeit mit mir, von Ihnen und von unseren Verstorbenen. Sie ist besonders seit ihrer Krankheit eine alte, alte Frau geworden, nicht mehr wie im Wolfskrag, wo ich zwar nicht dabey war, aber im Käferholz in Tannenkirch, wo die Pfarrer Beckin eine Muskatnuß im Reis erbeutete. Sie sagt aber, ich sei auch nimmer so, wiewohl ich verstünde mich, noch immer iung zu seyn, wenn nur die Gliedmaßen [nicht ver]sagen wollten. Einverstanden. Ich bin noch immer lieber bey den iungen als bey uns alten, namentlich bei mir. Wenn nur das große Loos einmal käme, daß ich mir in Hausen ein Häuslein neben dem Jobbek Friderli bauen, und alle Wochen einmal mit meinen Schimmeln, die ich aber noch nicht habe, nach Weil fahren könnte. Im Winter wohnte ich in Basel, an dem San[te]hans, damit ich immer hinüber schauen könnte, und käme alle Tag wie der alte Knab im Schaf. Solche Exemplare sollten nicht ausgehen. Herbster hat mir nun selbst von seiner Schwester geschrieben, diese gute Trübsinnige dauert mich sehr.

E[berhard] hat sich um Mappach abermal umsonst gemeldet. Roman kommt dahin. Ich wünsche Ihnen einen guten heimlichen Winter. Spinnen Sie nicht zu viel! Der Mensch lebt nicht davon, daß er viel spinnt. Gott bewahre Sie, teure Seelen. Ewig Ihr Freund

Hbl.

Wolfskrag: *vermutlich die südlich von Kandern gelegene Wolfsschlucht.* Käferholz: *Ein Käferholz in nächster Nähe Tannenkirchs gibt es nicht. Wahrscheinlich meint Hebel das zwischen Schallbach und Wollbach gelegene „Käferhölzle", das heute noch diesen Namen trägt.* Jobbek: *Jakob. Hier handelt es sich wohl um Hebels Vetter Johann Jakob Oertlin.* Santehans: *im Basler Volksmund die St. Johanniskirche in der damaligen St. Johannvorstadt.* der alte Knab im Schaf: *Johann Rudolf Stickelberger.*

AN SOPHIE HAUFE

d. 7. Febr. [18]24

Was Sie mir theuerste Freundinn über Ihre veränderte Verhältnisse geschrieben haben, beunruhiget mich tief. An diese Ursache Ihres beiderseitigen langen Stillschweigens hatte ich nicht gedacht, wie wohl ich auch darüber oft in mancherlei Besorgnissen war, und Sie oft darum befragen wollte. Sie wissen, wie mich Ihre Liebe und Nachsicht verwöhnt hat. Aber ich weiß es Ihnen nun vielen Dank, daß Sie mir nicht eher geschrieben haben, als bis Sie mir, was das Weltliche betrift, wie Sie sagen, mit der Nachricht von der Veränderung auch das Weitere schreiben konnten, was wieder Trost und heiternde Aussicht gibt. Was Sie in so vielfacher Hinsicht mögen gelitten haben, kann ich denken, und möchte mich gerne trösten, daß meine Vorstellung vielleicht übertrieben sey. Wenn ich nur Ihren Körper gesund und fest wüßte, was ich von dem Geist erwarten darf weiß ich, den ich schon so oft im Dulden und Vertrauen stark und bewährt und versöhnlich mit dem Schicksal gefunden habe. Ich sehne mich nach dem ersten Brief Ihres guten Gatten, der mir auch seine wiederhergestellte Gesundheit verbürgen möge, noch mehr aber nach einer Stunde, in der ich wieder mit euch sprechen könnte. Es ist noch entsezlich lange bis Pfingsten, aber doch denke ich dort hinaus und an das liebe, mir durch Ihre Besuche so lieb gewordene Thal.

Nach keiner Richtung hin hat mein Ohr nach einem Zeugniß über die bibl. Geschichten mehr und sorglicher gelauscht, als über die Rheinbrücke, und fast möchte ich sagen, wenn Sie etwas Verdienstliches darinn finden, daß ich das Verdienst Ihnen verdanke. Denn immer wenn ich schrieb habe ich mir meinen alten Schulmeister Andreas Grether in Hausen und mich und meine Mitschüler unter dem Schatten seines Stabes, oder ich habe mir eine Repräsentantinn aller Mütter unter ihren Kindern, und immer die nemliche gedacht, und uns, mich als Schulbüblein mit gerechnet, um unser Urtheil gefragt. An die eigene Mutter durfte ich nie denken, Hübner war zu sehr ihr unerreichbares Höchstes.

Daß Dolls ihre älteste Tochter in der schönsten Blüthe ihrer Jahre, und in der zartesten ihrer Tugenden verlohren haben, wissen Sie vielleicht. Vater und Mutter ertragen ihren tiefen Schmerz mit unbegreiflicher Gottesergebenheit. Kurz vorher endete Sander seine leidensvollen Tage, mit dem ich in 32 Jahren viel lieb und leid durchgemacht habe. Unter solchen Menschen lernt man leben und sterben. Sander verkürzte seinem Krankenwärter noch in der lezten Nacht die Zeit mit Erzählungen aus seiner Jugendgeschichte, rauchte alsdann in der lezten Stunde, mit dem Bewußtseyn, es sey die lezte, noch ein Pfeiflein Tabak. Beide giengen mit einander aus.

Um nicht mit dem Sterben zu schließen, wiewohl es alles schließt, setze ich mich noch einen Augenblick mit Ihnen an die Sägmühle, und trinke auch ein Pfeiflein Tabak.

Mit herzlicher Liebe Ihr Hbl.

die bibl. Geschichten: *Hebels Biblische Erzählungen waren 1824 im Verlag Cotta erschienen.* Hübner: *Johann Hübner (1668–1731), Zwey mal 53 auserlesene Biblische Historien und Fragen. 1. Auflage Leipzig 1714. Die 100. Auflage erschien 1828 bei Brockhaus in Leipzig.* Dolls älteste Tochter: *Bei einem Kondolenzbesuch im Hause Doll ließ Hebel das Gedicht „Die Rose“ zurück.* Sander: *Hebels Freund Kirchenrat Nikolaus Sander war am 21. Januar 1824 im Alter von 74 Jahren gestorben.*

AN GUSTAVE FECHT

[April 1824]

Sie entschuldigen sich theuerste Freundinn, wegen der Weitläufigkeit Ihres lezten Briefes. Als einst der römische Philosoph Cicero gefragt wurde, welche Dialogen des Plato er am liebsten lese, antwortete er, „die längsten“. Das Köstlichste in Ihrem Brief war mir iedoch die Nachricht von Ihrem bessern Befinden. Da ich gottlob ebenfalls nicht krank bin, so benutze ich als kluger Mann die Zeit, und brauche Arzneien für die Zukunft, nemlich für allerlei kleine Presten, die doch mit der Zeit schlimmer werden könnten. Wir sammeln wirklich artige Erfahrungen, mein Arzt und ich. Wir wissen bereits, daß die, und die, und die Arznei nichts hilft, damit wir die rechte gewiß nicht verfehlen, wenn es einmal ernst gilt. Ich bin iezt wieder glücklich, denn ich bin wieder arm, wiewohl ich nie reich war. Ich verliere an meinem Freund Meerwein 5200 fl. Es betragt mehr als die Hälfte von allem was ich mir bis in mein Alter durch Sparsamkeit und Büchleinschreiben erworben habe. Die Leute bewundern mich. Man glaubt auf einmal, ich müsse sehr reich seyn, weil man den Gleichmuth nicht begreifen kann, mit dem ich diesen Verlust ansehe. Es können an M[eerwein] 3—400 000 verloren gehen, der arme Mann dauert mich tief in die Seele hinein. Aber wie oft habe ich ihm seit 30 Jahren gepredigt! Ganz gewiß hatte er schon einmal über 1 Million reines Vermögen.

Den guten Gebhardischen Töchtern konnte nicht mehr zu Theil werden, als geschehen ist. Man meint, wir dürfen nur wollen. Wollte Gott! Aber man muß auch können. An Eberhards Söhnen haben Sie eine neue Erfahrung gemacht. E. meldete sich um die Pfarrei Bodersweiher. Das wäre ein schöner Platz für ihn gewesen und seine Spekulation auf das Oberland, wovor Ihnen immer bang war, hätte wenigstens auf mehrere Jahre ein Ende gehabt. Ich hoffte alles. Nun kommt aber der schlimme Zustand hinzu, daß diese Pfarrei mit einer Kriegsschuld von 665 fl. belastet ist, welche iezt bezahlt werden müssen. Da ist guter Rath theuer, und es werden wohl 2 Jahre vergehen, bis sie wieder kann besezt werden.

Wenn die Söhne studiren sollen, so wäre es schon gut, daß sie sobald als möglich in eine Schule kämen oder wenigstens nicht zu lange daheim blieben. Ein Vater unterrichtet seine Söhne nie gut. Denn erstlich hat er keinen Masstab, und zweitens bringt er sie nur in dem weit, was er selber gut versteht, und woran er Freude hat, und treibt anderes gar nicht oder mit geringem Erfolg, und der Sohn taugt alsdann in keine Classe mehr recht in einer Schule, wo von verschiedenen tüchtigen Lehrern alles mit gleichförmigem Ernst und Eifer getrieben wird. Man fordert heut zu Tag sehr viel von einem iungen Menschen, aufrichtig gesagt, fast zu viel. Unter 200 bis 300 fl. nach Umständen ist iedoch hier schwerlich einer in Kost, Logis und was dazu gehört, durchzubringen. Das ist auch viel. Aber Sie glauben nicht, wie theuer hier zu leben ist, wenn man ordentlich leben will.

Nun wird Ihr Garten, liebe Freundinnen, auch sein Frühlingsröcklein anziehen. Die schönsten Blumen darin weihen Sie gewiß einem lieben Andenken ...

[Schluß fehlt.]

Gebhardische Töchter: *Töchter des am 19. März in bedrängten Verhältnissen gestorbenen Rechnungsrates Karl Christian Gebhardt.* Eberhards Söhne: *der 1813 geborene Karl Gustav und der 1815 geborene Alfred Edmund Fecht.*

AN GUSTAVE FECHT

Th. Fr.!

Ich sprach wegen dem Gutermännlein mit Hofprediger Martini, Bohm hat nichts damit zu thun. Das Mädchen sollte entweder nicht schwächlich oder noch nicht 14 Jahre alt seyn. Denn das Alter zur Aufnahme ist, wie mir M. versichert, das 10te Jahr, so daß das Gütterlein nimmer viel Zeit hat, stärker zu werden. Indeß war M[artini] sehr bereitwillig, diesen Vormittag mit der Frau Marg[gräfin] zu reden, und ich wäre alsdann Nachmitt. in die Cour gefahren, zwar auf des Schuhmachers Rappen. Gehen ist ein gar zu gemeines Wort, wenn schon die Sache ganz passabel ist. Allein die Sache bedarf Vorsicht. Ich kenne solche Leute, wie ich mir die Frau Pf. G[utermann] denke. Man läßt sehr gerne andere Leute rathen, laufen, fürbitten, einleiten, und ist sehr dankbar und gerührt, bis es auf den Punkt kommt. Alsdann hat man sich eben doch anders besonnen. Man ist aber doch Mutter u.s.w. und findet, daß es eben doch besser sey so und so, als so und so, bedauert übrigens herzlich die gemachte Mühe u.s.w. Das geht nun so an unter uns guten Leuten. Allein vornehme Herrschaften nehmen es sehr übel auf, wenn man ihnen eine Gnade zurückgibt, zumal wenn man sie zuerst selber gesucht hat. Ich bitte Sie also vordersamst mich darüber sicher zu stellen, wenn es möglich ist, oder lieber die Sache auf einen andern Weg gehen zu lassen.

Nicht wahr, ich habe in 65 Jahren doch einige Erfahrungen gesammelt. Mit den Jahren selbst ists nicht so schlimm. Sie haben mir auf einen Gedanken geholfen. In noch 5 Jahren bin ich 70. Alsdann bitte ich um meinen Ruhegehalt und komme heim. Ich bin bekanntlich in Basel daheim, vor dem Sandehansemer Schwiebogen das zweite Haus. Selbiges Häuslein kauf ich alsdann um ein par Gulden — aber ich bin kein Burger! — also miethe ich es, und gehe alle Morgen, wie es alten Leuten geziemt, in die Kirchen, in die Betstunden und schreibe fromme Büchlein, Traktätlein, und Nachmittag nach Weil wie der alte Stickelberger im Schaf. Ich lachte lange über meine Freunde, wenn sie meinten, ich könnte es nimmer auf dem Lande gewöhnen. Aber iezt kommts mir selber so vor, seit dem ich mit goldenen Löffeln esse, und den Caffe mit dem Hut unter dem Arm trinke, und alle Sonntage in die Cour fahre.

Die reichen Gaben von Weil haben sich ausgezeichnet und in dem Frauenverein sehr wohlgefällige Aufmerksamkeit veranlaßt. Ich habe gerühmt, wer daran schuld sey. Vorige Woche rühmte mir Frau von G[ayling], daß viele Arme bereits besser ausstaffirt seien, als sie vordem waren. Ich hab es früher gedacht, es werde manchem ein Bett zu Theil werden, der vorher keins hatte. Es wohnt eine unerschöpfliche Güte in den weiblichen Gemüthern.

Grüßen Sie von mir den iungen Ehemann, den Herrn Stephan. Ich umfasse alles mit Liebe, was einst zu Ihrem Haus gehörte. Von Herzen Ihr Freund

D. 16ten Jenner [18]25. Hbl.

Gutermännlein: *Die Tochter des 1819 gestorbenen Pfarrers Georg Ludwig Gutermann sollte in der Hofhaltung der Markgräfin Amalie untergebracht werden.* vor dem Sandehansemer Schwiebogen das zweite Haus: *Hebels Geburtshaus, heute Totentanz Nr. 2. Vgl. Anm. S. 256.* Stephan: *Stephan Schönin.*

AN GUSTAVE FECHT

Es war mir theuerste Freundinn, um mein selbst willen zwar einiger Trost von Ihnen zu vernehmen, daß Ihnen das Briefschreiben auch bisweilen beschwerlicher werde, und daß Sie seltener als sonst die Zeit dazu finden, aber freilich in ieder andern Hinsicht — wie man sonst zu sagen pflegt — ein schlechter, weil ich Sie immer gesund, immer munter und aufgelegt wissen und gerne alle acht Tage ein Brieflein von Ihnen erhalten möchte. Man lobt immer die gute und weise Einrichtung aller Dinge, und sie ist auch zu loben. Mir wäre sie nicht so gut gelungen als sie ist. Aber manchmal hätte man es doch auch gern ein wenig anderst, z. B. daß sich nicht erst mit den Jahren die Geschäfte, die Sorgen und die bösen Launen mehren sollten. Mir widerfahren diese Zulagen zu den Jahren reichlich. Soll man die nicht glücklich preisen die ihre Ruhe gefunden haben, und die Sehnsucht nach ihnen mit dem Trost, daß sie glücklich sind, und mit der Hoffnung versüßen, es einst auch zu werden, und bei ihnen zu seyn?

Doch ich wollte meinem Brief keine traurige Wendung geben. Das erfreulichste wäre mir Ihre beiderseitige Gesundheit, die Ihnen Gott schenken und erhalten wolle. Da ich gewöhnt bin, die halbe Gesundheit, d. h. die erträgliche für die ganze gelten zu lassen, so habe ich Gottlob nichts zu klagen. Meistens nur Vormittags, und es hat noch nicht lange neun geschlagen, nimmt mich der enge Athem und die innere Bangigkeit und Unruhe in Anspruch. Es kann halt einmal ein Wassersüchtlein werden. Einmal muß Etwas kommen. Aber meine medicinischen Freunde lachen mich noch aus, und versichern mich, ich sey so gesund, wie der Fisch im Wasser. Das wäre schon recht. Aber das Wasser im Fisch —! Künftige Woche gehe ich mit K.-Rath Bär auf einige Tage nach Baden. Wo werden Sie seyn oder hingehen?

Daß mein Hauspatron Rath Ruf gestorben ist, wissen Sie. Warscheinlich werde ich nun meine schöne Wohnung verlassen müssen. Es wird dieses mein 10ter Zug seyn. Es ist immerhin eine liebliche Erinnerung an die Worte: Wir haben hier keine bleibende Stätte sondern die künftige suchen wir.

Ich verhalte Ihnen die Nachricht nicht, daß E[berhard] im letzten Visitationsprotokoll sehr gelobt worden ist, und schließe nun mit dem Ausdruck meiner herzlichen Liebe.

D. 15ten Juli [1825]. H.

Ruf: *Schulrat Georg Friedrich Ruf, in dessen Haus Hebel seit 1822 wohnte, war am 8. Juni 1825 gestorben.*

AN GUSTAVE FECHT UND KAROLINE GÜNTTERT

Michaelis [29. Sept.], früh 10 Uhr [1825]

Dis ist mein 3ter Brief, theuerste Freundinnen, seit Ihrem lezten. Ich sage dieses aber nicht, als wenn ich so genaue Rechnung hielte, was wir insammt nie thaten, sondern aus Ruhmredigkeit, weil es so selten an mich kommt, ruhmredig zu seyn. Mögen Sie nur keine Abhaltung haben die Ihnen unangenehm ist.

Ich hatte seitdem auch ein Müsterlein von einer Krankheit. Ich hatte drei Tage lang das Fieber — es wird also das dreitägige gewesen seyn — mit Kopfweh und Betäubung. Aber mein dermaliger Vicedoktor Staabsmedikus Meier hat den rechten Fleck getroffen. In 5 Tagen war er nicht nur fertig mit mir — ich hätte ihm fast übel genommen, daß er sichs so commod mit mir machte —, sondern es haben auch fast alle meine andern Anfechtungen wenigstens bis iezt aufgehört. Ich habe keine Schmerzen mehr in den Gliedmaßen, keine Schweiße, keine Beengungen des Athems, keine Hypochondrie. Was ist der Mensch, daß ein Gütterlein voll Arznei mehr auf ihn wirken kann als alle vernünftigen Vorstellungen! Ich fürchte iezt fast nichts mehr, als den Fünfer hinter dem Sechser. Wiewohl der Fünfer gienge immer noch an, wenn nur der Sechser noch iünger wäre.

Ich glaube übrigens noch zur rechten Zeit zuvorgekommen zu seyn. Denn seit meiner Genesung herrscht hier ein bösartiges Nervenfieber, das viele dahin raft. Mein Freund K[irchenrat] Doll hat in 8 Tagen zwei Töchter verlohren. Gestern haben wir ihn selbst in seine Ruhe begleitet. Ich konnte hier keinen schmerzhafteren Verlust erleiden. Er war im Jahre 1792 noch mein Schüler, und ich habe ihn gleichsam selbst zu meinem Freund erzogen. Seit vielen Jahren hat er mich so an sich gewöhnt, daß ich ihn keinen Tag lang missen konnte. Übrigens ist die Furcht vor der Krankheit hier doch noch größer als die Gefahr. Man läutet nicht mehr bei den Leichen, was ich übrigens für gut halte, mehrere Familien sind schon weggezogen, Reisende sollen die Stadt umfahren. Merkwürdig ist es, daß noch kein Soldat, kein Jud und überhaupt fast noch keine gemeinen Leute ergriffen werden. Es scheint eine Herrenkrankheit zu seyn. Seit gestern haben wir kühles Wetter, von welchem die Ärzte das beste erwarten. Auswärts wird die Sache noch vergrößert. Glauben Sie das wenigste von dem was Sie vielleicht hören, und da die Ärzte rathen, viel Wein zu trinken, und zwar guten, so rechnen Sie auf mich.

Wie oft ich, besonders seit Dolls lezten Tagen an den Weiler Kirchhof denke, will ich Ihnen nicht sagen. Es ist kein Trost dabei, lange zu leben. Man wandelt zulezt gleichsam auf einem Gottesacker. Von meinem Kleeblatt ist nur noch Hitzig übrig.

Gott lasse Sie gesund und eines ruhigen Lebens froh seyn. Ich bin mit herzlicher Liebe Ihr ergebenster Freund Hbl.

Gütterlein: *Fläschchen (von Guttere = Flasche).* Doll: *Christof Heinrich Doll war am 26. September 1825 gestorben.*

AN GUSTAVE FECHT

[Mitte November 1825]

Sie lassen mir, l. Freundinn, lange Zeit, alte Schulden im Briefschreiben ein wenig auszugleichen, und ich will die Gelegenheit nicht unbenuzt lassen. Mögen Sie aber nur gesund seyn und mit mir nicht hö, so bin ich schon zufrieden. Aber was ich Ihnen bei

Gelegenheit des Todes des K.-Raths Doll schrieb, daß nach und nach die Zahl der Freunde so nahe zusammengeht, ist so wahr, daß ich in iener Gegend niemand mehr habe, bei dem ich mich nach Ihnen erkundigen könnte, und von manchem lese ich im Wochenblättlein erst, daß er hier war, wenn er schon wieder fort ist. Das gute daran ist, daß man sich alles noch im alten Zustand denken kann, wenn man nichts andres weiß. Pfeffel rechnete es zu dem Glück seiner Blindheit, daß die Welt in seinem Alter noch unverwischt so vor ihm stand, wie er sie in seiner Jugend gesehen hatte. Etwas davon habe ich auch schon bei sehenden Augen erfahren. In Schopfheim sah ich einmal die Tochter mit eigenem Kind auf den Armen noch für die Mutter an, weil ich diese seit langer Zeit nicht mehr gesehen hatte. Etwas davon kann man sich auch selber so machen. So möchte ich z. B. nie mehr in das Pfarrhaus in Weil gehen, seit dort alles anderst ist. Nein, dort muß mir alles bleiben, wie es war, mit allen freundlichen Bewohnern darinn. Dort lebt mir Günttert noch, so lange ich keinen andern sehe. Deswegen beschaue ich auch keinen Todten mehr, der mir im Leben lieb war.

Noch bin ich um ein kennbares gesunder, als ich vor meiner letzten kleinen Krankheit war – etwas melancolisch, das bringen die Jahreszeit und die Jahre selbst mit, und die Verhältnisse, die ich nicht ändern kann. Ich habe bisher im Spaß und Muthwillen in die Frankfurter Lotterie gesezt. Aber bald mache ich Ernst. Mit 100 000 Gulden wäre mir zu helfen. Aber nicht gesagt, als wenn ich Schulden hätte!

Das neidische Papir heißt mich schließen. Mit Ergebenheit und Liebe Ihr Hbl.

AN HAUFE

Theuerste Freunde!

Das herannahende Ende des Jahres mahnt mich, meine Briefschulden zu bezahlen, oder wenigstens zu bekennen, wiewohl es immer etwas unangenehmes und störendes hat, und daher nicht gut ist, sich die Zeitabschnitte so scharf als möglich zu markiren, und aus dem Leben, das so leise und stet aus einer Minute in die andere hinüber rieselt etwas Unganzes zu machen, und gleichsam künstliche Catarhakte hinein zu bauen. Wäre daher nur Ihr lezter Brief etwas iünger als er ist, z. B. vom 3ten dieses Monats, so wüßte ich das alte Jahr recht schön mit dem neuen zu verschlingen, daß ich ihn erst den 3ten künftigen Monats beantwortete. Aber wie sehr habe ich Sie um freundliche Nachsicht zu bitten, daß es auch jezt noch, schon spät genug geschieht. Mögen Sie unterdessen gesund und heiter und stark genug geblieben seyn Ihre Prüfungen zu ertragen. Wie glücklich wäre ich mit Ihnen, wenn das neue Jahr mit dem Morgenglanz einer schönen Zukunft, Ihnen entgegenkäme. Schreiben Sie mir doch ia bald, wie es um Sie steht. Knüpfen Sie mir das alte Jahr recht eng mit dem neuen zusammen. Gern möchte ich mich ein [we]nig gegen Sie beschweren, daß Sie mir nicht öfter schreiben, wenn es nicht eine unbillige Zumuthung wäre. Mein Leben stiehlt sich mir unter unangenehmen Geschäften, unwillkommenen Zerstreuungen, Sorgen seltsamer Art und schweren Launen weg, die keinen andern Gegenstand als sich selber haben, wie alle böse Hypochondrie, vor der Sie Gott bewahren und mich, wenn es noch der Mühe werth ist, befreien wolle. Bis im Frühiahr muß ich wieder ausziehen, weiß noch nicht wohin. Da will ich mir aber ein nettes Stüblein für meinen lieben kleinen Hausgenossen aussuchen, der mir versprochen ist, und mich erheitern soll. Wenn ich dich liebe Caroline herzlich grüße, und dir für zwei liebliche Sträuße nemlich dein Brieflein und das andere vom Belchen gut bin und dir danke, so bist du damit nicht abgefertigt, du sollst nicht mit einem eingemauerten Brieflein, wie unser sel. Jean Paul sagt, davon kommen. Trage nur noch ein wenig Geduld mit deinem schwerfälligen Pathen, und denke an Carlsruhe auch zum Wiedersehen auf die Kirschenzeit.

Leben Sie alle wohl theure Seelen. Mit herzlicher Liebe Ihr redlicher Freund

d. 27ste Dec. 1825. Hebel

mein kleiner Hausgenosse: *Haufes neunjähriger Sohn Oswald, der auf der Straßburger Schule nicht recht gedieh, sollte zu Hebel in Kost und Logis kommen, um das Gymnasium in Karlsruhe zu besuchen.*

Theuerste Freundinnen! [Ende Dezember 1825]

Ich will dem scheidenden Jahr noch ein Brieflein an Sie in die leere Tasche geben, damit ich nicht zuviel Schulden in das neue mit hinüber nehmen muß. Gott lasse Sie den abermaligen Wechsel in gutem Frieden, dankvoll im sanften, gesunden Schlaf bestehen und einer heiteren Zukunft in dem Neuen entgegenschauen! Aber Sie schreiben mir liebe Freundinnen, daß Sie bei dem Abgang Ihres lezten Briefes wieder sehr leidend waren, hoffentlich nur waren. Wie könnten Sie mich trösten und erfreuen, wenn ich bald von Ihnen erführe, daß Sie wohl seyen, was Gott geben wolle. Ich konnte Ihnen diesmal an dem 20sten nicht schreiben. Aber wie fliehen auch diese Tage dahin, seit wir den guten Seligen vermissen, an dem nun aller irdische Wechsel unberührt vorüberzieht. Ich habe iez kaum noch 4 Jährlein, bis ich bei ihm bin, das heißt in den Jahren, vielleicht aber auch in einem andern Sinn. Wie Gott will! Ich werde in diesem Leben nimmer viel Rosen zu pflücken haben. Aber sehen Sie mich nicht wieder für melancholisch an. Wenigstens will ich es nicht seyn, sonst könnte ich Ihnen bald meine trübsinnigen Briefe verleiden, was mir sehr leid wäre. Auch sollte man am Ende eines Jahres nie ein unfreundliches Gesicht machen, weil man immer sagen kann, entweder Gottlob ich habe es genossen, oder Gottlob ich hab es überstanden, und wer beides sagen kann, hat ia gar ein doppeltes Gottlob zu sagen. Auch bin ich ziemlich gesund. Etwas rheumatische Steifigkeit und kurzen Athem nehm ich als Zugabe. Die Unlust zum Essen und die Unlust zum Arbeiten heben sich gegen einander auf.

Der Tod des Kaysers erregt hier große Sensation. Auch dem K[aiser] von Östreich will man noch kurze Frist geben. Daß bisher die Winterbelustigungen eingestellt waren ist mir nicht leid. Der Winter ist nirgends lustiger als daheim am Ofen. Oh, säß ich ein Stündlein an dem Ihrigen mit einem Pfeifichen Rauch Tabak.

Ihr Hbl.

der gute Selige: *Tobias Günttert, gestorben 1821.* Tod des Kaysers: *Zar Alexander I. von Rußland war am 1. Dezember 1825 gestorben.* auch dem K[aiser] von Österreich ...: *Franz I. starb erst im März 1835.*

Oswald ist brav und lieb, und könnte das leztere auch ohne das andere seyn, wenn ers wüßte. Aber zum Glück weiß er's nicht.

Ich möchte ihn gern so spartanisch erziehen, als sein Alter und die Liebe gestattet. Aber die Gouvernantinn legt mir tausend Schwierigkeiten in den Weg. Sie behandelt uns überhaupt sehr ungleich, und wenn ich ihr zehnmal sage, ich sey ia doch der ältere, so sagt sie mir eilfmal, Oswald sey der iüngere. Leben Sie wohl theuerste Freundinn. Es ist mir iezt sehr bequem gemacht, an Sie zu schreiben, wie einem der auch ein wenig hinten aufsitzen kann, wenn eine Chaise abfährt.

Hr. v. Eichthal ist noch hier.

Herzlich Ihr ergebenster

d. 3ten Juni [1826]. Hbl.

Oswald: *Haufes Sohn Oswald war seit dem Himmelfahrtstag 1826 bei Hebel in Pension.*

AN SOPHIE HAUFE

Oswalds Briefe gefallen mir nicht ganz. Aber ich hüte mich, ihm etwas zu soufliren, weil ich es für Verfälschung hielte. Eine Mutter muß durch diese Spiegel rein in die Seele des Kindes schauen. Zur Entschuldigung könnte ihm dienen, daß er mit einem Brief in 2 bis 3 Minuten rein fertig ist, wie wohl er alles mit Hast und Eilfertigkeit thut, um so geschwind als möglich zu etwas anderm zu kommen bis er zu einem Lieblingszeitvertreib gekommen ist. Ich schreibe dieses nicht, um über ihn zu klagen, sondern um groß thun zu können, wenn ihn die Jahre solider machen, als ob es mein Werk wäre. Nein, wir sind sehr wohl mit einander zufrieden, und ich rühme Ihnen besonders seine Folgsamkeit, die schon mehr die Frucht der vernünftigen Vorstellung, als des blinden Gehorchens ist. So hab ich ihn aus Ihren Händen empfangen. Bald gehn die Sommerferien von 18 Tagen an. Ich erwarte, daß die Langweile eine gute Wirkung bei ihm hervorbringen werde, nemlich Sehnsucht nach der Schule. Nach Durlach kann ich ihn höchstens auf ein par Tage abgeben, wenn auch unterdessen*) ... einrücken sollte, damit mir nichts an meinen Concepten verrückt wird. Ich halte alles auf die Gleichförmigkeit der Behandlung. Auf dem Boden haben wir noch nicht geschlafen, die Nächte sind noch zu kühl.

Von Herzen Ihr aufr. Fr.

d. 17tn. Juni [18]26. Hebel

Oswalds Briefe: *Im voranstehenden Schreiben berichtet Oswald Haufe über den geplanten Umzug in die neue Wohnung sowie über einige Knabenerlebnisse in Schule und Haus.* nach Durlach: *Hier wohnte der Steuerrevisor Wilhelm Dietz, der mit einer Base Sophie Haufes verheiratet war. Nach Hebels Tod siedelte Oswald Haufe ins Dietzsche Haus über und besuchte das Durlacher Gymnasium.* *) *Die drei folgenden Worte sind von späterer Hand mit Tinte unleserlich gemacht.*

AN SOPHIE HAUFE

Oswald hat vor einigen Tagen zum erstenmal auf dem Boden geschlafen, aber nur einige Augenblicke. Er war aus dem Bett gefallen, ohne sich zu beschädigen, ohne aufzuwachen. Der Engel, der für die Kinder sorgt, hatte ihm das Deckbettlein zuvor herabgeworfen. Das schöne Ueberhemd macht Epoche. Es wird als Muster in die Häuser geholt. Wir sind glücklich daß wir Ihnen nichts wichtigeres zu schreiben haben. Ich sehe mit Sehnsucht und Hoffnung der Wendung entgegen Ihres Schicksals. Mit Liebe und Ergebenheit

d. 2tn. Juli [1826]. Ihr Freund Hebel

Wendung Ihres Schicksals: *Gottfried Haufe hatte sich entschlossen, seine Baumwollspinnerei in Straßburg aufzugeben, um eine Papierfabrik in Seelbach bei Lahr zu übernehmen.*

SOPHIE HAUFE

AN SOPHIE HAUFE

Wenn ich eine Freude am Ueberraschen hätte, so wollte ich Ihnen nicht sagen geliebte Freundinn, daß ich bis Freitag oder Samstag mit einigen Freunden auf einen Tag nach Strasburg komme, und Oswald, der iezt Ferien hat, mitbringe. Allein ich denke, daß Sie lieber sich einen Tag lang mit Mutterliebe darauf freuen, als durch sein plötzliches Erscheinen alterirt werden. Denn unerwartete Freude ist oft nicht weit vom Erschrecken. Aber Oswald denkt doch nicht so, sondern er will sich vor der Stubenthüre ein wenig verbergen, und sich sodann unvermuthet sehen lassen. Diese Freude sey ihm gegönnt. Mögen wir Sie nur gesund antreffen. Mit herzlicher Liebe Ihr Freund

d. 17. Juli [1826]. Hbl.

AN SOPHIE HAUFE

Es ist wohl an der Zeit, daß wir unser Daseyn auf dem Planeten euch wieder einmal beurkunden. Zu obigem habe ich nichts hinzuzusetzen. Wir arbeiten nicht mehr als wir müssen, aber dieses in der Ordnung. Außer dem schneiden wir dermalen den ganzen Tag papirene Monturen zu, und nähen sie alsdann mit Kleister. Wir lernen viel voneinander. Was ich von Oswalds Briefen früher schrieb, gilt auch von diesem und bleibt ferner so. Ich bin sehr unruhig, bis Sie mir etwas tröstliches von Ihrer Zukunft schreiben können.

In herzlicher Liebe Hbl.

23. Aug[ust] 1826.

zu obigem: *ein Brief von Oswald Haufe, in dem er schreibt: „Der Herr Prälat ist so freundlich gegen mich, und ietzt hab ich ihn fast so lieb als euch.“*

AN NÜSSLIN

Ich werde, verehrter und theuerster Herr Hofrath und Freund, auf den Sonntag Abends in Mannheim ankommen. Billig sollte ich

Anstand nehmen, Ihr gastfreundliches Haus abermal mit meiner Einquartirung zu belegen. Ich sollte vielleicht sogar einem andern Anstand, den man mir unter die Augen rücken wollte, eine ernsthaftere Erwägung widmen. Aber wie kann ich Ihrer abermaligen liebevollen Einladung widerstehen, wie kann ich, lassen Sie mich so eigennützig sprechen als ich bin, den köstlichen Stunden entsagen, die mir iedesmal in der lieben Umgebung Ihres Hauses zu Theil werden. Ich komme zu Ihnen, aber ich rechne auf die Gewährung einer wiederholten Bitte, auf die süßeste, die mir widerfahren kann, daß Sie mich durch nichts zur Erinnerung kommen lassen, daß ich etwas Fremdes in Ihrem Hause sey, wo es so gut ist, einheimisch zu seyn. Dieses Glück wird selbst etwas balsamisches für mich haben, denn ich komme diesmal — erschreken Sie nicht — in der Qualität eines Patienten zu Ihnen, doch Gottlob ohne Arzneigläslein, auch ohne Bedürfniß von Kraftbrühen, zarten Gemüslein etc., nur mit dem Bedürfniß des Stillelebens unter einem freundlichen Dach. Doch mehreres alsdann, und iezt nur noch den Ausdruck meiner herzlichen Verehrung Ihrer edlen Gattinn, und der aufrichtigsten Liebe

Ihres ergebensten Hebel

CR. d. 6ten Sept. 1826.

AN GUSTAVE FECHT

Sie geben mir theuerste Freundinn durch Mittheilung der Angelegenheit Ihres Neffen Gustav in H[essel] H[urst] einen neuen Beweis Ihres fortwährend freundschaftlichen Zutrauens, welches ich ganz zu schätzen weiß. Ich höre zwar von anderen Orten, wie eifrig sich Ihr H. Bruder den Unterricht seines Sohnes angelegen seyn läßt. Allein ich gebe doch, von einer langen Erfahrung und vielseitiger Beobachtung auf einem Standpunkt, wo man Beobachtungen anstellen kann, dem öffentlichen Unterricht den Vorzug.

Ihr Herr Bruder, dem in seiner vieliährigen Abgeschiedenheit von der Welt, die Gestaltungen der neuen Zeit im pädagogischen Fach und die Forderungen die sie macht, vielleicht etwas fremd geblieben sind, scheint mir nicht richtig zu urtheilen, wenn er das Gegentheil glaubt. Der häusliche Unterricht erhält sich immer und nothwendig in einer gewissen Beschränktheit, die heut zu Tage nicht mehr genügt, und führt im glücklichsten Fall zu einem vielleicht ausgezeichneten, aber immer nur einseitigen Wissen. Kommt alsdann ein Knabe zu spät aus den Händen des väterlichen Lehrers — und einmal muß es doch geschehen — so paßt und taugt er nirgends mehr hin, und fühlt erst, wenn es zu spät ist, die Lücken, die alsdann nicht ohne Zeitverlust und bittere Anstrengungen ergänzt werden können. Ich kann Ihren Herrn Bruder durch kein Mißtrauen in seine Tauglichkeit zum Lehrer beleidigen, aber es ist doch auch nicht möglich, daß der geschickteste Mann, zumal neben einem anderen Berufsgeschäft, alles das leisten kann, was mehrere, ieder Meister in seinem Fach, im planmäßigen Zusammenwirken zu leisten im Stande sind. Auch ist da ein ganz anderes Treiben und Leben unter den Knaben, die etwas lernen wollen, unter welche ich Gustav rechne, denn für die anderen ist es einerlei, wie sie Nichts lernen. Ich bitte Sie den H. Pfarrer aufmerksam zu machen auf die Studienverordnung Reg. Blatt 1823 Num. XIII. und lege, damit er das Wissen seines Sohnes in der Hauptsache, wozu ich das Französische nicht rechne, mit seinem Alter vergleichen kann, ein Lektionen Verzeichniß vom hiesigen Lyceum an, dem die übrigen ungefähr gleichstehen, wenn Sie ihm dasselbe zusenden wollen. Ich zweifle nicht, daß er sich dadurch werde in den Stand gesezt sehen, zu entscheiden, was für seinen Sohn das zuträglichste sey, dessen tüchtige allseitige Ausbildung und künftiges Glück doch sein Hauptaugenmerk seyn muß. Sollte er sich entschließen seinen Sohn nach Carlsruhe zu schicken, so biete ich mein freundschaftliches Mitwirken zu diesem Zwecke an.

Mit herzlicher Liebe Ihr ergebenster Hebel

d. 9ten Sept[ember 18]26.

Theuerste Freundinn!

Ich übersende Ihnen hier den Brief für E[berhard]. Ich glaube, Sie haben mir sein Alter geschrieben, aber ich gestehe ich weiß es nicht mehr. Ob sein Wissen damit in Einklang ist, weiß ich ohne hin nicht. Sollte er noch unter dem Confirmationsalter stehen, so wäre es kein Fehler, wenn der Vater darauf bestünde ihn noch einige Zeit bei sich zu haben. Wäre er etwa 15 Jahre, so wäre es hohe Zeit ihn wegzuthun. Immer wird er um eine Classe tiefer zu sitzen kommen, als der gute Vater erwarten mag. Dis ist immer der Fall, selbst bei solchen, die vom Pädagogium kommen. Wegen Kost und Logis die hier schwer zu finden sind, schreibe ich Ihnen noch, wiewohl ich morgen zu den Prüfungen nach Mannheim und Heidelberg gehe und erst gegen den 23sten wieder komme. Doch ist es noch Zeit. Der Direktor Zandt schikt mir heute noch ein Verzeichniß, weil man sich gewönlich an ihn wendet. Leben Sie wohl, Theuerste.

Ewig Ihr H.

9ten Sept[ember 1826].

1760	10. Mai. Johann Peter Hebel geboren in Basel als Sohn des Johann Jakob Hebel aus Simmern (Hunsrück) und seiner Ehefrau Ursula, geb. Örtlin aus Hausen im Wiesental. Geburtshaus ehemalige St. Johannisvorstadt 89, heute Totentanz Nr. 2.
1761	25. Juli. Tod des Vaters Johann Jakob Hebel in Hausen.
1766—74	Hebel besucht zunächst die Volksschule in Hausen, anschließend die Lateinschule in Schopfheim. In den Sommermonaten 1766 bis 1768 ist er zeitweise Schüler der Gemeindeschule von St. Peter in Basel, Sommer 1772 der 3. Klasse des Gymnasiums auf dem Münsterplatz.
1773	16. Oktober. Ursula Hebel stirbt im Beisein des Sohnes während des Heimtransports von Basel nach Hausen auf der Landstraße zwischen Brombach und Steinen, unterhalb des Röttelner Schlosses.
1774—78	April 1774. Eintritt Hebels in die Sekunda des Gymnasiums illustre in Karlsruhe. 1775 Versetzung in die drei Jahreskurse umfassende Prima dieses Instituts.
1776	Mitglied der Marchio-Badensis Societas latina, in der Hebel mehrere lateinische Reden hält und einen Preis erringt.
1778—80	Theologisches Studium an der Universität Erlangen, wo seine Immatrikulation am 8. Mai 1778 erfolgt. Beitritt zur Studentenverbindung der „Mosellaner". Frühjahr 1780 Rückkehr nach Karlsruhe zur Examenvorbereitung.
1780	24. November. Hebel wird nach in Karlsruhe abgelegtem Staatsexamen unter die Kandidaten des geistlichen Amtes aufgenommen, bleibt jedoch noch ohne Anstellung.
1780—83	Hauslehrer bei Pfarrer Philipp Jakob Schlotterbeck in Hertingen. Auf Wunsch des leidenden Pfarrherrn im August 1782 ordiniert und zur Seelsorge herangezogen. Vikartätigkeit in Hertingen und in Tannenkirch.
1783	März. Hebel wird zum Präzeptoratsvikar am Pädagogium in Lörrach ernannt. 17. Mai trifft er an seinem neuen Wirkensorte ein; am 19. Mai wird er erstmalig „vorgestellt".
1783—91	Hebel wirkt als Hauptlehrer der 2. Klasse des Lörracher Pädagogiums in den Lehrfächern Religion, Latein, Griechisch (Neues Testament), Rechnen, Algebra, Geometrie und Geographie. Daneben Predigten in Lörrach und Grenzach.

1791 2. November. Hebel empfängt seine Berufung als Subdiakonus am Karlsruher Gymnasium, verbunden mit gelegentlicher Predigertätigkeit in der Schloßkirche. Am 13. November steht er zu einer Abschiedspredigt zum letzten Male auf der Kanzel der Lörracher Kirche.

1792 Beförderung des Subdiakonus zum Hofdiakonus.

1794 Ferienreise an den Mittelrhein und in den Hunsrück.

1796 Im Herbst erstes Wiedersehen mit der oberländer Heimat auf einer Ferienreise, die Hebel inmitten der Kriegsereignisse am Oberrhein unternimmt.

1798 Hebel erhält Titel und Amtsbereich eines Professors extraordinarius am Karlsruher Gymnasium.

1803 Erscheinen der „Alemannischen Gedichte“ im Verlag Macklott in Karlsruhe, zunächst anonym.

1804 Die günstige Aufnahme der „Alemannischen Gedichte“ macht eine 2. Auflage notwendig.

1805 Hebel wird mit dem Titel Kirchenrat ausgezeichnet. Im April erster Besuch Straßburgs. 22. August bis 22. September Sommerreise in die Schweiz.

1806 Die 3. Auflage der „Alemannischen Gedichte“ mit Kupfern von Zyx und Simon kommt bei Macklott heraus.
Weihnachten Erkundigungsreise nach Freiburg wegen eventueller Übernahme der neu zu errichtenden lutherischen Stadtpfarrei. Hebel bleibt auf Wunsch des Großherzogs Karl Friedrich in Karlsruhe.

1807 Hebel übernimmt die Redaktion des „Badischen Landkalenders“ (Rheinländischen Hausfreunds), an dem er schon seit dem Jahre 1802 mitgearbeitet hatte.

1808 25. Januar. Ernennung zum provisorischen Direktor des Karlsruher Gymnasiums
November. Erstes Karlsruher Gastspiel der Schauspielerin Henriette Hendel, die in ihrem „Deklamatorium“ aus Hebels gerade in 4. Auflage erscheinenden „Alemannischen Gedichten“ vorträgt.
21. Dezember. Endgültige Berufung zum Direktor des Karlsruher Gymnasiums (Lyzeums).

1809 Hebel wird Mitglied der evangelischen Kirchen- und Prüfungskommission.

1811 Erscheinen des „Schatzkästleins des Rheinischen Hausfreunds“ im Verlag Cotta/Tübingen.

1812 Hebel unternimmt seine letzte große Ferienreise ins Oberland. Letztes persönliches Zusammentreffen mit Gustave Fecht im Pfarrhaus zu Weil.

1814 Mit der Berufung in die evangelische Ministerialsektion gibt Hebel die Direktion des Gymnasiums auf, erteilt aber noch weiteren Unterricht, zunächst 17, später 9 Wochenstunden. Wegen der Mißhelligkeiten, die um Hebels Erzählung „Der fromme Rat“ entstanden waren, scheidet der Dichter aus der Redaktion des Kalenders aus.

1816 Cotta bringt die 2. Auflage des „Schatzkästleins“ heraus.

1817 Herbst. Letzte persönliche Begegnung mit Henriette Hendel-Schütz bei ihrem Gastspiel in Karlsruhe.
Übernahme des Direktoriums des altbadischen evangelischen Pfarrerwitwenfiskus.

1818 Der Dichter redigiert den „Rheinländischen Hausfreund“ für 1819.

1819 Mit der Ernennung zum Prälaten steigt Hebel zur höchsten Stufe der evangelischen Landeskirche empor und wird dadurch Mitglied der ersten Kammer des badischen Landtages sowie der kirchlichen Generalsynode.

1820 Die 5. Auflage der „Alemannischen Gedichte“ erscheint bei Sauerländer in Aarau.
Verleihung des Ritterkreuzes des Zähringer Löwenordens an Hebel.

1821 Die Universität Heidelberg verleiht Hebel den Dr. theol. ehrenhalber in Anerkennung seiner Verdienste um das Einigungswerk der Union, des Zusammenschlusses der lutherischen mit der reformierten Kirche.

1824 Hebels letztes Buch, die „Biblischen Erzählungen“, erscheint im Verlag Cotta.
16. Oktober. Der Dichter legt wegen Amtsüberbürdung die Lehrtätigkeit am Gymnasium nieder.

1826 Im Juli letztes Wiedersehen mit der Familie Haufe in Straßburg.
22. September. Hebel stirbt auf einer Inspektionsreise im Hause des Gartendirektors Zeyher in Schwetzingen.
23. September. Hebel wird auf dem Friedhof in Schwetzingen zur letzten Ruhe gebettet. Am offenen Grabe wird der Sarg noch einmal geöffnet und ein Lorbeerkranz um die Stirn des Entschlafenen gelegt.

Bähr, *Johann, seit 1822 als Kirchen- und Ministerialrat in Karlsruhe, nach dem Tode Hebels, dem er die Leichenrede gehalten hat, Prälat der Evangelischen Landeskirche.*

Baldner, *Gastwirt in Straßburg*

Becker, *Philipp Jakob, Hofmaler und Galeriedirektor in Karlsruhe, hat Hebel für Henriette Hendel porträtiert.*

Benda, *Karoline, 1811–1817 an der Karlsruher Bühne.*

Berckheim, *Karl Christian Freiherr von, Hebels Schüler in Lörrach, seit 1813 Staatsminister des Innern.*

Blessig, *Johann Lorenz, seit 1781 Prediger an der Neuen Kirche in Straßburg, 1783 Professor am protestantischen Seminar. Bedeutender Kanzelredner, Verfasser zahlreicher theologischer Schriften.*

Bodemer, *Georg Philipp, Pfarrer, damals in Teutschneureuth bei Karlsruhe.*

Bohm, *Christian, Domänenrat in der Domänenverwaltung der Markgräfin Amalie.*

Brauer, *Johann Nikolaus Friedrich, Direktor des Hofrat-Kollegiums und wirkl. Geheimrat, Hebels Gönner und Freund.*

Braun, *Gottlieb, Buchhändler und Verleger, seit 1811 in Karlsruhe.*

Bronner, *Georg Friedrich, Lehrer in Weil, leitete dort den Liebhaberchor, dem auch Gustave Fecht und ihre Schwester Karoline Günttert angehörten.*

Brunner, *Philipp Joseph, Schul- und Kirchenrat bei der katholischen Kirchenkommission in Karlsruhe.*

Broussel de la Neufville, *Alexander Graf von, Sohn einer französischen Emigrantenfamilie, 1808 Hof- und Jagdjunker, 1820 Forstmeister, zuletzt Intendant der Hofdomänen.*

Bürger, *Elise, dritte Gattin des Dichters Gottfried August Bürger, zog nach dessen Tod als Schauspielerin und Deklamatorin durch Deutschland.*

Cammerer, *Buchhändler in Straßburg.*

Cancrin, *Ludwig von, seit 1802 Rittmeister in badischen Diensten, wo er zum Obersten aufstieg. Er fiel 1812 an der Spitze seines Husarenregiments in Rußland.*

Demmer, *Auguste, war nach erfolgreichen Gastspielen am 1. April 1816 der Karlsruher Hofbühne auf Lebenszeit verpflichtet worden, mußte jedoch schon 1820 wegen eines Nervenleidens ihrem Beruf entsagen.*

Dereser, *Thaddäus Anton, Professor für orientalische Sprachen, 1807 in Freiburg, 1811 katholischer Stadtpfarrer in Karlsruhe.*

Dittenberger, *Karl Theophor, Pfarrer, damals in Neuenweg.*

Doll, *Christof Heinrich, Professor am Karlsruher Gymnasium.*

Dreuttel, *Georg Friedrich, Stadtpfarrer in Schopfheim. Er zählte zu Hebels engerem Bekanntenkreis und wird von ihm meist „Vetter Oswald" betitelt.*

Dümgé, *Karl Georg, habilitiert an der Universität Heidelberg, zugleich Universitätsbibliothekar, 1814 Assessor am Generallandesarchiv in Karlsruhe.*

Eichthal, *David Freiherr von, ursprünglich David Aaron Seeligmann, badischer Hofagent, 1814 von König Maximilian I. von Bayern in den Freiherrnstand erhoben, Großindustrieller, Gründer und Besitzer einer Fabrik für Spinnereimaschinen und Gewehre in St. Blasien.*

Eisenlohr, *Christian Friedrich, Pfarrer in Hugsweiler, zählte zum Freundeskreis des Korker Dekans G. B. Fecht.*

Eisenlohr, *Jakob Friedrich, seit 1808 Rektor in Müllheim. Von dem regen Briefwechsel zwischen ihm und Hebel hat sich leider nichts erhalten.*

Ende, *Karl Wilhelm Freiherr von, 1812–1816 Oberzeremonienmeister und Intendant des Karlsruher Hoftheaters. Das Ehepaar Schütz hatte sich wegen eines Engagements an ihn gewandt.*

Engler, *Sebastian, s. Einführung S. 9.*

Esslair, *Ferdinand und Elise (seine zweite Gattin), bekannte Schauspieler, die u. a. in der Karlsruher Erstaufführung von Schillers „Braut von Messina" am 4. November 1809 gastierten.*

Ewald, *Johann Ludwig fruchtbarer theologischer und pädagogischer Schriftsteller und berühmter Kanzelredner, Professor der Moral an der Universität Heidelberg, ab 1807 Mitglied des evangelischen Oberkirchenrats in Karlsruhe.*

Fäsch, *Lukas, bewohnte im Sommer das Riehener Landvogteihaus, im Winter sein Haus in Klein-Basel.*

Falk, *Johann Daniel, studierte in Halle, wurde durch Wieland in Weimar eingeführt, wo er sich ansässig machte. In jüngeren Jahren trat er hauptsächlich als Satiriker hervor, später widmete er sich philanthropischen Neigungen, so der Erziehung verwaister und verwilderter Kinder. Sein „Taschenbuch für Freunde des Scherzes und der Satire", ein Hort antiromantischer Polemik, erschien 1797.*

Falkeisen, *Theodor, nachmaliger Pfarrer zu St. Martin. Sein Besitz lag unmittelbar vor dem Riehentor.*

Fecht, *Eberhard, jüngerer Bruder Gustaves, Lehrer am Erziehungsinstitut von H. Snell in Nyon.*

Fecht, *Gustave, s. Einführung S. 8.*

Fecht, *Karoline Auguste, verh. Günttert, s. Einführung S. 8.*

Fecht, *Karoline Gustave, 1809 geborene Tochter von Eberhard Fecht.*

Fecht, *Wilhelm, jüngster Bruder Gustaves, trug sich damals mit der Absicht, Soldat zu werden.*

Feinaigle, *Gregorius, Pater, Zisterzienser im säkularisierten Kloster Salem. 1804 erschien seine Schrift „Kunst des Gedächtnisses, alle Arten von Wissenschaften auf eine ebenso leichte als haltbare Weise zu erlernen." Feinaigle hatte außerdem eine Spinnerei im ehemaligen Kloster Frauenalb eingerichtet, die sich jedoch nicht behaupten konnte.*

Felner, *Ignaz, Professor am Gymnasium in Freiburg, literarisch tätig, kam kurz nach Hebel, noch im Jahre 1803, mit „Neuen alemannischen Gedichten" heraus.*

Flick, *Samuel, Verleger in Basel.*

Fränzel, *Ferdinand, Violinvirtuose, Konzertmeister in München.*

Frantz, *Christian Gottfried, Pfarrer in Fürdenheim im Elsaß, ab 1806 zu St. Wilhelm in Straßburg.*

Frey, *Ernst Ludwig, Hofrat, Berater der Großherzöge Karl Friedrich und Karl.*

Fröhlich, *August Heinrich, Regierungsauditor, später im Militärdienst.*

Fröhlich, *Johann Georg Wilhelm, Pfarrer in Egringen.*

Gemuseus, *Hieronymus, Präsident des Basler Stadtrats, besaß ein Landgut an der Hiltalinger Straße.*

Gerwig-Rühl, *Nikolaus, Schuhmachermeister in Lörrach, verheiratet mit einer Tochter des Schneidermeisters Johann Caspar Rühl.*

Geyer von Geyersberg, *Maximilian, Bruder der Reichsgräfin von Hochberg (der zweiten Gemahlin des Großherzogs Karl Friedrich) kurfürstlich badischer Oberstallmeister.*

Gmelin, *Christine (geb. Herbst), s. Einführung S. 13.*

Gmelin, *Karl Christian, s. Einführung S. 12.*

Gräter, *Friedrich David, Professor am Gymnasium in Schwäbisch Hall, war Herausgeber der Zeitschrift „Braga und Hermode oder neues Magazin für die vaterländischen Altertümer der Spache, Kunst und Sitten", ab 1802 auch des „Barden-Almanachs der Deutschen".*

Grether, *Jakob, wurde nach dem Tode Nikolaus Senns, des Sohnes von Johann Senn, Bärenwirt in Lörrach.*

Griesbach, *Christian, Tabakfabrikant und späterer Oberbürgermeister von Karlsruhe.*

Günttert, *Johann Georg, Lehrer in Hasel, 1807 aus dem Schuldienst entlassen, lebte weiterhin in Hasel.*

Günttert, *Karoline Auguste (geb. Fecht), s. Einführung S. 8.*

Günttert, *Tobias, s. Einführung S. 7.*

Haas-Decker, *Wilhelm, Schriftgießer und Drucker in Basel.*

Harrer, *Hubertus von, Sohn des Heidelberger, später Münchner Professors Hubert von Harrer, hatte 1796 in Mannheim einen Band Dichtungen unter dem Titel „Lektüre für einsame Stunden" erscheinen lassen. Nachmals hat er sich der Reiseschriftstellerei zugewandt.*

Haupt, *Eberhard Ludwig, geistlicher Verwalter in Nimburg.*

Haufe, *Christof Gottfried, s. Einführung S. 9.*

Haufe, *Sophie, s. Einführung S. 10.*

Hegi, *Hans Kaspar, Zeichner, Holzschneider und Lithograph in Straßburg.*

Heidenreich, *Daniel, Sekretär beim staatsrechtlichen Senat.*

Heiter, *Michael, Bediensteter am Karlsruher Naturalienkabinett.*

Hendel-Schütz, *Henriette, s. Einführung S. 11.*

Herbster, *Jakob Friedrich, Hütteninspektor in Hausen.*

Herbster, *Johann Jeremias, seit 1769 Faktor, seit 1784 Berginspektor am Bergwerk in Hausen.*

Hitzig, *Friedrich Wilhelm, s. Einführung S. 7.*

Hitzig, *Karl Ludwig, der jüngere Bruder Friedrich Wilhelm Hitzigs, proteisch der Netoreck, auch Afternetoreck.*

Hitzig, *Wilhelmine, s. Einführung S. 7.*

Hitzig, *(Jungfer), Tochter des 1807 gestorbenen Pfarrers G. W. Hitzig in Eimeldingen, Base Gustaves.*

Hofer, *Johann Baptist von, Bürgermeister der Reichsstädte Rottweil und Zell am Harmersbach, mit Besitzergreifung Zells in den badischen Staatsdienst übernommen und zum Kurator der Universität Heidelberg bestellt.*

Hoffmann, *Johann Karl, von 1783 bis 1792 Diakonus in Schopfheim und Pfarrer in Hausen, wo er dem Wunsche des Lörracher Präzeptorvikars Hebel, einmal in seiner Heimatgemeinde Hausen predigen zu dürfen, hartnäckigen Widerstand entgegensetzte.*

Holtzmann, *Philipp Heinrich, Ministerialrat.*

Jacobi, *Friedrich Heinrich, Präsident der Akademie der Wissenschaften in München.*

Jacobi, *Johann Georg, älterer Bruder des Vorgenannten, Hebels Förderer und Freund in Freiburg i. Br. Herausgeber der „Iris".*

Jung, *Heinrich, genannt Stilling, Verfasser von Erbauungsschriften und Romanen, Star-Operateur, war 1803 von Kurfürst Karl Friedrich ohne Amt, aber mit einem Ehrengehalt nach Baden berufen worden. Seit 1806 in Karlsruhe.*

Kampmann, *Friedrich Gottfried, Obersteuereinnehmer in Straßburg.*

Kaps, *Johann Heinrich Eberhard, Pfarrer in Wieslet.*

Kinzinger, *Joseph, Amtmann und Hofgerichtsadvokat.*

Kißling, *Karoline, Tochter von Karl Ludwig Kißling in Durlach eines Bruders von Gustaves Mutter.*

Kölle, *Christof Friedrich Karl, württembergischer Legationsrat in Karlsruhe, Tafelgenosse und Stammtischfreund Hebels. Als „Adjunkt" erscheint er vielfach in Hebels Kalendergeschichten, außerdem als „Schwiegersohn" von Henriette Hendel, weil er sich in das Bild eines Töchterchens der Bühnenkünstlerin verliebt hatte.*

Kölreuter, *Josef, Dr., Oberinspektor der botanischen Gärten in Karlsruhe, Entdecker der geschlechtlichen Differenzierung der Pflanzen.*

Kramer, *Friedrich Karl, Pfarrer in Hertingen.*

Kronfels, *Franz Karl von, seit 1806 Oberpostmeister in fürstlich Taxis'schen Diensten in Freiburg.*

Kuhn, *Friedrich August, Schriftsteller, seit 1806 Mitherausgeber der Zeitschrift „Der Freymüthige".*

Ladomus, *Jakob Friedrich, Hebels Schüler auf dem Karlsruher Gymnasium, wirkte als Mathematiklehrer an Pestalozzis Erziehungsinstitut in Burgsdorff.*

Leonhard, *Amalie, hatte bereits 1802 unter Vogel in Straßburg gespielt und kam mit diesem nach Karlsruhe, wo sie wegen ihrer Verwendungsfähigkeit in Oper wie Schauspiel eine der Stützen der Bühne war.*

Ludwig, *Jakob Friedrich, Dr. med. Physikus und Medizinalrat in Kork, vielgesuchter Arzt.*

Macklott, *Philipp, Buchdrucker und Verleger der „Carlsruher Zeitung".*

Martini, *Jakob Heinrich, seit 1817 Hofprediger, 1830 Oberhofprediger in Karlsruhe.*

Mauritii, *Christof, Hofprediger und Hofrat in Karlsruhe.*

Meerwein, *Christian Friedrich, Inhaber eines Speditionshauses, später auch eines Warengeschäftes und Bankhauses in Karlsruhe, das 1824 in Konkurs geriet.*

Meerwein, *Christian Karl August, ehemaliger Kreisrat in Lörrach, später an der Kreisdirektion Durlach.*

Meier, *Wilhelm, Stabsmedikus, später Generalstabsarzt und Chef des badischen Militärsanitätswesens.*

Mejer, *Gottlieb Heinrich, seit 1800 Amtmann in Müllheim.*

Meyer, *Hofsteinschleifer in Karlsruhe.*

Müller, *Wilhelmine, Frau des Verlegers Christian Fr. Müller, Verfasserin zahlreicher Gedichte, Herausgeberin des „Taschenbuchs für Freunde der scherzhaften und angenehmen Lecture" (1801) sowie des „Taschenbuchs für edle Weiber und Mädchen" (1801–1807).*

Müntz, *Georg Ludwig, Makler in Straßburg, Geschäftsfreund Haufes.*

Neveu, *Joseph Freiherr von, Kammerherr und Regierungsrat in Freiburg, gehörte zum Freundeskreis J. G. Jacobis.*

Nick, *Franz Peter, katholischer Pfarrer in Ebnet und Wittnau, später Professor der Moral an der Universität Freiburg.*

Nüßlin, *Friedrich August, s. Einführung S. 12.*

Oberlin, *Johann Friedrich, Pfarrer in Waldersbach, leistete in seiner abgelegenen Pfarrei vorbildliche kulturelle und soziale Arbeit.*

Oertlin, *bäuerlicher Verwandter Hebels in Hausen.*

Peale, *Patrik, eigentlich Gustav Freiherr von Seckendorf, dramaturgischer Ästhetiker der Attitüdenkunst, wie sie Henriette Hendel ausübte.*

Peterson, *Karl Christof, Sohn des Gondelsheimer Pfarrers Karl Friedrich Peterson, 1801 Hofmeister in Nyon, von 1808 an Hebels Kollege am Karlsruher Gymnasium.*

Preuschen, *August Gottlieb, Hebels ehemaliger Lateinlehrer in Schopfheim, seit 1770 Hofdiakonus, später I. Stadtpfarrer in Karlsruhe.*

Riedel, *Johann Christof, Präzeptor, Hebels Kollege am Lörracher Pädagogium, war für Hebel und Hitzig der Inbegriff eines geist- und schwunglosen Alltagsmenschen und Pedanten.*

Roeder zu Diersburg, *Georg Friedrich Freiherr von, Kammerherr in Karlsruhe, später Generalmajor.*

Roth, *Friedrich August, Landschreiber und Hofrat in Emmendingen.*

Rüdel, *Marcellianus, Franziskanerpater, bis 1804 Professor für Moraltheologie in Heidelberg, danach Lehrer für Griechisch in Baden-Baden und Rastatt.*

Rühl, *siehe Gerwig-Rühl.*

Ruf, *Georg Friedrich, Präzeptor und seit 1809 Schulrat am Karlsruher Lyzeum.*

Sander, *August, Amtmann, ein Bruder des Nachgenannten.*

Sander, *Nikolaus, Professor für Beredsamkeit und Geschichte, zugleich Hofprediger in Karlsruhe, 1803 Mitglied der lutheranischen Kirchensektion, 1821 Oberkirchenrat.*

Schmidt, *Johann Wilhelm, Hebels Mitschüler auf dem Karlsruher Gymnasium, wurde 1799 Pfarrer in Hügelheim, wo ihn Hebel mehrmals besuchte. Von den zahlreichen Briefen, die Hebel mit diesem Freund gewechselt hat, ist keiner erhalten.*

Schneegans, *Daniel, s. Einführung S. 10.*

Schneegans, *Marie Karoline (geb. Schwarz), s. Einführung S. 10.*

Schnetzler, *Franz Xaver, Stadtamtmann in Freiburg, zugleich Redakteur der Freiburger Zeitung.*

Schönin, *Stephan, Knecht im Pfarrhaus zu Weil, verheiratet mit Agnes Frey, Tochter des Weiler Bürgermeisters Frey.*

Scholer, *Buchbinder, ein Altbasler Original, dessen Holzbude vor dem Rheintor auf der Kleinbasler Seite stand.*

Schütz, *Friedrich Karl Julius, s. Einführung S. 11.*

Schweighardt, *Chr. Ludwig, Arzt und Oberhofrat, Direktor der badischen Sanitätskommission.*

Senn, *Johann, Metzger und Bärenwirt in Lörrach.*

Sievert, *Karl Friedrich, seit 1805 Dekan in Schopfheim. Er ging nach Unstimmigkeiten mit seiner Diözese 1812 als Pfarrer nach Gutach. Hitzig wurde sein Nachfolger in Schopfheim.*

Snell, *H., Leiter eines Erziehungsinstitutes in Nyon, wo Gustaves Bruder Eberhard sich um eine Lehrstelle beworben hatte.*

Sonntag, *Wilhelm Engelhard, 1784 Präzeptor in Kandern, 1791 Pfarrer in Bötzingen.*

Stickelberger, *Johann Rudolf, wohlhabender Küfer in Basel, stadtbekanntes Original. Er wohnte im Haus zum Schaf an der Rebgasse und pilgerte jeden Mittag um 1 Uhr nach Weil, um dort sein Schöpplein Markgräfler zu trinken.*

Stilling: *siehe Jung, Heinrich, genannt Stilling.*

Stöber, *Daniel Ehrenfried; Notar und Schriftsteller in Straßburg, Mittelpunkt eines Kreises, der sich bewußt elsässisch verhielt. Gab 1806–1808 das „Alsatische Taschenbuch“, heraus, zu dem auch Hebel beisteuerte.*

Stößer, *Philipp Rudolf, Direktor des staatsrechtlichen Senats.*

Treitschke, *Georg Friedrich, wirkte als Operndichter und Regisseur an der Wiener Hofoper und gab mit Adolf Streckfuß den „Wiener Musenalmanach" heraus.*

Türkheim, *Johann Freiherr von, Finanzminister im Kabinett Reitzenstein.*

Wagner, *Christof Adam, Dekan in Lörrach.*

Walter, *Graveur und Juwelier in Karlsruhe.*

Walz, *Johann Leonhard, seit 1792 Hofprediger und Kirchenrat, 1812 Oberhofprediger in Karlsruhe.*

Weiler, *(Frau), s. Einführung S. 11.*

Weiler, *Daniel, Sohn der Vorgenannten, besuchte auf Hebels Anraten das Gymnasium in Karlsruhe.*

Welper, *August, Jurist in Karlsruhe, Rastatt, Mannheim, mit Hebel seit Lörrach und bis zu seinem Tode befreundet. Er ist der „Bammert" (Bannwart, Feldhüter) der Proteusgemeinde.*

Welper, *Christof Wilhelm, älterer Bruder August Welpers, des Bammert.*

Wessenberg, *Ignaz Heinrich Freiherr von, seit 1798 Domherr, seit 1802 Generalvikar und Bistumsverweser des Bistums Konstanz, Führer einer kirchlichen Reformbewegung mit dem Ziel einer deutsch-katholischen Kirche. Als Mitglied der Badischen Ersten Kammer sind sich Hebel und Wessenberg auch persönlich näher getreten.*

Wild, *Michael Friedrich, Kameralbeamter in Müllheim, 1809 zum Hofrat ernannt für seine Verdienste um die Regelung der Maße und Gewichte im Großherzogtum Baden, 1818 Geh. Hofrat.*

Wilhelm, *Karl Ludwig, Sekretär beim evangelischen Kirchenrat in Karlsruhe.*

Wolf, *Justus, der Sohn des Heidelberger Spezialsuperintendenten Christian Theodor Wolf, war in Straßburg in einer Konditorlehre.*

Wucherer, *Friedrich, wurde damals Pfarrer und Universitätsprediger in Freiburg, 1813 Professor der Physik und Technologie. 1814 gab er seine kirchlichen Funktionen auf und wurde der erste Direktor des Polytechnikums in Karlsruhe, kehrte aber später an die Universität Freiburg zurück.*

Vogel, *Wilhelm, Schauspieldirektor des Karlsruher Theaters.*

Zandt, *Ferdinand, Pfarrer und Prorektor des Lörracher Pädagogiums.*

Zandt, *Jakob Friedrich, Direktor des Karlsruher Gymnasiums.*

VERZEICHNIS DER ABBILDUNGEN